Newton Compton Editores

Este libro es una obra de ficción. Aunque algunos personajes y circunstancias que en él aparecen se basan en hechos reales, cualquier referencia a personas, acontecimientos o lugares está al servicio de la ficción o son obra de la imaginación de la autora.

Título original: *Honor*

Primera edición: marzo de 2025

Newton Compton Editores es un sello de Antonio Vallardi Editore S.u.r.l.
Pl. Urquinaona, 11, 3.° 1.ª izq. Barcelona, 08010 (España)
www.newtoncomptoneditores.com

Gruppo editoriale Mauri Spagnol S.p.A.
www.maurispagnol.it

ISBN: 978-84-10359-28-4
Código IBIC: FA
DL: B 22.671-2024

Diseño de interiores:
David Pablo

Composición:
Javier Sánchez Meco

Impreso en marzo de 2025 en Puntoweb s.r.l., Ariccia (Roma), en Italia.

Thrity Umrigar

El canto de los corazones rebeldes

Traducción de Begoña Prat Rojo

Newton Compton Editores
Barcelona, 2025

A Feroza Freeland,
cuya luz ilumina nuestro camino

Todo lo que no decimos lo llevamos en nuestras maletas,
en los bolsillos del abrigo, en nuestras narinas.

Ilya Kaminsky

Este lugar podría ser hermoso, ¿verdad?
Tú podrías hacer que fuera hermoso.

Maggie Smith

MUJER HINDÚ DENUNCIA A SUS HERMANOS TRAS EL ASESINATO DE SU MARIDO MUSULMÁN

Shannon Carpenter
Corresponsal en el sur de Asia

Birwad, India. Su rostro es una constelación de cicatrices. Tiene el ojo izquierdo tan hinchado que no puede abrirlo, y la piel quemada de la mejilla y los labios está sujeta mediante una telaraña de puntos de sutura. El fuego dejó inservible su mano izquierda, pero, gracias a la cirugía reconstructiva, Meena Mustafa puede usar de nuevo la derecha para coger una cuchara y alimentarse sola.

Hace mucho que se extinguieron las llamas que se llevaron la vida de su marido Abdul, un hombre musulmán con el que se había fugado para casarse. Presuntamente, fueron los dos hermanos hindúes de la señora Mustafa quienes le prendieron fuego, furiosos por el enlace y en un intento, según fuentes policiales, de matar a la pareja para vengar el deshonor ocasionado por el matrimonio interreligioso.

«Aunque esa noche el fuego no me mató –comenta la señora Mustafa–, sí puso fin a mi vida».

Ahora, un nuevo fuego arde en su corazón: un deseo abrasador de justicia que la ha llevado a desafiar los deseos de su resentida suegra y sus vecinos musulmanes, y reclamar a la Policía que reabra el caso. Con la ayuda desinteresada de un grupo llamado Abogados por el cambio, la señora Mustafa ha decidido denunciar a sus hermanos, según ella, para que su marido reciba justicia.

En un país donde las muertes relacionadas con la dote, la práctica de prender fuego a las esposas y los casos de acoso sexual son el pan de cada día, el acto de rebeldía de la señora Mustafa la convierte en una figura singular en su comunidad. Sin embargo, su decisión también la ha relegado a una posición de marginalidad social en su pequeña y conservadora aldea musulmana, donde muchos temen las represalias de la mayoría hindú. Ella, sin embargo, no se deja intimidar: «Voy a seguir adelante con el caso, y lo hago por mi hija. Para poder decirle que luché en nombre de su padre», afirma.

La señora Mustafa es una mujer menuda y recatada, con una actitud dulce que esconde una voluntad de hierro. La misma voluntad que, en su momento, le permitió desafiar a su hermano mayor y buscar trabajo en la fábrica textil local, donde conoció al que sería su futuro marido.

Animada por su abogada, accedió a concedernos una entrevista, con la esperanza de inspirar con su valor a otras mujeres indias para que se enfrenten a sus agresores.

«Quiero que el mundo sepa lo que le hicieron a mi Abdul –dice–. La gente tiene que conocer la verdad».

LIBRO PRIMERO

Capítulo 1

Un olor a goma quemada flotaba en el aire.

Eso fue lo primero que percibió Smita Agarwal al abandonar el aire frío y enrarecido del aeropuerto y adentrarse en la cálida y mansa noche de Mumbai. Casi de inmediato, retrocedió asaltada por el ruido: el rumor sordo de un millar de voces humanas, roto aquí y allá por unas carcajadas y el silbato agudo de un policía. Se quedó boquiabierta al ver el muro de personas que, detrás de las vallas metálicas, aguardaban la llegada de sus familiares, y se preguntó si la vieja costumbre india de acudir con toda la familia a despedir a los viajeros seguía vigente en 2018. Pero, antes incluso de alejar ese pensamiento, sintió un ardor en la garganta provocado por los gases de los tubos de escape y los oídos empezaron a pitarle con el estruendo de los coches que quedaban más allá de la multitud.

Se detuvo, un poco amedrentada. Su trabajo de corresponsal extranjera la llevaba a viajar por todo el mundo durante la mayor parte del año y, aun así, habían bastado unos segundos en la India para sentirse abrumada por el país, como si la hubiera golpeado una fuerza de la naturaleza; un tornado, quizá, o un tsunami que arrasaba con todo a su paso.

Cerró un instante los ojos y escuchó de nuevo el batir de las olas en las Maldivas, el paraíso del que se había marchado hacía tan solo unas horas. Abatida, maldijo la extraña cadena de acontecimientos que la había llevado al lugar que había evitado durante toda su vida adulta: en primer lugar, el hecho de estar de vacaciones tan cerca de la India en el momento en el que Shannon la había llamado desesperada para pedirle ayuda y, en segundo, que el contacto de Shannon le hubiera proporcionado en cuestión de horas un visado turístico de seis meses. En aquel momento, deseó que sus gestiones no hubieran tenido éxito.

«Contrólate –se dijo a sí misma Smita por enésima vez, como había hecho durante todo el vuelo–. Acuérdate de que Shannon es una buena amiga». Recordó las sonrisas que le había sacado a su padre en los días posteriores al funeral de su madre, pero se obligó a dejar de lado aquella imagen mientras paseaba la mirada por la multitud, con la esperanza de encontrar al conductor que su amiga le había enviado. Un hombre le devolvió la mirada con descaro y frunció los labios en un mohín provocativo. Smita lo ignoró y escrutó el gentío en busca de alguien que llevara un cartel con su nombre, al tiempo que sacaba el móvil para llamar a Shannon. Pero entonces lo vio: un hombre alto vestido con una camisa azul sujetaba un letrero de cartón con su nombre. Aliviada, se acercó a él.

–Hola –lo saludó desde el otro lado de la valla metálica–. Soy Smita.

Él la miró y parpadeó con expresión de desconcierto.

–¿Hablas inglés? –se apresuró a decir ella. Tenía el hindi muy oxidado y le daba vergüenza usarlo.

Al final, el hombre le contestó en un inglés perfecto.

–¿Eres Smita Agarwal? –dijo, echando un vistazo a su cartel–. Vaya, se suponía que no ibas a llegar hasta las… ¿Se ha adelantado el avión?

–¿Qué? Ah, supongo que sí. Un poco. –Se lo quedó

mirando. Lo único que quería era preguntarle dónde estaba el coche, irse del aeropuerto y llegar al hotel Taj Mahal Palace, donde con suerte la esperarían una larga ducha caliente y una cómoda cama. Pero él se limitó a seguir mirándola, cosa que la enervó–. ¿Qué, nos vamos?

El regresó a la realidad.

–Sí, sí. Disculpa. Claro, por favor. Por aquí.

Le indicó que se dirigiera a un hueco que había entre las vallas y ella se abrió paso entre los bulliciosos reencuentros acompañados de grititos, la profusión de besos que mujeres de mediana edad estampaban en caras y cabezas de adolescentes y los estrechos abrazos con los que se saludaban hombres adultos. Desvió la mirada para no perder de vista al conductor, que avanzaba entre la gente en dirección al agujero.

Una vez al otro lado, el hombre cogió su maleta de mano y miró a su alrededor, perplejo.

–¿Dónde está el resto del equipaje?

Ella se encogió de hombros.

–No llevo nada más.

–¿Solo una maleta?

–Sí. Y mi mochila.

Él meneó la cabeza.

–¿Ocurre algo? –preguntó ella.

–No, nada –contestó él y echó a andar de nuevo–. Es que... Shannon me ha dicho que eras india.

–Soy estadounidense de origen indio. Pero ¿qué tiene eso que...?

–Creía que no había un solo indio en el mundo capaz de viajar con una sola maleta.

Ella asintió, recordando a sus padres y las historias que contaban sobre sus familiares, que viajaban con maletas del tamaño de botes.

–Es verdad. –Smita lo miró, desconcertada–. ¿Y tú eres… el conductor de Shannon?

La luz de una farola alumbró el centelleo en los ojos del hombre.

–¿Crees que soy su chófer?

Ella se fijó en los tejanos azules, la camisa de corte elegante, los caros zapatos de cuero… y supo que había metido la pata.

–Shannon me dijo que mandaría a alguien a buscarme –balbuceó–. No me dijo quién sería, así que he deducido… –Se dio cuenta de que a él le hacía gracia su aturullamiento–. Lo siento.

El hombre meneó la cabeza.

–Tranquila, no pasa nada. ¿Qué tiene de malo ser conductor? Pero no, solo soy un buen amigo de Shannon. Como tu vuelo llegaba tan tarde, me he ofrecido a venir a buscarte. –Le dedicó una rápida sonrisa–. Me llamo Mohan, por cierto.

Ella se señaló a sí misma.

–Y yo Smita.

Él agitó el cartel de cartón.

–Lo sé. Eres la Smita del letrero.

Ambos compartieron una risa incómoda.

–Gracias por venir a buscarme –dijo ella.

–No es nada. El coche está por aquí.

–Bueno, dime –dijo Smita mientras echaban a andar–, ¿cómo se encuentra Shannon?

–Le duele muchísimo la cadera. Supongo que ya lo sabes, pero le han confirmado que se la ha roto. No la pudieron operar porque era fin de semana y ahora han decidido esperar un par de días más, hasta que llegue el doctor Shahani. Es el mejor cirujano de la ciudad y el caso de Shannon es complicado.

Ella lo miró con curiosidad.

–¿Y Shannon y tú… estáis muy unidos?

–No somos novios, si te refieres a eso. Pero sí muy buenos amigos.

–Genial.

Smita envidiaba aquella faceta del trabajo de Shannon, que, como corresponsal del periódico en el sur de Asia, le permitía echar raíces y hacer amigos. Ella, en cambio, se centraba en escribir sobre temas de género y, al no pasar más de una semana o dos en el mismo sitio, no tenía tiempo suficiente para plantar las semillas de una posible nueva amistad. Echó un vistazo a la maleta que le llevaba Mohan. ¿Se sorprendería si supiera que tenía otras dos idénticas en su apartamento de Nueva York, preparadas con todo lo necesario para viajar de inmediato?

Mohan le estaba diciendo algo sobre Shannon y Smita se obligó a prestarle atención. Por lo visto, ella lo había llamado muy asustada desde el hospital y él había acudido de inmediato para estar con ella. Smita asintió, acordándose de lo sola que se había sentido cuando la habían ingresado por una gripe en un hospital de Río. Estar enferma en un país extranjero era duro y, seguramente, aquel hospital de Brasil había sido un paraíso comparado con el de Mumbai. Shannon llevaba en la India… ¿cuánto, tres años? Sin embargo, Smita no podía imaginarse lo que debía sentir al tener que someterse a una operación en un país extranjero.

–¿Cómo es el hospital? –le preguntó a Mohan–. Espero que sea moderno y vaya todo bien.

Él se detuvo y se volvió para mirarla con las cejas arqueadas.

–Por supuesto. Shannon está en el Breach Candy, uno de los mejores hospitales de la India. Además, en este país hay algunos de los mejores doctores del mundo. Ahora somos un destino médico, ¿lo sabías?

A Smita le hizo gracia su orgullo herido, lo rápido que se había sentido ofendido, algo que también había apreciado en varios de los amigos indios de su padre, incluso –o, más bien, sobre todo– en los que llevaban mucho tiempo viviendo en Estados Unidos.

–Disculpa, no era mi intención ser grosera –dijo.

–No pasa nada. Mucha gente sigue creyendo que la India es un país atrasado.

Ella se mordió el labio para evitar que salieran por su boca las palabras que le vinieron a la cabeza: «Cuando yo vivía aquí lo era».

–El nuevo aeropuerto es precioso –dijo en cambio, a modo de ofrenda de paz–. Está a años luz de la mayoría de los aeropuertos estadounidenses.

–Sí. Es como un hotel de cinco estrellas.

Llegaron a un pequeño coche rojo y Mohan metió la maleta en el maletero.

–¿Quieres sentarte delante o detrás? –preguntó.

Ella lo miró sin entender.

–Delante, si te parece bien.

–Claro. –Aunque su rostro no dejaba traslucir emoción alguna, Smita percibió la sombra de una risa en su voz–. Es que... como te creías que era el chófer de Shannon, he pensado que igual preferías sentarte detrás.

–Lo siento –dijo ella con vaguedad.

Él sacó el coche del aparcamiento, se incorporó a un carril y procedió a maldecir entre dientes el atasco que se había formado para salir del aeropuerto.

–Hay muchos coches, para la hora que es –comentó Smita.

El chasqueó la lengua, exasperado.

–No tienes ni idea, *yaar*. El tráfico de esta ciudad va de mal en peor. –La miró de reojo–. Pero no te preocupes. En cuanto lleguemos a la carretera principal, mejorará. Estarás en tu hotel en un abrir y cerrar de ojos.

–¿Vives cerca del Taj?

–¿Yo? No, vivo en Dadar. Más cerca del aeropuerto que de tu hotel.

–¿Cómo? –exclamó ella–. Pero entonces es absurdo que hayas venido. Podría... Podría haber cogido un taxi.

–No, no. No es seguro que una mujer coja un taxi a esta hora. Además, estamos en la India. Aquí jamás dejaríamos que alguien que viene a vernos coja un taxi en el aeropuerto.

Smita recordó a sus padres conduciendo hasta el aeropuerto de Columbus en pleno invierno de Ohio, bajo la aguanieve y las tormentas, para recoger a la gente que venía de visita. Nadie podía dudar de la hospitalidad india.

–Gracias –dijo.

–No hay de qué. –Mohan pulsó los botones del aire acondicionado–. ¿Estás a gusto? ¿Tienes calor? ¿Frío?

–¿Podemos subir un poco el aire? Es increíble el calor que hace aquí, incluso en enero.

Él le lanzó una mirada rápida.

–Dale las gracias al calentamiento global, exportado por países ricos como el tuyo a países pobres como la India.

Smita se preguntó si Mohan sería uno de esos nacionalistas como Rakesh, el amigo de su padre, que despotricaba de Occidente y llevaba cuarenta años organizando su inminente regreso a India. Sin embargo, el joven no se equivocaba. La propia Smita había defendido aquel argumento en otras ocasiones.

–Es verdad –dijo.

Estaba muy cansada y se le cerraban los ojos; lo último

que quería era enzarzarse en una discusión política. Él debió darse cuenta de su fatiga.

–Duerme un poco si quieres –le dijo–. Faltan por lo menos treinta minutos para llegar.

–Estoy bien –contestó ella, meneando la cabeza, y se distrajo contemplando la larga hilera de chabolas levantadas en la acera.

A pesar de lo tarde que era, varios hombres en mangas de camisa y lungui estaban reunidos delante de la boca abierta de los habitáculos, en el interior de alguno de los cuales ardían lámparas de queroseno.

Smita se mordió el labio inferior. Aunque estaba acostumbrada a la pobreza del tercer mundo, la escena que se reproducía al otro lado del cristal no había cambiado un ápice con respecto a la que ella recordaba de su infancia. Era como si la última vez que había ido con su familia al aeropuerto, veinte años atrás, en 1998, hubiera pasado por delante de aquellas mismas chabolas y aquellos mismos hombres. Si esa era la nueva India globalizada sobre la que no paraba de leer, estaban apañados.

–El Gobierno les ofreció dinero para que desalojaran el lugar y se trasladaran a viviendas públicas –le explicó Mohan–, pero se negaron.

–Ah, ¿sí?

–Eso parece. ¿Cómo vas a obligar a alguien a que se mude en un país democrático?

Se hizo un breve silencio y Smita tuvo la sensación de que el mero hecho de quedarse mirando abiertamente las chabolas había puesto a Mohan a la defensiva. Era una reacción que había visto a menudo en su trabajo: gente de clase media de países pobres que se ofendía ante la opinión de los occidentales. En una ocasión, en Haití, un funcionario local había estado a punto de escupirle en la cara y había censurado el imperialismo estadounidense cuando ella le había preguntado sobre la corrupción en su distrito.

–Supongo que es normal –dijo–. Esta es su casa.

–Exacto. Es lo que intento explicar siempre a mis amigos y compañeros de trabajo, pero no les entra en la cabeza; y sin embargo tú has tardado menos de diez minutos en entenderlo.

Las palabras de Mohan la reconfortaron de una manera inesperada, como si le hubiera hecho entrega de un pequeño trofeo.

–Te agradezco tus palabras. Aunque yo viví aquí, por eso lo entiendo.

–¿Viviste aquí? ¿Cuándo?

–De niña. Tenía catorce años cuando me marché de la India.

–*Wah.* No tenía ni idea. Shannon me dijo que eras india, pero supuse que habías nacido en el extranjero. Por como hablas, pareces una *pucca* estadounidense.

Ella se encogió de hombros.

–Gracias. Supongo.

–¿Y tu familia vive aquí?

–No. –Y, antes de que él pudiera hacer otra pregunta, añadió–: ¿Y tú a qué te dedicas? ¿También eres periodista?

–Esa sí que es buena. No, nunca podría hacer lo que hacéis Shannon y tú; se me da fatal escribir. Soy ingeniero informático. Me ocupo de los ordenadores de Tata Consultancy. ¿Has oído hablar de los «tatas»?

–Sí, claro. ¿No compraron Jaguar y Land Rover hace unos años?

–Así es. Tata fabrica de todo, desde coches hasta jabón, pasando por centrales eléctricas. –Bajó un poco la ventanilla–. Ahora estamos pasando por el Sea Link, que conecta Bandra con Worli. Evidentemente, no existía cuando tú vivías aquí, pero nos va a ahorrar un montón de tiempo.

Smita contempló las luces de la ciudad mientras el coche subía por el puente atirantado que se erguía sobre las aguas oscuras del mar Arábigo.

–Vaya. Mumbai tiene el mismo aspecto que cualquier otra ciudad del mundo. Podríamos estar en Nueva York o Singapur.

«Salvo por el olor acre del aire cálido que se colaba por la ventanilla», pensó. Estuvo a punto de preguntarle a Mohan de dónde venía, pero decidió que sería mejor no hacerlo. Estaba de paso en aquella ciudad y, cuanto más se acercaban a su destino, más se ceñía el nudo que sentía en el estómago.

Lo cierto era que no quería estar en Mumbai. Por muchos puentes bonitos que construyera la ciudad, por cautivadora que fuera su nueva y deslumbrante silueta en el horizonte, no quería estar allí. Pasaría varios días en el hospital con Shannon y, en cuanto pudiera, se largaría. Aunque ya no le diera tiempo a reunirse con sus amigos en las Maldivas, no pasaba nada: sería agradable pasar el resto de sus vacaciones en su casa de ladrillo rojo de Brooklyn y mirar tal vez un par de películas. Pero ahí estaba ahora, en un coche que la llevaba a su habitación en el hotel Taj. Y también a su viejo barrio.

Smita Agarwal miró por la ventanilla las calles de una ciudad que en su día había amado, una ciudad que llevaba veinte años tratando de olvidar.

Capítulo 2

A la mañana siguiente, Smita se despertó pronto y, tumbada en una cama desconocida, creyó por un momento que seguía en el resort Sun Aqua, en las Maldivas. Escuchó el sonido de las olas rompiendo en la orilla y sintió cómo su cuerpo se hundía en la arena del color del azúcar. Pero entonces recordó dónde se encontraba y se puso tensa.

Salió de la cama y se dirigió al baño con paso cansado. Al volver a la habitación, fue a la ventana y descorrió las pesadas cortinas para dejar entrar la luz del día, el sol que derramaba su vida sobre el agua sin brillo y eternamente marrón del mar. Recordó la primera vez que había visto el océano Atlántico, el asombro que le había provocado su azul prístino, acostumbrada como estaba a las aguas turbias del mar Arábigo. Recordó cómo su padre gritaba a los criados de los edificios de la costa cuando arrojaban las bolsas de basura al agua y a los jóvenes que orinaban en el mar en las playas de Juhu o Chowpatty. «Pobre *papa*» pensó; cuánto había amado aquella ciudad para que, al final, esta no correspondiera su amor.

Miró por la ventana de la habitación hacia la Puerta de la India, el hermoso monumento de basalto amarillo que, con sus cuatro torretas y su arco, se erguía al otro lado de la calle. Tenía un aspecto sólido e inamovible, muy parecido a lo que en su día le había parecido su infancia en India. Cuando jugaba bajo aquel arco, no habría podido imaginarse que un día se alojaría en aquel majestuoso hotel. Era uno de los más lujosos del mundo: todo el mundo se había alojado allí, desde George Harrison hasta el presidente Obama. Sus padres y ella habían celebrado cumpleaños y otras fechas señaladas en los numerosos restaurantes del Taj, pero alojarse en él era harina de otro costal.

Se fijó en el reloj, cuyas agujas apuntaban las ocho de la mañana. ¿Era demasiado pronto para llamar a Shannon? ¿Estaría todavía durmiendo? En ese momento, el estómago empezó a hacerle ruidos y cayó en la cuenta de que los nervios le habían quitado el apetito y no había comido nada desde la tarde anterior. Decidió bajar a desayunar.

Media hora después entró en el restaurante Sea Lounge, que, para lo pronto que era, estaba bastante lleno. Una joven camarera, radiante con su sari azul, se acercó a ella.

–¿Cuántos serán, señora? –preguntó.

Smita levantó el dedo índice y la chica la acompañó a una mesita junto a la ventana. Smita paseó la mirada por la sala y recordó la sutil elegancia que desprendía cuando, en su infancia, iba allí con sus padres, así como el servicio discreto e impecable y los enormes ventanales desde los que se veía el mar. Le agradó comprobar que la belleza del restaurante seguía intacta.

Cruzó la mirada con el hombre sentado en la mesa de al lado, al que el sol de Mumbai le había quemado la cara y que le dedicó una sonrisa ladina. Smita fingió no haberla visto, desvió la mirada hacia la ventana y parpadeó para reprimir las lágrimas que habían asomado a sus ojos. Era casi imposible estar en el Sea Lounge y no pensar en su afable y refinada madre. Cuando esta había muerto, Smita se encontraba en Portugal cubriendo una conferencia de mujeres y, al recibir la llamada de su hermano mayor, Rohit, para comunicarle la noticia, ella le gritó y comenzó a maldecirlo, convirtiéndolo en el blanco de su desgarrador dolor. Pero allí, sentada en el restaurante favorito de su madre, el recuerdo de las tardes de sábado que habían pasado en el Sea Lounge, donde su madre siempre pedía un sándwich club de pollo y su padre bebía a sorbos una cerveza Kingfisher, le reconfortó.

Aunque al principio pensó en pedir un sándwich club en recuerdo de su madre, al final se decidió por una tortilla de espinacas y un café. El camarero le colocó el plato delante con la meticulosidad y la precisión de un mecánico que trabaja con el componente de un motor.

–¿Desea alguna cosa más, señora? –le preguntó en tono respetuoso.

Aunque debía de tener tan solo uno o dos años más que ella, su actitud obsequiosa, muy propia de los indios de clase trabajadora al dirigirse a los más ricos, le causó rechazo. Sin embargo, al echar un rápido vistazo al hermoso comedor, se dio cuenta de que nadie más –ni los numerosos alemanes y británicos, ni los barrigudos hombres de negocios indios reunidos con sus clientes– parecía darle importancia a la actitud servil del personal; de hecho, parecía ser lo que esperaban y requerían de ellos. Ya se había fijado en cómo el resto de los comensales chasqueaba los dedos para llamar la atención de los camareros y les hablaban en tono despectivo.

–No, gracias –dijo–. Tiene un aspecto delicioso.

Su comentario fue recibido con una sincera sonrisa de satisfacción.

–Buen provecho, señora –dijo él antes de alejarse en silencio.

Smita le dio un sorbo al café y a continuación se lamió

la espuma del labio superior. Había probado cafés de todas partes del mundo, pero aquella taza de Nescafé le supo a gloria. Sabía que en casa se burlarían de ella por eso –casi podía escuchar la voz cantarina de Jenna diciendo: «Por el amor de Dios, Smita, ¡es café instantáneo!» mientras disfrutaban de su *brunch* en el Rose Water, en Park Slope–, pero ¿qué le iba a hacer? Sus padres no le habían dejado beber café hasta el último año que vivieron en India y, aun entonces, solo le permitían beber un poco de la taza de su padre mientras él corregía exámenes.

Le bastaba con notar su sabor en la lengua para transportarse a su gran y soleado piso en Colaba, a tiro de piedra del Taj, y a aquellas mañanas de domingo en las que sus padres discutían amigablemente para decidir si ponían los CD de Bach y Beethoven de él o los *ghazals* de ella en la minicadena de la sala. Rohit se quedaba en su habitación sin salir de la cama y escuchaba Green Day o U2 en su walkman mientras su cocinera, Reshma, preparaba las *medhu vadas* y el *upma* típicos del sur de la India, que constituían su desayuno especial de los domingos.

¿Dónde estaría Reshma ahora? Seguramente seguía viviendo en aquella ciudad de veinte millones de habitantes, trabajando para otra familia. Smita pensó que le gustaría verla mientras estuviera allí, aunque no tenía ni idea de cómo encontrarla. ¿Habría mantenido su madre el contacto con ella tras su partida? No lo sabía. Todos habían hecho todo lo posible por olvidar lo que habían dejado atrás y construir una nueva vida en Estados Unidos. Tal vez fuera mejor no conocer el paradero de su antigua cocinera…

Reshma los acompañaba a menudo a la Puerta y vigilaba a Smita mientras ella jugaba bajo el arco. Era como si, cada noche, media ciudad ocupara el paseo que quedaba frente a la orilla, con un olor a maíz asado flotando en el ambiente. Smita recordó cómo tiraba de la túnica de su padre y le pedía que le comprara la mezcla de cacahuetes asados en arena y *chana*, para luego quedarse mirando cómo el vendedor ambulante rellenaba un cono de papel y se lo entregaba con una reverencia. Por no hablar de aquellos ocasos de la temporada de lluvias, cuando el sol arrojaba sus ascuas por el cielo y pintaba la ciudad de un naranja resplandeciente. ¿Había encontrado alguna vez, en todos sus viajes, una puesta de sol comparable a las de su infancia?

El camarero carraspeó para llamar su atención.

–¿Puedo retirarle el plato, señora? –preguntó–. ¿Estaba todo a su gusto?

Ella se volvió a mirarlo.

–Sí, gracias. –Sonrió–. ¿Es posible pedir otro café?

–Por supuesto, señora. ¿Le ha gustado?

Smita percibió en su voz el orgullo –no, era más que eso, como si hubiera alabado algo que le perteneciera– y se emocionó. Sintió deseos de preguntarle por su vida, por cuánto ganaba, por sus condiciones de vida, pero se fijó en que el restaurante estaba cada vez más lleno.

–Sí, mucho –contestó–. Es imposible encontrar un café como este en ningún otro lado.

Él asintió.

–¿Dónde vive usted, señora? –preguntó con timidez.

–En Estados Unidos.

–Eso me parecía. Aunque la mayoría de nuestros turistas son europeos.

–Ah, ¿sí? –preguntó ella, que no tenía interés en hablar de su propia vida.

Aquello era lo mejor de ser periodista: que le daba la

oportunidad de hacer preguntas en lugar de contestarlas. Rezó para que el camarero se diera prisa en ir a buscar la segunda taza de café y echó un vistazo al reloj, pero él no captó la indirecta.

–Es lo que he soñado toda mi vida –dijo–. Estudiar Dirección Hotelera en Estados Unidos.

Allí donde viajara, Smita escuchaba una u otra versión de aquella frase. Los detalles variaban, pero, en esencia, el sueño era el mismo: conseguir un visado turístico que les abriera las puertas de Estados Unidos, para luego hacer lo que fuera necesario para progresar: conducir un taxi dieciséis horas al día, dejarse hasta la última gota de sudor en la cocina de un restaurante, conseguir el respaldo de un empleador o casarse con un estadounidense. El objetivo final era obtener la tan codiciada *green card*, la versión moderna del santo grial.

Miró al delgado camarero, que tenía una deformación en el tórax que hacía que le sobresaliera el esternón, y el afán que vio reflejado en su rostro la obligó a apartar la mirada.

–Tengo un poco de prisa –dijo sin rodeos–. Pero le deseo mucha suerte.

Él se ruborizó.

–Sí, señora, desde luego. Perdón, señora.

Se alejó apresuradamente y regresó casi de inmediato con otra taza de café. Smita cargó el gasto a su habitación y dejó una propina del treinta por ciento. Se disponía a marcharse cuando el camarero se acercó de nuevo con una rosa blanca.

–Es para usted, señora. Bienvenida al Taj.

Ella cogió la flor sin saber muy bien si era costumbre del hotel regalarlas.

–Gracias –dijo–. ¿Cómo ha dicho que se llamaba?

Él dejó escapar una risita.

–No se lo he dicho, señora. Me llamo Joseph.

–Ha sido un placer conocerlo, Joseph. –Hizo ademán de alejarse, pero en el último momento se paró–. Igual puede ayudarme. ¿Sabe si está muy lejos el hospital Breach Candy?

–Por supuesto, señora. En taxi no se tarda mucho, aunque, claro, todo depende del tráfico. En la recepción pueden llamar a uno privado para usted y que disponga de aire acondicionado. Le costará un poco más, señora, pero vale la pena.

Capítulo 3

En lo primero que se fijó Smita al entrar en el hospital fue en las manchas de *paan* en las paredes del vestíbulo. Se quedó atónita. Cuando ella era pequeña, el Breach Candy era el mejor hospital de la ciudad, el lugar al que acudían a operarse las estrellas de cine, y por ello le sorprendió ver las manchas de zumo de betel.

Dejó de lado su aversión y se dirigió al mostrador de información, tras el cual había sentada una mujer con aspecto cansado.

–¿En qué puedo ayudarla? –dijo.

–Hola. Me gustaría saber el número de habitación de una paciente, Shannon Carpenter.

–El horario de visitas comienza a las once –contestó la mujer, fijando la vista en un punto indeterminado por encima del hombro de Smita–. Hasta entonces, no se permite entrar a nadie.

Smita tragó saliva.

–Ya. El caso es que llegué a Mumbai ayer a última hora y…

–A las once en punto. Sin excepciones.

La irritación de Smita se vio reflejada en su rostro.

–De acuerdo. En cualquier caso, ¿puede darme el número de habitación para que…?

–A las once en punto.

–Ya la he oído, señora. Solo le pido el número para no tener que volver a molestarla.

La mujer la fulminó con la mirada.

–Habitación 209. Y, ahora, por favor, tome asiento.

Como una niña castigada, a Smita no le quedó más remedio que esperar en el vestíbulo bajo la atenta mirada de la mujer. Echó un vistazo al reloj, aliviada al ver que no tendría que esperar mucho más y, en cuanto dieron las once, se puso en pie y se dirigió a los ascensores, donde ya había cola. Como solo tenía que subir dos pisos hasta llegar a la habitación, buscó la escalera y decidió ir por allí.

Al llegar a la segunda planta, una amable enfermera le indicó dónde se encontraba la habitación de Shannon. Mientras recorría el pasillo, vio a un grupo de gente reunida en el extremo y oyó a un hombre que alzaba la voz. Apartó la mirada y se concentró en los números de las habitaciones.

Se asomó a una que estaba vacía y, al ver un atisbo del mar al otro lado de la ventana, se vio asaltada de pronto por el recuerdo de un día en que había acompañado a su padre al Breach Candy a visitar a un compañero de trabajo que estaba enfermo. El mar quedaba tan cerca que le había dado la sensación de que el hospital estaba construido sobre un barco. Su padre se había reído de la ocurrencia y le había dado un apretón en el hombro mientras caminaban.

Al acercarse al grupo del pasillo, Smita procuró apartar la mirada y evitar escuchar lo que sin duda era una discusión acalorada, pero entonces se dio cuenta de que una de aquellas personas era Mohan. Sin embargo, él, que tan lánguido se había mostrado la noche anterior, ahora estaba tenso y tan enfadado que fulminaba con la mirada a una enfermera y a un hombre joven que vestía una bata blanca.

–Les estoy diciendo que hagan venir de inmediato al

doctor Pal. La paciente necesita que le suban la dosis de la medicación para el dolor.

–Pero, señor, ya le he dicho que... –empezó el joven residente.

–*Arre*, *yaar*, ¿cuánto rato vamos a estar dándole vueltas al mismo tema? Le he dicho que no estamos satisfechos con el tratamiento que le están ofreciendo. Ahora, vaya a buscar a su superior y que venga a hablar con nosotros.

–Como usted diga.

El joven se apresuró a alejarse, seguido por la enfermera.

–Hola –saludó Smita y Mohan la miró desconcertado.

–Ah, hola –dijo–. Lo siento. No esperaba que vinieras por tu cuenta. Estaba a punto de ir a buscarte.

–Me alegro de haberte ahorrado el viaje. –Smita desvió la mirada hacia la mujer que había junto a Mohan–. Hola, soy Smita.

La mujer, de unos veintitantos años, le dedicó una amplia sonrisa.

–Ah, hola, señora. Ayer hablamos por teléfono. Soy Nandini, la traductora de Shannon.

–Encantada de conocerte –dijo Smita, aunque una parte de ella no pudo evitar sentirse agraviada. Con la cantidad de gente que tenía Shannon allí para ayudarla, ¿de verdad hacía falta que interrumpiera sus vacaciones?–. ¿Dónde está? ¿Puedo pasar a verla?

–Sí, señora. Espere un momento. –Aturdida, Nandini le dedicó una mirada a Mohan antes de alejarse.

–Acaban de entrar con la cuña –explicó Mohan, siguiendo la mirada perpleja de Smita.

–Ah. –Smita se estremeció–. ¿Cómo lo...?

–Con mucho mucho cuidado. Aunque a Shannon no se lo parece. Creo que las enfermeras no han oído nunca a alguien que diga tantos tacos.

Smita se dio cuenta de que le costaba reprimir la risa.

–Sé a lo que te refieres. En la redacción, su mal genio también es legendario. –Ladeó la cabeza antes de preguntar–: ¿Hoy no trabajas?

–No. Esta semana tendría que estar de vacaciones en Singapur, pero el amigo con el que iba ha cogido dengue y las hemos cancelado. Así que tengo dos semanas libres.

–Y ¿por qué no has ido tú solo?

–Porque no le veo la gracia. –La miró con expresión apenada–. Yo no soy tan independiente como Shannon y tú. No soporto viajar solo. De hecho, si te soy sincero, no soporto estar solo. Supongo que en, ese sentido, soy como cualquier otro chico de Mumbai.

Lo dijo en tono irónico, como si se burlara de sí mismo. Aun así, ningún hombre estadounidense que se preciara habría admitido algo así. Si uno de los jóvenes de origen indio con los que su madre había tratado de emparejarla años atrás le hubiera hecho semejante confesión, Smita lo habría menospreciado. Pero allí, en el pasillo del hospital, la admisión de Mohan parecía normal. Humana. Smita entendía su punto de vista.

Dejó escapar un suspiro.

–Vaya, parece que a los dos se nos han torcido los planes para estas vacaciones.

Un auxiliar de enfermería salió de la habitación y, al cabo de un momento, Nandini se acercó a ellos apresuradamente.

–Pase, señora –dijo–. Shannon tiene ganas de verla.

Shannon estaba tumbada, con el cabezal de la cama un poco elevado y el pelo desparramado por la almohada. Aunque consiguió esbozar una sonrisa, a Smita no le pasó inadvertido el sudor de su frente y el dolor que velaba sus ojos grises.

–Hola, preciosa –la saludó al tiempo que se agachaba para darle un beso.

–Hola. Has venido.

Nandini le acercó una silla.

–Siéntese, señora –dijo.

Smita lo hizo al tiempo que tomaba la mano de Shannon.

–No sabes cómo lo siento –dijo–. ¿En qué lado ha sido?

–Es la cadera derecha. Y es mi puñetera culpa, por ir mirando el móvil mientras camino. Me tropecé con un bordillo.

–Lo siento. –Al alzar la vista, Smita vio a Mohan y Nandini hablando en el otro extremo de la habitación–. ¿Cuándo te van a operar? Dice Mohan que están esperando a un cirujano en concreto, pero estoy segura de que hay otros igual de preparados, ¿no?

Shannon hizo una mueca.

–Es una operación complicada. Cuando tenía veintitantos años me rompí la misma cadera, no quieras saber cómo, así que primero tienen que retirar esa prótesis y luego ponerme la nueva. El hueso ha crecido alrededor de la pieza vieja; es un jaleo. Y, por lo que parece, el doctor Shahani tiene mucha experiencia.

–Madre mía, Shannon; no tenía ni idea.

–Ya. –Shannon volvió la cabeza–. Mohan, ¿les has pedido que vayan a buscar al puto médico o qué?

–Sí. El residente ha dicho que… –Alzó la vista–. Mira, aquí está.

El doctor Pal era un hombre alto pero encorvado, con unas gafas sucias detrás de las cuales el cansancio apagaba su mirada.

–Sí, señora –dijo–. ¿En qué puedo ayudarla?

Shannon adoptó de inmediato un tono deferente.

–Siento molestarlo, doctor –dijo–. Solo quería… hacerle

unas preguntas. En primer lugar, ¿cuándo llegará exactamente el doctor Shahani a la ciudad? Y, en segundo, el dolor es insoportable. ¿No me pueden dar algo más fuerte?

El viejo médico permaneció impasible.

–Se ha roto la cadera, señora Carpenter. Para aliviar ese dolor lo que necesita es una operación. Por desgracia, el doctor Shahani no regresará hasta pasado mañana.

Shannon hizo una mueca.

–Dios mío.

–Lo lamento. –La expresión del doctor Pal se suavizó un poco–. A lo mejor podemos probar con otra combinación de calmantes. O, si le parece bien, otro médico podría operarla mañana mismo.

Shannon le dedicó una mirada de impotencia a Mohan.

–¿Tú qué opinas?

La mandíbula de él se tensó.

–¿Este otro cirujano es igual de bueno?

El doctor Pal se quedó un momento callado.

–Shahani es el mejor. Y, debido a la prótesis vieja, este es un caso complicado.

–¿Puede encargarse de los calmantes? –preguntó Mohan–. Hasta que no se encuentre mejor, no podrá tomar una decisión en condiciones, ¿no le parece?

Smita miró a Shannon por el rabillo del ojo y se preguntó si, pese a lo que le había dicho él, entre ellos había algo más que una simple amistad. Desde que conocía a Shannon, nunca la había visto confiar así en un hombre. Aunque lo cierto era que tampoco la había visto nunca en un estado semejante.

El doctor Pal hizo una reverencia.

–Los mantendré informados –dijo y salió de la habitación.

–Gracias, Mohan –dijo Shannon antes de dirigirse a Smita–: Smits, por eso te pedí que vinieras.

–Me quedaré aquí hasta después de la operación –respondió Smita enseguida–. Tengo un montón de días de vacaciones acumulados, así que puedo estar a tu lado todo el tiempo que haga falta.

Shannon meneó la cabeza.

–No, no te preocupes por eso. Tengo a Mohan. –Cerró los ojos un momento y los volvió a abrir–. ¿Has leído mis artículos sobre Meena, la mujer que ha demandado a sus hermanos por quemar vivo a su marido?

–¿Qué? Ah, sí, claro –contestó Smita, recordando algunos de los detalles.

No había prestado mucha atención porque la historia había avivado su rechazo a la India

–Genial. El veredicto se hará público en breve y necesitamos que alguien lo cubra. Tienes que ir a Birwad; es la aldea de Meena.

Smita miró a su amiga.

–No te entiendo –dijo al cabo.

–El veredicto se hará público en breve –repitió Shannon–. Necesitamos la historia.

La habitación se sumió en un silencio repentino y lleno de tensión, alimentado solo por la ira de Smita.

Consciente de que tanto Mohan como Nandini la estaban mirando, se mordió el labio inferior y trató de recordar los detalles de la conversación telefónica del día anterior. ¿Había mencionado Shannon el motivo por el que la quería en Mumbai? Por más que lo pensara, la respuesta era que no. «¿Por qué no fue más clara?», pensó Smita, que no podía quitarse de encima la sensación de que la habían manipulado para volver a la única ciudad a la que había jurado no volver jamás.

–¿Por qué no cubre la historia un corresponsal local? –preguntó–. Creía que me habías pedido que viniera para ayudarte.

Vio que Mohan levantaba la cabeza con brusquedad. Una expresión de comprensión asomaba a su rostro.

–Eso hice –repuso Shannon perpleja.

Y, en ese momento, Smita se dio cuenta de que el dolor estaba nublando la percepción de su amiga.

–Bueno... No sé qué recuerdas de la historia, pero la situación es la siguiente –continuó Shannon, ajena al enfado de Smita–. Los hermanos de la mujer, Meena, le prendieron fuego por casarse con un musulmán, mataron a su marido y ella estuvo a punto de morir. La abogada que aceptó su caso *pro bono* consiguió que la Policía reabriera la investigación. –Shannon no paraba de abrir y cerrar los ojos, como si luchara tanto contra el sueño como contra el dolor–. En cualquier caso, se espera que el tribunal haga público el veredicto en breve. Y si conoces los tribunales indios y lo despacio que funcionan –le dirigió una mirada rápida a Mohan–, sabrás que se trata de un verdadero milagro. Tenemos que estar allí cuando den el veredicto, Smits.

–Por supuesto –respondió Smita–. Pero ¿por qué no le pediste a alguien de la oficina de Delhi que cubriera el caso?

Shannon alargó la mano y pulsó el timbre para avisar al personal.

–Perdona. Esta cadera es una hija de puta; cómo duele. Creo que me toca un buen chute.

–Iré a buscar a la enfermera –dijo Mohan de inmediato, pero Shannon negó con la cabeza.

–No, ya la hemos molestado suficiente. Enseguida vendrá alguien; son muy competentes. –Shannon se dirigió de nuevo a Smita–: En circunstancias normales, James habría cubierto el veredicto, pero está en Noruega porque su mujer está a punto de parir. Y Rakesh... se va a encargar de la historia en la que estoy trabajando ahora. Además, no estoy segura de que Meena accediera a hablar con un hombre, Smits. Vive en un pueblo en el que todos son musulmanes. Es una zona bastante conservadora.

–Tiene razón –dijo Mohan–. Yo... Mis padres son de Surat, cerca de Birwad. Justo después de cruzar la frontera de Maharashtra-Gujarat. Conozco a la gente de la región y bajo ningún concepto dejarían que una mujer hablara con un hombre.

Una enfermera entró en la habitación y Shannon le pidió sus pastillas.

–*Shukriya* –susurró Shannon.

Smita vio la sonrisa de perplejidad de la enfermera por haber recibido las gracias en hindi.

–De nada, señora –respondió la joven.

Shannon dejó escapar un gemido y le apretó la mano a Smita mientras esperaba a que se le pasara un espasmo de dolor.

–¿Por qué no te han puesto un gotero de morfina? –quiso saber Smita.

Shannon le dedicó una mirada burlona.

–En la India no la administran con la misma facilidad que en casa. En cuanto me recupere, escribiré un artículo al respecto.

–Es absurdo.

Se hizo un repentino silencio en la habitación, como si todos se hubieran quedado sin nada que decir. Smita se volvió hacia Nandini.

–¿Has estado alguna vez en Birwad? ¿Está muy lejos de aquí?

–Sí, a unas cinco horas en coche.

En su tono de voz se percibía un resentimiento que sorprendió a Smita.

–Vaya...

Smita se mordió una uña para ganar tiempo mientras se devanaba los sesos.

Después de que la llamada de Shannon terminara abruptamente con sus vacaciones, había hecho las paces con la idea de regresar a Mumbai. Sentada en la habitación de su hotel en las Maldivas, se había recordado a sí misma todo lo que Shannon y ella habían vivido juntas: ambas habían trabajado en el *Philadelphia Inquirer* y, después, Smita había conseguido su puesto de trabajo en Nueva York gracias a la recomendación de Shannon. Cuando, ocho meses atrás, su madre había muerto, Shannon, que en aquel momento se encontraba en Estados Unidos, había pedido tres días de vacaciones para coger un avión a Ohio y asistir al entierro. Por encima de cualquier otra cosa, había sido aquella muestra de amistad y la sensación de estar en deuda con ella lo que había hecho que Smita accediera a coger un avión a Mumbai cuando Shannon se lo había pedido.

Creía que iba a ir allí para ayudar durante unos días a su amiga, al menos hasta que esta se recuperara un poco. Pero, en lugar de eso, ahora tenía que lidiar con todo lo que detestaba de su país: sus conflictos religiosos, su conservadurismo y la forma en la que trataba a las mujeres. «Pero si eres la puñetera reportera de temas de género –se recordó Smita–. ¿A quién iba a llamar Shannon? Sobre todo cuando tú estabas a tres horas en avión».

–Bueno, y ¿de qué estamos hablando? –dijo–. ¿Un artículo comentando el veredicto?

–Eso lo decides tú –contestó Shannon–. Tal vez podrías

reunirte antes con Meena y escribir un artículo corto sobre ella. Ya sabes, cómo afronta la situación, sus miedos y esperanzas. Y luego otro que refleje la reacción de los vecinos del pueblo cuando el juez haga público el veredicto. ¿Qué te parece? –Miró a Nandini–. Nan es estupenda, por cierto; una profesional de los pies a la cabeza. Te ayudará en todo lo que necesites.

Smita decidió señalar lo que para ella era obvio.

–Bueno, la verdad es que no necesito una traductora. Sé que mi hindi no es perfecto, pero creo que me las puedo apañar. Allí hablan hindi, ¿verdad?

–Sí. Y un dialecto específico de *marathi*.

–Si me permitís opinar –intervino Mohan–, lo más difícil va a ser llegar allí. Es una zona muy rural. Creo que tener a alguien contigo como Nandini, que conoce el terreno, te será de ayuda.

Detrás de él, Nandini frunció el ceño, aunque solo Smita se percató.

–Hay una estación de tren, pero queda un poco lejos de Birwad –dijo Shannon–. Y el hotel en el que solemos alojarnos también está a cierta distancia de la aldea. Necesitarás un coche.

Smita asintió. No tenía ninguna intención de coger un tren en la India.

La enfermera volvió con las pastillas que había pedido Shannon y una botella de agua, pero Shannon le indicó que lo dejara todo en la mesita de noche. Una vez que la mujer se hubo marchado, puso cara de pena.

–En cuanto me las tome, dormiré como un tronco durante horas. Tengo que darte toda la información ahora.

–Vale –dijo Smita.

Las cosas estaban yendo muy rápido y tenía la sensación de que escapaban a su control. Ni siquiera se podía plantear la posibilidad de rechazar el encargo. ¿Qué motivo iba a darle a su editor, Cliff, para negarse a cubrir la historia después de haber acudido allí de forma tan apresurada y temeraria? Lo más probable era que Cliff le hubiera dado permiso a Shannon para ponerse en contacto con ella. «Maldita sea –pensó Smita–, seguramente él también pensó que me estaba haciendo un favor y que era una gran oportunidad para mí». Pero ¿por qué no la había avisado? Habría agradecido cualquier cosa que le hubiera evitado la humillación de aquel malentendido.

Shannon rechinó los dientes por el dolor y empezó a hablar más deprisa mientras alargaba la mano hacia la botella de agua y las dos pastillas blancas. A Smita le dio un vuelco el estómago. Nunca se había roto un hueso y de repente se sentía enormemente agradecida por ello.

–Si me pasas mi teléfono, te daré el número de Anjali –decía Shannon–. Es la abogada que está ayudando a Meena. Hasta donde yo sé, Meena sigue viviendo con su suegra en las afueras de Birwad. Por cierto, los hermanos están en libertad bajo fianza, aunque te cueste creerlo. Habla también con ellos. Y entrevista al jefe de la aldea; ese tío es un cretino que intimidaba a Meena antes incluso de que se casara. –Se tragó las pastillas–. Si revisas los artículos que he escrito, encontrarás el nombre del pueblo de los hermanos. O igual Nandini se acuerda. Ah, y tienen otra hermana en alguna parte... –Shannon dejó el vaso en la mesita–. Gracias por encargarte de esto, Smits. Te debo una.

Aquello disipó las últimas dudas de Smita. Lo cierto era que, de ser ella la que estuviera en cama, le habría pedido a Shannon el mismo favor. Y esta la habría ayudado sin quejarse.

–No digas tonterías. Hoy mismo llamaré a Anjali para

organizar el viaje, aunque me gustaría estar aquí cuando te operen, si es posible.

–No hace falta. Mohan me ayudará...

–Es buena idea. –Nandini asintió con vigor–. Tenemos que estar aquí para la operación.

–No hace falta –repitió Shannon–. Tienes que ayudar a Smita.

Hablaron durante un cuarto de hora más, hasta que Shannon cerró los ojos y, al cabo de varios minutos, dejó escapar un sonoro ronquido y luego empezó a roncar más bajito. Smita se volvió hacia Mohan.

–¿Cuánto rato va a estar fuera de juego?

Él le dedicó una mirada interrogativa.

–¿Fuera de juego?

–Me... Perdona, me refería a cuánto duerme después de tomarse las pastillas.

–Ah, ya te entiendo. Con suerte, tres o cuatro horas. Aunque a menudo se despierta antes por el dolor.

–Vale. –Smita, que quería hablar con él en privado, paseó la mirada por la habitación–. ¿Crees que...? ¿Hay algún sitio donde pueda tomarme un café?

–Sí, claro –contestó él de inmediato–. ¿Quieres que vaya a...?

–Voy contigo –dijo Smita, que se levantó sin darle tiempo a reaccionar y se volvió hacia Nandini–. ¿Quieres que te traiga algo?

–No, gracias. Estoy bien.

–¿Seguro? Debes estar agotada.

–Estoy bien.

–Vale.

–No se lo tengas en cuenta –comentó Mohan en cuanto salieron de la habitación–. Nandini está muy preocupada por Shannon. Se siente responsable.

–¿Por qué? Fue un accidente.

Él se encogió de hombros.

–Viene de un entorno de clase media baja y es la primera de su familia en ir a la universidad. Shannon es una mujer estadounidense que la trata bien y la hace sentir valorada, por no hablar de que gana un buen sueldo porque trabaja para un periódico occidental. Entenderás por qué es tan leal.

–¿Cuánto hace que conoces a Shannon?

–Un par de años.

–Eres un buen amigo –dijo Smita mientras esperaban el ascensor–. Por ayudarla de esta manera.

–Y tú también. Por interrumpir tus vacaciones y volver a tu país para ayudarla.

–¿Mi país?

–Sí, claro. Me dijiste que habías nacido aquí, ¿no?

–Sí, pero… Bueno, era una adolescente cuando nos marchamos. –Meneó la cabeza–. No sé. No considero que la India sea mi país.

–¿Qué es entonces?

¿Por qué era tan puntilloso?

–Pues… no lo sé, no pienso mucho en ello –respondió al cabo–. No era mi intención ser grosera.

Mohan asintió.

–Tuve un amigo en la universidad –dijo al cabo de un momento–. Pasó un mes en Londres durante las vacaciones de verano; un mes. Y cuando volvió, de repente, hablaba con acento británico, como un *gora*.

En ese momento, las puertas del ascensor se abrieron y ambos subieron. Smita esperó a que Mohan siguiera hablando, pero él se había quedado callado.

–¿Qué tiene eso que ver conmigo? –preguntó ella al cabo.

–Detesto ese complejo de inferioridad que tienen muchos de los nuestros... De los míos. Parece que todo lo que viene de Occidente es mejor.

Al darse cuenta de que un joven escuchaba su conversación, Smita aguardó a bajar del ascensor para contestarle.

–Mohan, te entiendo –dijo ya en el vestíbulo–. Pero yo he vivido veinte años en Estados Unidos. Soy ciudadana estadounidense.

Él se detuvo a mirarla y, al cabo de un instante, se encogió de hombros.

–Perdona, *yaar* –dijo–. No sé cómo hemos acabado hablando de este tema tan absurdo. *Chalo*, vamos a comprarte ese café. La cafetería está por aquí.

Smita tenía la sensación de haber perdido parte del aprecio que él le tenía. «Que le den –pensó–. Al final resulta que sí que es uno de esos nacionalistas».

–Esta mañana he salido de casa sin desayunar –dijo Mohan–. ¿Quieres algo más aparte de café?

–Yo he comido bien en el hotel, pero tú pide lo que quieras.

Mohan pidió *masala dosa.* Smita reprimió su deseo de pedir un zumo natural y se conformó con el café.

–Antes me encantaba el zumo de lima dulce –dijo.

–Pues tómate uno, *yaar.* –Fue la inmediata respuesta.

–Me da miedo que me siente mal.

–Es culpa de tu estómago estadounidense –repuso él, aunque había una nota risueña en su voz.

Cuando le trajeron su *dosa,* Mohan cortó un pedazo del crep y se lo tendió.

–Toma. *Arre,* cógelo, *yaar.* No te va a pasar nada. Y, si te sienta mal, mira a tu alrededor: estás en un hospital.

Smita puso los ojos en blanco y se metió la *dosa* en la boca. A pesar de no tener el relleno de patata, seguía sabiendo a gloria, mucho mejor que cualquier *dosa* que hubiera probado en Estados Unidos.

–Está riquísima –dijo.

A él se le iluminó el rostro y se apresuró a hacerle señas al camarero para pedirle otra.

–Cómete esta; enseguida me traerán una para mí.

–Ni hablar. Eres tú quien tiene hambre.

–Y tú la que está mirando esta *dosa* como si estuviéramos en medio de una puñetera hambruna. ¡Come! Salta a la vista que has echado de menos los sabores de casa.

A Smita se le llenaron los ojos de lágrimas, cosa que sorprendió a ambos. Avergonzada, ella apartó la mirada. ¿Cómo iba a explicarle que sus palabras le habían recordado lo que decía su madre cuando le contaba que echaba de menos el paisaje, los olores y los sabores de la India?

Mohan se reclinó en la silla y la contempló satisfecho.

–¿Lo ves? –dijo al cabo de un momento–. En el fondo, sigues siendo una *desi*.

Ella dejó de masticar.

–¿Por qué es tan importante para ti que considere la India como mi país? –preguntó, haciendo el símbolo de las comillas con las manos al decir las dos últimas palabras.

El camarero dejó la *dosa* de Mohan frente a él.

–*Shukriya* –dijo Mohan antes de dirigirse de nuevo a ella–: No es cuestión de que sea o no importante, *yaar*. Es solo que… ¿quién no echaría de menos Mumbai si se tuviese que ir de aqu?

–¿Qué es lo que iba a echar de menos? ¿El hecho de que, cada vez que subía al autobús, un desconocido se creyera con derecho a tocarme? ¿O que, cada vez que quería salir de casa con un vestido corto, mi padre no me dejara por la cantidad de hombres indecentes que hay por las calles? Dime.

–Eso no es justo –contestó Mohan–. Son cosas que pasan en todas partes, no solo aquí.

–Sí, sin duda. Lo que trato de hacerte entender es que tu Mumbai no es el mismo que el mío.

Mohan hizo una mueca.

–Te entiendo. Mi hermana me lo ha dicho más de una vez.

–Ya. –Smita asintió y se terminó el café–. ¿Cuántos años tienes tu hermana?

–Veinticuatro.

–¿Y va a la universidad en Mumbai?

–¿Shoba? No, está casada. Vive en Bangalore; yo soy el único que vive aquí.

–¿No tienes familia en Mumbai?

–No. Aunque odie estar solo.

Se lo veía tan avergonzado que Smita soltó una carcajada. Había algo en él que le recordaba a su hermano Rohit.

–Si no te importa, voy a pedir un bocadillo para Nandini –dijo Mohan–. Tiene que coger dos autobuses para venir aquí y estoy seguro de que hoy no ha comido.

Sin duda, se parecía mucho a Rohit.

–Por supuesto.

Smita ni siquiera se ofreció a pagar la cuenta. Mohan era un chico de Mumbai y los chicos de Mumbai no permitían que los visitantes pagaran la cuenta. Había cosas de las que todavía se acordaba.

Capítulo 4

Al acercarse a la habitación de Shannon, oyeron voces procedentes del interior.

–Madre mía, está despierta –dijo Mohan–. Los calmantes no han hecho efecto.

–¿Dónde narices estabais? –les espetó Shannon cuando entraron, y Smita se quedó petrificada al ver el sufrimiento que reflejaba el rostro de su amiga.

–Lo siento mucho –susurró–. Hemos ido a comer algo.

Smita se fijó en el aspecto demacrado y lloroso de Nandini y le supo mal por la joven.

–Bueno, pues estoy harta –dijo Shannon en el mismo tono áspero–. El doctor Pal se ha pasado por aquí mientras vosotros no estabais y resulta que no me puede dar nada más fuerte.

–Hablaré con él…

–No, no hace falta. Me ha convencido: mañana mismo entro en el maldito quirófano. Pal dice que el otro médico es bastante bueno y no quiero esperar más.

–¿Estás segura, Shannon? –preguntó Mohan en voz baja y con el ceño fruncido por la preocupación.

–Sí, lo estoy –repuso ella, antes de echarse a llorar–. No soporto este dolor ni un segundo más.

Mohan tomó aire con brusquedad.

–De acuerdo –dijo–. Me parece buena idea.

Shannon sacó la mano de debajo de la sábana y se la tendió.

–¿Te quedarás conmigo cuando Smita y Nan se marchen?

–Sí, claro.

Se oyó un ruido procedente de la esquina de la habitación y todos dieron un respingo mientras Nandini salía a la carrera. Shannon miró a Mohan.

–No puedo con su dramatismo –dijo–. Hazla entrar en razón.

–¿Qué ocurre? –preguntó Smita, pero Mohan se limitó a menear la cabeza y salir de la habitación.

Smita acercó una silla a la cama. Desde el pasillo llegaban las voces de Mohan y Nandini; la de ella aguda y estridente.

–Tienes el número de Anjali, ¿verdad? –preguntó Shannon con los ojos cerrados–. Llámala en cuanto puedas y averigua si ya hay fecha para el veredicto.

–Lo haré, tranquila. Y, ahora, deja de preocuparte por el trabajo.

Shannon sonrió.

–Eres la mejor; sabía que eras la única en la que podía confiar para encargarse de esta historia. Tú entenderás a Meena mejor que cualquier otro periodista.

Mientras aguardaba a que Mohan volviera, Smita se quedó sentada mirando cómo Shannon dormitaba. Al cabo de varios minutos, se levantó y se acercó a la ventana, desde donde vio cómo el mar rompía contra los enormes peñascos y rociaba el aire con espuma. De pronto se sobresaltó al notar a Nandini a su lado; no la había oído entrar en la habitación.

–Ah, hola –dijo, sin molestarse en disimular su irritación. La idea de hacer un viaje en coche a solas con aquella extraña le daba pavor.

–Estoy muy asustada, señora –dijo la muchacha–.

A la madre de mi amiga la operaron de lo mismo. Y murió.

Smite ahora comprendía que el extraño comportamiento de Nandini era fruto del miedo.

–No le pasará nada –dijo para intentar reconfortarla–. Este hospital es muy bueno.

La otra asintió.

–Es lo que me ha dicho Mohan *bhai*. –Se limpió la nariz con el dorso de la mano–. Pero es que Shannon se ha portado muy bien conmigo, señora. Me ha tratado mejor que mis propias hermanas.

Era un fenómeno que Smita había visto en todos los rincones del mundo: chicas de familias con pocos recursos, flacas como un palillo, que trabajaban a destajo contra viento y marea para mejorar su situación. Y la gratitud que sentían por sus jefes o benefactores –por cualquiera que las tratara con un mínimo de amabilidad– era tan sincera, tan ferviente, que, cada vez que lo veía, a Smita se le rompía el corazón. Se imaginó el piso abarrotado en el que vivía Nandini, los largos trayectos en transporte público para ir a trabajar, el esfuerzo hercúleo para aprender inglés y, finalmente, la oportunidad de trabajar para una agencia o un periódico occidental, la liberación que una oportunidad así proporcionaba y la lealtad que generaba.

–Nandini –dijo Smita para llamar su atención–. Aparte de la cadera, Shannon no tiene problemas de salud. Se recuperará enseguida. Y, mientras tanto –respiró hondo–, nosotras nos lo pasaremos bien juntas, ¿de acuerdo?

La joven la miró de arriba abajo.

–Una cosa, Smita... Necesitarás ropa más recatada, como un *shalwar kameez*. La zona a la que vamos es muy conservadora.

Smita se ruborizó. ¿Acaso creía que era una novata?

–Sí, lo sé. Esta tarde iré a comprarme alguna cosa. Supongo que sabes que hasta ayer mismo estaba de vacaciones.

–Buena idea.

Se quedaron las dos contemplando el mar hasta que una enfermera entró en la habitación y comenzó a hablar con Nandini en un *marathi* demasiado rápido mientras Smita miraba a una y otra alternativamente. Escuchó un par de veces la palabra «estadounidense» y saltaba a la vista que la enfermera estaba alterada. Al final, la mujer se volvió hacia Smita.

–Las horas de visita han terminado, señora –dijo–. Tiene que irse.

–Pero ella está aquí –observó Smita enfáticamente, señalando a Nandini con la cabeza.

–Matron ha hecho una excepción con la cuidadora de la señora Shannon y el señor alto, pero no están permitidas las visitas fuera del horario establecido.

Smita suspiró.

–De acuerdo. –Y al ver que la enfermera no se movía, añadió–: Deme unos minutos, por favor. Debo organizar varias cosas.

–Tiene cinco minutos.

Smita siguió a la enfermera al pasillo. Mohan estaba en el control de las enfermeras hablando con el médico residente de antes. Cuando la vio, se acercó a ella.

–¿Te vas? –preguntó.

–Me han echado.

–Son muy estrictos con el horario de visitas. Pero podría intentar…

–No pasa nada. Por lo visto, ya han hecho una excepción contigo y con Nandini.

Le era imposible disimular su irritación. Y estaba segura de que Mohan también la había notado.

–Lo lamento –dijo él.

Ella se encogió de hombros.

–Tranquilo. El caso es que todavía tengo que prepararlo todo para ir a Birwad. Tengo que contactar con la abogada y, además, Nandini me ha dicho que tengo que comprar ropa más adecuada para nuestro viaje.

Mohan pareció avergonzarse.

–Todos estamos sometidos a mucha presión –dijo, y al instante su rostro se iluminó–. Por cierto, me han dado buenas noticias. Shannon es la primera de la lista. La operan mañana a primera hora.

–Genial. ¿A qué hora tengo que estar en el hospital?

–Ya lo veremos. Se la llevarán a las siete, pero no entrará en el quirófano hasta las ocho y es una operación larga. Aunque vengas a las nueve o las diez…

–Estaré aquí a las siete.

–No hace falta que vengas tan pronto. Mañana será un día muy largo, sobre todo si salís hacia Birwad después de la operación. –Le dedicó una sonrisa–. Nandini ha dejado muy claro que no se marchará hasta estar segura de que Shannon se encuentra bien.

Smita volvió a entrar en la habitación, donde Shannon dormía profundamente. Le dio un beso suave en la frente y se la quedó mirando. El dolor le había dibujado arrugas nuevas en el rostro. Mientras la contemplaba, Shannon dejó escapar un leve gemido y Smita sintió una oleada de compasión hacia ella. Por lo general, era tan sociable y extrovertida que era fácil olvidar que no tenía familia. Una vez, solo una, después de que ambas se emborracharan en una fiesta de trabajo, Shannon le había hablado de su infancia en casas de acogida. Smita admiraba a aquella mujer: ahí estaba, en un país que no era el suyo, cuidada por una traductora que a todas luces la adoraba y un amigo que se aseguraba de que recibiera los mejores cuidados.

«Por no hablar de mí –pensó Smita–, que lo he dejado todo para estar a su lado. ¿Por qué? Sí, porque me preocupa Shannon, pero también porque quiero demostrar que soy una buena amiga. Pero me ha salido el tiro por la culata, porque Shannon no necesita mi amistad ni mi compañía: solo necesita mi compromiso profesional».

–Hasta mañana –le susurró a Nandini y, sin darle tiempo a contestar, salió de la habitación.

En cuanto el taxi se puso en marcha, Smita llamó a Anjali.

–Diga –contestó una voz después de varios timbres.

–H-Hola... –dijo Smita, desconcertada por la abrupta respuesta–, ¿eres Anjali?

–La misma. ¿Con quién hablo?

Aunque sabía que iba a hacer un calor agobiante en el taxi, Smita le hizo señas al conductor para que subiera su ventanilla.

–Me llamo Smita y trabajo con Shannon. Me voy a encargar del artículo sobre Meena Mustafa.

–Ah, sí. –Anjali hablaba de aquella manera entrecortada propia de los indios de clase alta que Smita recordaba de su infancia–. Su asistente me dijo que ibas a venir de Estados Unidos.

Ella no se molestó en corregirla.

–Sí, llegué ayer por la noche.

–¿Cómo se encuentra Shannon? ¿Ya la han operado?

–No; la operación es mañana por la mañana.

–Bien, bien.

En la voz de Anjali había una nota de impaciencia, la inflexión propia de una mujer saturada de trabajo que tenía que atender diez mil asuntos distintos cada día. Smita conocía muy bien aquel tono.

–Te llamaba por el veredicto. Shannon cree que debería ir allí mañana…

–No es necesario –la interrumpió Anjali–. Nos acaban de decir que ha habido un retraso. El juez no comunicará su decisión mañana.

–Vaya. ¿Y eso?

Anjali soltó una risa amarga.

–¿Y eso? Porque estamos en la India. Por lo visto, el juez no ha terminado de redactar su veredicto.

–Entiendo…

–En fin, ¿crees que podrás venir, aunque sea más adelante? –preguntó Anjali–. No sé si el periódico querrá hacer un seguimiento.

«A lo mejor podrían utilizar una nota de prensa», pensó Smita.

–¿Los medios indios van a cubrir la historia? –quiso saber–. A lo mejor podríamos…

–Por favor –dijo Anjali en tono desdeñoso–, ¿crees que una historia así les interesa en lo más mínimo? Estamos hablando de unos hindús que mataron a un musulmán; ¿a quién le importa? Ya sabes lo que dicen: que un perro muerda a un hombre no es noticia. No, están demasiado ocupados informando sobre estrellas de cine y… críquet.

Smita sonrió al percibir el desprecio con el que Anjali pronunciaba la palabra.

–Oye, ¿dónde está vuestro despacho? –preguntó–. Me encantaría hablar más contigo, sobre por qué aceptaste el caso y otras cosas.

–Porque al resto de abogados no les importa ni lo más

mínimo. Y porque necesitamos que más mujeres como Meena reclamen sus derechos. Es la única manera de cambiar las cosas en este país de mala muerte.

–Sí, es verdad. ¿Estáis cerca de Birwad?

–No mucho. Nuestro despacho está a una hora en coche de la aldea de Meena y un poco más lejos de Vithalgaon, donde viven los hermanos. Si vienes desde Mumbai, necesitas un coche. Tienes conductor, ¿verdad?

–Sí.

–Genial –dijo Anjali en tono ausente–. En fin, ¿querrás que te avise cuando sepamos la fecha del veredicto?

Un motorista se acercó tanto al taxi de Smita antes de desviarse en el último instante que esta tuvo que morderse el labio para reprimir un grito. El hombre blandió el puño en dirección al taxista y procedió a salir disparado.

–¿Hola? –preguntó Anjali.

–Sí, perdona. ¿Con cuánta antelación lo sabrás?

Anjali dejó escapar una risita.

–Es difícil de decir. Con suerte, el día de antes. –Hizo una pausa antes de añadir–: ¿Qué vas a hacer? ¿Te quedarás en Mumbai a esperar?

Smita se lo pensó un momento y tomó una decisión.

–Creo que nos pondremos en marcha pasado mañana. Así, si hace falta, mañana puedo pasar el día en el hospital.

–Pero es posible que no conozcamos el veredicto hasta el día siguiente...

–No pasa nada. Quedaré con Meena y entrevistaré también a los hermanos.

–Buena idea. Pero ten cuidado: el hermano mayor puede ser muy beligerante. Deberías ver cómo se comporta en el juzgado. Aunque el peor de todos es Rupal Bhosle, el jefe del Consejo de su aldea. Los hermanos lo idolatran como si fuera un dios. Es una pena que no pudiera demandarlo a él.

–Cuesta creer que alguien sea capaz de aplaudir semejante atrocidad.

–Son los privilegios masculinos, querida. Y todas esas nociones absurdas sobre el honor familiar.

Smita percibió el tono furioso de la voz de Anjali. En ese momento, el taxista tocó la bocina y el sonido casi dejó sorda a Smita, que miró a su alrededor, apabullada.

–Madre mía –dijo Anjali–. ¿Qué ha sido eso?

Smita se inclinó hacia delante y le dio un toquecito en el hombro al conductor.

–*Oi, bhai* –dijo en su hindi oxidado–. Tocar la bocina no sirve de nada. Nadie se mueve, *na?*

El hombre volvió la cabeza por encima de su hombro y le dedicó una sonrisa a modo de disculpa.

–Tiene razón, señora. Es una mala costumbre que tengo.

Ella sonrió, desarmada por su timidez.

–Perdona –le dijo a Anjali–. Estoy en medio de un atasco.

–Mira, tengo una idea –respondió Anjali con brusquedad–. Avísame cuando estés por aquí. Me imagino que te alojarás en el mismo motel que Shannon cuando va a Birwad, ¿verdad?

–Supongo que sí.

–Y ¿vas a viajar con su ayudante? ¿Cómo se llama…? ¿Nandita?

–Nandini.

–Eso, Nandini. Es muy competente. Estás en buenas manos.

Después de colgar, Smita miró taciturnamente por la ventana del taxi y contempló los tallos de los horribles rascacielos que habían florecido por toda la ciudad. También vio los edificios antiguos, que necesitaban una capa de pintura nueva, y una asombrosa aglomeración de seres humanos por todas partes: gente que se derramaba sobre la calzada desde las aceras, se adentraba a la carrera en el tráfico y se apretaba para pasar entre coches, autobuses y camiones.

Incapaz de soportar el calor del coche cerrado, bajó su ventanilla y se vio asaltada de inmediato por las ensordecedoras bocinas de los vehículos de alrededor. Era como escuchar la cacofonía de una orquesta demencial. Tuvo la extraña sensación de que los coches se comunicaban unos con otros, como en una película postapocalíptica de ciencia ficción. Resistió el impulso de taparse los oídos. A pesar de estar habituada al tercer mundo, la India no era tanto un país como una fuerza imparable de la naturaleza. Todo en ella la apabullaba: las paredes con manchas de *paan* en un hospital de renombre, el caos del tráfico, las omnipresentes muchedumbres, la estúpida insistencia de Mohan en que asumiera que aquel país era su patria. En aquel momento, la India le parecía indescriptiblemente grande y, al mismo tiempo, lo bastante pequeña y provinciana como para provocarle una sensación de ahogo. Pero no le quedaba otra que hacer de tripas corazón. Alguien como ella, que cubría la clase de historias sobre las que escribía e iba a lugares remotos del mundo, no lo hacía porque buscara comodidades.

¿Qué le había dicho su padre durante aquellos primeros y duros meses en Ohio? «No hay nada de malo en sentirse incómoda, *beta*. De hecho, es en esas condiciones cuando los seres humanos sacan lo mejor de sí mismos». No le había contado que estaba de vuelta en la ciudad a la que ningún miembro de su familia había regresado desde su partida. Por lo que a su padre se refería, Smita seguía de vacaciones en las Maldivas. «*Papa*», pensó. Tenía que llamarlo aquella noche, aunque no veía motivo alguno para informarlo de su cambio de planes; solo conseguiría preocuparlo hasta que regresara a casa.

Al volver la cabeza, descubrió al taxista mirándola a través del retrovisor. Aunque el chico apartó la mirada enseguida, a Smita se le encendieron las mejillas. Bajó la vista y se dio cuenta de que la camiseta que llevaba dejaba al descubierto un poco de escote. En Manhattan era algo tan habitual que nadie se habría fijado en ese detalle, pero en Mumbai bastaba para llamar la atención de cualquier hombre. Sin duda tenía que comprar ropa más recatada antes de ir al pueblo de Meena.

Se inclinó hacia delante y se subió el escote de la camiseta mientras hablaba con el conductor.

–Ah, *bhai* –dijo–. ¿Todavía venden ropa en el mercado de Colaba Causeway? Tengo que comprar varias cosas.

–Desde luego, *memsahib* –contestó él–. Según dicen, allí puede encontrar de todo, desde un alfiler hasta un elefante.

Capítulo 5

Apenas llevaba unos minutos paseándose por el mercado cuando a Smita le empezaron a sudar las manos y se le aceleró el corazón. Lo que le causaba ansiedad no eran los vendedores de los puestos ubicados a ambos lados de la calle, que la instaban a echar un vistazo a sus bolsos de cuero, sus joyas de plata y sus esculturas de madera. Tampoco la risa de las colegialas que caminaban un poco por delante de ella y que le traía el eco de su propia risa, ni su forma de caminar por la acera a pequeños brincos, en la que veía reflejada la suya de tantos años atrás.

Tampoco que, al pasar por delante de la zapatería Metro, recordara cómo acudía allí con su madre al principio de cada año escolar. Ni que al pasar por delante de tiendas en las que vendían mochilas para la escuela recordara cómo su padre les compraba una a Rohit y otra a ella al comienzo de cada curso. Ni siquiera que, al pasar por delante del Olympia Coffe House, se acordara de los huevos *bhurji* que su padre le dejaba pedir para desayunar algunos sábados.

Le sudaban las manos porque se encontraba cerca de la única calle que había albergado la esperanza de evitar durante el resto de su vida.

«Spencer Road... Me pregunto qué aspecto tendrá ahora». ¿Quedaría algún rastro de la vida de su familia allí o lo habría borrado el tiempo en su ausencia? ¿Seguirían viviendo en ella sus antiguos vecinos, los que recordarían aquel día de 1996? Lo más probable era que tía Beatrice, la amable mujer cristiana que vivía en el edificio de enfrente, hubiera muerto mucho tiempo atrás, pero sin duda debía de haber otras personas que recordaran con cariño a su familia; que recordaran, por ejemplo, cómo su padre compraba fuegos artificiales para todos los niños del vecindario para celebrar el Diwali, el festival de las luces hindú. Pese al tiempo transcurrido desde entonces, ¿sentiría alguien aunque fuera un atisbo de culpa, o se habrían acumulado las oscuras aguas del tiempo alrededor de aquel incidente?

Smita se detuvo de manera tan imprevista que el joven que tenía detrás estuvo a punto de chocar con ella. Encontró un sitio bajo un toldo, lejos de la presión del gentío. El corazón le latía con tanta fuerza que se mareó. Era como si su cuerpo se resistiera al inexplicable pensamiento que se estaba formando en su mente: quería volver a la calle donde había vivido.

«No seas ridícula –se reprendió–. ¿Qué es lo que quieres ver? Allí no hay nada para ti; no remuevas el pasado. Ya no tienes nada que decirle a esa gente». Sin embargo, una nueva idea se abrió camino en su cabeza: si quería visitar su antiguo barrio, no era por ella, sino por su padre. En algún momento tendría que contarle que había estado en Mumbai. No le preocupaba que él se enterara al leer uno de sus artículos en el periódico; desde noviembre de 2016 había optado por no ver más las noticias y, al final, incluso había dejado caducar su suscripción al periódico. «Vinimos a este país porque creíamos que era la mayor democracia del mundo –le decía él cuando discutían–. Y, ahora, mira el daño que está haciendo ese hombre. ¿Prohibir la entrada de musulmanes al país? ¿Secuestrar a niños y separarlos de sus padres? Este no es el país al que vinimos, *beta*. No voy a dejar de votar, pero, cada vez que leo lo que está haciendo esta gente, se me rompe el corazón. No lo soporto».

Smita sabía que su padre se apenaría si supiera que había estado a diez minutos a pie de su antiguo barrio y no había ido a verlo. Sabía que sentiría curiosidad por cómo había cambiado la zona y que la acribillaría a preguntas. Alentada por este pensamiento, ella echó a andar de nuevo e, ignorando el latido desbocado de su corazón, desanduvo el camino y atajó por una de las callejuelas. En cuestión de minutos, se dio cuenta con inquietud de que se había perdido y era incapaz de reconocer ni un solo punto de referencia. Se paró a pedir indicaciones para llegar a Spencer Road y resultó que se hallaba a tan solo dos calles de distancia.

Al llegar a su destino, se quedó parada y aguardó a que su corazón se calmara mientras miraba nerviosa a un lado y otro de la calle. ¿Era posible que alguien reconociera en ella a la desgarbada chica de catorce años que había vivido allí antes de marcharse a Estados Unidos? Levantó la vista hacia los apartamentos Harbor Breeze, el edificio de siete pisos de color crema que se alzaba al otro lado de la calle. La fachada estaba cubierta por andamios para darle una mano de pintura y tenía un aspecto desvencijado y deteriorado, muy distinto del edificio de postín que ella recordaba. «¿Será porque cuando somos pequeños todo nos parece nuevo e inmaculado?», se preguntó. La única cosa que le permitió reconocerlo fue la buganvilla que cubría la fachada encalada y el solitario cocotero que crecía en el pequeño jardín delantero.

Smita no se atrevía a darse la vuelta para mirar el edificio que quedaba a su espalda, donde en su día había vivido tía Beatrice. Si ya estaba hecha un manojo de nervios, sabía que en cuanto lo viera se desmoronaría.

Dio un respingo al oír un crujido seco y, aunque solo se trataba de unos niños calle abajo golpeando una pelota con el bate de críquet, esto bastó para que tomara conciencia de lo agitada y nerviosa que estaba.

En cuanto se dio cuenta, sintió una ira tan afilada y nítida como el sonido del bate al golpear la pelota. ¿Qué hacía merodeando asustada por esa calle, temblando ante la posibilidad de encontrarse con alguno de sus antiguos vecinos? Como si fuera ella la que hubiera hecho algo malo, la que tuviera algo que ocultar.

Smita recordó con amargura lo traumáticos que habían sido para su madre los primeros años en Ohio, cuánto le había costado hacer nuevas amigas, confiar en alguien que no formara parte de su círculo familiar. Cómo había rechazado la amistad de las demás madres, que intentaban que se sumara a sus comidas o saliera con ellas. Cómo se quedaba sola en casa todo el día mientras Smita y Rohit estaban en la escuela y su marido en el trabajo, convertida en una sombra de la mujer sociable y afectuosa que había sido el alma de aquel edificio.

Buceando entre los recuerdos que se agolpaban en su mente, Smita se acordó de Pushpa Patel, la mejor amiga de su madre y madre de Chiku. «¿Seguirá viviendo aquí?», se preguntó.

Sin darle más vueltas, se puso a mirar la placa de madera con los números de los apartamentos y los nombres de los residentes del edificio y vio que, junto al número 3B, constaba como siempre el nombre de Pushpa Patel. Smita había pasado una gran parte de su infancia en aquel piso. Y, sin más, como si se pasara la lengua por un dolor que era incapaz de ignorar, volvió a mirar el panel hasta que encontró el número 5C, su antiguo apartamento.

Smita subió por la escalera para evitar la retahíla de preguntas del ascensorista y, al llegar a la tercera planta, reconoció las baldosas marrones jaspeadas en las que Chiku y ella jugaban a la rayuela. El olor a comida frita flotaba como un paraguas sobre la puerta del apartamento. La ira que la había impulsado a entrar en el edificio se había esfumado, dejando tras de sí solo nervios y un corazón desbocado. Con la mano en el pomo de la puerta, aguardó a que se le pasaran las náuseas. «Aún estás a tiempo de marcharte», se dijo, pero sabía que no iba a hacerlo. Llamó al timbre y escuchó su prolongado ding, dong.

Pasó un momento. «Mierda –pensó Smita–. Esto es un error». Pero entonces la puerta se abrió y apareció el rostro redondo de tía Pushpa, más avejentado pero reconocible pese a todo.

–¿Sí? –preguntó la mujer–. ¿En qué puedo ayudarla?

A Smita se le quedó la boca seca. Buscó en la cara de Pushpa una señal de que la había reconocido, pero la mujer se limitó a fruncir el ceño, confundida.

–¿Puedo ayudarla en algo? –insistió.

Smita se dio cuenta de que habían pasado demasiados años. El tiempo era una maldición que lo arrasaba todo a su paso.

La señora Patel se dispuso a cerrar la puerta y retirarse de nuevo a su apartamento.

–Tía Pushpa, soy yo –se apresuró a decir Smita–. Smita Agarwal.

Pero Pushpa Patel parecía igual de confundida que antes. «¿Cuántos años debe de tener ahora? –se preguntó Smita–. Diría que es un poco mayor que *papa*».

–Lo lamento –respondió la señora Patel–. Se ha equivocado de número. –Como si se tratara de una llamada telefónica y no se estuvieran viendo cara a cara.

–Tía Pushpa, soy yo –repitió Smita–. Tu antigua vecina del 5 C.

Capítulo 6

Smita reconoció el baúl de caoba que había en la sala de Pushpa. Era el mismo en el que Chiku y ella solían esconderse cuando jugaban al escondite mientras Rohit, dos años mayor que ellos, caminaba sobre el suelo de mármol haciendo mucho ruido y fingía no saber dónde estaban.

–Me acuerdo de ese baúl –dijo–. Chiku y yo…

–Gracias –la interrumpió Pushpa, que se sentó en una butaca y le indicó a Smita que tomara asiento frente a ella–. ¿Qué quieres tomar? –preguntó educadamente–. ¿Algo caliente? ¿Frío?

–Nada, gracias –contestó Smita, que no quería convertir aquello en una visita más.

Paseó la mirada por la habitación donde tanto tiempo había pasado.

–¿Sigues viviendo en Estados Unidos? –preguntó Pushpa.

Su tono era amistoso, pero no había interés alguno en su mirada. Mucho tiempo atrás, tía Pushpa había sido una de sus personas adultas preferidas; ahora, Smita se preguntó por qué.

–Sí, en Nueva York.

–Ah. Lo conozco bien. Hemos estado muchas veces.

Smita asintió.

–Qué bien –dijo con vaguedad–. ¿Os gustó?

Se preguntó si el marido de Pushpa estaba en casa. Por

mucho que intentaba recordar el nombre, no lograba recordarlo. Pushpa hizo una mueca.

–Hay cosas que están bien. Pero hay demasiados morenos armando barullo por las calles.

–¿Disculpa?

–Sí, esos... ¿Cómo los llamáis? Ah, sí, esos negros.

–El término correcto es afroamericanos.

«Cómo no, es una racista –pensó–. ¿De qué me sorprendo?», pensó. Pushpa se puso tensa y se reclinó en la butaca.

–¿Y tú? ¿Estás casada?

–No, no lo estoy. ¿Está casado...?

–Entonces, ¿no tienes asuntos?

Smita se la quedó mirando sin entenderla, hasta que cayó en la cuenta de lo que le estaba preguntando la mujer. Se le había olvidado que los amigos indios de su padre a menudo se referían a los hijos como «asuntos».

–No –contestó.

–Lo siento –dijo Pushpa, como si el hecho de no tener hijos justificara su pésame.

Smita se molestó.

–¿Cómo está Chiku? –preguntó para cambiar de tema.

A Pushpa se le iluminó la cara.

–Bien –dijo–. Es un abogado muy reconocido. Ahora se llama Chetan; ya nadie lo llama Chiku. Al fin y al cabo, presenta casos ante el Tribunal Supremo. Su mujer y él viven en Cuffe Parade y tienen tres hijos. Todos niños, por la gracia de Dios. Lo casé en cuanto acabó la universidad.

Así que no solo era racista, sino también sexista.

–Rohit también está casado y tiene un hijo –dijo Smita–. Te acuerdas de mi hermano Rohit, ¿no?

Pushpa emitió un sonido evasivo al tiempo que miraba

hacia el balcón. Ambas mujeres escucharon los gritos de los niños que jugaban a críquet en la calle.

–¡Bola, bola, bola! –chilló uno.

–¿De qué comunidad…? ¿Con qué clase de chica se casó? –quiso saber la señora Patel.

«Lo sabe –pensó Smita–. Se acuerda». Se obligó a mantener un tono neutro al responder:

–Una chica estadounidense, claro. Muy guapa.

–Es… ¿cómo los llamas? ¿Africanos?

Smita reprimió su repulsión antes de hablar.

–No, Alison es una mujer blanca. –Su cuñada era hija de inmigrantes irlandeses de primera generación, con el pelo tan oscuro como el suyo. Pero Smita sintió un deseo irracional e infantil de impresionar a la mujer y por ello decidió transformarla en una anglosajona protestante blanca–: Es rubia con los ojos azules y viene de una familia muy acaudalada.

Pushpa se mostró muy sorprendida.

–*Wah* –dijo.

Smita le dedicó una sonrisa forzada.

–¿Has oído hablar de los ordenadores Apple?

–Claro –afirmó Pushpa con una sonrisa–. No estamos tan atrasados. Todo el mundo conoce Apple. Mi Chetan tiene tres de esos teléfonos.

Smita asintió.

–El padre de mi cuñada es un ejecutivo de Apple. Tendrías que haber visto la dote que nos dio, tía.

Mientras la retahíla de mentiras salía por su boca, se preguntó por qué intentaba impresionar a aquella mujer tan desagradable.

–Eso está muy bien –dijo Pushpa. Se quedó mirando un momento a Smita antes de desviar la mirada–. ¿Y tus padres? ¿Están bien?

Smita se odió a sí misma por dejar que las lágrimas se asomaran a sus ojos.

–Mi madre murió hace ocho meses –dijo.

–Te acompaño en el sentimiento –respondió Pushpa, como si hablaran de la muerte del cartero y no de la que había sido su mejor amiga.

Smita notó cómo la ira se acumulaba en su interior.

–¿Sabes? Mi madre disfrutó de una buena vida, pero nunca dejó de echar de menos esta ciudad –comentó en voz baja–. Lo hizo durante toda su vida.

Pushpa se miró las manos y contestó:

–Nadie que se mude a Estados Unidos echa de menos la India.

«Zorra –pensó Smita–. Eres una puta zorra». Sin embargo, añadió:

–Seguramente sea así con las personas que se van por voluntad propia –dijo–, no con las que echan de su casa.

Pushpa alzó la cabeza con brusquedad.

–Agua pasada no mueve molino. No tiene sentido llorar por el pasado.

Fue la palabra «llorar» la que desató algo en el interior de Smita y reavivó el recuerdo de su primera época en Ohio, cuando, al regresar a casa de la escuela, Rohit y ella se encontraban a su madre apática y con los ojos enrojecidos. Las conversaciones que ambos escuchaban, en las que su madre le reprochaba a su padre que hubiera arrastrado a la familia a aquel *desh* frío e invernal, y cómo la voz de su padre, apenas audible y arrepentida al comienzo de sus discusiones, poco a poco iba ganando volumen y apremio.

–Eso lo dices porque eres una privilegiada, tía Pushpa –señaló Smita con aspereza–. Al fin y al cabo, no fue tu vida la que quedó patas arriba, ¿verdad? Hasta el día de su muerte, mi madre se preguntó por qué nos traicionaste de esa manera.

–No digas sandeces –repuso Pushpa–. Eres igualita que tu padre, siempre culpando a los demás de tus problemas.

A Smita se le marcó una vena en la frente. Nadie había hablado jamás de su padre de una forma tan despectiva.

–Eso es mentira –dijo–. Mi padre es... mil veces mejor persona que cualquiera de vosotros.

Mientras pronunciaba las palabras, supo por qué había recorrido el camino que la había llevado hasta el apartamento de aquella horrible mujer: para decirle a la cara lo que su padre nunca le diría porque era un verdadero señor.

A Pushpa se le ensombreció el rostro.

–No habrás vuelto después de tanto tiempo para causar problemas, ¿no? –siseó–. ¿Qué significa todo este drama, todo este *tamasha*? Te presentas después de todos estos años en mi puerta, ¿solo para insultarme? ¿Es así como los estadounidenses tratáis a vuestros mayores?

Smita se inclinó hacia delante.

–No –dijo pausadamente, con los ojos clavados en el rostro de la mujer–. Pero ¿es así como los indios tratáis a vuestros niños?

Pushpa jadeó antes de ponerse en pie.

–Fuera. Lárgate. Sal de mi casa ahora miso.

Smita la observó, horrorizada por la rapidez con la que la conversación se le había ido de las manos

–Tía, hemos empezado con mal pie –dijo–. Mira, si he venido es para tratar de entender las cosas. Me gustaría que habláramos; por favor.

–¡Jaiprakash! –exclamó Pushpa–. ¿Dónde estás?

Un anciano de piel oscura entró apresuradamente en la sala. Pushpa se volvió hacia el hombre, su cocinero, y le dijo:

–Acompaña a esta *memsahib* a la puerta.

Desconcertado, el hombre miró primero a su señora y luego a la joven vestida con tanta elegancia. Smita levantó las manos y se puso en pie.

–Tranquilo. Ya salgo yo sola.

Smita regresó al mercado Causeway arrastrando los pies, enfadada consigo misma por su impulsiva visita y humillada por la facilidad con la que la señora Patel le había dado la vuelta a la tortilla. De todas formas, ¿qué esperaba conseguir con aquel encuentro inútil? Abochornar a la mujer, arrancarle una disculpa que poder trasmitirle a su padre, recordarle que el pasado nunca muere. Pero, en lugar de eso, solo había conseguido que la señora Patel la desterrara de su vida por segunda vez.

«¿De qué narices me sorprendo?», se preguntó mientras cruzaba la calle. Llevaba demasiados años siendo periodista para no saber con qué facilidad la gente buscaba excusas con las que justificar sus ofensas del pasado. Nadie era el villano de la historia de su propia vida. La culpa era de Smita por esperar que lo que sucedido le hubiese robado el sueño a la tía Pushpa. ¿Por qué le iba a dar vueltas al pasado cuando cada día se construía una nueva Mumbai sobre las ruinas de la vieja ciudad? «Hay que mirar al futuro, mi niña –le decía siempre su padre–. Por eso nuestros pies apuntan hacia delante, no hacia atrás».

En cuanto llegó al barrio comercial, Smita se detuvo en una tienda de ropa para comprar trajes adecuados para su viaje a Birwad, pero el vendedor que la recibió era tan insistente y efusivo que se apresuró a salir. Estaba agotada; tendría que ir a comprar al día siguiente, cuando pudiera escaparse un momento del hospital de

Shannon. «Supongo que habrá tiendas cerca», pensó. Por ahora, lo único que quería era comer algo y desplomarse sobre su cama, pero la idea de estar sola en medio del opulento esplendor del Taj la hacía sentir desamparada, así que continuó caminando y buscó un restaurante que atendiera a los numerosos turistas occidentales del barrio. Se paró en el café Leopold y se acomodó en una de las mesas que daban al mercado.

Después de pedirle un bocadillo al viejo camarero y mientras bebía una cerveza, Smita vio lo que le parecieron agujeros de balas en las paredes del Leopold. Parpadeó al tiempo que hacía memoria. «Es verdad». El restaurante había sido uno de los blancos de los ataques terroristas que habían asolado aquella metrópolis durante tres espantosos días de noviembre de 2008. Lo que había hecho el Leopold –negarse a correr un velo sobre su historia y, en su lugar, preservar los agujeros de bala como un recordatorio permanente de aquellos días angustiosos– no era habitual. En la mayoría de las ocasiones, el mundo prefería pasar página sin echar la vista atrás. Era algo que Smita veía de manera evidente en Estados Unidos después de cada tiroteo en una escuela: un frenesí de noticias en la televisión, los tuits hipócritas que aseguraban tener a las víctimas en sus pensamientos y sus plegarias, los previsibles llamamientos a reformar las leyes sobre la posesión de armas de fuego y después... silencio. Los padres y los supervivientes se veían forzados a enfrentarse en soledad a un dolor que los acompañaría durante el resto de su vida, abandonados permanentemente por un mundo que no se había detenido ni un instante. Las manchas de sangre en las paredes de la escuela se limpiaban antes de que los alumnos regresaran a las aulas.

En noviembre de 2008, Smita había ido a visitar a sus

padres y su hermano a Ohio y los cuatro se habían quedado pegados al televisor mientras la CNN informaba sobre los jóvenes pakistaníes que se habían dedicado a tirotear a gente por toda la ciudad antes de prender fuego al Taj. Rohit, que había apartado la mirada de la pantalla, dijo con un tono de rencor en la voz que había llamado la atención de Smita y sus padres: «Se lo tienen merecido. Espero que reduzcan a cenizas esa ciudad repulsiva».

«*Beta* –había reflexionado su padre–, desear el mal a millones de personas inocentes es un pecado». A continuación, Rohit salió de la habitación negando con la cabeza.

Más tarde, cuando sus padres ya se habían ido a dormir, Smita intentó abordar el tema con su hermano mientras ambos veían la televisión. Sin embargo, él señaló el programa *The Daily Show* al tiempo que decía: «Estoy mirando esto» y ella se quedó callada.

El viejo camarero se acercó de nuevo a la mesa con su bocadillo.

–¿Es la primera vez que viene? –preguntó, señalando con un gesto los orificios de bala de la pared.

–Sí. ¿Estaba usted aquí cuando sucedió?

–Así es, señora. Dios me protegió ese día: acababa de subir a la entreplanta. Dos de mis compañeros no tuvieron tanta suerte, igual que muchos de nuestros clientes.

Smita había escuchado numerosas variaciones de aquel mismo relato, en el que seres humanos normales y corrientes trataban de resolver un misterio eterno: ¿por qué ellos habían conservado la vida mientras otros habían muerto en la tragedia? Sin importar a qué catástrofe hubieran sobrevivido –accidentes de avión, terremotos o tiroteos masivos–, los supervivientes siempre sentían la obligación de encontrar un motivo, descubrir un patrón que explicara por qué se habían salvado. Smita era de la opinión de que aquellos sucesos no tenían patrón alguno; la vida era una sucesión de acontecimientos azarosos que desembocaban o bien en la muerte o bien en la supervivencia.

El camarero se colocó el trapo sobre el hombro.

–Los muy miserables ni siquiera entraron –explicó–. Se quedaron en la puerta y rociaron el local con balas, con la misma despreocupación con la que usted y yo regalamos caramelos en Diwali. –Sus párpados se abrieron y se cerraron por un instante mientras recordaba–. Había sangre por todas partes, gente gritando y escondiéndose bajo las mesas. Y luego arrojaron una granada. Imagíneselo, señora: una granada en un restaurante. ¿Qué clase de persona hace algo así?

«Toda clase de personas –sintió deseos de decir Smita–. Gente que parece normal y se levanta cada mañana, desayuna, sonríe a sus vecinos y se despide de sus hijos con un beso. Gente que tiene el mismo aspecto y se comporta igual que usted y yo. Hasta que cae presa de una convicción ideológica o ve su vida alterada por un suceso inesperado que la lleva a querer cambiar el orden del mundo o prenderle fuego a todo».

El camarero debió de percibir algo en su semblante, una combinación de repulsa y fatalismo.

–La misma infamia que tuvo lugar en su país, ¿verdad? –dijo en voz baja–. El 11S.

–¿Cómo sabe que soy estadounidense? –preguntó Smita.

Él le dedicó una amplia sonrisa que dejó al descubierto sus dientes manchados de tabaco.

–Llevo treinta años trabajando aquí, señora. Muchos de nuestros clientes son extranjeros. En cuanto ha abierto la boca, *bas*, he sabido que era Estados Unidos.

«Era Estados Unidos», dijo el camarero; no «de Estados Unidos». Smita tuvo la sensación de que estaba en lo cierto. En aquel momento, se sentía como si ella fuera todo Estados Unidos, como si la tierra roja de Georgia hubiera endurecido sus huesos y el agua azul del Pacífico corriera por sus venas. Ella era Estados Unidos, todo él: Walt Whitman y Woodie Guthrie, las montañas Rocosas, cubiertas de nieve, el delta del Mississippi y el géiser Old Faithful, en Yellowstone. En aquel momento, se sintió tan ajena a la ciudad donde había nacido que habría dado lo que fuera por teletransportarse a su silencioso y monástico apartamento en Brooklyn.

–Y ¿qué la trae a Mumbai? –preguntó el camarero, cuya locuacidad empezaba a incomodar a Smita–. ¿Ha venido de vacaciones o por trabajo?

–Por trabajo.

Esa fue la escueta respuesta. Él debió percibir su reticencia y procedió a alejarse.

–Disfrute de su estancia –dijo antes de marcharse, recuperando la formalidad del principio.

Entonces, Smita se quedó sentada en el Leopold después incluso de pagar la cuenta mientras reproducía mentalmente la conversación que había mantenido con tía Pushpa.

A pesar de que la periodista era ella, Pushpa había conseguido tomar el control del relato. Recordó lo que le había dicho en una ocasión Molly, que trabajaba en la NBC: la regla más básica del periodismo radiotelevisivo era no ceder jamás el micrófono al entrevistado. Bueno, pues la vieja Pushpa Patel –quien, por lo que Smita sabía, jamás había tenido un trabajo y mucho menos había entrevistado a déspotas y líderes del mundo entero– no había tenido problema alguno en arrebatarle el micrófono. Al día siguiente, la mujer se regodearía contando la historia a todos sus vecinos: cómo aquella señorita, Smita, había osado presentarse en su casa para insultarla y cómo Pushpa había conseguido ponerla en su sitio.

Era verdad lo que decían: era imposible regresar a casa. En su día, Mumbai la había alejado de sí y ahora acababa de hacerlo de nuevo. ¿Cómo había conseguido Shannon, que llevaba tres años viviendo en la India, encontrar personas como Mohan y Nandini, que era evidente que se desvivían por ella? En el caso de Smita, no había ni un alma a quien pudiera llamar en aquella ciudad de veinte millones de habitantes. Tras huir de la India, había perdido el contacto con sus amigas de la escuela y, aunque en los últimos años muchas de sus compañeras de clase se habían encontrado a través de las redes sociales y varias habían tratado de ponerse en contacto con ella, Smita nunca había contestado. Habría sido incapaz de soportar su curiosidad y sus preguntas. Sus padres tampoco habían mantenido el contacto con el puñado de familiares que tenían en Mumbai, de modo que, en aquel momento, bien podría haber estado en Nairobi o Yakarta.

Tras salir del restaurante, echó a andar hacia el hotel, rodeada por los frenéticos gritos de los vendedores ambulantes, que le recordaron a los graznidos de las aves al ponerse el sol. *Sarongs* y *kurtas*, bolsos de cuero y perfumes; querían que Smita comprara de todo, pero ella ignoró sus súplicas y se guardó de establecer contacto visual con ellos.

Ya había anochecido cuando llegó al Taj. A pesar de estar agotada, se planteó por un instante la posibilidad de cruzar la calle y pasar bajo el arco de la Puerta para ver el mar desde el Apollo Bunder; el mar que había constituido el decorado de su infancia. En lugar de eso, atravesó los detectores de metales del hotel –un legado de los ataques de 2008, según la había informado a su llegada la recepcionista del hotel– y cogió el ascensor para subir a su habitación.

Capítulo 7

Por la mañana, Smita llegó al hospital justo a tiempo. La enfermera y el auxiliar estaban en la habitación de Shannon, a punto de ponerla en una camilla y llevársela a quirófano. Mohan y Nandini, ambos con expresión seria, apenas la miraron cuando entró.

–Smits –dijo Shannon–. No sabes cuánto me alegro de que estés aquí.

Sus palabras barrieron los últimos restos del resentimiento que Smita sentía por haberse visto forzada a ir a Mumbai.

–Yo también –contestó–. Además, tengo buenas noticias: han pospuesto el veredicto, así que podré quedarme contigo todo el día.

Fue vagamente consciente de que Nandini se había dado la vuelta para mirarla, aunque enseguida continuó discutiendo en *marathi* con la enfermera. Smita tan solo reconoció un par de palabras: «cama» y «traslado».

–*Accha*, de acuerdo. –Escuchó decir a la enfermera–. Podemos llevárnosla con esto, ¿vale?

–Bien –dijo Nandini con una sonrisa de satisfacción y se volvió hacia Shannon–. Te van a trasladar al quirófano en la cama; no hará falta que te pongan en la camilla.

Shannon le dedicó una mirada burlona a Smita. «¿Te lo puedes creer? Menuda gilipollez», parecían decir sus ojos.

–¿Dónde esperamos? ¿Podemos acompañarla? –le preguntó Smita a Mohan.

–¿Qué? –Mohan la miró, distraído, como si hubiera olvidado quién era ella–. Sí, claro –dijo y añadió, dirigiéndose a la enfermera–: *Chalo*, vamos.

Shannon alargó la mano hacia Mohan mientras el camillero desanclaba la cama.

–Un millón de gracias, cielo –dijo–. No sé qué habría hecho…

–No me des las gracias –repuso Mohan, meneando la cabeza con vehemencia–. Nos veremos dentro de nada.

–*Inshallah* –fue la respuesta de ella y Smita sonrió al ver la facilidad con la que le salía la palabra.

Mientras se llevaban a Shannon al quirófano, Nandini echó a andar junto a la cama, seguida de Smita y Mohan. La pequeña caravana que formaban se detuvo al llegar ante una gran puerta metálica.

–A partir de aquí, solo se admiten pacientes –señaló la enfermera, mirando fijamente a Nandini como si se estuviese preparando para iniciar una discusión.

Pero la joven se limitó a asentir en silencio al tiempo que cogía la mano de Shannon.

–Buena suerte –le deseó.

–Gracias, Nan. Mañana, asegúrate de levantarte a primera hora. Tienes que ir a recoger a Smita y…

–Shannon –exclamaron Mohan y Nandini al unísono, y ella sonrió.

–Hasta luego –dijo–. Id todos a comer algo.

Regresaron tranquilamente a la habitación para esperar a Shannon, entablando una conversación desganada por el camino. Al entrar, Nandini se dirigió de inmediato a la ventana y se quedó allí plantada, de espaldas a los dos. Smita dedicó una mirada inquisitiva a Mohan, que pareció ignorarla.

Al cabo de unos diez minutos, la conversación decayó y Mohan se puso en pie.

–Tengo que salir un rato, *yaar* –anunció–. Para airearme un poco.

A Smita se le cayó el alma a los pies ante la perspectiva de quedarse a solas con Nandini, sin el efecto amortiguador de la presencia de Mohan. Cuando la joven se dio la vuelta, vio que tenía los ojos enrojecidos e hinchados.

–Nandini –dijo tras respirar hondo–. Shannon estará bien.

–Me necesita a su lado –repuso Nandini en tono apasionado–. El médico ha dicho que la recuperación será larga. Shannon dice que naciste y creciste en la India; ¿por qué no puedes ir sola a Birwad?

Aunque entendía el motivo de su desdén, la hostilidad de Nandini la pilló desprevenida.

–Hace... veinte años que no vivo en la India. Y cuando me marché era apenas una adolescente, así que no creo que mi hindi esté a la altura. Además, nunca he conducido en este país.

–Smita –dijo Mohan–, Nandini no lo dice en serio. Habla así porque está preocupada por su amiga... *Hai na,* Nandini *bhen*? ¿A que no quieres que Smita viaje sola?

Los segundos pasaron hasta que, al final, Nandini asintió con la cabeza.

–Eso es –se apresuró a decir él, como si no hubiera reparado en lo reticente que había sido la respuesta de la joven–. Shannon siempre destaca lo profesional que eres. Ha sido solo un momento de debilidad. –Se frotó las manos–. *Chalo*, me alegro de que lo hayamos aclarado; ahora saldré a dar un paseo rápido. Si quieres puedo traerte algo de desayuno. –Miró a Smita–. Y a ti también. ¿Quieres alguna cosa?

Smita se puso en pie.

–En realidad, a mí también me gustaría salir, si no te importa. Para que me dé el aire.

Mohan miró a Nandini.

–*Theek hai?* –preguntó en voz baja–. Si necesitas algo, solo tienes que llamarnos.

Pero Nandini parecía tener tantas ganas de librarse de Smita como esta de irse.

–Sí, sí, muy bien –dijo, asintiendo con vehemencia–. Si hay alguna novedad, os llamaré.

–*Arre, yaar,* todavía no le han puesto ni la anestesia. Nos quedan muchas horas de espera.

Al salir, los recibió la brisa salada procedente del mar. Smita respiró hondo.

–Es una ubicación preciosa para un hospital –comentó.

Mohan la miró con curiosidad.

–¿Quieres que nos acerquemos? Podemos ir a mirar el agua –preguntó al cabo de un momento.

–¿Sí? Me encantaría. Mañana tendré que marcharme de la ciudad para ir a cubrir la noticia...

Al escuchar el tono quejica de su propia voz, se mordió la parte interna de la mejilla, avergonzada.

–Claro –dijo él–. Ven.

Mohan echó a andar por el lado de la acera más cercano a la calzada, y la gentileza distraída de su gesto dibujó una sonrisa en el rostro de Smita. Su padre solía hacer lo mismo cuando vivían en Mumbai.

–Entonces, deduzco que, por algún motivo, no quieres ir a Birwad, ¿no? –preguntó Mohan mientras caminaban.

Su voz era amigable y la conversación parecía distendida. Smita vaciló.

–La verdad es que no me muero de ganas de pasar tanto

tiempo en un coche con Nandini –dijo al cabo–. Me da la sensación de que no le caigo bien.

–Chorradas –se apresuró a decir Mohan–. Para nada; lo has malinterpretado. Es solo que quiere estar al lado de Shannon, nada más. Ya lo ves…, cree que yo no seré capaz de cuidarla. –Sonrió–. ¿Te puedo preguntar una cosa?

–Claro.

–¿Has…? Me da la impresión de que te ha molestado que Shannon te pidiera que cubrieras la noticia en su lugar. ¿Por qué accediste a venir si no querías hacerlo?

Smita suspiró.

–Pensaba que quería que viniera para que la ayudara y la cuidara mientras estaba en el hospital. Si hubiese sabido que estaba bien, es decir, que os tenía a ti y a Nandini, nunca…

–¿Nunca qué? ¿Nunca habrías venido?

Mientras meditaba su respuesta, Smita se desvió para esquivar el brazo de un vendedor que le tendía un gajo de naranja para que lo probara.

–No, supongo que si nadie más se hubiese podido hacer cargo habría venido de todos modos –dijo al cabo–. Pero al menos no me habría pillado desprevenida.

Él asintió.

–Tendrías que haberte visto la cara cuando Shannon te lo pidió, *yaar.* –Adoptó una expresión tan grotesca que Smita se rio.

–¿Tan sorprendida me quedé?

–Y mucho más que eso.

Volvió a poner cara de pena.

–Cambiando de tema –dijo Smita–, necesito ropa nueva para mañana. ¿Hay alguna tienda por aquí donde pueda comprar unos cuantos *shalwar kameez* o algo así?

–Amiga, estás en Breach Candy. ¡Aquí podrías incluso

comprar un par de abuelos nuevos! –Mientras hablaba, Mohan hizo un gesto con la mano para girar a la izquierda y entrar en el parque.

Smita se quedó sin aliento al ver las buganvilias de color rosa oscuro y, más allá, la estrecha orilla gris del mar Arábigo. El amplio paseo que llevaba a los bancos de piedra desde los que se veía el agua estaba bordeado de altos cocoteros.

–Vaya –jadeó–. Esto es espectacular.

A Mohan pareció agradarle el comentario.

–Gracias –dijo en voz baja, como si ella hubiera elogiado su apartamento–. Tendrías que venir a ver la puesta de sol. Es el cielo en la Tierra.

Smita pensó en todos los lugares hermosos y mágicos que había visitado: Capri, Saint-Tropez, Paros. Por muy bonito que fuera aquel parque, apenas podía competir con la belleza vertiginosa de los sitios en los que había estado. Y, sin embargo, era una especie de paraíso en medio de aquella metrópolis sucia y superpoblada. Se fijó en las parejas de ancianos sentadas en silencio en los bancos de piedra, en los residentes del barrio adinerado que caminaban a buen paso y en el viejo jardinero que regaba las macetas de flores que punteaban el paseo. Pero lo que le desgarró el corazón fueron las mujeres de mediana edad, todas con sobrepeso, que corrían con sus zapatillas de deporte y sus saris.

Había algo en aquella estampa que representaba la quintaesencia de Mumbai. O Bombay, como insistían en llamar sus padres a su vieja ciudad. Sí, aquella era la Bombay de su padre: cosmopolita, sofisticada y, al mismo tiempo, decididamente desfasada con el resto del mundo.

–Lo es –asintió.

Mohan se volvió hacia ella, sorprendido, y Smita se dio

cuenta de que se había molestado. ¿Tan odiosa se había mostrado el día anterior como para que él estuviera tan a la defensiva? Los sentimientos que albergaba por aquella ciudad eran complejos y le daba pena que él solo hubiera percibido su desagrado.

Mohan señaló un banco que quedaba a la sombra.

–¿Nos sentamos un momento? El sol ya aprieta.

Un pájaro pio sobre sus cabezas, pero, cuando Smita miró hacia arriba, no logró verlo.

–Qué sonido más bonito –murmuró.

–Es una rareza –explicó Mohan–. La mayor parte de la ciudad está invadida por los cuervos, que han expulsado a todas las demás especies. Esta parte rica es la única en la que de vez en cuando se pueden ver otro tipo de aves. Y, por suerte, en Dadar todavía tenemos loros.

–¿Tienes un apartamento en Dadar?

Él negó con la cabeza.

–En realidad, alquilo una habitación en casa de una familia parsi. Fui a la universidad con su hijo, pero él vive en Bangalore. Es perfecto: tengo mi propio espacio y tía Zarine me manda cada día comida caliente a la oficina.

–¿Es porque no soportas vivir solo? –preguntó Smita, recordando su conversación del día anterior.

Mohan asintió sin el menor atisbo de vergüenza.

–Sí. Además, los alquileres en esta ciudad son una locura. Si se tratase de Londres o Nueva York, no me importaría pagarlos, pero ¿en esta condenada ciudad, con sus socavones y su contaminación? Absurdo.

–Vaya, ¿ahora hablas mal de Mumbai? –se burló Smita–. Creía que amabas esta ciudad.

–Y así es –se apresuró a contestar él–. Pero el hecho de amarla no me impide ver sus defectos, ¿no crees? De hecho, la amo a pesar de ellos.

Ella asintió. Se quedaron en silencio contemplando el mar y Smita recordó sus excursiones a la playa durante la estación de los monzones, el vaivén y la espuma del océano, que la maravillaba con su poder y su furia.

–¿Y tú? ¿Vives con tus padres? –quiso saber Mohan.

–¿Estás de broma?

Las palabras salieron de su boca antes de que pudiera reprimirlas.

Él la miro con desagrado. Smita se tuvo que recordar que a él debía de resultarle tan raro que no viviera con sus padres como a ella que él hubiera vivido con los suyos.

–No –añadió–. En cualquier caso, mi madre está muerta. Murió hace ocho meses.

–Lo siento –dijo él en voz baja–. Te doy el pésame.

Smita parpadeó con fuerza y fijó la vista en el horizonte mientras se esforzaba por controlar sus emociones.

–Lo siento de veras –repitió Mohan al cabo de varios minutos–. No puedo ni imaginarme qué haría yo si a mi madre le pasara algo.

Ella asintió, incapaz de decir lo que pensaba en ese momento: que lo que más le había costado de asimilar del cáncer y la rápida muerte de su madre era saber que lo haría sin volver a ver la India. De alguna manera, el duelo final había sido un eco del primero, como si su madre no hubiera muerto una vez, sino dos. El hecho de que su aventura en Estados Unidos hubiera salido bien no atenuaba las adversidades y la soledad que a las que se habían tenido que enfrentar desde su llegada al exilio: las frustradas promesas iniciales de la carrera académica de su padre o los dos años durante los cuales Rohit se negó a invitar a sus compañeros de clase blancos a su modesto piso, después de un chico frunciera la nariz y dijera: «Uf, aquí apesta a *curry*». La propia Smita se había convertido en una niña distante y silenciosa, nada que ver con quien había sido en la India.

–¿Dónde viven? –preguntó ella–. Tus padres, quiero decir.

–En una ciudad llamada Surat. Está a cinco horas en coche de aquí.

–¿Los ves a menudo?

Él se encogió de hombros.

–No mucho. Cuando mi padre se jubiló, compraron otra casa en Kerala y desde entonces pasan mucho tiempo allí. Además, mis turnos de trabajo son siempre muy largos.

–¿Por qué no vas a verlos ahora? Tienes dos semanas de vacaciones.

Mohan entrelazó las manos sobre la nuca y estiró el cuerpo.

–Están fuera. Normalmente habría ido unos días para echar un vistazo a la casa, pero con la operación de Shannon no lo veo claro.

–Shannon. Deberíamos llamar, ¿no?

–Enseguida. –Mohan hizo una pausa antes de continuar–: Admiro mucho a Nandini. Por lo que dice Shannon, es muy buena en su trabajo, aunque, si te soy sincero, *yaar*, desde el accidente está un poco *pagal*.

–¿*Pagal*?

–Sí, un poco alterada…

Se llevó el dedo índice a la sien y lo giró varias veces: el gesto universal para indicar que le faltaba un tornillo.

–Por su forma de comportarse, parece que me odie –dijo Smita.

Le sentó bien ser capaz de verbalizarlo.

–No digas tonterías. Ya te lo he dicho, está muy nerviosa. –Dejó escapar un profundo suspiro–. Todo irá mejor cuando se marche de la ciudad contigo. Y a mí me será más fácil apañármelas en el hospital sin sus escenas.

–Yo también aborrezco los dramas. Es por eso que me da miedo viajar con ella.

–Te entiendo. Pero Shannon le tiene mucho cariño... –Mohan sacó el labio inferior–. ¿Cuántos días crees que estaréis fuera?

–No estoy segura. Esta mañana, de camino aquí, he hablado con mi editor. Quiere al menos un par de artículos. –Smita suspiró–. Me he traído el portátil porque esta tarde me tocará trabajar desde el hospital. Todavía no he leído los artículos de Shannon y seguramente tenga que hablar otra vez con Anjali.

Mohan arqueó las cejas.

–Nandini tendrá esa información, *yaar*, no te preocupes. –Se levantó del banco–. Será mejor que volvamos; aunque antes podemos pasar por alguna tienda de ropa.

–Oh, no, no hace falta –se apresuró a contestar Smita–. Puedo hacerlo después. No te lo he dicho para que me acompañaras.

–*Oi*, Smita, ten piedad de este pobre hombre. Vamos, no me obligues a volver todavía al hospital. Esta operación será muy larga.

Mientras se dirigían a la salida del parque, Mohan llamó por teléfono a Nandini.

–*Sab theek hai?* –le preguntó en hindi–. Bien, bien; perfecto. Estaremos de vuelta en un par de horas. Pero llámame si necesitas algo antes, *accha?*

Smita agradeció que Mohan la hubiera acompañado. El vendedor de la tienda le tomó medidas de inmediato y empezó a mostrarle los conjuntos más caros y llamativos. A pesar de las protestas de Smita, el hombre la ignoró.

–Oh, *bhai* –intervino Mohan al cabo de varios minutos–, *memsahib* no va a una boda, sino a ver a unos pobres aldeanos. Enséñale las prendas de algodón más sencillas que tengas.

El vendedor se quedó tan desanimado que a Smita le costó reprimir la risa.

–A lo mejor la señora debería ir a un *khadi bhandar* –masculló el hombre, en voz lo bastante alta para que los dos lo escucharan. No obstante, le hizo una seña a Smita–. Por aquí, señora, por favor.

Al final, salieron de la tienda con cuatro *shalwar kameez* idénticos, solo de distinto color.

–Ayer quise ir de compras en Colaba, pero me encontré con el mismo problema –comentó Smita.

Mohan negó con la cabeza, ofuscado.

–Son todos unos *chors*. Y Colaba es lo peor porque está lleno de extranjeros y la gente se dedica a desplumarlos.

Ella sonrió.

–Yo me crie en Colaba. Hace veinte años, las cosas ya eran así.

–Ah, ¿sí? ¿En qué calle?

Smita se maldijo por ser tan bocazas. Justo en ese momento, al otro lado de la calle, vio a una mujer de pie tras un carrito de madera.

–Anda, mira –dijo–. Mazorcas de maíz recién tostadas con lima. Hace años que no como una de esas –pensó en voz alta y después se dirigió a Mohan–. ¿Podemos comprar un par?

Sabía que Mohan se había percatado de su intento por desviar la conversación, pero, sin embargo, él se encogió de hombros.

–Claro.

La señora sonrió mientras Smita hincaba el diente en

el maíz, y la periodista se dio cuenta de que Mohan la estaba mirando.

–Lo siento, es que hay pocas cosas de las que se compran en la calle que pueda comer tranquila. Y siempre me han encantado las especias con las que sazonan el maíz.

Mohan hizo ademán de sacar la cartera y Smita se lo impidió.

–Pago yo. He cambiado dólares en…

–Smita, por favor. Eres mi invitada.

–Sí, pero…

Smita dio un respingo cuando la vieja vendedora los interrumpió.

–Bonita, es el hombre el que paga. Es nuestra costumbre.

–¿Lo ves? –dijo Mohan con una sonrisa–. Hay que hacer caso a nuestros mayores.

Al pasar por delante del mostrador de información del vestíbulo del hospital, Mohan asintió bruscamente y le mostró a la recepcionista un papel.

–Pase del médico –dijo.

–¿Y la señora? –preguntó ella.

Era la misma mujer que había hecho esperar a Smita en el vestíbulo el día anterior. Mohan experimentó un cambio imperceptible, un leve enderezamiento de los hombros.

–Tranquila, viene conmigo.

–Ya, señor, pero el horario de visitas…

Esta vez, él se detuvo y miró fijamente a la mujer, que estaba sentada en una silla.

–Tranquila –repitió y ella asintió–. Ven –le dijo a Smita, al tiempo que la cogía del codo y la llevaba hacia los ascensores.

Esta sabía muy bien lo que acababa de presenciar. Miró

de reojo a Mohan, cuya actitud había cambiado por completo.

–Oye –dijo Smita mientras esperaban el ascensor–, ¿te importa si me quedo un par de horas trabajando en la cafetería?

–Claro que no –respondió él de inmediato–. Si hay alguna novedad, te llamaré por teléfono o iré a buscarte. Aunque todavía quedan muchas horas.

La acompañó a la cafetería.

–Llámame si necesitas algo, *hah*.

–Mohan, deja de comportarte como si fueses mi padre, *yaar*.

Él arqueó las cejas y después la saludo justo antes de alejarse. Smita encendió su portátil y miró la hora en su reloj. Aunque en Estados Unidos era tarde, su padre era un ave nocturna, así que decidió intentarlo.

–Hola, *beta* –la saludó él–. ¿Qué tal tus vacaciones?

–Genial, *papa* –dijo ella. La mentira salió de su boca sin esfuerzo alguno–. De hecho, nos estamos planteando alargarlas una semana más.

–¿De verdad? –A pesar de que había mala cobertura, Smita percibió la sorpresa en su voz–. ¿Es bonito el sitio? Me han dicho que mucho. De hecho, tu madre siempre había querido ir.

–Ah, ¿sí?

¿Por qué no se lo había mencionado antes?

–Sí. No quise decírtelo antes de que te marcharas, por si te... entristecía. Pero tienes que disfrutar, *beta*. Ya sabes que me preocupa lo mucho que trabajas.

Ella esperó a que se le deshiciera el nudo de la garganta.

–No trabajo más que tú –dijo al cabo.

–¿Yo? A mí ya me queda poco de vida, *beta*. El futuro os pertenece a Rohit y a ti.

A pesar de llevar veinte años en Estados Unidos, su padre no había dejado de usar expresiones británico-indias. Su hermano y ella habían intentado explicarle que estaban pasadas de moda, pero no había servido de nada.

–¿Cómo está Rohit? ¿Y el pequeño Alex?

–Ah, ¿ese pequeñín con el culo inquieto? Tendrías que haber oído lo que me dijo ayer. –Y procedió a contarle con entusiasmo la última travesura que había hecho su nieto.

Smita se sentía agradecida con Rohit por haberles dado un nieto a sus padres. Ella nunca había tenido un gran instinto maternal y no compartía la angustia de sus amigas por el tictac del reloj biológico. Alex había sido un regalo no solo para sus padres, sino también para ella.

Después de colgar, Smita se puso al día con sus correos electrónicos y le dejó un mensaje a Anjali para que la llamara. Mientras leía los artículos de Shannon sobre Meena, la abogada le devolvió la llamada y la instó a ir a Birwad al día siguiente.

–Nuestras fuentes nos han informado de que el veredicto podría hacerse público en cualquier momento. Además, antes querías entrevistar a Meena y a sus hermanos, ¿verdad?

–Sí, ese era el plan.

–Asegúrate de hablar con Rupal, ¿de acuerdo? Es el jefe de la aldea.

–Justo ahora estaba leyendo sobre él.

–Es un *pucca* desgraciado. De veras, es el verdadero cerebro detrás de todo lo ocurrido.

–Entonces, los hermanos…

–*Pah* –dijo Anjali en tono despectivo–. Los hermanos son unos campesinos ignorantes, pero ¿ese hombre? Ese hombre es un monstruo.

«Monstruo». «Demonio». «Satanás». En la profesión de

Smita, la gente a menudo recurría a esos términos para justificar cualquier comportamiento abyecto. Cada vez que había un tiroteo en Estados Unidos, por ejemplo, todo el mundo se apresuraba a tildar al autor de «monstruo trastornado» en lugar de hacer hincapié en el contexto de una cultura obsesionada con las armas. Cada vez que un policía mataba de un disparo a un hombre negro, se intentaba dejarlo de corrupto. Pero ¿qué pasaba con los millones de personas corrientes a las que se reclutaba para masacrar extranjeros durante una guerra? ¿Eran todas perversas? Durante el Holocausto, así como durante la partición de la India, había resultado alarmantemente fácil convencer a millones de personas para que participaran en un genocidio. Daba la sensación de que transformar a los seres humanos en asesinos costaba tan poco esfuerzo como hacer girar una llave. Lo único que hacía falta era invocar unos cuantos clichés: «Dios.» «Patria». «Religión». «Honor». No, los hombres como Rupal no eran el problema: el problema radicaba en la cultura que los había engendrado.

–¿Hola? –El tono de Anjali reflejó su impaciencia–. ¿Sigues ahí?

–Sí, estoy aquí.

–Bueno, pues ya nos llamaremos, ¿vale?

–Un momento, Anjali.

–Dime.

–¿Qué me puedes contar sobre Meena?

Se hizo un largo silencio.

–Es la clienta más valiente que he tenido jamás –contestó Anjali al cabo–. Pero, para valorar su valentía, debes ver más allá de su comportamiento y sus maneras.

–¿En qué sentido es valiente?

Smita la oyó exhalar con fuerza.

–¿Eres consciente del riesgo que ha asumido al denunciar a sus hermanos? Tuvimos que obligar a la Policía a reabrir el caso. Cuando la conocí, Meena estaba al borde de la muerte; sufrió graves heridas al tratar de salvar a su marido. Sus hermanos le prendieron fuego a él primero y luego tuvieron el valor de intentar impedir que su hermano pequeño la salvara a ella.

–La fotografía del periódico…

–Sí. Todavía está bastante desfigurada.

–Y ¿no se puede hacer nada? ¿Para ayudarla?

–¿Para que quede más presentable, quieres decir? ¿Para qué? –Era imposible pasar por alto la amargura en la voz de Anjali–. ¿Crees que alguien va a querer casarse con esa pobre mujer? ¿Crees que los vecinos volverán a dirigirle la palabra? ¿Crees que algún día será algo más de lo que es ahora, una marginada social?

–Entonces, ¿para qué hacerla pasar por un proceso tan traumático como un juicio?

Se hizo el silencio. Cuando finalmente Anjali contestó, pronunció cada palabra pausada y cuidadosamente.

–Para sentar un precedente. Para lanzar una advertencia al próximo desgraciado que se plantee quemar viva a una mujer. Y, con un poco de suerte, para encerrar de por vida a esos monstruos. Eso es todo. La intención no es mejorar la vida de Meena, y ella lo sabía cuando accedió. Por eso es la mujer más valiente que conozco. ¿Lo entiendes?

–Sí.

Una vez hubo colgado, Smita cerró los ojos mientras asimilaba todo lo que le había contado Anjali. Al alzar la vista, vio a Mohan plantado frente a ella y mirándola con el ceño fruncido.

–Hola –la saludó en voz baja.

El miedo la llevó a inclinarse hacia adelante.

–¿Pasa algo? –susurró–. ¿Shannon…?

–Ha salido del quirófano –dijo él–. Ahora mismo está en la sala de postoperatorio. La operación ha durado menos de lo que esperaban; todo ha ido muy bien.

–Gracias a Dios.

Mohan asintió levemente.

–Bueno, solo quería decírtelo. Te dejo que sigas trabajando. Hasta luego. –Hizo ademán de darse la vuelta, pero, en el último momento, la foto de Meena en la pantalla del ordenador portátil llamó su atención–. ¿Es ella? ¿Meena?

Smita asintió y él dejó escapar un tenue silbido.

–Pobre mujer –dijo–. Su… Esas cicatrices… Su rostro parece un mapa o algo así.

«Exacto», pensó Smita. La cara de Meena era un mapa creado por un cartógrafo salvaje y misógino. Mohan se sentó frente a ella.

–Me pregunto si al final acabas por acostumbrarte a ver tanto sufrimiento. En tu profesión, debes enfrentarte a menudo a este tipo de cosas, ¿no?

Smita negó con la cabeza porque era incapaz de contestar. Tenía la sensación de que, allí adonde fuera, la veda contra las mujeres estaba abierta. Violación, mutilación genital, muertes por dote, violencia doméstica: en todas partes, en todos los países, las mujeres se enfrentaban a ataques, aislamiento, encarcelamiento, control, castigos y asesinatos. A veces, Smita tenía la impresión de que la historia de la humanidad estaba escrita con sangre femenina. Y, sin duda, viajar a lugares remotos del mundo para dejar constancia de aquellas historias requería ciertó grado de desapego. Pero ¿acostumbrarse? Eso era harina de otro costal. No, no sería una periodista que se preciara si en algún momento se acostumbrara a las injusticias a las que se veían sometidas las mujeres como Meena.

–No... Creo que no –dijo–. Aunque nunca me quedo suficiente tiempo en el mismo sitio para implicarme.

Él frunció el ceño.

–¿Eso es bueno?

–No se trata de si es bueno o malo. Forma parte del trabajo.

–Entiendo. –Mohan asintió–. Bueno, te dejo que trabajes. Hasta luego.

Mientras lo veía alejarse, Smita se fijó en que caminaba con las palmas de las manos hacia atrás. Se concentró de nuevo en su ordenador y empezó a leer sobre la vida triste y arruinada de Meena.

Capítulo 8

Durante el rato que Smita estuvo esperando en el vestíbulo del Taj junto a su maleta, tres empleados distintos del hotel se acercaron para preguntarle si necesitaba ayuda. Ella sacó su teléfono para llamar a Nandini.

–Hola –dijo una voz masculina a su espalda y Smita dio un respingo. Se dio la vuelta tan deprisa que Mohan se apresuró a dar un paso atrás y levantó las manos en un gesto apaciguador–. Lo siento, perdona. No era mi intención asustarte.

–¿Qué haces aquí? –Smita paseó la mirada por el vestíbulo del Taj–. ¿Dónde está Nandini? ¿Le ha pasado algo a...?

–Shannon se encuentra bien –la tranquilizó él de inmediato–. Tiene un poco de fiebre, pero el médico ha dicho que es normal. –Miró a Smita con expresión dubitativa–. Pero Nandini... Bueno, esta mañana ha colapsado en el hospital. Me ha llamado llorando para decirme que se niega a dejar a Shannon.

–Pero ¿qué le pasa? ¿Está enamorada de ella o algo?

Las palabras salieron por su boca antes de que pudiera evitarlo.

Mohan la miró con una ceja arqueada.

–No. Es solo que... le tiene mucho aprecio, nada más.

Smita percibió el tono de regañina y se sonrojó, pero no tardó en volver a alzar la voz.

–Lo siento, es que estoy molesta. No sé, debería habérmelo dicho ayer. Me va a costar encontrar otra traductora con tan poca antelación. ¿Y si se hace público el veredicto y…?

–No te hará falta.

–Claro que sí. Aunque sé hindi, no lo hablo con fluidez y no tengo especiales ganas de conducir sola hasta Birwad –dijo ella, alzando la voz. Otra clienta del hotel, una mujer que hablaba por el móvil, la rozó al pasar por su lado sin prestar atención y Smita le dedicó una mirada asesina–. Disculpe –siseó y la mujer la miró sobresaltada.

–Smita –dijo Mohan–. Yo soy tu nuevo conductor. Y traductor.

–¿Qué? Ni hablar. Lo siento, pero no.

El rostro de Mohan reflejaba que sus palabras le habían dolido. Ella abrió la boca para intentar explicarse, pero él levantó la mano izquierda para detenerla al tiempo que se sacaba el móvil del bolsillo con la mano derecha y marcaba un número de teléfono.

–Toma –dijo, con una nota de impaciencia en la voz–. Habla con Shannon. –Y se alejó sin darle tiempo a reaccionar.

–¿Diga? ¿Mohan? –Shannon sonaba débil y aturdida.

–Soy yo –dijo Smita en voz baja–. Perdona que te moleste.

–Smits, siento todo lo que ha pasado. –Shannon bajó la voz para añadir–: Nandini acaba de salir para ir a buscarme agua fría, así que seré breve, ¿de acuerdo? ¿Me oyes bien?

–Sí.

Smita empezaba a tener la sensación de que el viaje a Birwad con Mohan era, una vez más, algo sobre lo que no tenía control alguno. Shannon suspiró.

–Genial. Mira, entre tú y yo, preferiría que Mohan se

quedara aquí conmigo y Nandini fuera contigo, pero ¿qué le vamos a hacer? Desde que te marchaste ayer, Nan ha estado histérica y a mí no me queda energía para lidiar con sus melodramas. Además, se ha pasado casi toda la noche despierta; si te soy sincera, me daría miedo dejarla conducir en este estado.

–Dice Mohan que tienes un poco de fiebre.

–Estoy bien. El tema es que, en realidad, en este caso es mejor que viajes con un hombre. La región a la que vas es muy tradicional y te respetarán más si vas con un varón.

Smita resopló.

–Pero tú viajas con Nandini.

–No es lo mismo. Yo soy una tía estadounidense corpulenta y blanca. Los hombres como los hermanos de Meena ni siquiera me ven como a una mujer. Les doy un poco de miedo, ¿sabes a qué me refiero?

–La verdad es que no.

–Espera un momento. –Smita oyó la voz de Nandini de fondo y a Shannon murmurar–: Gracias. –Antes de soltar un brusco «¡joder!»–. Aquí estoy otra vez –dijo Shannon. Tenía la voz ronca y Smita conjeturó que el dolor había remitido de nuevo–. ¿Puedo preguntarte qué problema hay en que vayas con Mohan? Él conoce la zona mejor que...

–Apenas lo conozco –susurró Smita, aunque Mohan se había alejado bastante.

–No me vengas con esas, Smits –le espetó Shannon–. Tampoco es que conozcas a los guías con los que viajas cada vez que visitas un país nuevo, ¿no?

–Es verdad, pero...

–Pues entonces no hay más que hablar, ¿de acuerdo? –Lo dijo como si el asunto ya estuviera decidido–. ¿De acuerdo, Smits?

–Sí. –Mientras lo decía, Smita se maravilló ante la maestría con la que Shannon se la había jugado–. Vale, nos vemos pronto. Mejórate.

–Gracias, cielo. No te olvides de llamarme. Te debo una.

Smita miró por el espejo retrovisor a Mohan, que había sacado la cartera y le entregaba varios billetes al viejo portero que había insistido en meter la maleta en el maletero. Al verlo acercarse apresuradamente, ella le había hecho señas para indicarle que no era necesario, pero Mohan le había lanzado una mirada de desaprobación y le había pedido que subiera al coche.

Cuando finalmente Mohan se acomodó en el asiento del conductor y empezó a retroceder con el coche, Smita dijo:

–Era solo una maleta. Nos las habríamos apañado.

Él chasqueó la lengua.

–*Eh*, es lo que hay... Tenía casi la edad de mi padre y lo más seguro es que necesite la propina. No quería insultarlo.

Ella asintió, abochornada por su generosidad.

–¿Y tú qué? –preguntó–. ¿Ya has hecho las maletas o tenemos que...?

–Sí; mi bolsa también está en el maletero. –Hizo girar el botón del aire acondicionado–. Me alegro de que esa chica haya tenido la sensatez de llamarme antes de que saliera de casa esta mañana.

–Yo también.

De pronto, se sintió agradecida por la presencia alegre de Mohan, que contrastaba de manera notable con la actitud seria de Nandini. Mientras salían del paseo de acceso al hotel, Mohan señaló con la cabeza el asiento trasero.

–Por cierto, tenemos bocadillos de tortilla en la nevera

por si tienes hambre –dijo–. Tía Zarine es una cocinera estupenda.

–¿Tu casera te ha preparado bocadillos esta mañana?

–¿«Casera»? Para mí es como una segunda madre, *yaar*. Pero tienes razón en que me malcría tanto como puede.

–¿Acaso no están todos los hombres indios malcriados? –preguntó Smita mientras sonreía.

Pensó en su padre, que nunca había cocinado hasta que su madre murió. Su padre, que tanto se había alegrado al enterarse de que Smita iba a alargar una semana sus vacaciones, sin sospechar nada.

–Tal vez –contestó Mohan, que bajó el volumen de la radio–. Casi siempre por sus madres, no como esos pobres niños estadounidenses, obligados a marcharse de casa a los dieciocho años para que sus padres puedan disfrutar de… ¿Cómo lo llamáis los estadounidenses? Ah, sí, del nido vacío. Como si las personas fuesen pájaros.

–Pero ¿de qué hablas?

–He leído que, en cuanto cumplís los dieciocho, tenéis que marcharos de casa. Aquí en la India, en cambio… ¡Madre mía! Antes de obligar a sus hijos a irse, los padres se cortarían un brazo.

–En primer lugar, nadie está obligado a irse. La mayoría de los adolescentes se muere de ganas de independizarse. Y, en segundo, ¿acaso no te marchaste tú de casa de tus padres?

Él le dedicó una mirada fugaz.

–Sí, es verdad. Pero fue por mis estudios.

–¿Y ahora?

–¿Ahora? –Él suspiró–. No hay nada que hacer, *yaar*. Ahora estoy enamorado de esta ciudad de locos. Una vez que pruebas la vida en Mumbai, es imposible vivir en ningún otro lugar.

Por un momento, Smita detestó la petulancia de Mohan.

–Y, aun así, millones de personas lo hacen –murmuró.

–Tienes razón. –Mohan se desvió para sortear un socavón–. ¿Por qué se marchó tu familia?

De inmediato, Smita se puso a la defensiva.

–Mi padre consiguió trabajo en Estados Unidos. –Fue la escueta respuesta.

–¿A qué se dedica?

Aprovechando que pasaban por delante del cine Regal, ella volvió la cabeza para ver qué película daban.

–Es profesor. Da clases en la universidad de Ohio.

–¡Vaya!

Mohan abrió la boca para hacer otra pregunta, pero Smita se le adelantó.

–¿Nunca te has planteado vivir en el extranjero? –quiso saber.

–¿Yo? –Mohan se lo pensó un momento–. Sí, a lo mejor cuando era más joven. Pero la vida en el extranjero es demasiado dura. Aquí tenemos todas las comodidades.

Smita se fijó en el atasco en el que estaban metidos, en el pitido de las bocinas y las nubes de humo que salían del tubo de escape del camión de delante.

–¿Has dicho que la vida en el extranjero es demasiado dura? –repitió con incredulidad.

–No te quepa duda. Aquí, el *dhobi* viene cada domingo a casa a recoger mi ropa sucia, el encargado me limpia el coche cada mañana, tía Zarine me manda la comida al trabajo, los recaderos de mi oficina van a correos o al banco para hacer cualquier gestión que les pida y, cuando llego a casa por la tarde, la asistenta ha barrido y limpiado mi habitación. Dime, ¿quién te hace todas estas cosas en Estados Unidos?

–Lo hago yo. Pero me gusta hacerlo, me hace sentir independiente y eficiente. ¿Entiendes a qué me refiero?

Él asintió al tiempo que bajaba la ventanilla, antes de subirla al cabo de un instante para evitar que se colara el calor sofocante de media mañana.

–A mí me parece que estás loca, *yaar* –dijo–. ¿Qué demonios tiene de bueno ser independiente?

Con sus Ray-Ban, sus tejanos azules y sus deportivas, Mohan tenía el aspecto de un tipo moderno. «Pero, en realidad –pensó Smita–, es igual que todos los hombres indios consentidos que he conocido en Estados Unidos».

–*Bolo?* –insistió él. Esperaba una respuesta.

–No... Ni siquiera sé qué contestarte. Ser autosuficiente es un premio en sí mismo. Creo que es uno de los rasgos más valiosos que alguien puede...

–¿Valioso para quién, *yaar*? –preguntó él, arrastrando las palabras–. ¿Le sirve de algo a mi *dhobi* que me lave yo mismo la ropa? ¿Cómo va a dar de comer a sus hijos? ¿Y qué me dices de Shilpi, que me limpia la habitación cada día? ¿Cómo sobreviviría? Además, tú también eres dependiente. Dependes de las máquinas, mientras que yo dependo de gente que depende del dinero que les pago. Es un sistema mejor, ¿no te parece? ¿Te imaginas cuál sería la tasa de paro en la India si sus habitantes fueran... autosuficientes?

–Tu argumento tendría mucho más sentido si a esas personas se les pagara un sueldo justo –replicó Smita, que recordó cómo se molestaban sus antiguos vecinos cada vez que su madre subía el sueldo a sus criados, acusándola de estar obligando al resto a hacerlo.

–Yo me esfuerzo por pagarlos bien. Hace años que trabajan para mí y diría que están contentos.

Mohan se quedó callado y Smita lo miró, preocupada

por si había herido sus sentimientos. «Todos tenemos nuestros puntos ciegos culturales», se recordó.

–Supongo que la independencia está en los ojos de quien la mira, ¿no? –comentó Smita–. Por ejemplo, no puedes ni imaginarte la libertad que tengo en Estados Unidos como mujer.

–Es cierto –dijo de inmediato Mohan–. Los indios vivimos en la Edad Media en lo que se refiere al trato a las mujeres.

–Piensa en la mujer a la que vamos a ver. Lo que le hicieron es una salvajada. –Smita se estremeció.

–Lo es. Y espero que condenen a muerte a esos desgraciados.

–¿Estás a favor de la pena de muerte?

–Por supuesto. ¿Qué otro castigo merecen esos animales?

–Bueno, podrían encarcelarlos de por vida. Aunque…

–¿Y encerrarlos de por vida es mejor? –preguntó Mohan

–Bueno, al menos no le quitas la vida a otro ser humano –reflexionó Smita.

–No, le quitas la libertad.

–Evidentemente. Pero ¿qué otra opción…?

–¿Alguna vez has estado encerrada, Smita?

–No –contestó ella con cautela.

–Me lo parecía.

–¿Qué quieres decir?

–Quiero decir que... –Mohan frenó para dejar cruzar la calle a una mujer que iba acompañada de tres niños–. Cuando tenía siete años, me puse muy enfermo. El médico fue incapaz de determinar cuál era el problema durante mucho tiempo. Cada noche me subía la fiebre y me pasé cuatro meses encerrado en casa: ni escuela, ni críquet, ni cine; nada. En esa época, nuestro médico de familia visitaba a domicilio, así que ni siquiera tenía que salir de casa para ir a la consulta. –Hablaba en voz baja, ausente–. Me hago una ligera idea de lo que supone estar encarcelado.

–¿Estás comparando estar enfermo unos meses a una cadena perpetua?

Mohan suspiró.

–Supongo que no. No… Por supuesto, hay una gran diferencia.

Durante unos instantes, reinó el silencio.

–A decir verdad, no sé cómo hemos acabado hablando de esto –dijo Smita al final.

–Yo he dicho que esperaba que condenaran a muerte a los hermanos de Meena y tú los has defendido.

–No los he defendido –protestó Smita–. Es solo que no creo en la pena de muerte.

–Pero eso es precisamente lo que le dieron estos *chutiyas* al marido de Meena, ¿no? La pena de muerte. –Lo dijo en voz baja, pero ella percibió la ira en su voz.

Smita estaba demasiado fatigada para contestar. Los debates sobre el aborto, la pena de muerte, el control de armas… Sabía, por los años que había vivido en Ohio, cómo se aferraba la gente a sus opiniones. Por eso le gustaba el periodismo, porque no se veía obligada a escoger un bando; lo único que tenía que hacer era presentar todas las perspectivas con la mayor claridad e imparcialidad posibles.Suponía que Mohan y ella tenían aproximadamente la misma edad y procedían de un entorno social parecido, pero hasta ahí llegaban las similitudes. Las opiniones de él habrían dejado sin palabras a los amigos liberales de Smita en Estados Unidos, aunque ¿qué importaba? Con un poco de suerte, en un par de semanas estaría en un avión con destino a casa y aquel viaje, aquel conductor y aquella conversación habrían caído en el olvido.

El modesto motel se encontraba en un lugar tan apartado que tuvieron que parar dos veces para pedir indicaciones. Al entrar en el edificio, Smita dedujo que no debía de tener más de nueve habitaciones. Al entrar, en lugar de encontrarse en una recepción, se dieron de bruces con un pequeño escritorio.

Tras llamar a uno de esos timbres antiguos, un hombre de mediana edad salió de la trastienda.

–¿En qué puedo ayudarlos?

–Queríamos dos habitaciones, por favor –dijo Smita.

Él hombre los miró alternativamente.

–¿Dos habitaciones? –repitió–. ¿Cuántos son?

–Solo nosotros –contestó Smita.

–Entonces, ¿por qué necesitan dos? Puede que solo les pueda ofrecer una. Hace un rato han llamado para avisar de que es posible que mañana vengan los invitados de una boda.

–Bueno, nosotros estamos aquí hoy. Y necesitamos dos habitaciones.

El hombre entornó los ojos.

–Son marido y mujer, ¿verdad?

A Smita se le encendieron las mejillas por la irritación.

–No veo qué tiene eso que...

–Este es un establecimiento respetable y familiar –continuó el hombre–. No queremos problemas. Si están casados, les puedo dar una habitación; si no lo están, no hay ninguna habitación para ustedes. Punto final.

Smita estuvo a punto de replicar, pero Mohan le dio un apretón en el brazo y se colocó delante de ella.

–*Arre, bhai sahib* –dijo con soltura–. Es mi prometida.

Le dije que podíamos coger solo una habitación para ahorrar dinero, pero qué se le va a hacer: es una chica de buena familia e insiste en que quiere su propio espacio. Hasta la boda.

Smita puso los ojos en blanco, pero la expresión del recepcionista se había suavizado.

–Comprendo–dijo el hombre, al tiempo que asentía–. Haré una excepción por usted, señor. Y a usted, señora, la alabo por su recato. Les daré dos habitaciones. ¿Cuántos días se quedarán?

Smita vaciló, pero Mohan ya había cogido su cartera y estaba sacando varios cientos de rupias en billetes.

–Esto es por su comprensión –dijo–. Por supuesto, las habitaciones las pagaremos aparte. Esto es por los problemas que podamos ocasionarle, ya que no sabemos cuántos días vamos a quedarnos.

–No se preocupe –dijo el recepcionista, mientras guardaba los billetes en el bolsillo de la camisa–. ¿Han venido por un asunto familiar?

–Bueno, sí y no –contestó Mohan de forma evasiva y con una sonrisa, para que el hombre no se ofendiera.

–Entiendo... –El recepcionista cogió un bolígrafo y deslizó una hoja de papel amarillento por encima del escritorio–. Si son tan amables, por favor, necesitaría que rellenaran este impreso.

Smita tomó el bolígrafo y el recepcionista se quedó petrificado. Después, miró fijamente a Mohan.

–Señor –dijo–, la única firma válida es la suya.

Se hizo un silencio breve e incómodo, hasta que Mohan dejó escapar una risa entrecortada.

–Ah, sí, por supuesto –dijo–. Tendrá que perdonar a mi prometida. Es una chica de ciudad y...

El recepcionista escrutó a Smita con seriedad.

–Ya veo; la señora es extranjera –dijo en voz baja–. No está familiarizada con nuestras costumbres.

Smita se sonrojó y se alejó mientras Mohan rellenaba el impreso. «Extranjera», eso era exactamente lo que era. En aquel momento, no quería saber nada de aquel país provinciano en el que estaba atrapada.

Echando humo por las orejas por la misoginia inconsciente de aquel hombre, Smite pensó en Meena. El daño que le habían hecho a ella era mucho más grave y no había punto de comparación, pero ambos eran consecuencia de la misma mentalidad: la que consideraba que las mujeres eran propiedad de los hombres. Sin embargo, mientras que Smita se marcharía de la India al cabo de unos días, lo más probable era que alguien como Meena no se marchara nunca. Se vio asaltada por una sensación aplastante. Aquella era la India real, la que se revelaba ante sus ojos mediante pequeños desaires y terribles tragedias.

Volvió la cabeza para mirar de reojo a Mohan, agradecida por su presencia, pero al mismo tiempo celosa de sus privilegios como hombre, y luego echó un vistazo al aparcamiento a través de la ventana. Se estaba haciendo tarde; tendrían que esperar al día siguiente para quedar con Meena.

–Vamos –dijo Mohan en voz baja.

Estaba a su lado, con una maleta en cada mano. Sin darse cuenta de lo que hacía, Smita alargó el brazo para coger la suya, pero, al fijarse en la mirada de advertencia de él, la apartó y bajó la vista por si el recepcionista los estaba observando. Mientras seguía a Mohan por el largo pasillo hasta sus habitaciones contiguas, su cuerpo ardía de rabia. Después de abrirle la puerta, él le hizo un gesto para que entrara y ambos echaron un vistazo a la austera habitación con paredes encaladas.

–¿Estarás bien? –preguntó Mohan.

Smita percibió el nerviosismo en su voz.

–Claro que sí. No te preocupes.

Asomó la cabeza por la puerta del baño y se sintió aliviada al ver que el retrete era de estilo occidental. A su derecha había una ducha con un cubo de plástico y una taza al lado, sobre el suelo de baldosas. Los baldosines de la pared parecían razonablemente limpios.

–El baño está bien –añadió Smita.

–Perfecto. –Mohan se cubrió la boca con la mano y bostezó–. Perdona. ¿Quieres ir a ver a Meena hoy? Será…

–No, no tiene sentido. Iremos por la mañana.

Smita percibió el alivio en su rostro.

–El recepcionista dice que tienen cocina y comedor –dijo Mohan–. Y que pueden prepararnos lo que queramos. ¿Sabes qué…?

–Me da igual. Pide lo que te parezca; yo no tengo mucha hambre. Lo único que me apetece de verdad es una cerveza helada.

El comentario pareció incomodar a Mohan y Smita se dio cuenta de inmediato de que había metido la pata. «Evidentemente», pensó. En un sitio como aquel, no estaría bien visto que una mujer bebiera alcohol en público.

–No pasa nada –se apresuró a decir–. No me hace falta beber.

–No, no –repuso él, frunciendo el ceño–. Tengo una idea. Pediré nuestra cena y luego le diré que me traiga dos botellas de cerveza a mi habitación. Puedes venir allí o… te la puedo traer, si lo prefieres.

Las dudas de Mohan, su consideración a la hora de no imponerle su compañía, fue lo que la ayudó a decidirse.

–No digas tonterías. Me tomaré esa cerveza contigo, ¿vale?

Él asintió.

–Una cosa, Mohan. Si no permiten firmar a las mujeres, ¿qué hicieron Shannon y Nandini cuando se alojaron aquí?

Él se encogió de hombros.

–Shannon es estadounidense; estoy seguro de que, en ese caso, las normas son distintas. Pero, aun así..., si hubiera venido con un hombre, le habrían pedido que firmara a él.

Smita meneó la cabeza.

–Ya no estamos en Mumbai, Smita. Este lugar es pequeño y está aislado. Ya lo has visto; no hay prácticamente nada en los alrededores.

–Es como si se hubieran quedado anclados cincuenta años atrás.

Una expresión indescifrable revoloteó en los ojos de Mohan.

–¿Cincuenta? Espera a que vayamos a Birwad. Allí llevan doscientos años de retraso.

LIBRO SEGUNDO

Capítulo 9

Por las noches, veo arder a mi marido.

En mis sueños, huelo la gasolina y veo el fuego trepar por su cuerpo como una enredadera. Lo veo convertirse en humo una y otra vez ante mis ojos, con llamas que se desprenden de su pelo como si fuera la cabeza del dios Agni.

Mi marido se llamaba Abdul, un nombre musulmán que significa «siervo». Y eso fue lo que hizo durante toda su vida: servir a alguien. ¿Por qué no le dio Ammi a su hijo el nombre de un rey? Así, tal vez Abdul hubiera sido rico y poderoso, como Rupal, el jefe de mi antigua aldea. Rupal es un hombre con poderes mágicos, fuerte como un toro y con poderes misteriosos. La gente de mi pueblo todavía se acuerda del día en que extrajo una serpiente viva de la boca de una mujer y la transformó en un pájaro, y yo le he visto con mis propios ojos caminar sobre ascuas y no quemarse los pies. No, las quemaduras están reservadas a las personas pobres como nosotros.

En el primer informe de la Policía, redactado al mismo tiempo que Ammi enterraba a su primogénito y yo me debatía entre la vida y la muerte en el hospital, escribieron «Personas desconocidas» a pesar de que todo el mundo sabía quién había matado a Abdul. Sin embargo, yo exigí que la Policía redactara un nuevo informe en el que se nombrara a mis hermanos como los principales sospechosos. En aquellos días tan sombríos, Anjali fue la única que insistió en que había que hacer justicia.

Fue Anjali quien vino al hospital a informarme de la muerte de mi marido. Fue ella la que corrió a buscar al médico cuando yo me puse a gritar y traté de arrancarme la vía intravenosa del brazo. Fue ella la que recaudó el dinero para pagar mis tres operaciones, gracias a las cuales ahora puedo hablar y sujetar una cuchara con mi mano quemada. Fue ella quien me dijo que se haría cargo de mi caso sin pedirme dinero a cambio, para mostrarle al mundo que yo era dueña de mí misma y no pertenecía mis hermanos. Y fue la primera y la única persona que me dijo que amar a Abdul no era un pecado por el que yo mereciera un castigo.

Pero no te engañaré: yo tenía miedo. Nunca había entrado en la chowki *de Policía. Nunca me había sentado frente a un corpulento inspector* sahib *y mucho menos lo había mirado a los ojos. En mi aldea, la tradición dicta que los inferiores siempre deben sentarse a una altura inferior que sus superiores: la gente de casta inferior por debajo de la gente de casta superior, los jóvenes por debajo de los ancianos y las mujeres por debajo de los hombres. En casa, cuando los hombres descansaban en su cama, mi hermana pequeña, Radha, y yo nos sentábamos en cuclillas sobre el suelo. Era siempre así. Pero en la* chowki, *Anjali insistió en que me sentara en una silla enfrente del inspector.*

Todo el mundo se oponía a la reapertura del caso. Mi suegra me preguntó si no le había traído ya suficientes desgracias casándome con su hijo. Mis vecinos musulmanes protestaron porque creían que estaba poniendo en peligro –más aún, si cabía– nuestra pequeña aldea. Todos coincidían en que mis hermanos hindúes tenían derecho a vengar la deshonra que yo había acarreado a mi familia al casarme con Abdul. Incluso los vecinos y amigos de Abdul, aquellos que lo querían, creían que él había obrado contra el orden natural de las cosas al traer a una esposa hindú a su casa.

En Birwad tenemos un dicho: «Una mangosta no puede acostarse con una serpiente». Eso es lo que ocurre entre hindúes y musulmanes. Además, mis vecinos decían que me sería imposible vencer a mis hermanos, pues la naturaleza había dispuesto las cosas de modo que ninguna mujer pudiera triunfar sobre el poder de un hombre.

El propio Rupal me hizo saber que Dios lo había visitado y le había advertido que, si seguía adelante con la denuncia contra mis hermanos, estaría condenada a reencarnarme mil y una veces en forma de seres inferiores. Que en mi próxima vida sería una insignificante lombriz que los hombres pisotearían. «Es la ley hindú de la reencarnación y el karma», dijo. Si persistía en mis perversos planes, repetiría eternamente los ciclos de la vida y, cada vez que naciera, lo haría encarnada en una forma de vida inferior. Mi obligación kármica consistía en perdonar a mis hermanos y arrepentirme de mis pecados. Me advirtió que no escuchara a Anjali, esa criatura enviada por el diablo para corromperme.

Cuando el mensajero de Rupal me contó todo esto, supe exactamente lo Que debía hacer: escuchar los consejos de Anjali. Porque ¿acaso no me habían pisoteado los hombres durante toda mi vida? ¿No me habían tratado ya como a una lombriz? Aunque el mismísimo Dios me pisara la cabeza con su pie, ¿cómo iba a aplastarme más de lo que ya lo estaba?

Además, una pequeña semilla crecía en mi vientre. ¿Qué le diría a esa criatura cuando me preguntara qué había hecho para honrar a su padre y vengar su muerte? Si fui a la chowki *de Policía y les pedí que mis hermanos constaran como los asesinos, fue por el bien de mi Abru. Y Anjali fue muy astuta. Le contó mi historia a Shannon, la mujer con el pelo rojo como el fuego. Cuando la Policía se enteró de que una mujer blanca estaba haciendo preguntas sobre las falacias de su investigación,* bas, *empezaron a ponerse nerviosos.*

Mis hermanos tomaron mi matrimonio y lo redujeron a astillas. Rupal intentó asustarme con la perspectiva de convertirme en una lombriz. Tal vez haya sido siempre así: miles de años atrás, hasta nuestro dios Rama puso a prueba la virtud de su amada esposa Sita con agni pariksha, *obligándola a introducirse en una pira ardiente. A diferencia de mí, Sita salió del fuego sin herida alguna; aunque, claro, yo no era la esposa de un dios, sino solo de un buen hombre.*

Cuando se lo comenté a Anjali, me dijo que me olvidara de esas historias pasadas.

–Escúchame, Meena –dijo–. ¿Qué ves cuando te miras al espejo?

Yo me deshice en llanto.

–Veo una cara que hace llorar a los niños –dije–. Veo las manos de una lisiada.

–Exacto –dijo ella–. Por eso debes aprender a mirar en tu interior. Es una nueva manera de mirar que te permitirá ver tu verdadero yo. El fuego te quitó mucho, pero también te dejó mucho. ¿Lo entiendes?

Yo no lo entendí.

De modo que Anjali me contó algo que no sabía. Me explicó cómo se produce el acero.

«El acero –me dijo– se forja con fuego».

Capítulo 10

El ojo bueno de Meena era vulnerable y parecido al de una cierva, y Smita tuvo que hacer acopio de toda su voluntad para mantener la mirada enfocada en el rostro desfigurado de Meena y no desviarla. Era como si un río de lava se hubiera deslizado por el lado izquierdo de su semblante, destrozando todo a su paso. La lava corría desde el centro de la frente, cerrando su ojo izquierdo, y luego fundía la mayor parte de su mejilla antes de detenerse justo por debajo del labio inferior. Era evidente que los cirujanos habían hecho todo lo posible con lo que había quedado de su rostro, pero el resultado había sido torpe, como si se hubieran rendido.

Sentada en la humilde choza de Meena, Smita percibió el disgusto de su suegra porque Mohan y ella se hubieran presentado sin avisar. Lo único que brillaba en aquella chabola abarrotada y sombría era la hija de Meena, Abru, que estaba sentada en una esquina y de vez en cuando se acercaba brincando a su madre y trepaba hasta su regazo. Smita se dio cuenta de que, cada vez que la niña cogía un mechón de pelo de su madre y se lo metía en la boca, la mirada del ojo bueno de Meena se dulcificaba.

–¿Cómo está Shannon? –preguntó la joven con una voz baja y susurrante que costaba un poco de entender.

–Bien; ahora ya no le duele tanto. Te manda recuerdos.

–Rezaré por ella. –Meena se mordió el labio inferior–.

Me prometió que estaría aquí –murmuró– cuando el juez leyera el veredicto.

–Lo lamento. –Smita sacó su libreta con discreción–. ¿Cómo te sientes? –preguntó–. Respecto al veredicto.

La suegra contestó antes de que Meena pudiera abrir la boca.

–*Hah.* La periodista extranjera nos prometió cinco mil rupias a cambio de contarle nuestra historia, así que ¿dónde está el dinero?

Smita siguió centrando su atención en Meena, que intercambió una mirada con ella y sacudió la cabeza en un gesto rápido y apenas perceptible. Smita se dirigió a la suegra.

–Tenemos por norma no pagar por historias, *ji* –dijo, contenta de poder hacer uso de su hindi–. Debió de entender mal las palabras de mi compañera.

–*Arre, wah* –repuso la mujer en tono beligerante–. ¿Vienes a mi casa y me llamas mentirosa?

–Ammi –dijo Meena, alzando un poco la voz–. Basta ya de hablar de dinero, *ya.* No es propio de nosotras.

Aunque Smita no entendió del todo la retahíla de insultos que salieron por la boca de la mujer, el tono en que los pronunció le puso los pelos de punta.

–*Besharam*, zorra sinvergüenza –dijo Ammi–. Primero mata a mi pobre hijo y ¿ahora me falta al respeto? Se pasa el día sentada como una maharaní obesa, dándose un banquete con mis huesos, ¿y tiene la desvergüenza de llevarme la contraria? Tendría que haberte dejado morir en el hospital, en lugar de luchar por salvarte la vida.

El lado izquierdo de la boca de Meena se curvó en una sonrisa amarga.

–Ni siquiera viniste a verme al hospital, Ammi. ¿A qué vienen todas estas mentiras?

La mujer mayor cogió la escoba de la esquina de la habitación y golpeó a Meena con ella.

–¡Eh! –exclamó Smita, poniéndose en pie de un salto.

–*Bai* –dijo Mohan–. ¿Qué demonios hace? Pare ahora mismo.

La mujer se volvió hacia él.

–¿Qué quieres que haga, *seth*? –dijo, adoptando un tono lastimero–. Vi con mis propios ojos a mi hijo consumido por las llamas. Cada día le pregunto a Dios por qué no me arrancó los ojos antes de dejarme presenciar una escena tan desgarradora. Y, entonces, mi hijo menor huyó del pueblo después de salvarle la vida a esta desgraciada ingrata, o sea que también me quedé sin sus ingresos. Somos pobres, *seth*. Juro sobre la tumba de mi marido que esa mujer estadounidense y yo habíamos llegado a un acuerdo económico…

Smita evaluó rápidamente la situación. Prefería hablar con Meena en el exterior, lejos de su suegra. Hasta ahora, su hindi le había servido. Y, si no entendiese algo de lo que decía Meena, siempre podía anotarlo tal como sonaba y preguntarle luego a Mohan. Lo mejor era que él se quedara dentro de la choza lidiando con Ammi.

–¿Por qué no vamos a que nos dé el aire? –le propuso a Meena tras ponerse en pie–. ¿Quieres hablar fuera?

Meena vaciló y se volvió hacia Mohan de manera instintiva para pedirle permiso con la mirada. Él miró a Smita.

–¿Te las apañarás? –le preguntó y, después de que ella asintiera, le dedicó una sonrisa a Meena–. Ve, hermana –dijo–. Ammi y yo charlaremos un rato.

La luminosa claridad del día contrastaba con la sombría miseria de la choza de paja. Con su hija en brazos, Meena llevó a Smita hasta un asiento hecho de cuerdas, permaneció de pie mientras Smita se sentaba y, a continuación, se puso en cuclillas frente a ella.

–¿Qué haces? –preguntó Smita y dio una palmadita en el asiento–. Siéntate a mi lado.

–En mi vieja aldea, siempre nos sentábamos por debajo de nuestros superiores, *memsahib* –explicó Meena–. Es la tradición.

–Pero ahora no estás en tu aldea, Meena. Entre los musulmanes no hay división por castas, ¿verdad? –Smita volvió a dar unas palmaditas en el asiento–. Vamos, ven.

Esperó mientras Meena cogía de nuevo a su hija, miraba furtivamente a su alrededor y sentaba a Abru antes de proceder a sentarse ella. La niña se succionaba el pulgar, ajena a la incomodidad de su madre.

–¿Cuánto tiene? –preguntó Smita.

–Quince meses.

–Es preciosa –comentó Smita, acariciando el pelo de la niña.

A Meena se le iluminó el rostro.

–*Ai*. Es *khubsurat* como su padre. Cada vez que la miro, me acuerdo de mi Abdul.

–Todo esto es muy injusto –murmuró Smita.

Aunque se maldijo por dentro por la obviedad de su afirmación, de alguna manera tenía que allanar el camino para empezar la entrevista. Meena no pareció darse cuenta.

–Le dije a Abdul que se olvidara de mí, *memsahib*. Le dije que mis hermanos jamás consentirían nuestra relación, pero él creía que el mundo era tan puro como su corazón. Me juró que, si no me casaba con él, se envenenaría. –Dejó escapar una risa desolada–. Al final, fui yo quien lo mató.

–Tú no lo mataste. Eres una víctima, igual que él.

Meena asintió.

–Eso fue lo que me dijo Anjali, con esas mismas palabras, la primera vez que fue a verme al hospital. El dolor que sentía era abrumador, como si no tuviera cuerpo, como si estuviera hecha de fuego. Me dolía tanto que ni siquiera era capaz de recordar cómo me llamaba. Cuando me cambiaban los vendajes, la piel se desprendía junto con la gasa y, cuando cerraba los ojos, se me aparecía la imagen del cuerpo de Abdul. Era como un árbol en flor, salvo que las flores eran de fuego.

–Entonces conociste a Anjali poco tiempo después de los hechos, ¿no?

–Sí, Anjali es como un dios para mí. Fue ella quien consiguió que me trasladaran al hospital grande, quien recaudó el dinero para pagar mis operaciones y, lo más importante, si los médicos no me arrancaron a mi pequeña Abru de dentro, fue gracias a ella. Yo estaba embarazada de pocos meses, *memsahib*, y ellos pensaban que, para salvar mi vida, debía deshacerme de ella. Anjali fue la única que me preguntó qué quería hacer yo y, aunque yo no podía hablar, me negué. Ese fue el mayor regalo que me hizo. De no ser por Abru, mi Abdul me habría dejado para siempre.

Tal vez fuera por estar sentada a pleno sol, pero Smita se sintió un poco mareada. Cerró un momento los ojos y Meena se dio cuenta de inmediato.

–¿Quiere un vaso de agua, señora? –Hizo ademán de levantarse antes de que Smita contestara, pero enseguida se sentó–. Aunque quizá no se le permite beber de nuestras tazas.

Smita tardó un momento en entender a qué se refería Meena: se preguntaba si ella, en tanto que hindú, podía o querría beber o comer en una casa musulmana. Seguramente había deducido a qué casta y religión pertenecía a través de su nombre.

Parecía que nada había cambiado en la India desde que se había marchado... Era un país fosilizado, con sus castas, sus clases sociales y su intolerancia religiosa. Al ver el rostro desfigurado de Meena, se dio cuenta de que su rechazo a aquellas tradiciones era en sí mismo una muestra de sus privilegios. ¿Acaso creía que la India había cambiado por el mero hecho de que ella había conseguido huir?

–No me supone ningún problema, Meena, pero ya estoy mejor. No hace falta que entres y molestes a tu suegra.

Ambas mujeres intercambiaron una mirada y se entendieron sin necesidad de palabras.

–¿Va a escribir el artículo para su periódico, como Shannon? –preguntó Meena al cabo de un momento.

–Sí. Shannon y yo trabajamos para el mismo periódico.

Meena frunció el ceño.

–Pero el periódico de Shannon está en Estados Unidos.

–Así es. Yo vivo allí. He venido a la India porque...

–¿En Estados Unidos permiten a los indostanos escribir para los periódicos?

–Sí, claro. En mi periódico trabaja gente de todo tipo.

–¿Y los ancianos de su pueblo no le impiden acudir al trabajo? –preguntó la joven.

–Yo vivo en una gran ciudad, como Mumbai. Allí no hay Consejo –contestó Smita, que se dio cuenta de lo poco que entendía el mundo de Meena.

–*Accha?* –dijo Meena maravillada–. En ese caso, rezo para que Dios la ayude a escalar posiciones, *memsahib.*

Smita le dio unos golpecitos en la huesuda muñeca con el dedo índice.

–Basta de hablar de mí –dijo–. Mejor hablemos de ti.

¿Cómo te sientes? Anjali dice que el veredicto podría hacerse público en cualquier momento. ¿Estás nerviosa?

La joven se quedó mirando el punto en el que Smita la había tocado.

–Sí, muy nerviosa. Aunque el juez declare culpables a mis hermanos…

–¿Sí? –la animó Smita.

Meena alzó la cabeza y la miró a los ojos.

–Si los declara culpables, seguirá habiendo mucha gente que quiera hacerme daño. Los vecinos de mi vieja aldea creen que los he deshonrado y, aquí, en Birwad, todo el mundo me culpa de la muerte de Abdul. Mi marido y su hermano Kabir eran el puntal de esta comunidad, siempre bromeando y riendo, tanto con sus amigos como con los desconocidos. Y, por descontado, las familias hindúes de los pueblos de los alrededores están enfadadas conmigo por haber llevado a juicio a mis hermanos. Ni siquiera puedo ir a sus mercados porque me escupen en la cara, *memsahib*.

Smita no estaba segura de si lo decía de manera metafórica o literal.

–Meena –dijo con delicadeza–, ¿crees que podrías llamarme Smita en lugar de *memsahib*? A Shannon la llamabas por su nombre, ¿no?

–Eso es distinto –repuso Meena, con una sonrisa avergonzada–. Shannon es extranjera.

–Bueno, pues, si insistes en llamarme *memsahib*, yo tendré que hacer lo mismo.

Meena se cubrió la boca con la mano al tiempo que reprimía una risa escandalizada.

–*Memsahib*… Perdón, Smita; Ammi se desmayaría si te oyera llamarme *memsahib*.

A pesar de tener media cara inmovilizada, Meena parecía mucho más joven cuando reía.

–Bueno, y ¿cómo ocupas el tiempo? –preguntó Smita.

Meena se quedó en blanco.

–Me paso el día cocinando y limpiando para mi suegra y mi pequeña.

–¿No tienes un trabajo?

Meena se señaló la cara.

–¿Con este aspecto, *didi*? –Smita se fijó en que ahora se dirigía a ella como «*didi*», el término hindi para referirse a una hermana mayor–. ¿Quién me va a contratar? Además, nadie sabe qué pensar de mí. Después de mi matrimonio, los hindúes me tratan como a una musulmana, pero los musulmanes de este pueblo me siguen considerando hindú. –Tragó saliva y añadió algo en un dialecto que Smita no comprendió.

–Disculpa, eso último no lo he entendido.

Meena se secó una única lágrima de la mejilla con el dorso de la mano.

–He dicho que soy el perro al que ya no quieren ni en la casa ni en la calle –repitió en hindi–. ¿Lo entiendes?

–Sí.

–¿Ves esa casucha de allí, *didi*? ¿A tu izquierda? Es el único sitio de esta triste tierra en el que todavía me siento en casa.

Smita siguió la dirección en la que señalaba con el dedo y entornó los ojos para protegerse del sol y ver mejor. Lo único que distinguió fueron los restos chamuscados de una choza de paja, en diagonal a donde estaban sentadas y a una distancia considerable de la cabaña de Ammi. Estaban rodeados de montones dispersos de basura y Smita tardó un instante en percatarse de lo que era.

–¿Es tu...? ¿Es donde... pasó todo? –preguntó.

Meena asintió.

–Era nuestra casa. A pesar de ser todavía más humilde que la de mi suegra, *didi*, te diré la verdad: nunca he sido más feliz que durante los cuatro meses que viví allí con Abdul. Se levantaba cada mañana antes que yo y me preparaba una taza de té. Cocinar junto a mi marido e ir juntos andando a la fábrica me hacía sentir la mujer más rica de Indostán.

Smita miró a su alrededor.

–¿Te puedo preguntar una cosa? ¿Por qué vivís Ammi y tú en las afueras, tan lejos del pueblo?

Meena se mordió el labio inferior al tiempo que se le ponía la nariz roja.

–Abdul compró el terreno cuando salió a la venta, *didi* –dijo al cabo–. Tenía pensado construir aquí una casa *pucca* para su madre, con el salario de la fábrica, mientras que nuestra pequeña choza... Kabir y él la construyeron en cuestión de días después de que yo me escapara de casa de mis hermanos. Con lo que ganábamos trabajando los tres, nuestro plan era darle una vejez tranquila a la pobre Ammi.

«El hombre propone y Dios dispone», recordó Smita. Era un dicho que su padre utilizaba a menudo. Quiso traducírselo a Meena, pero no estaba segura de ser capaz. Hasta ese momento se las había apañado muy bien sin Mohan y no quería tentar su suerte.

–Por lo que cuentas, tu marido debía ser un buen hombre –murmuró.

Meena no contestó.

–¿Puedo preguntarte cuál es tu primer recuerdo, *didi*? –preguntó al cabo de un momento.

A Smita no le hizo falta pensar para saber la respuesta: el día que había ido con *papa* a una de sus clases en la universidad de Bombay. Su madre había tenido que llevar a Rohit al médico y su padre se la había llevado con él al trabajo. Smita se había sentado en silencio en la primera fila del aula y, al terminar, él le había comprado una barrita Cadbury de chocolate con frutas y nueces como premio por lo bien que se había portado. Pero no quería desviarse del tema.

–No estoy segura –dijo–. ¿Y el tuyo?

–No es tanto un recuerdo concreto como una sensación –contestó Meena–. Lo que más recuerdo de mi infancia es la sensación de soledad. Incluso después de que naciera mi hermana Radha seguí sintiéndome sola, aunque ella era mi mejor amiga. Por las tardes, a la hora en que mi padre volvía de los campos, yo lo esperaba delante de nuestra choza para recibirlo y, mientras aguardaba, miraba el cielo y escuchaba los graznidos de los pájaros en su camino a casa. Me parecía que todo, cada espiga de trigo, cada piedra del suelo, cada pájaro en el cielo tenía su sitio en este mundo. Menos yo. Mi verdadero hogar estaba dentro de aquella soledad.

–Te entiendo.

Meena sonrió.

–Lo sé, *didi*. En cuanto has entrado en nuestra casa, lo he visto en tus ojos: tú también conoces la maldición de la soledad.

Smita se ruborizó y apartó la mirada.

–Si te cuento todo esto es porque me has preguntado por Abdul –prosiguió Meena en voz baja y monótona–. Mi marido era como un mago. Desde el momento en que lo conocí, mi soledad desapareció.

–¿Crees que él… habría aprobado que presentaras la denuncia? –preguntó Smita.

A Meena se le descompuso el rostro.

–No sabes cómo se avergonzaría de mí, *didi.* Lo que más deseaba en este mundo era que hubiera paz entre nuestras familias. Cuando supo que íbamos a tener un hijo, insistió en ir a casa de mis hermanos con una gran caja de *mithai.* Creía que, cuando ellos se dieran cuenta de que era un buen marido, darían su brazo a torcer. –Meena se golpeó la frente con la palma de la mano en un ademán repentino–. Pero yo debería haber sido más sensata.

–¿Por qué?

–Porque mi hermano mayor, Govind, ni siquiera nos dejó entrar en su casa. Dijo que yo ya había echado piedras sobre su tejado al escaparme para casarme con un musulmán, pero que tener un hijo suyo implicaba que la mancha del deshonor se prolongaría durante generaciones. Cogió la caja de dulces y la arrojó al suelo, fuera de la casa, y dijo que les iba a prohibir hasta a los perros callejeros que se los comieran.

–¿Es por eso por lo que...?

–Así es. Esa caja de *mithai* fue la sentencia de muerte de Abdul, *didi*, aunque entonces aún no lo supiéramos. ¿Quién iba a imaginar que serían capaces de hacer algo tan espantoso? Me había dedicado a ellos en cuerpo y alma durante toda mi vida. Por muy enferma que estuviera, me levantaba para hacerles la comida. Era lo que había visto hacer a mi madre siempre: servir a mi padre hasta el día en que la pobre murió. Se podría decir que era mi deber, pero, si te soy sincera, yo no lo hacía por obligación, sino por amor. Siempre que sobraba un grano de arroz o azúcar, o un trozo de carne, era para ellos. Llegué incluso a quitarle comida a mi querida hermana para dársela a Arvind y Govind. Cuando Radha protestaba, yo le explicaba que ellos eran hombres y necesitaban estar fuertes. ¿Cómo podría haber adivinado que me odiaban tanto?

–Quizá por eso no querían que te casaras con Abdul. No querían perder a su criada.

Meena bajó la voz y dedicó una mirada furtiva a la casa de Ammi.

–No fue solo por eso. Verás, en nuestra aldea odian a los musulmanes; los consideran lo peor de lo peor porque comen ternera, *didi*.

–Ya –dijo Smita, embargada por una ira candente.

Meena se sobresaltó.

–¿Tú también odias a los musulmanes?

–¿Yo? No, no; para nada. Algunos de mis mejores amigos son musulmanes. –Smita sonrió, pero Meena no entendió la broma–. Refréscame la memoria, ¿ te convertiste al islam después de casarte?

–Esa era mi intención, por respeto a mi marido, y Ammi también lo deseaba, pero Abdul no me dejó. Dijo que quería que nuestra familia se pareciera a Indostán: hindúes y musulmanes viviendo juntos.

Smita bajó la vista hacia el suelo. Las palabras de Meena habían delineado el contorno de su desolación y su dolor, y le habían permitido entender al fin el alcance de las heridas que había dejado tras de sí la muerte de Abdul. Un joven, seguramente analfabeto y pobre, había considerado su matrimonio interreligioso una fuente de orgullo y no de vergüenza. Se había visto a sí mismo y a su mujer como representantes de una nueva India, y a su hija nonata como una embajadora de esa nueva nación. En realidad, el motivo de la muerte de Abdul era simple: la falta de imaginación. Al no albergar maldad ni prejuicios, Abdul había sido incapaz de imaginar el desprecio y el odio que sus cuñados sentían por los suyos y no había podido prever la ira que iba a desatar en ellos el escándalo y el deshonor que Meena había ocasionado.

«Ella podría habérselo dicho», pensó Smita. Podría haberlos advertido de que, en última instancia, la vieja India –fraccionada no solo por la agitación política y geográfica de la partición, sino también por los eternos ríos de odio que dividían a sus ciudadanos– no podía sino triunfar. Siempre lo hacía.

–¿Crees que ganarás el juicio? –preguntó.

Necesitaba que alguien la convenciera de que estaba siendo innecesariamente cínica. Al fin y al cabo, hacía mucho tiempo que no vivía allí. A lo mejor, aunque todo lo demás siguiera igual, el sistema judicial había evolucionado. Meena la miró sin parpadear con el ojo bueno.

–Eso espero, *didi*, aunque, al final, está en manos de Dios. Lo único que me importa es que, cuando crezca, mi hija sepa que su madre luchó por el honor de su padre. *Bas*, eso es lo único que me mantiene con vida: ella. Por eso tolero las provocaciones de mi suegra y los insultos de mis nuevos vecinos. No te voy a engañar, *didi*, aparte de mi pequeña Abru, no tengo a nadie más en el mundo. Cuando Abdul vivía, la casa de Ammi era una fiesta. Todos sus amigos y vecinos se pasaban a vernos. Ahora no viene nadie; tienen miedo de que nuestra mala suerte les contagie. Ni siquiera veré más a Anjali cuando se acabe el juicio.

A Smita se le secó la boca, como si paladeara la desesperación de Meena.

–¿Qué haces durante el día? –quiso saber–. ¿Adónde vas?

Meena señaló los restos calcinados de la choza.

–Por la noche, duermo allí para estar cerca de mi Abdul. El trayecto de aquí a mi vieja casa es el único que recorro.

–¿No te da miedo volver allí?

–¿Por qué iba a darme miedo? Mi Abdul todavía está conmigo, *na?*

Por primera vez desde que la había conocido, Smita percibió en ella una actitud implacable y desafiante.

Se acordó de las semanas que ella había pasado escondida en su piso de Mumbai, negándose a ir incluso a la escuela hasta que su padre la obligó, y el recuerdo le produjo vergüenza. Vergüenza por el miedo que, como si fuera barro, se había adueñado de sus venas; vergüenza por haber sido lo bastante privilegiada como para huir. Por encima de todo, vergüenza por haber considerado que su primera etapa de adaptación en Estados Unidos fuera otra cosa de lo que en realidad había sido: un golpe de suerte increíble. La riqueza y las credenciales académicas de su padre los habían rescatado de la India y les habían proporcionado una buena vida en Estados Unidos. Mientras Meena luchaba por su vida y se enfrentaba después a un abrumador ostracismo social, Smita quedaba con sus amigas en cafeterías de Brooklyn, donde bebían capuchinos y compartían su ofensa por las microagresiones y los casos de apropiación cultural a los que se enfrentaban, por los novios que desaparecían sin dar explicaciones y los ascensos laborales que merecían y no les daban. En aquel momento, esas preocupaciones le parecieron de lo más banal. Había sido ridículo por su parte sumarse a aquel coro de desaires e insultos percibidos. ¿Hasta qué punto se había vuelto estadounidense para no ver que Estados Unidos había sido para su familia un puerto, un cobijo y un refugio?

–*Kya hai, didi*? –Meena la miraba con preocupación–. ¿He dicho algo malo?

Smita salió de su ensoñación y observó de nuevo la

choza calcinada y el campo descuidado que se extendía tras ella. Se puso en pie y se secó la frente con la manga de la camisa.

–*Nahi* –dijo Smita–. Tengo… que entrar un momento. –Al ver la expresión de rechazo de Meena ante la idea de enfrentarse de nuevo a su suegra, añadió–: Pero enseguida vuelvo.

Meena sonrió y Smita se maravilló de nuevo ante la transformación de su semblante.

–*Hah* –dijo la joven–. Tienes que ir a ver cómo está tu marido.

Smita abrió la boca para corregirla, pero en el último momento se lo pensó mejor.

–Enseguida vuelvo –repitió–. Solo necesito un poco de sombra.

«¿Qué diantres te pasa?», se reprendió a sí misma mientras iba a la choza. A lo largo de los años había entrevistado a refugiados, desplazados y víctimas de guerra y, a pesar de las graves lesiones y los traumas que había presenciado, siempre había sido capaz de mantener la compostura. Sin embargo, allí le era imposible mostrar ese mismo desapego emocional. Había un motivo por el que no cubría noticias en la India, un motivo por el que había pedido aquella exención a sus editores: sus sentimientos eran tan sesgados, tan complejos, que no podía ser objetiva. Y, aun así, a pesar de sus recelos previos, se alegraba de estar allí en Birwad y de haber conocido a Meena.

Mentalmente, ya había empezado a redactar la introducción de su artículo. Los de Shannon estaban muy bien escritos; su estilo era impersonal, se ceñía a los hechos y había situado con maestría la historia de Meena en el contexto del trato que recibían las mujeres en la India. En realidad, el estilo de Shannon era como la propia Shannon: desapasionado, duro, riguroso. Pero sentía que no había conseguido dar vida a Meena, reflejar esa combinación de vulnerabilidad y coraje. smita sabía que ella sí era capaz, que, de hecho, iba a hacerle justicia a Meena. Podía sentir su sufrimiento en sus propias carnes, así como una afinidad que era como un tejido conjuntivo. No veía el momento de volver al motel y ponerse a trabajar en su ordenador, como si las palabras le ardieran en la punta de los dedos.

Se agachó para cruzar la puerta baja y esperó a que los ojos se le acostumbraran a la oscuridad. En cuanto lo hicieron, dio un respingo de asombro: Mohan estaba sentado con las piernas cruzadas sobre una estera delante de la otrora malhumorada suegra de Meena, que ahora se reía como una niña con lo que él le decía. La actitud de ambos al verla entrar fue la de dos conspiradores pillados in fraganti.

–¿Quieres tú también una taza de té? –preguntó la mujer, y Smita se fijó en las dos tazas que había frente a ellos.

Estuvo a punto de rechazarla, pero se lo pensó mejor.

–Muchas gracias. Me encantaría. –Hizo una breve pausa antes de añadir–: Y a Meena también.

La mujer frunció el ceño.

–No puedo desperdiciar mi preciado azúcar y mi leche con esa bruja –dijo–. Me mato a trabajar siete días a la semana en casa de mi señora para alimentar a esta familia. Hoy estoy en casa porque mi señora no está en la ciudad. De hecho, mientras está de viaje, no me paga.

–En ese caso, tranquila, *ji* –dijo Smita con toda la educación posible–. No me hace falta *chai pani*. Estoy bien.

Dividida entre el impulso ancestral de mostrarse hospitalaria y su animosidad hacia su nuera, Ammi no sabía qué hacer. Al final se puso en pie con un gruñido y fue a encender de nuevo la cocina mientras mascullaba entre dientes. Smita observó cómo la mujer colocaba el cazo en el fogón y recordó que, para muchas mujeres rurales y tribales, era habitual dar el pecho a sus hijos hasta que estos eran bastante mayores.

–¿Meena aún le da al pecho a su nieta? –preguntó.

–A veces –contestó Ammi al tiempo que echaba el té en el agua–. Es para lo único que servía esa pelandrusca, pero dice que se le ha secado la leche. Así que ahora hay otra boca que alimentar.

Aunque Smita sabía que su ética periodística se lo impedía, sintió deseos de deslizar varios billetes de cien rupias en la mano de aquella mujer tan malhumorada. Se preguntó cómo sería Ammi si pudiera aliviar las cargas económicas de su vida. ¿Se impondrían entonces los mejores rasgos de su naturaleza? ¿Sería capaz de conciliar la dolorosa pérdida de su hijo con el hecho de que Meena hubiera perdido a su marido y darse cuenta del dolor que ambas sentían? ¿O seguiría enfadada con su nuera por el funesto suceso que había roto su hogar?

Como si le hubiera leído el pensamiento, Mohan abrió su cartera. Smita fingió no darse cuenta de que sacaba varios cientos de rupias y dejaba el fajo en el suelo.

–Esto es para ti, Ammi –dijo él–. Para ayudarte a mantener a las chicas que tienes a tu cargo.

Ammi enrolló el dinero y se lo metió en la blusa.

–Un millón de gracias, *beta* –dijo al tiempo que ponía la mano sobre la cabeza de Mohan–. Y un millar de bendiciones. Cuando me llamas Ammi, es como si escuchara las voces de mi Abdul y mi Kabir.

Cliff o Shannon se habrían horrorizado ante aquella violación de la ética profesional. «Pero Mohan no está aquí desempeñando un trabajo –argumentó Smita mentalmente con ellos, como si se hallaran también en aquella pequeña estancia–. ¿Qué voy a hacer, regañarle en presencia de esta mujer mayor? Me echaría de su casa y no nos permitiría ver a Meena, que no está en condiciones de desafiar sus órdenes».

Mohan la miró con una ceja arqueada en gesto interrogativo. Smita le dedicó una mirada impasible que no reflejaba aprobación ni escarmiento por su generosidad.

–Necesito media hora más –susurró mientras Ammi servía el té en vasos de cristal grueso.

–Tómate todo el tiempo que te haga falta. Nosotros nos lo estamos pasando muy bien.

–Gracias. Te lo agradezco mucho.

Smita salió con los dos vasos de té.

–¿Para mí? –preguntó Meena–. ¿Te ha dejado?

–Para ti.

–Gracias, *didi.* ¿Ves? Ya me has traído algo de buena suerte.

Smita volvió a contemplar la choza calcinada en la distancia, consciente de la incongruencia que suponía que Meena se sintiera agradecida por una taza de té chai. Pensó en los libros de autoayuda que millones de estadounidenses compraban cada año y en los que se destacaba la importancia de la gratitud. ¿Cuántos de ellos expresarían su agradecimiento por una taza de té? Pensó en los evangelistas de la prosperidad que predicaban sobre un dios cuyo deseo era que su rebaño disfrutara de una riqueza fabulosa. ¿Qué opinaría ese dios de mujeres como Meena, para quien una taza de té se traducía en buena suerte?

La miró mientras la chica soplaba el líquido del vaso

para enfriarlo y luego se lo ofrecía a Abru, que le dio varios sorbos. De pronto, Smita cayó en la cuenta de que no había oído hablar a la pequeña.

–¿Habla? –preguntó, acariciando la espalda de la niña.

Meena se quedó cabizbaja.

–Todavía no. La doctora dice que no hay que preocuparse, que hay niños que empiezan a hablar más tarde. No es muda, *didi*, gracias a Dios. –Frunció el ceño–. Pero estoy preocupada. Mi Abru tiene quince meses; es un poco mayor para no hablar todavía, ¿no te parece? Creo que es porque me oyó gritar pidiendo ayuda durante el incendio, cuando aún estaba en mi barriga, o en el hospital cuando me dijeron que Abdul había muerto. A lo mejor piensa: «¿Qué quiero decirle a un mundo en el que mis tíos pueden matar a mi padre y romperle el corazón a mi madre? ¿De qué sirven las palabras en un mundo así?».

Smita asintió, aunque en el fondo pensó que estaría bien que un buen pediatra le echara un vistazo a la niña en Mumbai.

–¿Qué planes tienes cuando se haga público el veredicto? –preguntó para cambiar de tema.

–¿Para qué voy a hacer planes? Esta es mi vida ahora. Abdul y yo teníamos pensado trasladarnos a Mumbai después de que naciera Abru. Él decía que Mumbai estaba hecho para gente como nosotros, que no temen el trabajo duro. Ambos éramos *angutha chhap*, *didi*, pero soñábamos con que, de mayor, nuestra Abru fuera médico o abogada. Abdul decía que en Mumbai se puede ganar tanto dinero que nos llegaría para construir una casa de ladrillos aquí para Ammi y Kabir, y también para enviar a Abru a una buena escuela en la ciudad. Pero el fuego destruyó todos esos sueños.

Smita alzó la vista de su libreta con lágrimas en los ojos. La entendía muy bien.

–Lo siento –dijo, desviando la mirada–. ¿Qué significa *angutha chhap*?

–Ah. Así llaman a las personas como nosotros, que no saben leer ni escribir. Cuando abrimos una cuenta bancaria, tenemos que firmar con nuestra huella dactilar porque no sabemos escribir nuestro nombre. Eso es lo que quieren decir esas palabras: «huella dactilar».

–¿Tienes cuenta bancaria?

Una sombra cruzó los ojos de Meena.

–La tenía. Ammi me obligó a vaciarla cuando volví del hospital. Dijo que, si no lo hacía, cuando naciera Abru la vendería a las monjas cristianas. Dijo que, en el extranjero, las mujeres ricas pagan mucho dinero por los bebés indostanos.

–¡¿Cómo?! –Smita reprimió el impulso de escupir el té.

Meena asintió con ademán sombrío, y luego su expresión se suavizó.

–Sí, *didi*... La pobre mujer estaba destrozada. Imagínate perder a tus dos hijos, y todo por mi culpa. Al final, es la única abuela que tiene Abru, así que hice borrón y cuenta nueva.

–¿Todavía te amenaza con...?

–No, dejó de hacerlo cuando le di el dinero. Aparte, mi Abru se parece a su padre y, a veces, cuando pillo a Ammi mirando la cara de mi pequeña, sé que echa de menos a su hijo. Se pasa el día intentando decidir si quiere a Abru o si la odia por parecerse tanto a Abdul, y sé que eso la vuelve loca.

¿Habría sido capaz un psicólogo del Upper West Side de tener una lucidez semejante? ¿Habría mostrado cualquier sacerdote, rabino o imán mayor magnanimidad que la que había tenido Meena? Smita sintió deseos de dejar el bolígrafo y sujetar la mano de la joven entre las suyas. Preguntó:

–¿Qué pasó exactamente con el hermano de Abdul? Ammi ha dicho…

A Meena se le nubló el ojo.

–Huyó después de salvarme la vida llevándome al hospital. Si no fuera por Kabir, no estaría viva. –Se quedó un largo rato callada antes de continuar en voz baja–: Estoy cansada, *didi*. Ya no estoy acostumbrada a utilizar tanto la lengua. Además, tengo que entrar y ponerme a cocinar. Te contaré el resto de mi historia la próxima vez, ¿vale?

–De acuerdo –dijo Smita y cerró su libreta.

Pero la verdad era que se sentía frustrada por el hecho de que la entrevista hubiera finalizado de manera tan brusca. Se había ganado la confianza de la joven, pero todavía le quedaban muchas cosas por saber. No estaba segura de si era mejor entregar un primer artículo de inmediato y escribir una segunda parte una vez se conociera el veredicto, como le había sugerido Shannon, o esperar y escribir una única pieza más larga.

Meena se levantó del asiento de cuerda y apoyó a Abru en su cadera.

–Solo una cosa –dijo Smita–. Supongo que sabes que también hablaré con tus hermanos, ¿verdad?

La joven palideció, dejando en evidencia que la noticia la había conmocionado. Smita frunció el ceño; sabía que Shannon había citado las palabras de los hermanos en sus artículos. Y entonces se acordó: Meena era analfabeta. No había leído ninguno de ellos.

Como si notara la tensión de su madre, Abru levantó la cabeza y se la quedó mirando. Meena le dio un beso en la coronilla con ademán ausente.

–Haz lo que tengas que hacer –dijo con frialdad–. No es asunto mío.

Smita también se levantó del asiento. Meena echó a andar hacia la choza de Ammi y se volvió a mirarla.

–Pregúntales por qué hicieron algo tan perverso, por qué me robaron el único sol de mi cielo. Mi hermano Govind y yo estábamos muy unidos cuando éramos pequeños; me llamaba su *tara*, su estrellita.

–Entonces, ¿la hostilidad hacia ti es algo reciente? ¿Se volvió en tu contra debido a tu matrimonio?

–No, fue antes. Dijo que Radha y yo tiramos piedras sobre su tejado cuando aceptamos el trabajo en la fábrica. El resto de los hombres del pueblo se burlaban de él porque nosotras ganábamos más dinero y, aunque se quedaba con todo nuestro sueldo, eso solo hacía que aún nos odiara más.

–No entiendo por qué… –empezó Smita, pero Meena negó con la cabeza y entró en el chamizo con Abru.

Smita entró tras ellas y se encontró a Mohan y Ammi riendo juntos, con sus cabezas prácticamente juntas. Por algún motivo, la imagen la irritó.

–¿Nos vamos? –dijo, y la expresión de Mohan mostró que le había sorprendido la brusquedad de su tono.

–Muy bien, Ammi –dijo este al tiempo que se ponía en pie–. Tengo que marcharme, pero volveremos a vernos, *inshallah*.

–*Inshallah*, *inshallah*. Siempre serás bienvenido, *beta* –dijo la mujer en un tono relamido que sacó a Smita de sus casillas.

–Adiós, Meena –dijo Smita en voz baja–. Cuídate.

–Adiós, *didi*. Que Dios te acompañe.

Capítulo 11

La piel me vuelve a arder, como cuando estaba en el hospital. Desde el fuego, la superficie de mi cuerpo lo siente todo. Hace diez minutos que Smita se ha ido de casa de Ammi, pero aún noto su compasión sobre mi piel. La ternura con la que ha acariciado a Abru, como si no le importara que también ella esté maldita. En esta pequeña comunidad de zapateros musulmanes, nadie deja que sus hijos jueguen con la mía. Es como si tuviéramos la lepra y les preocupara que sus hijos puedan contagiarse.

Si en lugar de Abdul hubiera muerto yo, la vida de Abru sería mejor. Se habría criado sin el amor de una madre, pero, cuando Ammi posara sus ojos en su rostro, su mirada conservaría su dulzura. Abdul la habría querido el doble: por ella y por el amor de él hacia mí. Y también habría tenido a su tío Kabir para montar a caballito y para que le cantara canciones en hindi por la noche.

Entonces me acuerdo de que Abru sigue teniendo dos tíos. Los que mataron a su padre.

Todavía siguen libres, mis hermanos.

A pesar de que medio Birwad los vio arrojar la cerilla prendida y mirar a mi Abdul mientras las llamas lo consumían. A pesar de que vieron a Govind gritar a mi cuñado por correr hacia mí con cubos llenos de agua para apagar las llamas de mi cuerpo. A pesar de que escucharon a Arvind y a Govind amenazar a Kabir con matarlo si seguía ayudándome.

La Policía no vino esa noche. ¿Les pagó Rupal para que no acudieran? En Birwad, tenemos un dicho: «Los ladrones vienen cuando no los esperas; la Policía no viene cuando la esperas». Aunque se hubieran presentado justo a tiempo, se habrían limitado a bromear y reírse mientras mi familia pedía ayuda a gritos, desesperada. O tal vez hubieran prendido fuego a las casas de los otros musulmanes del pueblo. ¿Por qué? Porque la mayoría de los policías son hindúes. ¿Por qué? Porque son la Policía y ¿quién los va a detener?

Kabir pidió prestado un camión para llevarme al hospital. Dejó a su madre con el cuerpo sin vida de su propio hijo para salvar la mía y, tras dejarme en el hospital, se marchó a Mumbai. Ammi recibió una carta suya antes de que se perdiera entre la niebla de esa inmensa ciudad. Meses después, cuando por fin salí del hospital y regresé a casa con mi barriga de embarazada, Ammi me escupió en la cara. Yo dejé que su saliva se deslizara por la mitad quemada de mi rostro, donde no podía notarla, y me negué a secármela en su presencia.

Anjali me explicó que, cuando la Policía dijo que no habían logrado encontrar a los asesinos de Abdul, no mentía. Cuando escribieron «Personas desconocidas» en el primer informe, no mentían.

Porque las personas a las que entrevistaron para resolver el asesinato de Abdul dormían plácidamente en Gorpur, un pueblo a tres kilómetros de Birwad, en el momento de los hechos. Cuando la Policía preguntó a los vecinos qué sabían sobre el fuego, estos contaron la verdad: que no sabían absolutamente nada. Así de honesta es la Policía en este desh.

Y aunque reabrieron el caso y hablaron con los testigos de Birwad, Ammi se negó a decirles nada. Dijo que jamás llevarían a juicio a dos hombres hindúes por el asesinato de un musulmán, pero se equivocaba. Shannon publicó la historia en su periódico y, varios días después, detuvieron a mis dos hermanos.

Pasaron quince días en la cárcel. Y, entonces, algo extraño comenzó a suceder. Uno tras otro, todos nuestros vecinos cambiaron su versión de la historia. Uno recordó que, la noche del fuego, se había quedado en casa porque su mujer estaba enferma. Otro dijo que esa noche llevó a sus hijos al cine en un pueblo cercano. Alguien más comentó que tenía el volumen del televisor tan alto que no oyó la ruidosa procesión de hombres que atravesó el pueblo de camino a nuestra casa. Justo antes de que la Policía presentara el escrito de acusación en el juzgado, Govind y Arvind solicitaron la libertad bajo fianza. Anjali se indignó y alegó que se trataba de una acusación de asesinato. ¿En qué cabeza cabe que los asesinos anden sueltos cuando hay un hombre enterrado bajo tierra y una mujer tan desfigurada que los bebés lloran al ver su rostro maltrecho?

Sin embargo, el juez permitió a mis hermanos pagar la fianza. Así es nuestro Indostán, donde los asesinos quedan en libertad mientras las víctimas se encierran en sus propias casas.

Hay otra persona prisionera: mi hermana Radha. Su carcelero es su marido, un hombre que veinticuatro años mayor que ella, con cara de yaca y una pierna más corta que la otra. Un lisiado.

Radha me ayudó a escapar y casarme con Abdul. Al enterarse, Govind se puso tan furioso que, poco después de que yo me marchara, concertó su matrimonio.

Debido a la vergüenza que mis actos habían acarreado a

mi familia, ningún hombre quería casarse con ella y el único que accedió a esa unión fue un lisiado de un pueblo muy alejado del nuestro que necesitaba una esposa que estuviera a su servicio como una criada.

Mi crimen; el castigo de Radha.

Capítulo 12

En cuanto subieron al coche, Mohan acribilló a preguntas a Smita, pero ella se limitó a contestarle con monosílabos mientras aprovechaba hasta el último minuto para anotar sus impresiones en su libreta. Estaba molida y sensible, así que lo último que le apetecía era hablar. Por primera vez, deseó que Nandini hubiera hecho el viaje con ella en lugar de Mohan porque, como acompañante profesional, la chica habría sabido que era mejor dejarla en paz. Mohan, sin embargo, no pareció percatarse de sus pocas ganas de conversar.

Al cabo de varios minutos de respuestas evasivas por parte de Smita, por fin captó la indirecta.

–¿Pasa algo? –preguntó–. ¿Te he ofendido de alguna manera?

–No –contestó ella, mirando el paisaje a través de la ventanilla.

«Detesto este país –pensó–. Aquí todo es cruel y violento».

–Smita –insistió Mohan–, ¿qué ocurre, *yaar*?

Lo que pasaba era que era incapaz de explicar aquella sensación lúgubre y desagradable que se había apoderado de ella. «El único sol de mi cielo»: así era como Meena había descrito lo que significaba su marido para ella. ¿Cómo podía alguien sobrevivir a semejante pérdida?

–¿Smita?

–¿Qué? –le espetó ella–. ¿No te das cuenta de que quiero que me dejes en paz?

Mohan se quedó boquiabierto.

–Solo quería…

–¿Qué es lo que querías? –preguntó Smita y, sin darle tiempo a contestar, añadió–: Dime, ¿de qué cuchicheabais y os reías esa vieja y tú?

–¿Por eso estás enfadada? –dijo él con incredulidad–. ¿Qué me he dedicado a animar a una anciana que…?

–No te quepa duda. Yo estaba afuera haciendo preguntas a esa pobre chica sobre el brutal asesinato de su marido y, cuando entro, os encuentro a los dos riendo y bromeando.

–Solo intentaba distraerla –replicó Mohan, elevando el tono– para que tú pudieras hablar con Meena y conseguir tu historia. Creía que te estaba ayudando, pero resulta que te… Ni siquiera sé por qué narices te pones así.

El enfado de Mohan la cogió tan desprevenida que Smita lamentó de inmediato su actitud.

–Lo siento, Mohan.

–De verdad que no sé cómo ayudarte –dijo él–. Es como si tuviera que disculparme por todo lo que pasa en este país. Ahora lo veo todo a través de tus ojos y me parece feo, atrasado y…

–Mohan, no, por favor. Yo… solo estoy frustrada, ¿vale? Pero no debería pagarlo contigo.

Él apartó la mirada de la carretera y se volvió hacia ella.

–¿Por qué odias tanto la India?

Smita suspiró.

–No la odio –contestó–. Yo… Hay muchas cosas que me encantan de este país, y sé que lo que le ha pasado a Meena ocurre en otras partes del mundo. Hasta en Estados Unidos. Créeme, cubro historias como esta sin parar.

Él asintió y, con la misma rapidez con la que se había encendido su ira, se relajó. El cambio fue tan drástico que a Smita le pareció escuchar un silbido silencioso.

–Está bien –dijo él–. Dejemos el tema.

Ella miró por la ventana mientras atravesaban el pueblo y se sorprendió por el aspecto andrajoso de todo lo que veía. Casitas con techo de metal corrugado se apiñaban junto a otras cubiertas con una mera lona azul. Las moscas planeaban sobre el sumidero abierto que pasaba por delante de algunas casas. Un par de niños jugaban descuidadamente junto a un inmenso hoyo lleno de basura que despedía un extraño olor a podrido tan intenso que se coló en el coche. A Smita le pareció que aquellas chozas eran más miserables aún que las chabolas que había visto en su camino desde el aeropuerto, varias noches atrás. Entonces recordó que aquel era un pueblo musulmán, lo que significaba que era aún más pobre de lo habitual. Varios ancianos, cuya tez oscura contrastaba con el blanco de su barba y su casquete, los miraron impasibles mientras pasaban junto a ellos. No se veía a mujeres por ninguna parte.

–¿Quieres que paremos para hablar con alguien? –preguntó Mohan.

Smita se lo pensó un momento y negó con la cabeza.

–Una cosa –dijo Smita una vez se hallaron de nuevo en la carretera principal–. ¿Tú entiendes el dialecto que habla Ammi?

Él se encogió de hombros.

–Más o menos. Varias personas que trabajan para mi familia son originarias de pueblos que están cerca de Birwad. Y creo que el viejo guardia de seguridad de mi escuela era de por aquí.

–Ah, ¿sí? ¿A qué escuela fuiste?

–La escuela Anand para chicos.

–¿Dónde está?

–¿Cómo? –preguntó Mohan con evidente ironía–. ¿No has oído hablar de la mundialmente famosa escuela Anand para chicos?

–No, lo siento. –Smita calló un breve instante y añadió–: Pero, viendo el prodigio en que te has convertido, seguro que es fabulosa.

–Bien dicho. –Mohan sonrió–. ¿Tú a qué escuela fuiste?

Smita se puso tensa. Aunque le incomodaba compartir cualquier detalle de su vida, lo último que quería era volver a ofenderlo.

–A Catedral –dijo.

–Ah, muy buena escuela. Tendría que haberlo imaginado.

–¿Qué quieres decir con eso?

–Quiero decir que muchos mumbaikaríes de pasta con los que trabajo fueron a Catedral.

–Nosotros no teníamos pasta.

–¿No?

–No. Ya te he dicho que mi padre es profesor.

La verdad era que, de no ser por la herencia de su abuelo, jamás habrían podido permitirse su piso en Colaba ni ninguno de los otros lujos de los que habían disfrutado. Por mucho que valorara *papa* la educación, con el sueldo que cobraba no habría podido mandarlos a Rohit y a ella a Catedral.

–¿A qué se dedican tus padres? –quiso saber Smita.

–Bueno, mi madre es ama de casa.

–¿Y tu padre?

–¿Mi *papa*? –Mohan carraspeó. Por primera vez desde que lo conocía, se mostró evasivo–. Bueno, comercia con diamantes. Ya sabes que Surat es famoso por…

–¿Me tomas el pelo?

–No. ¿Por qué lo dices?

–¿Tu padre comercia con diamantes?

–*Ae*, Smita. Relájate, *yaar*; no era un pez gordo.

–Ajá. Sabes como llaman a los comerciantes de diamantes de poca monta, ¿no? –Esperó a que él se lo preguntara, pero, al no recibir respuesta, dijo–: Comerciantes de diamantes.

–Muy graciosa.

–¿Sabes lo que es gracioso?

–¿Qué?

–Que me hayas hecho tantas preguntas sobre mi vida y se te haya olvidado mencionar que tu padre comercia con diamantes.

–Sí, ya… Tienes razón. Tendría que haberte contado a qué se dedica mi padre la noche que te recogí en el aeropuerto. Antes de que me confundieras con el conductor de Shannon.

–*Touché* –dijo ella con una risa.

Pero, entonces, algo se torció: Smita siguió riendo, incapaz de parar. Era consciente de que su reacción era absurda y de que Mohan la miraba con preocupación, pero algo alimentaba su histeria: una combinación de fatiga, tristeza, ira y… la expresión impávida de aquellos ancianos musulmanes de hacía un momento. La dureza en la voz de Ammi al reprender a Meena. La imagen de Meena acariciando a su hija con su mano quemada. La tierra que se extendía más allá del coche era testigo de tanto sufrimiento… «Esta tierra es tu tierra»; las palabras de la canción de Woody Guthrie que siempre había adorado resonaron en su cabeza, pero, por alguna razón, ahora la letra le pareció irónica, incluso malévola. Le gustara o no, aquella también era su tierra y se sentía involucrada y atrapada en su retorcida moralidad y sus contradicciones.

Apretó los labios y, cuando estaba a punto de disculparse por su ataque de risa histérica, el teléfono sonó y le impidió explicarse.

–Perdona –murmuró mientras buscaba en el bolso, rezando para que no fuera su padre–. Es la abogada –le susurró a Mohan al encontrar el móvil.

–¿Hola? ¿Smita? Soy Anjali. –Su tono era tan brusco como siempre.

–Hola. ¿Ya han anunciado la fecha?

–El secretario judicial ha llamado al despacho y dice que el veredicto debería hacerse público pasado mañana. Y nos han avisado con suficiente antelación como para que podamos ir al juzgado. ¿Estás en el motel?

–Sí, desde ayer. Pero…

–Bien, perfecto. Tardarás poco más de una hora en llegar al juzgado. Te llamaremos en cuanto sepamos a qué hora tienes que estar allí. –Anjali carraspeó–. ¿Ya has conocido a Meena?

–Acabamos de irnos de su casa.

–Un caso muy triste, ¿verdad?

–Sí, mucho. –Smita hizo un cálculo rápido–. Como todavía falta un día, seguramente mañana vaya a ver a los hermanos. Y luego…

–Una idea excelente. Vale, pues nos vemos pasado mañana.

–Espera…

Pero Anjali ya había colgado. Smita negó con la cabeza mientras guardaba el móvil.

–¿Qué problema tiene esta mujer? –murmuró.

–Ni te imaginas lo ocupada que debe estar, *yaar* –dijo Mohan.

–¿Siempre haces lo mismo?

–¿El qué?

–Defender a cualquier desconocido.

Él se encogió de hombros.

–¿Así que vas a quedar mañana con los hermanos? –preguntó al cabo de un momento.

–Sí. Y con el jefe del pueblo. Anjali cree que fue él quien instigó a los hermanos. –La pesadumbre había vuelto a hacer acto de presencia y Smita notaba su carga mental–. Mohan, tú tienes una hermana. ¿Hay alguna cosa que ella pudiera hacer y que te llevara a repudiarla o, peor aún, a hacerle daño?

–Qué pregunta más absurda, Smita. Tú tienes un hermano, ¿no? ¿Sería posible que te pasara a ti?

Un recuerdo repentino. El rostro angustiado de Rohit. Rohit protegiéndola con su cuerpo.

–Mi hermano se moriría antes que hacer lo que hicieron los hermanos de Meena.

Mohan asintió.

–Exacto.

–La verdad es te pareces mucho a Rohit. Eres buena persona.

Él apartó por un instante la mirada de la carretera, con una expresión burlona que ella empezaba a reconocer.

–Pues tú no te pareces en nada a mi hermana –dijo y frenó mientras un animalillo pasaba por delante del coche, antes de acelerar de nuevo–. Mi hermana es dulce, sencilla. Sin complicaciones.

Ella se echó a reír y entendió por qué Shannon estaba tan unida a Mohan. Su compañía era agradable y desprendía una levedad que Smita valoraba. Además, cualquier otro hombre le habría tirado ya los trastos y agradecía muchísimo que él no lo hubiera hecho. Desde que se había independizado a los dieciocho años, y como reacción a su educación tradicional, Smita había sido una persona muy sexual y desacomplejada. Pero, desde la muerte de su madre, no se había acostado con nadie. Miró de reojo el perfil de Mohan y se alegró de no sentir ni el menor atisbo de interés.

«La vida es más sencilla así –pensó–. Que se lo digan a Meena».

Capítulo 13

Las máquinas de coser de la fábrica en la que trabajábamos Radha y yo hacían tanto ruido que, cada vez que acababa mi turno, me dolía la cabeza. Mientras volvíamos andando a casa, al final de nuestra jornada de diez horas, Radha tenía que cargar con la caja de nuestro tiffin, *pero si me quejaba aunque fuera un poco Govind la tomaba conmigo.*

«Esto es lo que pasa cuando las mujeres hacen el trabajo de los hombres –decía–. Habéis caído tan bajo que ningún hombre respetable se casará con vosotras. Y ¿cómo vamos a encontrarle una mujer a Arvind después de la deshonra que supone para nuestra familia que Radha y tú trabajéis? El pueblo entero nos desprecia porque nuestras hermanas han convertido a sus propios hermanos en eunucos».

Al principio, yo pensaba que Govind tenía razón. Nuestro pueblo tenía cientos de años y, en todo ese tiempo, Radha y yo éramos las únicas mujeres que habían desafiado la tradición trabajando fuera de casa. Govind se quejaba de que hasta los niños pequeños se reían de él a sus espaldas. Por no hablar de los ancianos que se pasaban el día entero bebiendo té chai y chismorreando, quienes le aconsejaron que cogiera los látigos que se usaban con los animales de granja y nos azotara hasta que le obedeciéramos. «A las mujeres y a los bueyes hay que apalearlos a menudo».

Rupal también vino a casa a advertirnos que, si nos pasábamos el día cosiendo pantalones tejanos de hombres,

Radha y yo nos transformaríamos en varones. Yo le creí, pero Radha meneó la cabeza.

–Didi, no hagas caso a ese bevakoof –dijo–. Está celoso por que ganamos más dinero que él con toda su brujería.

Pero yo no lo tenía claro. En el pueblo, todo el mundo decía que Rupal tenía poderes mágicos y un teléfono móvil especial que le proporcionaba contacto directo con Dios. Lo que Dios le decía, él nos lo repetía.

–¿Y si tiene razón? –le pregunté a mi hermana.

Radha me cogió la mano y me la puso sobre mis pechos.

–¿Notas esos dos mangos? –preguntó–. ¿Acaso les crecen a los hombres?

El día que Abdul entró a trabajar en la fábrica, supe con certeza que yo era una mujer. Cuando sonrió y dijo: «Namaste. Me llamo Abdul» y me miró con sus ojos del color del té claro, todo mi cuerpo tembló. Me miró como si conociera el corazón que había dentro de mi corazón, el que ni siquiera Radha podía ver. Me estremecí de pura felicidad, pero al instante maldije mi destino porque Dios me estaba gastando una broma cruel. Me bastó con escuchar su nombre y ver su casquete blanco para deducir cuál era su religión. Una hindú y un musulmán jamás podrían estar juntos; todo el mundo conocía esa verdad eterna.

El primer día tuve que enseñarle cómo cosíamos los dobladillos de las camisas. Antes incluso de poder acabar de explicárselo, me dijo:

–Ya lo sé, no te preocupes. Soy un sastre con mucha experiencia.

Cogió el montón de camisas de mis brazos y me fijé en sus dedos largos y delgados, como si estuvieran diseñados para tocar el shennai. O el cuerpo de una mujer. Se me encendieron las mejillas y me pellizqué para alejar de mi mente aquellas ideas tan diabólicas. A lo mejor mis hermanos *tenían razón: de tanto trabajar con hombres desconocidos, me había convertido en una mujer perversa.*

Regresé corriendo a mi máquina de coser, pero, al cabo de varios minutos, miré a mi izquierda, donde Abdul estaba sentado una fila por delante de mí. Cuando él volvió la cabeza para hablar con el hombre que tenía al lado, estudié sus rasgos. Tenía el pelo tan negro y lustroso como un cuervo, y su piel era tersa y oscura como una piedra. Mientras trabajaba, solo doblaba el cuello, de modo que su espalda quedaba recta como una pared. A Abdul le bastó medio día para hacer amigos a diestro y siniestro. Realizaba su tarea con rapidez –incluso desde la fila de atrás, yo veía su destreza para coser los dobladillos–, pero, mientras trabajaba, bromeaba y hacía reír a carcajadas a todo el mundo. Nadie se creía que fuera su primer día.

Con la llegada de Abdul, Dios creó un arcoíris dentro de la sombría fábrica. Una vez, al escuchar mi risa, se dio la vuelta y me guiñó el ojo. Nadie más lo vio. Al cabo de un rato, me di cuenta de que el encargado se acercaba a nosotros y me puse a toser muy fuerte para avisar a Abdul. En el fondo de mi corazón, me despertaba el mismo sentimiento que Radha: me hacía sentir protectora. Quería proteger a aquel hombre al que acababa de conocer de la misma manera que quería proteger a mi hermana. Por primera vez desde que habíamos empezado a trabajar, le agradecí a Radha que me hubiera obligado a aceptar aquel puesto. Era como si una ráfaga de viento hubiera abierto de par en par una ventana en mi corazón y un dulce pájaro hubiera entrado y hubiera construido un nido. Yo sabía que tenía que ahuyentarlo, pero era imposible. Por primera vez en mi vida, quería que algo se quedara.

Radha trabajaba en la sección femenina confeccionando

ropa para las mujeres estadounidenses. Ella había sido la primera en oír hablar de la fábrica. Un día vino corriendo a casa con la cara radiante por la emoción.

–Didi, didi, escucha –dijo–. Han abierto una nueva fábrica de ropa en Navnagar y pagan buenos sueldos. Me voy a presentar.

Yo alcé la vista desde el suelo, donde estaba cosiendo.

–¿Presentarte para qué? –pregunté.

Ella me miró con impaciencia.

–Para trabajar.

–Hermana –dije yo–, ¿te has vuelto loca? Sabes muy bien que no es un trabajo para mujeres. ¿Conoces a alguna mujer de nuestro pueblo que haya trabajado fuera de casa?

Radha frunció el ceño.

–¿Prefieres que sigamos muriéndonos de hambre? Govind y yo nos pasamos el día trabajando el campo, pero ¿de qué sirve si no llueve? Y ¿qué hace el inútil de Arvind? Se pasa el día sin hacer nada, bebiendo y molestándote mientras tú barres y limpias.

–Radha, Govind te necesita en el kheti, na? ¿Quién lo va a ayudar si tú no estás?

Ella no me dejó ni acabar.

–Ese kheti es demasiado pequeño para mantenernos a todos y Govind se las puede apañar solo. Además, Arvind también podría soltar la botella y ayudarlo. Estoy harta de pasar hambre. Trabajo tan duro como nuestros hermanos, pero ellos comen primero. Cuando compramos un huevo o carne de cabra, es para ellos. ¿Por qué?

–Chokri, chup! Es lo que nos enseñó mamá. En su honor…

–Mamá está muerta y los tiempos han cambiado. En Mumbai y Delhi, todas las mujeres trabajan. Somos jóvenes; ¿por qué tenemos que quedarnos en casa como dos *señoras ancianas? En la fábrica pagan buenos sueldos y el trabajo es fácil.*

–Nuestros hermanos jamás nos dejarán…

–¿A quién le importa lo que piensen? –Radha adoptó aquella expresión enfadada que tan bien conocía–. Quiero comer un huevo cada día. ¿Puede conseguirme Govind un huevo en el kheti*? Si no puede, ¿quién es él para impedirme nada?*

A mí se me hizo un nudo en el estómago a causa del miedo. Govind tenía muy mal genio y, desde la muerte de nuestro padre, era el cabeza de familia.

–Déjame hablar con él –dije–. Pero si dice que no…

De inmediato, Radha negó con la cabeza, como si mis palabras fueran mosquitos y los quisiera espantar.

–Aunque diga que no, yo voy a ir a pedir trabajo. No me importa.

–Hermana –dije, alzando la voz–, es nuestro hermano mayor. Su palabra es la ley.

–No. Aunque Narendra Modi me lo prohibiera, iré a pedirlo.

Si Radha hubiera podido prever adónde nos llevaría su terquedad, a lo mejor habría enterrado su deseo y ninguna de las dos habría puesto jamás el pie fuera de nuestra aldea. Porque las tradiciones son como los huevos: cuando rompes uno, es imposible volver a meterlo en su cáscara.

Capítulo 14

–Una cosa tengo que reconocer –dijo Smita con la boca llena–: la comida de este hotel es fabulosa.

Mohan la miró con una expresión que ella no supo descifrar.

–¿Qué? –preguntó ella.

–Nada –contestó él–, me gusta verte comer. Muchas mujeres… No sé, *yaar*; delante de los hombres, comen como pajaritos o ratones. Tú no tienes complejos.

–En mi profesión, aprendes a comer siempre que hay comida. –Smita se miró el reloj y dejó el tenedor–. Dicho esto, es casi hora de irnos, ¿verdad?

–Sí.

Tras salir con el coche del recinto del hotel, tuvieron que sortear una bandada de gallinas que cruzó de improviso la calle. De pronto, le vino una idea a la cabeza.

–¿Crees que el recepcionista habrá sospechado algo al ver las botellas de cerveza que has llevado a tu habitación las dos últimas noches?

Los labios de Mohan dibujaron una línea recta perfecta.

–Hay algo que debes entender de la India, Smita, y es que la mitad de estas costumbres existen para salvar las apariencias. Si no resulta demasiado evidente, a nadie le importa.

–O sea, que es un país de hipócritas.

Él sonrió.

–No –dijo en tono de sabelotodo–, es un país que le da mucha importancia a salvar las apariencias.

–Como los hermanos de Meena –repuso Smita con amargura–. Por eso hicieron lo que hicieron, ¿no? Para salvaguardar el honor de su familia.

Mohan asintió, pero no dijo nada. La noche anterior, antes de cenar, había ido a la habitación de Smita con dos botellines de cervezas y una bolsa de anacardos y había hecho que ella se desternillara de risa al contarle, de aquella manera impasible suya tan graciosa, una anécdota tras otra sobre las bromas que sus amigos y él les hacían a sus profesores en la escuela.

–¿Va todo bien? –preguntó ahora, mirándola.

–Sí, ¿por qué?

–Porque hace como tres minutos que no discutes conmigo.

–Será que estoy perdiendo facultades.

–Sí, debes estar descolocada por ese *baniya* que se sentó en la mesa de al lado anoche en el restaurante. ¿Quién sabe?, a lo mejor te gustó la forma en que se lamía los dedos. –Y procedió a imitar al hombre de una manera tan exagerada que Smita se echó a reír–. Me gusta mucho tu risa –comentó él.

–Todo el mundo dice que es demasiado masculina.

Mohan frunció el ceño.

–¿Quién lo dice?

La verdad era que el único que se lo había dicho era Bryan y solo una vez, cuando no estaban en su mejor momento. Pero el comentario se le había quedado grabado, como suele pasar con los insultos.

–Todo el mundo –repitió Smita con vaguedad.

Mohan hizo girar el dial de la radio del coche, intentando sintonizar una emisora.

–De pequeña, ¿tenías una canción favorita de una banda sonora de alguna película en hindi?

–La verdad es que no. A Rohit y a mí nos iba más el *rock and roll*, aunque mi madre escuchaba *ghazals*.

–¿Y tu padre no?

–No. A él le gustaba la música clásica occidental.

–¡Anda ya! ¿A cada uno os gustaba algo distinto?

–La verdad es que sí. –Smita lo miró–. ¿Y tu familia?

–Mi padre es un apasionado de las películas en hindi, así que nos criamos con esa clase de música. Mis padres son bastante tradicionales: abstemios, vegetarianos, ya sabes. Orgullosos de su herencia guyaratí.

–¿Su matrimonio fue concertado?

–Sí, claro. En su época, no había otra opción.

Ella asintió al tiempo que reprimía el impulso de contarle que su madre se había escapado para casarse con su padre.

–¿Y a ti te van a buscar esposa?

Él hizo un gesto desdeñoso con la mano.

–Lo intentaron, pero les dije que no me interesaba.

–¿Qué es lo que no te interesa, el matrimonio o un matrimonio concertado?

–No estoy seguro. Supongo que, a estas alturas, es decir, a mi edad, ninguna de las dos cosas.

–¿Cuántos años tienes? ¿Sesenta y cuatro?

–Muy graciosa. –Mohan tocó la bocina cuando un coche se acercó demasiado al suyo–. Tengo treinta y dos. Se me está pasando la edad de casarme.

–Qué tontería. Yo tengo treinta y cuatro. Tú eres un pipiolo. –Lo miró con curiosidad–. ¿Nunca te lo has planteado? Casarte, quiero decir.

Él se quedó tanto rato callado que el silencio se volvió incómodo.

–Oye, lo siento –empezó Smita–. No es asunto mío.

–No, tranquila. –Mohan hizo una pausa antes de continuar–: Una vez estuve a punto de casarme, pero fue hace muchos años.

–¿Qué pasó?

–Nada. Era una compañera de la universidad. Ella quería casarse antes de acabar la carrera, pero yo... Yo quería hacer algo con mi vida antes de dar el paso. En esa época, tenía la anticuada convicción de que un hombre debía mantener a su mujer. Me habían educado así. De modo que dudé, ella se cansó de esperar y acabó casada con otro chico de clase.

–Lo siento.

–No pasa nada, *yaar*. Fue hace mucho tiempo. –Mohan negó con la cabeza–. Además, ella no era guyaratí; a mis padres les habría dado un ataque. Fue lo mejor que me podía pasar.

–¿No te habrías enfrentado a ellos? –Smita se dio cuenta de que había usado un tono prejuicioso y supo que él también lo había percibido.

–Seguramente sí. Si hubiera hecho falta.

Se quedaron otra vez en silencio.

–¿Y tú qué? –preguntó él al cabo de un momento.

–¿Qué de qué?

–¿Nunca has estado casada?

Ella se encogió de hombros.

–No se ha dado el caso.

Él hizo un leve y enigmático ademán con la cabeza, que Smita no supo interpretar.

–¿Alguna vez has salido con un hombre *desi*?

–No –contestó ella, súbitamente avergonzada–. Bueno, tuve varias citas que me organizaron mis padres, pero, en mi profesión, no conozco a muchos indios.

–Ya. ¿Y no conoces a hombres fuera del trabajo? ¿En fiestas y cosas así?

La pulla hizo sonreír a Smita, pero ¿cómo hacerle entender a alguien tan equilibrado y arraigado como Mohan lo nómada que era su vida? ¿Qué opinaría él de las maletas que tenía hechas en su austero apartamento de Brooklyn? ¿Qué pensaría los encuentros sexuales que mantenía con los corresponsales que conocía en lugares remotos? ¿Qué diría de los caros *brunches* que disfrutaba los domingos con sus amigas solteras neoyorquinas, bebiendo mimosas mientras se quejaban de que todos los tíos que valían la pena estaban casados o eran gais? ¿Le desconcertarían sus conversaciones o se sentiría impresionado con ellas, con el hecho de que hablaran de manera casi exclusiva de películas de cine independiente, política y la última exposición en el Met? «Santo cielo –pensó Smita–, mi vida en Brooklyn es el auténtico estereotipo estadounidense».

Se dio cuenta de que él aguardaba una respuesta.

–La verdad es que no voy a muchas fiestas.

–¿Y tus padres no te animaron a casarte?

Smita se colocó un mechón de pelo detrás de la oreja.

–Claro que les habría gustado, sobre todo a mi madre. El deseo de ver a los hijos casados forma parte del ADN de los padres indios, ¿no?

–¿Por qué solo los indios? ¿No es lo que quieren todos los padres para sus hijos?

«No muerdas el anzuelo», pensó Smita.

–Supongo que sí. –Y al cabo de un momento, añadió–: Dime una cosa: ¿te arrepientes de haber dejado que Nandini te convenciera para acompañarme en lugar de quedarte con Shannon?

–Para nada. Cuando ayer hablé con Shannon parecía

tener buena voz. Ya ha empezado las sesiones de fisioterapia. Y esto de perseguir una noticia es una experiencia nueva para mí. Aunque no estoy seguro de que sea buena idea acompañarte a entrevistar a esos hermanos, porque me entrarán ganas de matarlos.

–Forma parte del periodismo –repuso ella–. No puedes dejarte llevar por las emociones. Mi obligación es entrevistarlos sin juzgarlos.

–Si te soy sincero, no sé cómo puedes hacerlo.

Pero Smita lo había hecho muchas veces. Le habló de su primer encargo difícil, cuando era una joven reportera en Filadelfia: entrevistar a dos hombres heterosexuales que habían acudido a un local gay y, tras marcharse con un chico mucho más joven que ellos, le habían dado una paliza brutal y lo habían dado por muerto. El chico, originario de un pueblo a cincuenta kilómetros del lugar de los hechos, tenía diecinueve años y aquella había sido la primera vez en su corta vida que se había armado de valor para ir a un bar gay y salir del armario.

–¿Y murió? –preguntó Mohan al tiempo que se desviaba para esquivar un socavón en la carretera.

–Sí. Después de pasar una semana en el hospital. Su padre, que era pastor, se negó a visitarlo porque eso habría significado que «aprobaba» su orientación sexual.

–No era consciente de que estas cosas todavía pasaban en Estados Unidos, *yaar.* Aquí siempre vemos imágenes de todas esas marchas del orgullo gay en los periódicos y en la tele.

–Bueno, allí sigue siendo más fácil ser homosexual en las grandes ciudades que en los pueblos pequeños, aunque sin duda las cosas han cambiado. Te estoy hablando de cuando empecé a trabajar como periodista, antes de convertirme en una solterona.

–¿Cuál es la noticia más dura sobre la que has escrito?

Ella suspiró mientras la asaltaba un centenar de recuerdos, como diapositivas macabras en un viejo reproductor. Guerras, genocidios, violaciones, por no hablar de las atrocidades cotidianas como el maltrato doméstico, la lucha por los derechos de las personas trans o los conflictos por el aborto. O las historias como la de Meena, ocasionadas por interpretaciones retorcidas y patriarcales del honor familiar.

Smita vaciló. Era reacia a compartir con Mohan que, por espantosas que fueran las heridas de Meena, no eran las peores que había visto. Ni de lejos. Sin embargo, el aislamiento de la joven y su completa dependencia de una suegra que la odiaba y la responsabilizaba de la muerte de su hijo habían despertado en Smita una sensación de soledad parecida. Tal vez fuera tan sencillo como que, cuando cubría sucesos desgarradores en el Líbano, Sudáfrica y Nigeria, no se sentía cómplice porque no tenían lugar en su propio país. Pero a pesar de su pasaporte estadounidense, a pesar de los miles de kilómetros que separaban su vida estadounidense de su infancia en la India, era innegable que, sentada en aquella silla de cuerdas con Meena, se había sentido cómplice de lo que le había pasado. Mientras escuchaba sus palabras, a veces ininteligibles por la forma en que hablaba debido a sus heridas, Smita había experimentado una mezcla de emociones: se había sentido a un mismo tiempo estadounidense e india y se había sentido también víctima, pero ella había conseguido huir y sabía que Meena nunca había tenido esa posibilidad. Pero era imposible compartir todo aquello con Mohan sin abrir el sobre amarillento de su pasado.

–Smita... –empezó él–. ¿Sabes qué? Olvídalo. No tenemos por qué hablar de cosas tristes, *yaar*. Mejor cambiamos de tema.

Ella lo miró, agradecida. Siempre que estaba con alguien que no era periodista, percibía la curiosidad en sus ojos –una curiosidad propia de un *voyeur*– mientras trataba de sonsacarle los aspectos más sensacionalistas de su profesión. Se daba cuenta de cómo archivaban mentalmente las anécdotas que ella compartía y las añadían a su repertorio de historias para no dormir, de las que echarían mano en la próxima fiesta a la que asistieran. Nadie había tenido nunca la delicadeza de refrenar sus instintos a pesar de la evidente reticencia de Smita.

–Gracias –le dijo a Mohan–. Háblame tú de tu trabajo. ¿A qué te dedicas exactamente?

En su habitual tono acompasado, él imitó con gracia y precisión a sus compañeros de trabajo y despertó el interés de Smita cuando le explicó el proyecto de inteligencia artificial en el que estaba trabajando en aquel momento.

Al cabo de un rato, sin embargo, ella dejó de escuchar. Lo que más le hubiera gustado habría sido dejarse abrazar por el silencio, pero la India no era un lugar silencioso. De improviso, la asaltó una inmensa añoranza de Nueva York y sintió deseos de sumergirse de nuevo en el anonimato de Manhattan, de caminar por sus calles abarrotadas y experimentar aquella excitante disolución de su individualidad. Nueva York en una tarde fría de otoño... El débil sol otoñal derramándose sobre las casas de ladrillos rojos, las hojas anaranjadas y doradas que caían borrachas de los árboles, cerca del lago de Central Park, su cara sonrojada y fría mientras caminaba. Había llegado a Nueva York para estudiar su posgrado en la universidad de Columbia en otoño y tal vez por eso era la estación que más le recordaba a la ciudad. Ahora pasaba tanto tiempo en lugares donde la hambruna o las guerras civiles habían hecho estragos en los paisajes rurales, donde las inundaciones y los huracanes levantaban del suelo árboles de cientos de años, donde los madereros o los cazadores furtivos habían destruido bosques ancianos que siempre que volvía a casa se sentía inmensamente agradecida por los parques vecinales de Brooklyn y la inmensidad de Central Park.

En la comunidad residencial de Ohio a la que habían ido a parar después de que su padre consiguiera trabajo en una pequeña universidad de Humanidades, Smita se había sentido como una extraterrestre, como una invitada en un país extranjero. Fue al llegar a Nueva York cuando experimentó esa sensación de regresar a una casa que ni siquiera sabía que había echado de menos. La primera vez que vio la ciudad fue como si algo le explotara en el pecho. Así de inmediato y visceral fue su enamoramiento. Para ella, Nueva York no era una ciudad, sino un país. El Estado nación de Nueva York, donde se congregaban las mentes inquietas y ambiciosas de todo el mundo, adonde llegaban los inadaptados y los incomprendidos. Y no era que la ciudad les diera la bienvenida, era más bien que se desplazaba un milímetro para acogerlos, para ponerlos a prueba, para comprobar de qué madera estaban hechos. Y, si superabas la prueba, todo quedaba a tu alcance: el festivo derroche de colores y olores de Jackson Heights, las eclécticas calles de Greenwich Village, la esquiva tranquilidad de Prospect Park, los bancos del Battery, donde podías sentarte sin que nadie te molestara y contemplar la Estatua de la Libertad. Smita recordó algo que le había dicho Shannon en una ocasión: «Esta ciudad es un experimento social gigante que se lleva a cabo cada día. Este sitio debería ser un polvorín, pero, por algún extraño motivo, no lo es».

A medida que se acercaban a Vithalgaon, Mohan también se quedó callado.

Smita miró una arboleda que quedaba al otro lado de la ventana mientras él aminoraba la marcha para que un chico montado en una bicicleta inestable cruzara la carretera. Luego observó a un granjero que caminaba por un campo detrás de dos bueyes esqueléticos que tiraban de un arado de aspecto primitivo y tuvo la sensación de estar contemplando una escena de hacía doscientos años. Se fijó en la guirnalda de caléndulas amarillas enrollada alrededor de los cuernos de los animales y, sin saber por qué, la ternura del gesto de quien se las había puesto le rompió el corazón. Aquel también era su país, su herencia, su patrimonio. Salvo que no era así. Como a Meena, la habían privado de él, aunque, por supuesto, no había punto de comparación entre lo que ella había sufrido y lo que le habían hecho a la joven. De manera involuntaria, Smita se llevó la mano a su rostro inmaculado. A pesar de sus privilegios, le dolía el corazón y sentía una nostalgia distinta que la que había sentido antes por Nueva York: la pérdida de algo que nunca le había pertenecido por completo.

Y, aun así, nada de aquello –esa identidad bifurcada, ese desgarramiento– era extraordinario. Si su carrera en el periodismo le había enseñado algo eran dos cosas: una, que el mundo estaba lleno de personas perdidas, sin rumbo y desarraigadas, y dos, que los inocentes siempre pagaban por los pecados de los culpables.

Un recuerdo remoto, pero de una nitidez asombrosa, le vino a la cabeza: tía Pushpa subiéndola a su regazo cuando ella tenía ocho o nueve años, la calidez del cuerpo rollizo de la mujer mientras le hacía arrumacos y los colgajos de sus brazos, que se agitaban al abrazar a Smita.

–¿Lo ves? –le decía Pushpa a su hijo–. ¿Ves cómo ella se sienta en mi regazo y se deja mimar? No como tú, don estirado.

–Es una niña –replicaba Chiku en tono despectivo– y tiene un año menos que yo.

¿Qué era exactamente aquel recuerdo? Y ¿por qué fruncía Chiku el ceño y se frotaba la parte de atrás de su cabeza?

Después de comer en casa de Chiku, los tres –Rohit, Chiku y ella– se habían acomodado en el sofá. Smita y su hermano leían una novela de Enid Blyton de la valiosa colección de primeras ediciones de su padre, mientras que Chiku hojeaba la revista *Filmfare*. Desde donde estaban sentados, oían a tía Pushpa en la cocina gritando a la criada. En medio de una retahíla de insultos especialmente vehemente, Rohit alzó la vista de su libro y le guiñó el ojo a su hermana. Smita le devolvió el guiño. Ambos querían a tía Pushpa y sabían que era un perro ladrador, pero poco mordedor.

–Cómo la odio –soltó Chiku de pronto.

–¿A quién? –preguntaron ellos al unísono.

–¿A quién va a ser? A mi madre. Me saca de quicio.

Rohit y Smita intercambiaron una mirada de sorpresa. A ellos no se les habría pasado por la cabeza hablar así de su madre. Como si les hubiera leído el pensamiento, Chiku dijo:

–Ojalá vuestros padres me adoptaran.

–Pero tu madre es muy simpática –comentó Smita.

Chiku meneó la cabeza.

–No la soporto.

En ese momento, Pushpa entró en la sala con las mejillas encendidas y Smita sintió una punzada de compasión. Tía Pushpa siempre le había parecido una mujer robusta y resistente como un acorazado, pero, al mirarla bajo la perspectiva hostil de su hijo, se vio invadida por una extraña compasión hacia la madre de su amigo. Se preguntó si sabía lo que él pensaba de ella y, con el corazón encogido, cerró el libro que estaba leyendo y se puso en pie.

–¿Quieres un vaso de agua, tía? –le preguntó–. Hoy hace mucho calor.

Tía Pushpa sonrió al tiempo que se sentaba en una silla.

–Gracias, mi niña –dijo mientras Smita salía de la estancia. De pronto se inclinó hacia delante y le dio un pescozón a Chiku–. ¿Ves cómo tratan tus amigos a las personas mayores? A ver si aprendes, *junglee* inútil. ¿Cuándo te has ofrecido tú a traer un vaso de agua a tu pobre madre? Míralos; ellos leen libros de verdad, no como tú con esas estúpidas revistas de cine.

Chiku se frotó la cabeza mientras fulminaba a su madre con la mirada. Seguía haciéndolo cuando Smita volvió a la sala y Pushpa extendió los brazos y se la subió al regazo.

Incluso después de tantos años, Smita todavía podía sentir la piel húmeda de tía Pushpa en contacto con la suya y aspirar el olor del perfume que siempre llevaba. Le costaba conciliar aquel recuerdo con el frío recibimiento que le había dado un par de días atrás. ¿Cómo era posible que aquella afectuosa mujer, en cuyo regazo se había sentido tan a gusto y segura, los hubiera traicionado de esa manera? Las dos familias habían estado muy unidas y, durante toda la infancia de Smita, habían entrado y salido de sus respectivos pisos. Trató de imaginarse a sus propios padres negándose a proteger a Chiku si los papeles se hubieran invertido, pero fue incapaz. No es que su madre y su padre fueran perfectos; no lo eran, pero sus años como corresponsal en el extranjero le habían enseñado muchas cosas y aquella era la tercera: en todos los países, en todas las crisis, hay un puñado de personas que van a contracorriente, y sus padres se encontraban en esa categoría.

Al pensar en ello, una sensación de gratitud le llenó el corazón. Cuando recordó que una de esas dos personas tan buenas se había ido para siempre, Smita se tuvo que morder el labio inferior para no echarse a llorar.

–Ya casi hemos llegado –anunció Mohan.

Ella asintió sin decir palabra. No confiaba en ser capaz de hablar sin sucumbir al llanto y solo esperaba que aquella sensación de vacío se disipara antes de enfrentarse a los asesinos de Abdul. Como habría dicho su profesora de yoga de Brooklyn, le estaba costando «estar presente».

Avanzaron por una carretera de tierra hasta un pequeño conjunto de casuchas dispuestas de manera desordenada y dispersa. No obstante, Smita se dio cuenta de inmediato de que Vithalgaon no era una aldea tan empobrecida como Birwad. Delante de las chozas había gallinas, grupos de niños y perros callejeros que se pusieron a aullar mientras corrían hacia el coche. Dos hombres ataviados con lunguis se acercaron despacio con la vista clavada en Smita y, en ese momento, Mohan bajó la ventanilla.

–Estamos buscando a los hermanos Arvind y Govind –dijo–. ¿Saben dónde podemos encontrarlos?

Uno de los hombres le dedicó una sonrisa cómplice.

–¿El juez sahib ha anunciado el veredicto? –preguntó.

Sin dar tiempo a Mohan para responder, Smita preguntó en tono gélido:

–¿Nos puede indicar cuál es su casa, por favor?

Él hombre la miró con lascivia y rodeó el coche hasta llegar su lado.

–Esos dos ya no viven entre la gente pobre como nosotros. –Señaló hacia la carretera principal–. Vuelvan allí, giren a la izquierda en el primer cruce y verán una casita de ladrillos. Allí están, gracias al sueldo de su hermana. Sí, la misma hermana a la que quemaron cuando dejaron de recibir el dinero.

–¿Le ha contado esto a la Policía? –quiso saber Smita.

El hombre negó con la cabeza.

–*Arre*, señora, no nos venga con monsergas. Govind pertenece a nuestra casta; ¿por qué íbamos a meterlo en un lío con la Policía? –Frunció el ceño y continuó–: Aunque no estoy de acuerdo con lo que le hizo a esa pobre chica, me parece bien que matara a ese perro musulmán. Pero, no, a la chica no debería haberla tocado. Habría bastado con arrastrarla de vuelta a casa y tenerla encerrada para que se dedicara a cocinar y limpiar.

Mohan lanzó una mirada rápida a Smita y respondió antes de que ella pudiera hacerlo.

–Muy bien, *bhai*, gracias por su ayuda.

–¡No hay de qué! –exclamó el hombre–. Todo este drama se olvidará pronto, ya verá.

Capítulo 15

Los hombres de mi aldea se enfadaron al ver que Radha y yo seguíamos trabajando en la fábrica.

El más vehemente fue Rupal, que nos increpó y, cuando no le hicimos caso, nos amenazó. Dijo que llevaría a cabo una ceremonia mágica y haría aparecer un mar de serpientes delante de nuestra casa para impedir que saliéramos. Radha se rio y le dijo que no tenía miedo. Continuamos con nuestra rutina: seis días a la semana, salíamos de casa al amanecer y recorríamos a pie los cuatro kilómetros en ambos sentidos. Llevábamos unos tres meses trabajando cuando, una mañana, al abrir la puerta, estuvimos a punto de tropezar con una cabra muerta. Rupal había desollado al animal y lo había dejado frente a nuestra casa para que lo encontráramos. Por primera vez, el coraje de mi hermana flaqueó. Cuando por fin dejó de gritar, se volvió hacia mí.

–Será mejor que nos quedemos en casa, didi *–dijo–. Estos hombres no pararán hasta destruirnos. Para ellos, sus tradiciones son más importantes que su humanidad.*

¿Por qué no accedí a su petición? El único motivo por el que había entrado a trabajar en la fábrica era para que Radha no tuviera que volver sola a casa o sufrir el acoso de desconocidos en el trabajo. Esa mañana, sin embargo, al ver aquel animal inocente tendido en la tierra con la lengua colgando y un puñado de moscas atacando ya su cuerpo, perdí el mundo de vista.

–Espera aquí –le dije a Radha–. Hoy iremos a trabajar, pero antes tengo que ocuparme de un asunto.

Entré en la casa y me encontré a Arvind en su cama, durmiendo la borrachera de la noche anterior. Govind ya se había marchado a la granja.

–Ae *–le dije al tiempo que lo sacudía–. Levántate, inútil.*

Jamás había hablado a mi hermano de aquella manera, pero ese pobre animal que había sacrificado su vida por el falso honor de aquellos hombres me había afilado la lengua. Y había algo más: a pesar de quejarse de que mi hermana y yo trabajáramos a todo el que quisiera escucharlos, mis hermanos se beneficiaban del fruto de ese trabajo. Arvind me pedía dinero cada pocos días para comprarse alcohol y, la noche anterior, Govind me había convencido para pedir un préstamo gubernamental y construir una casa a poca distancia del pueblo. Me había asegurado que, con nuestros sueldos, tardaríamos pocos años en devolverlo. Yo lo había mirado con sorpresa.

–Le dices a todo el mundo que tus hermanas te han humillado trabajando fuera de casa y, el otro día, cuando vino Rupal, me llamaste puta. ¿Ahora resulta que quieres construir una casa con nuestro dinero ilícito?

Una sombra de vergüenza le cubrió la cara.

–Si el suelo de la granja de ese cabrón fuera más productivo, no tocaría ni una rupia de vuestro sucio dinero –masculló–. Pero, tal como están las cosas, no me queda otra opción. –Un destello de ira iluminó sus ojos–. Fuiste tú la que corrompiste a nuestra pequeña Radha con tu codicia. No eres más que una mujer que ha olvidado cuál es su lugar, pero, como te has atrevido a desafiar mi autoridad, seré yo quien decida cómo gastar tu dinero.

Mi hermano se había convertido en un desconocido. Yo aún me acordaba de cómo, de pequeña, me llevaba a hom-

bros y me decía que era más alta que él. De los caramelos helados que me compraba cuando íbamos al festival cada año. Siempre que llegaba el Diwali, aunque su ropa estuviera hecha jirones, Govind nos compraba un sari nuevo a Radha y a mí. Pero, desde que trabajábamos en la fábrica, su amor se había transformado en furia y una mirada dura y despectiva se había adueñado de sus ojos.

Al recordar la mirada que me había dedicado Govind, sacudí a Arvind con más fuerza.

–Ai, ai, ai *–se quejó él–. ¿Qué pasa?*

–Levántate –siseé–. Ven a ver lo que ha hecho tu amigo Rupal, vago. Solo sirves para emborracharte.

Arvind me miró.

–¿Te has vuelto loca, hermana?

–¿Loca? ¿Me llamas loca cuando a ti lo único que te importa es tu botella? Venga, date prisa. Algunas tenemos que trabajar para mantener a esta familia.

Me siguió afuera y, al ver la cabra muerta, estuvo a punto de echarse a llorar. Arvind siempre había sido un chico sensible, pero esa mañana no me importó.

–Esto es obra de ese malvado de Rupal –dije–. Te toca a ti limpiarlo.

–¿Qué? ¿A mí? No es tarea para mí, sino…

–Nosotras tenemos que ir a trabajar, Arvind. El jefe nos grita si llegamos aunque sea un minuto tarde y, con la hora que es ya, vamos a tener que ir corriendo. Más te vale que este pobre animal no esté aquí cuando volvamos, y limpia la pared de la casa con agua caliente. Si encuentro una sola gota de sangre…

–¡Eso es tarea de mujeres! –gritó Arvind, antes de escupir al suelo–. Por eso tenéis prohibido trabajar fuera de casa. Rupal tiene razón: te comportas como un hombre. Ahora me doy cuenta de que lo que él decía es verdad.

Radha se interpuso entre los dos. Aunque todavía le temblaba el cuerpo, tenía el rostro encendido por la furia.

–Chup re, *imbécil. ¿Quieres que todo el mundo vea lo ignorante que eres? La gente ya se ríe de ti sin necesidad de esto. Haz lo que te ha dicho* didi *Meena o se acabó el dinero para tu* daru, *¿te enteras?*

La expresión que se adueñó del rostro de Arvind me dejó sin aliento. Era de odio puro.

De niños, nos enseñaron a temer a tigres y leones. Nadie nos enseñó lo que sé ahora: que el animal más peligroso del mundo es un hombre con el orgullo herido.

Capítulo 16

Mientras llamaba con los nudillos a la puerta de la casa, Smita oyó una radio encendida en su interior. Aguardó un momento antes de llamar de nuevo, esta vez con un poco más de fuerza, y se volvió a mirar por encima de su hombro a Mohan, que salió del coche y se acercó a ella.

–¿No contestan? –preguntó, y Smita negó con la cabeza.

Una cabra atada al tronco de una higuera de Bengala se puso a balar. El sol brillaba como un medallón en el cielo azul y Smita se secó el sudor de la frente con la manga. Meena había comentado, con una inconfundible expresión de repugnancia ante la vagancia de su hermano, que este estaba casi siempre en casa. Tal vez tuviera resaca; eso explicaría por qué no abría la puerta.

Estaba a punto de llamar de nuevo cuando Mohan le hizo un gesto para que se apartara y llamó a la robusta puerta con el puño mientras ella echaba un vistazo a la vivienda de ladrillo con techo de tejas. Así que aquella era la casa que Meena les había construido con sus ingresos. A pesar de la tosquedad de la construcción y de que algunos ladrillos se estaban soltando, comparado con el hogar de Meena, aquello era un palacio.

–*Saala, kon hai*? –escucharon a alguien preguntar con voz beligerante antes de oír pasos en el interior, el ruido de un objeto al caer y un hombre que refunfuñaba y maldecía por lo bajo. Después, la puerta se abrió–. ¿Qué? –gritó el hombre, fulminando a Mohan con la mirada.

Era muy delgado, con una mata de pelo densa y despeinada. Mohan dio un paso atrás y dijo a continuación:

–¿Cuánto rato tenemos que llamar? –Su tono de voz era tan agresivo y altanero que sobresaltó a Smita–. Y ¿cuál de los dos eres?

La beligerancia se esfumó del rostro del hombre, reemplazada por una expresión hosca.

–Me llamo Arvind, *ji* –masculló–. ¿Es usted el inspector de policía?

Smita no tardó ni un instante en reconocer lo que acababa de presenciar: el ejercicio de poder de un hombre culto y acaudalado ante alguien de una posición social inferior. Mohan había transmitido su dominio limitándose a usar el tono y la postura adecuados, pero, por descorazonador que fuera, no era el momento de pensar en ello.

–Hola, me llamo Smita y trabajo para un periódico estadounidense –se presentó, deseando que su hindi sonara natural–. Ya hablaste una vez con mi compañera Shannon. Solo quería charlar un rato sobre tu hermana Meena y..., bueno, sobre el caso judicial.

Arvind escupió al suelo al escuchar el nombre de su hermana.

–No conozco a ninguna Meena –dijo–. Mi hermana Meena está muerta.

Mohan intervino antes de que Smita pudiera replicar:

–Pero el fuego no la mató. Eso ya lo sabes.

–El fuego no –dijo Arvind, que se pasó la lengua por los labios en un gesto nervioso, aunque no se dejó amedrentar–. Murió antes, cuando se casó con ese desgraciado musulmán. El fuego fue solo un aviso para todos los demás, por si a alguno se le vuelve a pasar por la cabeza venir a corromper a nuestras chicas.

–Nadie estaba...

–Mohan –dijo Smita y le puso con delicadeza una mano en el brazo para sujetarlo, antes de volverse hacia el otro hombre–. ¿Podemos pasar, *ji*? Solo quiero hacerte unas preguntas.

Arvind la miró con expresión impasible.

–Ya hablamos con esa señora extranjera –dijo al cabo–. ¿Cómo se llamaba? Sharon no sé qué, la que se viste como un hombre.

–Ah, sí, Shannon. El caso es que se ha puesto enferma y me ha pedido que la ayude. *Salaams* de su parte, por cierto –añadió–. Bueno… ¿podemos pasar?

Arvind movió los ojos nerviosamente mientras consideraba su petición y luego alargó el cuello para mirar por encima del hombro de Smita.

–Esperad aquí –dijo al final–. Vuelvo en un minuto.

Y, sin darles tiempo a protestar, pasó junto a ellos, atravesó el patio y echó a correr por el campo de más allá.

–¿Crees que nos ha dejado plantados? –preguntó Smita con incredulidad.

–No estoy seguro –contestó Mohan–. Pero será mejor que esperemos en el coche, ¿te parece? Aquí hace más calor que en Mumbai, que ya es decir.

Entraron en el vehículo y él encendió el aire acondicionado.

–¿Cuánto crees que deberíamos esperar?

–Lo que haga falta –dijo Smita con resignación–. No puedo escribir mi artículo sin al menos intentar conseguir un comentario suyo. –Frunció el ceño antes de continuar–: ¿Sabes lo que es raro? En los artículos de Shannon, daban la sensación de fanfarronear de lo que hicieron en una frase para, en la siguiente, asegurar que no tenían nada que ver con el asesinato. Y ahora míralos: libres bajo fianza. ¿Cómo es posible?

Mohan se encogió de hombros.

–La India –dijo. Smita percibió la resignación en su voz.

Esperaron unos diez minutos mientras ella se enfadaba cada vez más consigo misma por haber dejado que Arvind escapara. Aunque ¿qué iba a hacer? ¿Cortarle el paso cuando había echado a correr? Se volvió hacia Mohan para preguntarle si no le importaba esperar un poco más y, en ese momento, él se irguió en el asiento y señaló hacia el campo, donde podían percibir a dos personas que volvían apresuradamente a la casa.

–¿Es él? –preguntó Mohan–. A lo mejor ha ido a buscar a su hermano mayor.

Govind era una versión más corpulenta de Arvind.

–*Kya hai?* –preguntó Govind–. Ya hemos dicho todo lo que teníamos que decir.

Smita miró a Mohan para acallarlo y procedió a bajar del coche.

–Buenas tardes –dijo, ignorando la evidente hostilidad de Govind–. Me alegro mucho de que tu hermano haya ido a buscarte. Solo queremos haceros unas preguntas y luego nos iremos. –Al darse cuenta de que él estaba a punto de negarse, añadió–: Queremos ser justos y daros la oportunidad de explicar las cosas desde vuestro punto de vista.

Govind entornó los ojos mientras asimilaba la discrepancia entre el hindi forzado de Smita y su ropa india. Luego agachó la cabeza para echar un vistazo a Mohan, que había hecho caso de la petición muda de Smita y se había quedado en el coche.

–¿Es usted hindú? –preguntó Govind.

–¿Qué? –dijo Smita sorprendida–. Quiero decir, sí, pero ¿qué tiene eso…?

–Bien. –El hombre asintió una vez, como si ella hubiera superado una prueba–. Entonces entiende nuestra cultura. Porque la otra mujer, la extranjera esa, no nos entendía, ni a nosotros ni nuestros valores.

Smita reprimió sus náuseas.

–Claro –murmuró.

–Usted también es de ese sitio extranjero –continuó Govind–, pero su ropa es recatada y eso me indica que es una mujer de buenas costumbres. Esa otra mujer, Shannon, llevaba pantalones. Como un hombre. –Hizo un ademán hacia el coche–. Por favor, dígale a su marido que se una a nosotros.

–No es… –Smita decidió no corregirlo–. Gracias –dijo–. Enseguida vuelvo.

Se acercó a Mohan y murmuró:

–Cree que estamos casados.

Él asintió, bajó del coche y se acercó a Govind resueltamente, con la mano tendida y actitud amistosa.

–*Kaise ho?* –dijo–. Perdón por interrumpir de esta manera vuestro día.

A pesar de su tono cordial, Smita sabía que a Govind no le había pasado por alto la diferencia de posición social que había entre ellos. En lugar de estrechar la mano que le tendía Mohan, lo saludó doblando la suya. Luego se volvió hacia Arvind y le dio un pescozón.

–Ve a preparar té para nuestros invitados. Ahora mismo.

Arvind entró en la casa frotándose la cabeza y mascullando entre dientes, y Govind les dedicó una sonrisa de disculpa.

–Ahora que nuestras dos mujeres ya no están, mi hermano y yo tenemos que ocuparnos de cocinar y limpiarlo todo.

–No pasa nada –dijo Mohan–. Yo también me encargo de todo.

–Usted es un hombre de ciudad, señor –dijo Govind–. La vida es distinta para nosotros. Aquí, hacer las tareas de las mujeres es una deshonra.

A Smita le pareció que Mohan estaba a punto de replicar e intervino para evitarlo.

–¿Qué sabéis de Radha? –preguntó al tiempo que sacaba su libreta con discreción.

Govind se encogió de hombros.

–No hay mucho que decir. Radha tiene suerte de que le encontrara marido, después de todo el escándalo.

–¿Te refieres al matrimonio de Meena?

El hombre frunció los labios al escuchar el nombre de su hermana.

–Sí, claro. Aunque todo empezó antes. –Masticó la bola de tabaco de mascar que tenía en la boca y continuó–: En nuestro pueblo, ninguna mujer ha ido jamás a trabajar para desconocidos, fuera de casa. Es el tabú más estricto que tenemos y es una desgracia para mí que mis dos hermanas desafiaran no solo mi autoridad, sino también la de los ancianos del pueblo.

–¿Qué tiene de malo que las mujeres trabajen? –preguntó Smita.

Govind la miró con incredulidad.

–Es la ley que nos han transmitido nuestros antepasados. Fue Dios quien estableció esta división del trabajo. El destino de las mujeres es dar a luz y criar a los hijos, así como ocuparse de las labores del hogar, mientras que los hombres proveen el sustento. Todo el mundo lo sabe –Govind dedicó una mirada desdeñosa a Smita–, al menos en Vithalgaon.

–Tengo entendido que intentaste impedirles que trabajaran en la fábrica.

–Hice todo lo que estaba en mis manos, *memsahib*. Les

rogué, les supliqué, les pedí que pensaran en el honor de nuestra familia. El jefe de nuestro pueblo prohibió a todo el mundo que les dirigiera la palabra. Lo intentamos todo, pero estaban poseídas por algún tipo de demonio. Varios vecinos juraron que habían visto un halo negro a su alrededor cuando iban a trabajar por las mañanas.

Smita se esforzó por disimular su asombro ante la interpretación de Govind. «Este tío es un victimista de manual», pensó. Mientras pensaba en la siguiente pregunta, Arvind apareció en la puerta de la casa.

–¿Qué quieres que haga? –gritó–. ¿Os traigo el té fuera?

Govind vaciló y Smita aprovechó la oportunidad.

–¿Podemos entrar, por favor? El sol pega muy fuerte.

–*Memsahib*, este maldito sol siempre pega fuerte. Dígamelo a mí, que trabajo en el campo y por eso tengo la piel curtida como el cuero.

A Smita le pareció que se merecía la reprimenda, por sutil que fuera.

–Desde luego –dijo.

Se hizo un breve silencio hasta que Govind tomó una decisión.

–Por favor, *memsahib* –dijo–. Bienvenida a nuestro hogar.

Entraron en una gran estancia rectangular sin más muebles que tres sillas de madera plegables y un pequeño televisor. Antes de que Govind le indicara con un ademán una de las sillas, Smita atisbó un colchón en el suelo de la habitación contigua.

–Por favor, siéntense –les dijo a Smita y Mohan y, una vez lo hicieron, él se puso en cuclillas frente a ellos.

Mohan hizo ademán de levantarse.

–¿Por qué no…? –dijo, señalando la tercera silla.

Govind sonrió con timidez.

–Es nuestra costumbre, *seth*. Usted es nuestro superior.

Mohan se rio.

–*Arre, bhai.* ¿Qué es todo esto de los superiores y los inferiores?

Pero Govind permaneció en el suelo.

–*Ae* –le gritó a su hermano al cabo de un momento–, ¿dónde está el té chai, inútil?

Arvind apareció con dos vasos de té, se los tendió en silencio a los invitados y ocupó su sitio en el suelo, junto a su hermano. Smita le dio un sorbo a su bebida.

–Está bueno –dijo por educación, pero Arvind la miró con el rostro inexpresivo.

Ella se fijó en que él se había humedecido el pelo en la cocina y se lo había echado hacia atrás. Tras dar otro sobro, dejó el vaso en el suelo y cogió su libreta con toda la naturalidad que pudo, consciente de que los hermanos observaban todos sus movimientos.

–Bueno –empezó–, ¿creéis que el juez fallará a vuestro favor?

Arvind miró de reojo a su hermano y aguardó a que este contestara. Los segundos pasaron y Smita oyó el lejano balido de la cabra.

–No me cabe duda de que fallará a nuestro favor –dijo Govind de improviso–. Dios es justo y está de nuestra parte. Esa zorra puede ir a todos los juzgados del país, pero la verdad siempre gana.

Smita oyó cómo, a su lado, Mohan inspiraba con fuerza.

–¿La verdad? ¿Acaso...? ¿Acaso no...? –vaciló ella, tratando de plantear la pregunta con el mayor tacto posible–. ¿Acaso no intentasteis matar..., bueno, prender fuego a la choza de Meena?

Govind paseó la mirada por la habitación antes de posarla en Smita.

–Alguien lo hizo –murmuró–. ¿Quién? No se sabe.

¿Estaba aquel hombre mintiéndole descaradamente? Aunque tampoco sabía de qué se sorprendía.

–Meena dice que fuisteis vosotros dos. Que os vio con sus propios ojos.

Govind escupió en el suelo.

–No me extraña. Ese musulmán comedor de ternera la obligó a decirlo.

–¿Su marido? ¿Cómo iba a hacerlo? Está muerto.

El hombre adoptó una expresión desafiante.

–A lo mejor el *kutta* no murió enseguida. ¿Cómo podemos saber lo que dijo o hizo?

Smita tenía la sensación de que aquel hombre era un enorme pez dorado y ella la pescadora que trataba de recoger el sedal. Si hacía un movimiento en falso, se escaparía.

–Entonces, ¿no sabes quién mató a Abdul? –preguntó al cabo.

–Está haciendo la pregunta equivocada, *memsahib*. –Govind se mostraba cada vez más impaciente–. ¿A quién le importa quién quemó vivo a ese perro? Lo que nadie pregunta es el por qué. Lo hicieron para proteger el honor de todos los hindúes, para poner en su sitio a esos perros musulmanes.

Smita abrió la boca para decir algo, pero Govind alzó la mano para impedírselo.

–Así son las cosas. Mi hermano y yo estamos sentados en el suelo porque es lo que nos corresponde. ¿Lo entiende? En esta vida, cada uno tiene un lugar; así lo ha dispuesto Dios. Hemos dejado que esos perros musulmanes vivan en nuestro Indostán como invitados, pero un perro tiene que aprender quién es el dueño, ¿no? Los musulmanes tienen que quedarse en sus propios pueblos y, sobre todo, tienen que mantenerse alejados de nuestras mujeres. –Bajó la voz para continuar–: Esta es su yihad, ¿lo entiende? Obligan a nuestras mujeres a parir a sus hijos para poder multiplicarse y adueñarse de Indostán.

–Pero Meena dice que nadie la obligó –señaló Smita–. Dice que amaba a su marido.

Govind miró hacia el suelo y, al alzar la vista, Smita se fijó en que le palpitaba un músculo de la mandíbula.

–Eso es imposible, *memsahib* –dijo–. Lo que usted sugiere va en contra del orden natural de las cosas. ¿Puede un pez enamorarse de una vaca? ¿Puede un cuervo enamorarse de un tigre?

Smita lanzó una mirada rápida a Mohan, pero fue incapaz de interpretar su expresión.

–Así pues, ¿no te arrepientes de lo que le has... de lo que le ha pasado a Meena? –preguntó, consciente de lo apagada que sonaba su voz.

Govind esbozó una sonrisa.

–Claro que hay cosas de las que me arrepiento –respondió–. Me arrepiento de que mi hermana sobreviviera y, sobre todo, me arrepiento de que la hija de ese desgraciado siga con vida. Tuvo el valor de llevar al bebé ante el juez sahib. ¿Se lo puede creer? Fue como si quisiera profanar el tribunal con su excremento.

A Smita se le encendieron las mejillas mientras recordaba la dulce carita de Abru. Sintió deseos de levantarse y gritar a aquel hombre cruel, de golpearle, pero en lugar de eso se quedó mirando un punto fijo de la pared que quedaba a su espalda hasta que recuperó el control de sus emociones.

–La niña es inocente –dijo al final.

–Yo ya había asumido que Meena se marchara de casa para vivir en pecado con ese hombre –dijo Govind–. Me humilló tres veces, *memsahib*. La primera cuando me desafió aceptando el trabajo en la fábrica. La segunda cuando huyó a Birwad para vivir con esos *chamars* musulmanes. Todos en el pueblo me despreciaron, pero yo no hice nada para vengar el insulto. Culpa mía. Pero la tercera falta de respeto fue intolerable: se presentaron los dos en la puerta de mi casa con una caja de dulces, cogidos de la mano y señalando el diablo que ella llevaba en su seno. Esa zorra indecente y su chulo musulmán vinieron y profanaron mi puerta. Con la cabeza bien alta, como si lo que crecía en su interior no fuera un crimen contra Dios. –Govind reprimió lágrimas de rabia–. ¿Qué iba a hacer yo? ¿Tolerar su perversión? ¿Permitir que él me llamara «cuñado», como si fuéramos iguales a los ojos de Dios?

–¿No podías haberles pedido simplemente que se fueran?

–Y lo hice. Se marcharon a su casa con el rabo entre las piernas, como los perros mestizos que eran. Pero, cuando se estropea la cosecha y el campo no da el rendimiento que se espera, ¿sabe lo que tenemos que hacer, *memsahib*? Prenderle fuego y reducirlo a cenizas. Así conseguimos que, al año siguiente, la cosecha vuelva a crecer con vigor. Eso es lo que hay que hacer: purificar la tierra. Lo único de lo que me arrepiento es de que dos de las cosechas sigan creciendo.

En la habitación se hizo un silencio pesado y repentino, como si todos se hubieran dado cuenta de que Govind prácticamente había confesado ser culpable del asesinato de Abdul.

Los minutos se alargaron hasta que Mohan rompió el silencio.

–Has dicho que la viste en el juzgado, así que sabes

cómo la ha dejado el fuego. La piel se le quemó hasta tal punto que no puede abrir un ojo y la mitad de su cara ha desaparecido. ¿No te basta con eso?

Govind abrió la boca para contestar, pero Mohan le sostuvo la mirada fijamente. Finalmente, Govind desvió la suya y la bajó hacia el suelo.

–Ustedes viven la vida de una manera y nosotros de otra –dijo.

Smita notó que Mohan se tensaba y se apresuró a hablar antes de que él pudiera hacerlo.

–¿Y tú opinas lo mismo, Arvind?

Arvind la miró primero a ella, luego a su hermano y por último de nuevo a ella.

–Yo pienso lo mismo que mi hermano mayor –dijo.

–Pero yo creía que tú estabas más unido a Meena –insistió Smita, aunque en aquel momento no recordaba si lo sabía porque la joven se lo había comentado o porque lo había leído en uno de los artículos de Shannon.

La expresión de Arvind se suavizó durante una milésima de segundo, pero el joven acabó por negar con la cabeza.

–Eso no importa. Esta es la casa de mi hermano y él es el mayor.

–Sin embargo, si construisteis esta casa fue gracias a los ingresos de vuestras hermanas, ¿no es así? –señaló Mohan.

Mientras la ofensa se reflejaba en la expresión de Govind, Smita sintió deseos de abofetear a Mohan.

–*Arre, wah, seth* –dijo Govind con un brillo malicioso en los ojos–. Me insulta a pesar de ser un invitado en mi casa. Sí, tiene razón; nuestras hermanas costearon esta casa con su dinero ilícito. –Se volvió hacia Smita, como si esperara que ella se mostrara más comprensiva–. Yo ya había elegido esposa para Arvind; una chica de buena familia de un pueblo cercano, dispuesta a pagar una buena dote. Pero, cuando se corrió la voz de que mis hermanas trabajaban en la fábrica, cancelaron el matrimonio.

Arvind tenía el semblante inexpresivo y la mirada clavada en un punto indefinido delante de él.

–¿Te molestó? –le preguntó Smita.

Arvind se rio despectivamente.

–Cavaron su propia tumba –dijo–. Con la dote de la que iba a ser mi esposa habríamos pagado las dotes de Meena y Radha. Por eso Govind *bhai* estaba impaciente por que yo me casara antes: para poder prescindir de mis hermanas. Dos bocas menos que alimentar en cuanto pasaran a ser responsabilidad de sus maridos, aunque al final no tuvimos que pagarle la dote a ese viejo lisiado que se casó con Radha.

Smita, que había pensado que Arvind era el más gentil de ambos hermanos, descubrió que le desagradaba tanto como el mayor. Era como si las transgresiones de Meena hubieran acabado con cualquier tipo de aprecio en la familia.

–Tengo una duda –intervino Mohan–. ¿Quién pagó la fianza para sacaros de la cárcel? ¿Tuvisteis que pedirle dinero a un prestamista?

–No, *seth* –contestó Govind–. Echamos mano de nuestro propio dinero.

–¿El dinero de vuestras hermanas? ¿Sus ahorros?

Govind frunció el ceño.

–Las mujeres no tienen derecho a tener ahorros. Todo su dinero me pertenecía a mí por ser el cabeza de familia. Es nuestra tradición.

–Ya veo. –Mohan sonrió satisfecho–. ¿También es vuestra tradición intentar asesinar a vuestra hermana porque os molesta que haya huido con otro hombre y ya no os regale su sueldo? Porque eso es lo que dicen vuestros vecinos.

–¡Mohan! –exclamó Smita para frenarle.

Pero era demasiado tarde. Govind ya se había puesto de pie y tenía sus grandes manos de campesino cerradas en sendos puños.

–Por favor se lo pido, márchense los dos ahora mismo de mi casa antes de que haga algo de lo que me pueda arrepentir.

Mohan también se levantó y se colocó delante de Smita.

–Guarda tus amenazas para las pobres mujeres como tu hermana –dijo sin alterarse–. Si se te ocurre mirar ni aunque sea en dirección a mi… a mi esposa, haré que te cuelguen bocabajo en la comisaría y te muelan a palos. ¿Me oyes?

Los ojos de Govind se volvieron inexpresivos, opacos.

–Sí, sahib –dijo con voz queda–. Sabemos muy bien el poder que tienen las personas como usted. Pueden aplastar a hombres corrientes como yo con la suela de sus zapatos. Conocemos a los de su clase.

–Me alegro.

–Ya vale, Mohan –dijo Smita–. Esto se está saliendo de madre. –Se volvió hacia Govind y añadió–: Perdona…

–Ni se te ocurra disculparte –intervino Mohan–. Ni se te ocurra pedirle perdón a este… a este desgraciado.

–*Arre, bas!* –El grito hizo que todos dieran un respingo. Era Arvind, que tenía los ojos llorosos y respiraba con dificultad–. Basta ya, todos. Y ustedes… márchense. Váyanse.

Smita y Mohan se disponían a marcharse con el coche cuando Govind se acercó a ellos a grandes zancadas.

–Aunque me condenen a muerte, habrá valido la pena. –Sonrió sin asomo de humor y sus dientes manchados de tabaco quedaron al descubierto–. Solo por ver a ese cabrón bailando mientras ardía.

–¿Eso quiere decir que lo mataste tú?

Él escupió sobre el suelo.

–No estoy confesando nada. Todos los testigos de Birwad han cambiado su historia. Nadie cree ni una palabra de lo que dice esa zorra.

–Vámonos de aquí –le pidió Smita a Mohan–. No puedo escuchar más.

No dijeron nada hasta que la casa fue un puntito en el espejo retrovisor. Entonces, Smita se volvió hacia Mohan, furiosa.

–¿A qué coño ha venido eso? Por tu culpa no he podido hacer mi trabajo. ¿Cómo te atreves a sabotear así mi entrevista?

Mohan levantó una mano, como si se defendiera de un golpe.

–Lo siento; he perdido los estribos. Perdóname.

Ella le dedicó una mirada asesina, se volvió y se puso a mirar por la ventana mientras Mohan hablaba.

–No sé cómo puedes dedicarte a esto, *yaar.* Yo... Me han entrado ganas de asfixiarlo. Dspués de ver cómo han echado a perder la vida de esa pobre chica...

«Nandini no se habría metido en problemas –pensó Smita–. Habría sabido lo importante que es mantener una actitud pasiva, permitir que las fuentes desvelen su verdadera cara a su propio ritmo, con sus propias palabras». Pero Mohan no era un profesional, tan solo un conocido que había renunciado a sus vacaciones para echarle una mano. Había reaccionado como lo habría hecho cualquier ser humano decente, y Smita lo necesitaba por el hecho de ser varón. Por mucho que le molestara reconocerlo, de no ser por que Govind había creído que era su marido, no la habría dejado entrar en su casa.

–Quiero entrevistar a alguien más –dijo–. Volvamos al pueblo. Tengo que hablar con el maldito jefe de la aldea.

Capítulo 17

De niñas, Radha y yo teníamos un juego.

–¿De qué color es el mundo, didi? *–me preguntaba ella.*

–Verde –contestaba yo.

–¿Por qué verde?

–Porque los árboles son verdes, la hierba es verde, los brotes de las plantas son verdes... Hasta los loros son verdes. El verde es el color del mundo.

–Pero las espigas de trigo son marrones, didi *–argumentaba ella–. Mi cuerpo es marrón, los ratoncillos de campo son marrones. No, el mundo es marrón.*

–¿Y por qué no azul? –replicaba yo–. El cielo es azul y cubre el mundo entero, como una madre que ama y abraza a todos sus hijos.

Radha se quedaba callada y yo recordaba que ella había disfrutado del amor de nuestra madre durante aún menos años que yo. Así que la rodeaba con mis brazos y la abrazaba para que supiera lo que se sentía cuando alguien te quería.

Ahora sé la verdad: el color del mundo es el negro.

La ira es negra.

La vergüenza y el escándalo son negros.

La traición es negra.

El odio es negro.

Y un cuerpo achicharrado y humeante es negro, negro, negro.

Después de presenciar algo tan cruel, el mundo se vuelve negro.

Despertar en un mundo que ya nunca será el mismo es negro.

Por las noches, cuando Abru y yo dormimos solas en nuestra choza, se me aparece. A veces huele como esa última vez: a humo, a pelo chamuscado. Al sabor que no puedo sacarme de la boca. La mayoría de las veces, sin embargo, huele como olía antes: a río, a hierba, al olor de la tierra después de la primera lluvia.

Cuando empecé a ir a nuestra vieja choza, Ammi no estaba de acuerdo, pero creo que ahora se alegra de tener su casa solo para ella por las noches. Cada vez que me mira a la cara, se ve obligada a recordar la noche en la que dos goondas *la sujetaron mientras ella gritaba y gritaba, viendo a su hijo mayor en llamas. Cómo lloraba mientras me veía intentar apagar a golpes las llamas del cuerpo de Abdul, hasta que el calor me abrasó las manos y me desmayé por el dolor.*

El rato que paso por las noches en mi vieja choza es mi único momento de paz del día. Cuando Abdul me visita, siempre finjo estar dormida para que él sienta que me sorprende. Cierro mi ojo y ruedo sobre el suelo de tierra hasta quedar de costado. Él se coloca tras de mí y me rodea con sus brazos mientras sus caderas se enlazan con las mías y sus rodillas se acoplan al hueco de las mías. Nos quedamos en esa postura hasta que él deja mi corazón limpio de miedo y odio.

Una vez, hace mucho tiempo, Nishta, mi vieja vecina de Vithalgaon, tuvo ictericia y Rupal fue a su casa con una piedra pequeña y suave con la que le frotó el cuerpo, antes de pedirle a su madre que se lo lavara con una toalla mojada. Cuando la mujer escurrió la toalla en el exterior, el agua que cayó era amarilla. Todos lo vimos. Rupal dijo que era la ictericia que había extraído del cuerpo de Nishta.

El miedo y el odio han ennegrecido mi corazón, pero, con su amor, Abdul me lo escurre y me lo limpia cada noche.
Con su amor.
El amor que siente por mí.

En la fábrica, el jefe nos daba quince minutos para almorzar. En el recinto había un gran jambul, bajo cuyas maternales ramas Radha y yo nos sentábamos a comer. Aunque siempre habíamos pasado hambre, desde que trabajábamos podíamos llenar nuestra caja del almuerzo con arroz y dal *y comer como lo hacían los hombres. Aun así, yo no había perdido la costumbre de darle parte de mi comida a Radha. A veces, otras dos mujeres, ambas casadas, comían con nosotras. Ellas eran de un pueblo muy lejano y bastante retraídas y en una ocasión les pregunté si los hombres de su pueblo también estaban enfadados con ellas por trabajar allí, pero ellas negaron con la cabeza.*

–¿Lo ves, didi*? –dijo Radha–. Vithalgaon es el único sitio donde hay costumbres tan atrasadas.*

Un mes después de entrar a trabajar en la fábrica, Abdul empezó a cogerse el descanso para comer cinco minutos después de que Radha y yo comenzáramos el nuestro. Se sentaba bajo un árbol cerca de nosotras y desenvolvía un gran pañuelo rojo que contenía dos plátanos pequeños y un trozo de pan roti*. Comía lo mismo cada día. Yo notaba las miradas furtivas que me dedicaba, aunque siempre iba con mucho cuidado para que Radha no se diera cuenta.*

Mi hermana tenía muy mal genio y era imposible prever cómo reaccionaría. En casa, había empezado a comportarse como si fuera el hombre de la familia y, en una ocasión, había llegado a escuchar cómo le ordenaba a Arvind que le sacara brillo a sus sandalias si quería dinero para su daru*. Por ese motivo, yo procuraba sentarme de manera que le* *impedía ver cómo Abdul me miraba mientas comía. Y, a pesar de no intercambiar palabra, algo empezó a surgir entre él y yo. Cuando Radha y yo volvíamos andando a casa al terminar nuestro turno, él nos seguía a una distancia prudencial. Si mi hermana se daba la vuelta, Abdul se apresuraba a agacharse para atarse los cordones de los zapatos o ponerse a hablar con algún otro trabajador que también volvía a casa. A medio camino de Vithalgaon, él giraba a la derecha y desaparecía por una carretera secundaria. Así fue cómo supe en qué dirección se hallaba su pueblo.*

Con la llegada del monzón, Radha cogió el tifus. Yo quise quedarme en casa para cuidarla, pero ella me suplicó que fuera a trabajar. Le daba miedo que el encargado nos despidiera si ninguna de las dos se presentaba en la fábrica y necesitábamos mi sueldo para pagar sus medicamentos y la casa nueva.

La lluvia caía con tanta fuerza que el encargado cerró todas las ventanas y, aunque los ventiladores del techo estaban encendidos, el techo de hojalata convertía la sala en un horno. Un día de mucho calor, cometí dos errores en una sola mañana y estaba tan disgustada que decidí comer fuera, lloviera o no, para despejarme. Por suerte, aunque el suelo seguía mojado, el sol había salido. Dos minutos después de empezar a almorzar, Abdul apareció, se quedó plantado bajo su árbol y, como ese día no había nadie más fuera, alzó la mano a modo de saludo y gritó:

–Salaam!

La libertad que se había tomado me dejó atónita y no le contesté. Si alguno de los trabajadores hindúes hubiera escuchado su saludo, le habría roto las piernas. Me planteé la posibilidad de no terminar la comida y volver dentro, pero, en ese momento, escuché trinar a un pájaro y su canto me pareció tan hermoso que decidí darle la espalda a Abdul y quedarme donde estaba.

Casi había terminado de comer cuando se dirigió de nuevo a mí.

–Disculpa –dijo en voz baja y al darme la vuelta me lo encontré a mi lado, tan nervioso como yo y mirando a un lado y a otro para asegurarse de que nadie nos veía–. Mi hermano acaba de volver de Ratnagiri y me ha traído unos mangos –me explicó apresuradamente–. He pensado en ti... y en tu hermana.

Alargó una mano trémula con dos preciosos mangos dorados, que por supuesto yo no podía aceptar. Si tocaba, aunque fuera por accidente, la mano de un musulmán, Dios se encargaría de cortármela antes de que acabara el día.

–Por favor, ji *–me suplicó–. Los he traído solo para ti.*

Yo aparté la mirada y me ceñí aún más la dupatta *que me cubría el pelo para ocultar la mitad de mi rostro. La verdad era que él había corrido un gran riesgo. Yo era una mujer respetable. Tal vez Abdul hubiera escuchado los rumores que corrían sobre Radha y sobre mí: que en nuestra aldea nadie nos dirigía la palabra y que Rupal había convencido a todos de que éramos mujeres descarriadas. Se me llenaron los ojos de lágrimas. El hedor de nuestra reputación nos había seguido hasta aquel lugar, como la fetidez del pescado podrido. Aquel era el único motivo que podía haber llevado a aquel joven a tomarse semejantes libertades conmigo.*

–Vete, por favor –le dije–, antes de que nos vea alguien o yo se lo cuente al jefe. Los hermanos hindúes te darán una buena paliza si no te marchas.

–Lo siento –dijo él–. No era mi intención insultarte.

Lo oí alejarse por el recinto de tierra, pero me negué a volver la cabeza y esperé hasta estar segura de que había entrado en la fábrica. No quería que su sombra me tocara.

Al final, me di la vuelta y vi que Abdul había dejado los dos mangos en el suelo, sobre su pañuelo rojo. Para mí. Eran un regalo para mí.

Miré a mi alrededor, pero allí no había nadie. Mis quince minutos para comer ya habían terminado y sabía que tenía que dejar las frutas en el suelo, pero entonces recordé cómo le había temblado la mano al ofrecérmelas. Recogí los mangos con rapidez y los metí dentro de la caja del almuerzo. Sabía que los aplastaría cuando cerrara la tapa, pero no tenía otra opción. A continuación, cogí su pañuelo, hice una bola con él y me lo metí en el bolsillo de la túnica, aunque antes me lo acerqué a la nariz al tiempo que rezaba a Dios para que me perdonara por aquella blasfemia. Tenía la esperanza de que oliera a él, pero lo único que percibí fue un leve aroma a mango.

Cuando entré, Abdul, que ya estaba en su puesto de trabajo, alzó la vista con inquietud para mirarme y enseguida agachó la cabeza. Un secreto surcó el aire entre nosotros, como una brisa veraniega. Al pasar junto a él, me saqué el pañuelo del bolsillo y lo dejé caer en el suelo. Estaba tan nerviosa que creí que iba a desmayarme. Jamás en mi vida me había comportado de aquella manera con un hombre. ¿Qué pasaría si alguien me veía? Sin embargo, en la fábrica nos pagaban con base en la cantidad de artículos que cosíamos al día, de modo que todo el mundo tenía la vista clavada en su trabajo. Nadie se dio cuenta de nada. Tras sentarme a mi máquina de coser, Abdul se agachó como quien no quiere la cosa, recogió el pañuelo y se dio unos toques con él en el cuello antes de guardárselo en el bolsillo.

Y así fue como comenzó nuestra historia de amor.

Hace años, un sacerdote cristiano vino a nuestra aldea y nos reunió para contarnos una serie de relatos absurdos so-

bre un hombre, una mujer, una manzana y una serpiente. Radha y yo fuimos a escucharlo porque repartían helado gratis, pero no tardamos en darnos cuenta de las estupideces que salían por la boca del hombre, así que nos marchamos. ¿A santo de qué había que castigar a la mujer por comerse una manzana? ¿O por llevársela a su marido? Eso es lo que se espera de las mujeres: que compartan su comida.

–Didi –*dijo Radha*–, *¿por qué se enfadó el marido en lugar de alegrarse de que su esposa compartiera la fruta con él?*

No pude por menos que darle la razón.

Sin embargo, después de que Abdul muriera por culpa de mis pecados, entendí lo que trataba de explicar el sacerdote.

Jamás debí darle un mordisco a aquel mango.

Capítulo 18

Rupal Bhosle vivía en una casa de dos pisos ubicada en un extremo del pueblo. Por si la opulencia de su vivienda no bastara para deducir que se trataba del hombre más rico de Vithalgaon, la sumisión que mostraban sus numerosos empleados no hacía sino confirmarlo. Un criado había corrido hacia el caserón para informarlo de la llegada de Smita y Mohan, y él había salido a recibirlos en su recinto. Mientras estaban charlando, Rupal le dio una repentina patada al chico que en ese momento limpiaba uno de sus dos coches.

–*Saala, chutiya*, concéntrate en tu trabajo –le dijo.

El chico agachó la cabeza y sonrió de oreja a oreja, como si Rupal le hubiera hecho un cumplido.

–Sí, jefe. Perdón, jefe –dijo.

Rupal los llevó a la veranda de la parte de atrás. Aunque había un gran balancín que colgaba de las vigas, les pidió que tomaran asiento en unas sillas de mimbre. La casa estaba rodeada de campos de caña de azúcar y Smita distinguió en la distancia a unos hombres que trabajaban con el pecho descubierto. En medio del calor abrasador del día, su piel oscura les daba el aspecto de siluetas recortadas sobre el azul del cielo. Rupal acomodó su cuerpo larguirucho en la silla que quedaba frente a Smita y le obstruyó la visión.

Era un hombre alto con un bigote exuberante y un rostro alargado y afligido. Sus ojos marrones claros estaban enmarcados por unas pestañas densas y oscuras. Smita pensó que, de no ser por el rictus de sus labios, que le daba una expresión cruel, habría sido un tipo atractivo. Cada pocos segundos, el hombre lanzaba una mirada a Mohan, que había decidido apartarse y se había quedado de pie a un par de metros de ellos.

–¿Quieren tomar algo? –preguntó Rupal en tono afable–. ¿Té chai, café, Coca-Cola?

–No, gracias –contestó Smita–. Acabamos de tomar un té en casa de Govind.

–Ah, Govind. Es un buen chico; muy buen chico. –Abrió la boca en un bostezo prodigioso–. Así que esa muchacha, Shannon, está eliminada, ¿no? ¿Tiene para mucho?

–¿Disculpe?

–*Arre, baba.* ¿Cuánto tiempo estará fuera de combate?

–Ah, pues no estoy segura. –Smita carraspeó–. En cualquier caso… Como le he comentado, tengo intención de escribir un artículo una vez se conozca el veredicto y he pensado que debía entrevistarlo. Meena ha dicho que usted…

–Meena… Intenté advertir a esa insensata de que no se metiera en la guarida del lobo, pero ¿me hizo caso? No. Y al final todo sucedió tal como yo había previsto.

–¿Predijo usted que la quemarían viva? –Smita trató de disimular el sarcasmo de su voz, pero no lo consiguió.

Rupal la miró a los ojos.

–Yo puedo ver el pasado y el futuro, señora –dijo–. Desde el principio del mundo hasta el fin de los tiempos. Tengo ese don.

–Y ¿cuándo fue eso? –preguntó Mohan al tiempo que se acercaba a ellos–. El principio del mundo, quiero decir.

«Otra vez no –pensó Smita, que notó cómo se le tensaban el cuerpo–. No me jodas la entrevista, Mohan».

Pero Rupal no pareció percatarse del tono desafiante de la pregunta de Mohan.

–Eso es fácil de responder, señor –dijo–. El universo se creó hace unos doscientos años. En la época en la que el demonio Ravana y el dios príncipe Rama vivían en la Tierra.

Mohan hizo una mueca con los labios.

–*Accha?* ¿Y es capaz de ver lo que sucedió hace doscientos años? Vaya.

–*Hah.* –Rupal asintió al tiempo que sacaba pecho–. Pero para predecir qué destino le esperaba a esa chica, Meena, no me hizo falta retroceder tanto. Me limité a decirles la verdad a sus hermanos: confeccionar esa ropa occidental, así como trabajar junto a personas de casta y religión desconocidas, iba a corromper su virtud. Y eso fue lo que pasó, palabra por palabra. –Sonrió de manera triunfal–. Por eso les expliqué cómo terminar con el problema.

–¿Terminar con el problema?

–Sí. El problema de que su hermana hubiera caído bajo el hechizo de ese devoto de Mahoma. –Rupal se volvió a mirar a Smita–. No podían hacer otra cosa, señora. En los viejos tiempos, uno podía contar con la ayuda de la Policía. Unos cuantos bofetones en la comisaría y *bas*, el tipo habría espabilado. Pero hoy en día... –Dejó escapar un suspiro dramático–. Hoy en día, hasta los policías y los políticos tienen demasiado miedo de estos terroristas. Causan problemas allí donde van... En su país también, ¿no es así? ¿Todo ese *tamasha* del 11S? A los ciudadanos honrados no les queda más remedio que tomarse la justicia por su mano.

–¿Aconsejó usted a los hermanos que...?

–Por supuesto. Como líder del pueblo, es mi obligación defender nuestros principios morales, ¿no cree? Y eso implica, por encima de todo, proteger la virtud de nuestras mujeres. Mi consejo a Govind fue que fuera una noche a ver a ese tipo, armado con una lata de queroseno, y le diera una lección que nadie de su comunidad pudiera olvidar jamás.

Smita trató de recordar si aquel detalle constaba en los artículos que había escrito Shannon sobre el caso. El hombre le estaba ofreciendo una confesión sin darle ninguna importancia, así que sin duda debía de haber hecho lo mismo con Shannon.

–¿Le contó a la Policía su papel en el incidente?

El hombre se la quedó mirando un buen rato y, a continuación, dejó escapar una estridente risotada.

–*Arre*, el jefe de policía de la región es mi primo hermano, señora, el hijo de la hermana de mi madre. Claro que se lo conté. Le di incluso la fecha y la hora en las que teníamos pensado hacerlo, para que pudiera ignorar las llamadas de teléfono.

Smita palideció y lanzó una mirada rápida a Mohan, que seguía de pie y con las manos metidas hasta el fondo de los bolsillos de sus tejanos.

–¿La Policía lo sabía? –preguntó.

–Sí, desde luego. Nosotros somos ciudadanos respetuosos con la ley, no como esos perros.

–¿Cuándo? ¿Cuándo le dio ese consejo a Govind? ¿Después de que Meena le contara que estaba embarazada?

–Así es. Aunque todo esto podría haberse evitado si él me hubiera escuchado antes. Govind vino a verme cuando se enteró de que esa zorra se había entregado al tal Abdul. En ese momento le dije que le diera una paliza y le prohibiera salir de casa. Al fin y al cabo, el inútil de Arvind se pasa el día en casa, *na?* Podía vigilar a su hermana. Le dije a Govind que se llevara a varios chicos del pueblo para atacar a Abdul cuando volviera del trabajo, que le dieran una paliza y lo dejaran en la cuneta para que se desangrara. *Bas*, eso habría entibiado su inclinación por la carne hindú. Se habría quedado *thanda* de inmediato.

–¿*Thanda*?

–Frío –tradujo Mohan en voz baja–. Quiere decir que Abdul habría renunciado a ella.

–Exacto. Pero ese *chutiya* de Arvind se emborrachó de tal manera que la chica consiguió escaparse mientras él dormía. La hermana pequeña jura que Meena insistió en que la ayudara a llegar a Birwad y, justo entonces, nos enteramos de que Meena se había casado. En la historia de nuestro pueblo, jamás había ocurrido algo parecido y, aun así, ese eunuco de Govind decidió no hacer nada para vengar ese insulto.

Rupal sacó una hoja de buyo de una caja de hojalata, la llenó con un poco de tabaco y *supari*, la dobló en forma de triángulo y se la introdujo en el interior de la mejilla. Luego pareció recordar sus modales y le ofreció otra hoja a Mohan, que la rechazó.

–¿Qué más quiere saber? –preguntó mientras mascaba la hoja y su boca adquiría un tono carmesí.

–Estoy confundida –dijo Smita, asombrada por la osadía del hombre y la despreocupación con la que se estaba incriminando a sí mismo–. ¿Dice que lo de prenderle fuego fue idea suya?

–*Hah*. Después de que se presentaran en casa de Govind cuando Meena se quedó embarazada, él vino a verme de nuevo. El chico estaba tan preocupado y avergonzado que casi había perdido la cabeza. Gracias a Dios, había conseguido casar a la hermana pequeña con un lisiado de otro pueblo. Radha tuvo suerte; a pesar de su belleza, ningún chico de nuestro pueblo se habría casado con ella. Pero Govind también debía ocuparse de organizar el matrimonio de su hermano pequeño. Dígame, ¿qué familia decente permitiría que su hija se casara con un chico que tuviera un sobrino o una sobrina musulmanes? Así que le dije que la única manera de devolver el honor a su apellido era quemarlo todo.

–Entiendo –dijo Smita.

Aunque lo cierto era que no entendía nada. En Mumbai había centros comerciales, restaurantes franceses y de *sushi* que florecían por todas partes. La economía india crecía el doble de rápido que la estadounidense y en general parecía estar en una ciudad, y un país, en alza. El viaje a Vithalgaon era como un viaje al pasado, a la vida tal como era dos siglos atrás, a un lugar donde los ríos del odio compartido y la animosidad religiosa seguían fluyendo sin obstáculos.

A Smita, lo que más le llamaba la atención de Rupal era su indolencia. No solo estaba implicando a Govind, sino que también había descrito un mundo al revés, en el que el mal era el bien y los hombres como él no eran conscientes de la desfachatez de lo que afirmaban ni de lo retorcidas que eran sus ideas. Por supuesto, no era la primera vez que se enfrentaba a gente que justificaba sus creencias con una actitud de superioridad moral. Sin embargo, por lo general aquella distorsión cognitiva se producía a una escala mayor y arrasaba lugares como Siria o Sudán. Detrás de la retórica religiosa o ideológica, casi siempre se escondía una estrategia para obtener beneficios económicos: apropiación de tierras y derechos sobre el agua u otros recursos naturales. En sus investigaciones periodísticas, Smita solía seguir la pista del dinero, pero aquella animosidad fabricada hacia Abdul no parecía tener un trasfondo económico.

Al recordar la acusación que le había hecho Mohan a Govind esa mañana, Smita se irguió en la silla. «El dinero», pensó.

–¿Estaba molesto Govind por la falta de ingresos tras la marcha de Meena?

Rupal frunció el ceño y desvió la mirada. Cuando se volvió de nuevo hacia Smita, lo hizo con una expresión muy distinta en los ojos.

–Antes de decidir escaparse, Meena ahorró algo de dinero para la casa. Fue la única cosa decente que hizo: dejárselo a sus hermanos. No se llevó nada. Govind usó ese dinero durante meses para pagar el préstamo del Gobierno. –Rupal se inclinó hacia delante y miró fijamente a Smita–. Dios es grande –dijo–. Me aseguré de que fueran a Birwad el último día del mes, cuando Meena y Abdul cobraban su sueldo y canjeaban el cheque antes de volver a casa. Antes de prender la cerilla, los hombres entraron en su choza y se hicieron con el dinero. Y luego, los hermanos lo usaron para pagar la fianza.

La pena que Smita sentía en su interior desde el día anterior, cuando había conocido a Meena, estalló en mil pedazos.

–¿Usaron el sueldo de Meena y Abdul para salir libres? Govind me ha dicho que pagaron la fianza con su propio dinero.

Un destello de ira centelleó en los ojos de Rupal.

–¿Quién dice que el dinero era de Meena? Todo el *paisa* que ganó pertenecía a Govind. Si ella no se hubiera casado con ese cerdo, se lo habría quedado su hermano.

–¿No pertenecía la mitad a Abdul?

Rupal se encogió de hombros.

–Eso no tiene importancia.

Smita notó cómo, a su espalda, Mohan se ponía tenso.

–Dígame una cosa –le preguntó ella–. ¿Se sorprendió al enterarse de la denuncia?

Rupal mascó con fuerza y a continuación lanzó un escupitajo al suelo, frente a él. Smita apartó los pies en un gesto instintivo para que no la alcanzara.

–Fue esa abogada la que instigó a Meena –respondió él–. Se presentó aquí a meter las narices en nuestros asuntos. –Hizo una pausa antes de continuar–: Pero ya nos ocuparemos de ese tema cuando llegue el momento.

Un escalofrío le recorrió la espalda a Smita.

–¿Qué quiere decir con eso?

–Quiero decir que soy un hombre con muchos poderes. Puedo desatar una plaga en Nueva Delhi desde mi casa. Puedo derribar un avión en pleno vuelo. Puedo llenar de serpientes el despacho de una abogada. Acuérdese de lo que le digo: si les pasa algo a esos dos hermanos...

–No me diga –intervino Mohan de improviso–. *Wah, ustad.* Es usted más poderoso que el primer ministro. *Wah.* Muy bien, dígame, ¿en qué pueblo vive ahora la hermana de Meena?

–¿Cómo voy a saberlo? No es asunto mío.

–Ah. Está bien; ¿cuál es su número de teléfono?

–No lo sé. Ni siquiera sé si tiene teléfono.

–*Arre*, ¿no era usted tan poderoso, *bhai*? ¿No puede meterse en su casa y ver si tiene teléfono? ¿No puede hacer justo ahora un poco de ese *jadoo* suyo?

Rupal mascó el *paan* antes de colocarse el bulto en la mejilla izquierda.

–El señor se está riendo de mis poderes –dijo al final.

–No lo dice en serio –se apresuró a decir Smita–. Discúlpelo; está bromeando.

Pero sus palabras no apaciguaron a Rupal.

–Hacer broma de estos temas no es una buena idea. En este pueblo, todo el mundo respeta mi autoridad. Cuando los vecinos de otros pueblos se ponen enfermos o quieren consultar los astros para elegir la fecha de su boda, acuden a mí.

–Le creo –dijo Smita y esperó un segundo antes de preguntar–: Entonces, ¿cuál es su predicción? Sobre la decisión del juez, me refiero.

Rupal le lanzó una mirada que ella fue incapaz de descifrar y luego se encogió de hombros.

–¿Quién sabe? O bien seguirán en libertad, o bien los condenarán a muerte, o bien se convertirán en mártires. En cualquiera de los casos, los hermanos han devuelto el honor a su apellido. –Se miró el reloj–. Ahora, si me disculpan, debo acudir a la reunión del *panchayat*. El Consejo comunal se reúne cada semana a esta hora y esta vez tenemos varios casos que tratar de gran importancia.

–¿Podría llevarme con usted? Me gustaría ver qué…

–No. Solo los hombres pueden asistir a nuestras reuniones. Incluso en las disputas que implican a una esposa o una hermana, la mujer tiene que quedarse fuera y trasladar sus quejas a gritos. –Rupal le dedicó una mirada de lástima a Mohan–. Cuide de su señora, *babu* de ciudad. Hoy ha aprendido algunas de nuestras costumbres; espero que le sean útiles.

Rupal se levantó de la silla y aguardó a que Smita hiciera lo mismo.

–Que tenga buen día –dijo, tocándose la frente con la mano derecha–. La acompañaré al coche.

–No hace falta. Creo que voy a dar una vuelta por el pueblo. Me gustaría…

Rupal le dedicó una sonrisa educada.

–Señora –dijo en tono pausado–. No es aconsejable que una mujer se pasee por mi pueblo con la cabeza descubierta. Comprendo que sus costumbres son distintas de las nuestras, pero tiene que respetarlas.

Smita abrió la boca para replicar, pero Rupal no le dio tiempo.

–Ni uno solo de los vecinos del pueblo hablará con usted sin mi permiso –dijo–. Y no tengo intención de dárselo.

–¿Por qué? –preguntó Smita.

La miró de manera impasible. Smita cerró su libreta y los tres echaron a andar hacia la puerta. De pronto, recordó algo que hizo que se detuviera.

–Solo una cosa más. Hemos ido a ver a los hermanos y seguían viviendo en su casa. ¿Cómo se las apañan ahora para pagar el préstamo? Ha dicho usted que…

–Entre nosotros nos cubrimos las espaldas, señora –dijo él–. Les he prestado dinero.

–¿Les ha prestado dinero para pagar el préstamo del banco? –preguntó Mohan, sin esforzarse por disimular su incredulidad.

–Así es.

–Y ¿qué interés les cobra?

Smita percibió que la pregunta incomodaba a Rupal, aunque el hombre sostuvo la mirada a Mohan.

–Dadas las tristes circunstancias, les he hecho un descuento a los muchachos. Solo me pagan el treinta por ciento.

Smita ahogó un grito. «Eso es un robo a mano armada», sintió deseos de decir, pero se guardó su opinión.

–¿Tienen suficiente para pagarle eso y, además, comprar comida? –preguntó en cambio.

–Eso no es asunto mío. Si no pueden pagar, perderán la casa; es así de sencillo. De hecho, dejo que ese borrachuzo que tiene Govind por hermano trabaje para mí tres días a la semana para reducir la deuda.

–¿Qué hace Arvind para usted?

–¿Qué qué hace? Cualquier trabajillo que yo necesite. Tres días a la semana lo tengo cogido por el pescuezo. –Rupal alzó el dedo índice para evitar que Smita dijera nada–. Una última cosa, señora. Cuando le he dicho que aconsejé a Govind sobre el fuego, le estaba tomando el pelo. Por favor, no publique una noticia falsa en su periódico.

–Nadie bromea con un tema tan serio con una periodista –repuso Smita.

–Nosotros no somos más que unos granjeros ignorantes, señora –dijo Rupal–. No sabemos nada sobre cómo hay que hablar con una periodista. Además, nadie creerá esa historia y, si me preguntan, yo lo negaré todo. –Sin dar tiempo a Smita a reaccionar, Rupal señaló el coche con un ademán de cabeza y dijo–: Tengan cuidado con estas carreteras. Es peligroso conducir por ellas cuando oscurece… Todos los fantasmas y espíritus salen por la noche.

Capítulo 19

En el trayecto de vuelta al motel, permanecieron en silencio. Smita se sentía vacía, agotada, consumida. Repasó mentalmente la entrevista, tratando de determinar el momento preciso en el que se había torcido, pero lo cierto era que Rupal había tenido el control de la conversación desde el principio y era él quien había decidido cuándo ponerle fin. Por no hablar del hecho de que prácticamente los había echado del pueblo. «¿Cómo se atrevía? Y ¿cómo se lo había podido permitir?», pensó ella. No estaba en plena forma y, para hacer justicia a la historia de Meena, tenía que estarlo.

Mohan dejó escapar un gruñido.

–¿Estás bien? –preguntó Smita.

Él se volvió hacia ella con los ojos enrojecidos.

–¿Qué le pasa a este país? –exclamó–. ¿Cómo es posible que estemos tan atrasados? ¿Has oído lo que ha dicho ese desgraciado? ¿Qué fue él quien ordenó el incendio? Y ahí lo tienes, sentado como un rey, ileso. ¿Cómo es posible que algo así suceda hoy en día?

Smita asintió con simpatía, aunque una pequeña parte de ella se sintió satisfecha al percibir la aflicción en la voz de Mohan, al ver que aquel viaje había hecho mella en su visión privilegiada del mundo. Recordó el orgullo con el que había defendido la India cuando se habían conocido y su instintiva respuesta, siempre a la defensiva, ante las críticas que ella había planteado. No deseaba que

Mohan perdiera su inocencia, pero se alegraba de que estuvieran de acuerdo.

«Incluso el hijo de un comerciante de diamantes es capaz de enfrentarse a la verdad», pensó con pesadumbre.

Smita llenó el cubo de su baño con agua caliente y utilizó la taza de plástico para echársela por el cuerpo. Pensó con nostalgia en la habitación del hotel Taj, con su abundante chorro de agua y su baño de mármol, y enseguida se sintió culpable por lo burgués de su deseo. Aunque ¿a quién quería engañar? Pronto estaría de nuevo en su lujoso apartamento de Brooklyn, con sus encimeras de granito y su ducha de efecto lluvia. Su padre había obligado tanto a Smita como a Rohit a aceptar su parte de la herencia de su madre poco después de su muerte. Ellos se habían negado, pero su padre había insistido. Rohit se había comprado un coche y había guardado el resto del dinero para pagar la universidad de Alex, mientras que Smita había reformado el baño y la cocina.

¿Qué heredaría la pequeña Abru? La tumba de un padre al que jamás conocería, pero cuyo espectro la atormentaría el resto de su vida. Las cenizas de los sueños de su madre. El sufrimiento de su abuela, que tan solo se manifestaría en forma de ira, con palabras fuera de lugar o un rápido bofetón cada vez que la niña hiciera algo que le recordara a su hijo muerto. La vida de Abru estaría marcada por el hambre: hambre emocional e insaciable, cuyas raíces se remontaban a una época anterior a su nacimiento, y hambre física, un vacío en el estómago que le parecería tan real como un zapato o una piedra. El pobre Abdul había creído que su hija heredaría una India nueva y moderna y, en cambio, se había convertido en un símbolo de la vieja India atemporal, un país atravesado por las cicatrices de la ignorancia, el analfabetismo y la superstición, gobernado por hombres que dejaban caer las píldoras envenenadas del odio colectivo sobre personas que confundían la venganza con el honor y la sed de sangre con la tradición.

Smita dejó escapar un sonido teñido de tristeza que brotó de entre sus labios. El baño se volvió borroso y la taza se le cayó en el cubo, salpicándole los pies de agua. Apoyó la frente en la pared y se echó a llorar. Lloró durante tanto rato que, en un momento dado, su indignación por el destino de Meena se transformó en una profunda pena por la niña de doce años confundida y asustada que Smita había sido en su día; el regreso de una pena que había pasado años reprimiendo.

Al salir de la ducha se sintió más liviana, como si las lágrimas se hubieran llevado consigo parte del dolor que la había atenazado. Se vistió y, tras echar un vistazo a su reflejo en el espejo, salió de la habitación, recorrió a paso rápido el pasillo y llamó a la puerta de Mohan antes de cambiar de opinión.

–Hola –lo saludó cuando él abrió–. ¿Puedo entrar?

–Claro que sí –contestó él.

Y tras dejarla pasar, cerró la puerta a su espalda.

Capítulo 20

Dos días después de que Abdul me regalara los mangos, yo le empaqueté un ladoo. *No lo metí en la caja del almuerzo, sino que lo envolví en papel de periódico y lo llevé por separado. A la hora de la comida, me guardé el dulce en el bolsillo y me dirigí a mi lugar habitual bajo el árbol. Radha seguía enferma, así que comí sola dándole la espalda a Abdul, aunque podía sentir su mirada clavada en mi nuca. Al terminar, me acerqué al lugar donde estaba sentado él, que se puso en pie de inmediato, y dejé el* ladoo *envuelto en el suelo, junto a su árbol.*

–Por tu amabilidad –dije mirando al tronco y de espaldas a él–. Los mangos estaban muy dulces.

Aunque él me contestó, la sangre me había subido a la cabeza y había ahogado sus palabras. Volví rápidamente a la fábrica y la señora mayor que se sentaba a mi lado percibió el sudor en mi cara.

–Ae, chokri *–me dijo–. ¿Estás enferma?*

No sabía cuánta razón tenía. Sí, estaba enferma, aunque era una enfermedad del corazón.

Después de que le regalara el ladoo, *Abdul y yo empezamos a encontrar la manera de hablar sin palabras cada día. A veces, él entonaba una canción de amor mientras trabajaba y yo sabía que me la dedicaba a mí. Otras, yo dejaba caer una chocolatina en el suelo entre nuestros dos árboles al terminar el almuerzo. Cuando Abdul regresaba a su puesto, abría el envoltorio y se la metía en la boca al tiempo que intercambiaba una mirada fugaz conmigo. Y cada tarde regresaba a casa por el mismo camino que yo, acordándose de mantener las distancias.*

Hasta que un día, al salir de la letrina exterior, me lo encontré esperándome. Él fingió atarse los zapatos mientras yo pasaba junto él.

–El domingo que viene hago horas extras –susurró–. Igual podrías quedarte tú también.

Ese mismo día hablé con mi jefe.

Muy pocos de nosotros fuimos a trabajar el domingo, de modo que el encargado cerró la mitad de la sala y nos indicó que nos juntáramos todos en la otra mitad. Mientras todo el mundo buscaba una silla, Abdul ocupó el asiento de la máquina de coser que quedaba libre junto a la mía. Fui la única que se dio cuenta.

Al principio nos mirábamos de refilón cada poco, emocionados por estar sentados uno al lado del otro, pero a medida que el trabajo aumentaba tuvimos que concentrarnos en nuestra asignación. Trabajé durante seis horas, con el cuerpo agarrotado debido al calor y el miedo. Mi corazón cantaba como una emisora de radio y me daba miedo que todo el mundo lo escuchara entonar el nombre de Abdul, pero cada vez que alzaba la vista nadie me estaba mirando. Todos estaban concentrados en cumplir con su cuota.

Esa tarde me marché de la fábrica acompañada de un grupo de mujeres, pero, una tras otra, fueron abandonando la carretera principal para emprender el camino hacia su pueblo. Cuando me quedé sola, me detuve y, tras volver la cabeza para mirar por encima de mi hombro, vi que Abdul también estaba solo. Él aceleró el paso para alcanzarme, aunque permaneció en el otro lado de la estrecha carretera, cerca de la cuneta.

–¡Me he enterado de que te llamas Meena! –exclamó desde allí.

Yo sentí un mariposeo en el estómago y me ceñí la dupatta *alrededor del rostro.*

–Yo me llamo Abdul. Supongo que te acuerdas.

No contesté.

–Soy de Birwad –continuó él–. Mi padre murió, y ahora vivo con mi madre *y mi hermano pequeño.*

Al ver un hombre que se acercaba montado en bicicleta, Abdul se quedó callado.

–Por favor, no te lo tomes a mal –dijo una vez hubo pasado–, pero quería decirte que eres... muy guapa.

Yo volví la cabeza hacia el otro lado.

–No es mi intención ofenderte; te tengo mucho respeto. He visto lo buena que eres y cómo ayudas a los compañeros en el trabajo. Por favor, no soy como los demás hombres.

Yo seguí sin decir nada.

–¿Tienes más familia aparte de tu hermana? Se llama Radha, ¿verdad?

Entonces, como la lluvia durante la estación del monzón, las palabras airadas cayeron con fuerza de mi boca.

–Tengo dos hermanos que me darán una paliza si se enteran de que he hablado con un musulmán.

Él se quedó tanto rato en silencio que pensé que quizá se había perdido en los campos que se extendían a ambos lados de la carretera. Volví un poco la cabeza para echar un vistazo y me di cuenta de que estaba equivocada: Abdul seguía caminando con la cabeza gacha, pero en ese momento la levantó y nuestras miradas se cruzaron. En sus ojos había una llama que ardía como el suelo bajo nuestros pies.

–¿Y eso qué más da? –preguntó–. Los dos somos *indostanos, ¿no? Todos somos hijos de la misma madre India.*

No había rastro de ira en su voz, sino más bien de tristeza, como la música de una flauta que suena sola por la noche. Y, justo en ese instante, toda mi vida cambió. Sus palabras fueron como un corte en una creencia que me había acompañado durante toda mi vida y en la que, cuando miraba, ya no veía nada.

–Es lo que creen mis hermanos, no yo –dije.

Un hombre y un niño se acercaron a nosotros en sentido contrario y los dos nos quedamos de nuevo en silencio.

–Salaam, *¿qué tal? –les preguntó Abdul cuando nos cruzamos y el padre saludó con la cabeza.*

Yo sabía que cada vez estábamos más cerca de la carretera secundaria que llevaba a su pueblo, así que aminoré el paso mientras el hombre y el niño se alejaban.

–Mira a la derecha –me indicó Abdul cuando estuvieron a una distancia prudencial–; verás un camino que llega hasta el río. Si quieres podemos ir allí un momento y hablar tranquilos. Nadie nos verá.

Yo tenía un nudo de miedo en el estómago. ¿Qué había hecho? Había dejado que aquel hombre pensara que era la clase de mujer que iría a la orilla del río con un desconocido. Le pedí a la tierra que me tragara en aquel preciso instante.

–Meena ji *–dijo Abdul–, por favor, no te ofendas. Sé que eres una gran mujer. Si te lo he pedido es porque me gustaría compartir contigo lo que siente mi corazón.*

Aceleré el paso. Lo único que quería era alejarme de allí.

–No pasa nada si no quieres ir, pero, por favor, no te enfades conmigo. No es mi intención agraviarte. Preferiría agraviar a mi Ammi antes que ti. Créeme, por favor.

Yo permanecí en silencio y seguí caminando. Pasé por delante del camino que se abría a la derecha y que él me había pedido que tomara. Pronto se daría por vencido y me dejaría volver sola a casa.

«Casa». Nos imaginé a los cuatro esa noche a la hora de la

cena: Radha, enfadada por haber tenido que quedarse encerrada todo el día; Arvind, borracho como siempre; Govind, malhumorado y quejándose constantemente. Nos imaginé en aquella casa triste, comiendo lo que habíamos comprado con el dinero que ganábamos Radha y yo, aguantando los insultos y el maltrato de Govind. Govind, el mismo que jamás nos perdonaría a mi hermana y a mí que hubiéramos desafiado su autoridad. En ese momento, sentí el peso de su oscuridad.

Me detuve, me di la vuelta y volví sobre mis pasos hasta llegar al camino lateral que llevaba al río. Abdul hizo un ruido para demostrar su alegría, pero yo lo ignoré.

Y, a continuación, sin dedicarle ni una sola mirada, tomé ese camino de tierra y eché a andar hacia mi auge y caída.

Capítulo 21

Mohan había propuesto ir a la playa. Mientras caminaba descalza por la arena con el viento soplando en su cara, Smita se sintió libre, como si tuviera más cosas en común con los pájaros que había allí que con la mujer que se había encerrado a llorar en el baño hacía un par de horas.

–Gracias –dijo.

–Faltaría más –contestó Mohan.

–Esto está muy tranquilo, ¿no? –comentó Smita mirando a su alrededor–. Pensé que estaría abarrotado de gente, como cada rincón de la India.

–Ah, todo el mundo viene al anochecer –explicó Mohan–. Sobre todo las parejas que quieren hacer manitas.

Ella se rio y se fijó en la cara de Mohan, iluminada por la luz anaranjada. Llevaba las mangas de la camisa arremangadas y sus pies eran tan oscuros como la arena.

–¿Por qué no nos sentamos un momento? –propuso.

–Claro.

Ambos subieron por la arena alejándose del agua y se sentaron en cuclillas para contemplar el sol que se ponía por detrás del mar. Escuchaban el hipnotizante sonido de las olas, que se llevaban consigo los recuerdos del día.

Smita se sobresaltó al notar algo en la espalda. Cuando se dio la vuelta, vio a tres pequeños encaramados a una roca, desde donde le arrojaban piedrecitas entre risitas burlonas.

–Que se besen, que se besen –tarareó uno.

Lo hacía al tiempo que retorcía la cabeza, meneaba las caderas y fruncía los labios. Después levantó los brazos e imitó un abrazo con gestos exagerados. Su interpretación fue tan exagerada que, a pesar de su irritación, Smita no pudo evitar reírse. Pero eso no hizo más que envalentonar al más pequeño de los tres, que se agachó a coger otra piedra.

Mohan se puso en pie e hizo un gesto con la mano.

–¡*Saala* imbécil! –rugió–. ¿Queréis que llame a la Policía?

Los niños se dispersaron de inmediato, aunque sus risas dejaron claro que no se habían tomado muy en serio su amenaza. Cuando estuvieron a una distancia prudencial, se dieron la vuelta e imitaron el ruido de un besuqueo. En cuanto Mohan dio un paso hacia ellos, echaron a correr.

–Lo siento –dijo Mohan, volviéndose hacia Smita–. No lo hacen con mala intención.

–Mohan, sabes que no tienes que disculparte por todo lo que pasa en este país, ¿verdad?

Él se quedó un momento plantado ahí con aire indeciso y luego volvió a ponerse en cuclillas. Siguieron contemplando cómo el sol se hundía por detrás del agua, tiñendo las olas de naranja y dorado. Ahora había más gente en la playa: parejas, niños y mujeres que gritaban cuando el agua les hacía cosquillas en los pies desnudos.

–Es imposible cansarse de esto –dijo Smita–. Por muchas veces que vea el atardecer, siempre es tan bonito como la primera vez. ¿A qué crees que se debe?

Entre otras cosas, Mohan empezó a darle una aburrida y detallada explicación sobre la evolución biológica de los seres humanos, cosa que a ella le costó entender. Smita volvió la cabeza para ocultar su sonrisa: sin duda Mohan era el típico chico de ciencias. Cuando le rugió el estómago, él se interrumpió a media frase.

–Perdona –dijo ella con expresión arrepentida–. Sigue.

–No, tranquila. Se me había olvidado que hoy no hemos comido. Será mejor que volvamos.

–Sí, tienes razón. Además, debería acostarme pronto para estar preparada mañana, cuando Anjali llame para decirme a qué hora tenemos que estar en el juzgado.

Mohan le tendió la mano, caliente y un poco húmeda, para ayudarla a levantarse. Se dirigieron al coche y, justo antes de subirse, Smita se volvió a mirar el mar por última vez. Mientras lo hacía, un extraño pensamiento le vino a la cabeza: «Jamás volveré a ver esta playa».

Ese día habían llegado tres familias al motel y en el comedor había más ruido que las dos noches anteriores. Por eso Smita no se dio cuenta de que Anjali la había llamado hasta que sacó su teléfono después de cenar.

–Mierda –dijo–. Tengo una llamada perdida de Anjali. –Señaló con un gesto el vaso de Mohan–. Tú quédate y acábate la cerveza.

Smita salió del comedor para llamar a la abogada.

–¿Has recibido mi mensaje? –preguntó Anjali a modo de saludo.

–¿Qué? No. Todavía no he escuchado los mensajes.

–Bueno, pues por lo visto no habrá veredicto esta semana. Puedes volver a Mumbai y disfrutar de un fin de semana largo.

–¿Me tomas el pelo? –replicó Smita, cada vez más irritada–. Pero si me dijiste que…

–Te dije que, en cuanto supiera algo, te lo comunicaría –la interrumpió Anjali con brusquedad–. No soy la responsable del sistema de justicia penal de este país.

–Pero ¿qué ha pasado?

–¿Y yo qué puñetas sé? Acaban de anunciar que el juez no estará en la ciudad hasta la semana que viene.

Smita se tiró del pelo, frustrada. Se había gastado una fortuna para obtener un visado urgente, había dejado a Shannon en el hospital en Mumbai y ahora se encontraba con un nuevo contratiempo. Le quedaba por lo menos otra semana antes de poder marcharse de la India. ¿Cuánto tiempo esperaba Cliff que se quedara allí? ¿Acaso no podría uno de los corresponsales radicados en Delhi hacerse cargo de la noticia? Aunque, al mismo tiempo, la entristecía enormemente imaginarse a otra persona escribiendo aquella historia. Después de los sacrificios que había hecho para ir a la India y de la relación que había establecido con Meena, no iba a permitirlo.

–¿Hola? ¡¿Me oyes?!

–Perdona. –Smita se obligó a concentrarse–. ¿Me lo puedes repetir?

–He dicho que te llamaré la semana que viene, en cuanto sepa algo.

Después de colgar, Smita se quedó plantada observando la oscuridad y las siluetas de los árboles iluminados por la media luna. Era una noche tranquila y bochornosa y hacía tanto calor que la blusa se le pegaba a la espalda. Se la desprendió de la piel para refrescarse el cuerpo. «Está bien», pensó, tratando de organizarse mentalmente; al día siguiente volvería en coche al Taj y le haría compañía a Shannon mientras se recuperaba de la operación. Igual incluso podía coger el ferri desde la Puerta de la India para ir unas horas a las grutas de Elefanta el domingo por la mañana. No había vuelto desde que tenía nueve años.

Se dio la vuelta y entró de nuevo en el comedor. Mohan estaba leyendo algo en su móvil, pero alzó la vista mientras ella se acercaba.

–¿A qué hora se hará público? –preguntó.

Smita se sentó.

–Todavía no hay veredicto. Por lo visto, el juez no está en la ciudad, así que no conoceremos su decisión hasta la semana que viene.

–¡¿Cómo?!

–Anjali me ha aconsejado que vuelva a Mumbai y espere a que me llame.

Mohan comenzó a negar con la cabeza antes incluso de que ella terminara de hablar.

–¡Es absurdo! ¿Cómo vamos a llegar al juzgado a tiempo si no sabemos cuándo tenemos que estar allí? Son entre cinco y seis horas de viaje. ¿Y si nos avisan la misma mañana?

–No lo sé –contestó ella irritada–. No puedo más; estoy agotada. No... No quiero pasar tres días más aquí si no es estrictamente necesario. Este sitio no es precisamente la Riviera francesa. Prefiero volver a Mumbai.

Mohan maldijo por lo bajo.

–¿Qué?

–Nada. –Él se quedó un momento callado–. Que le dije a tía Zarine que estaría varios días fuera.

–¿Y qué? Dile que has cambiado de opinión. ¿Dónde está el problema?

–Ha ido a visitarla una amiga de la universidad y está instalada en mi habitación.

Smita dejó escapar un suspiro de exasperación. Otra complicación. Aquella semana había consistido en una serie ininterrumpida de desdichas.

Mohan no pareció percatarse de su enfado.

–Además –dijo–, tenía pensado ir a echar un vistazo

a la casa de mis padres en Surat mientras estuviésemos aquí, *yaar.* Cuando hubieras terminado tus entrevistas, por supuesto. Está bastante cerca.

–Creía que estaban en Hyderabad –le espetó ella.

–Kerala –la corrigió él con aire ausente–. Y he dicho que quería ir a ver la casa, no a ellos.

Smita frunció el ceño y él se dio cuenta.

–¿Ocurre algo? –preguntó Mohan.

Ella abrió la boca para contestarle, pero volvió a cerrarla. ¿Qué iba a decirle? Mohan había renunciado a sus vacaciones para acompañarla a aquel lugar dejado de la mano de Dios. Había sido generoso y se había portado bien con ella durante toda la semana. Tenía todo el derecho del mundo a ir a echar un vistazo a la casa familiar sin que ella se molestara.

–No –dijo al cabo.

Se mordió el interior de la mejilla mientras pensaba. La perspectiva de hundirse en su lujosa y suave cama en el Taj después de una agradable ducha de agua caliente se iba alejando gradualmente, pero Mohan tenía razón. Coger el coche para volver desde Mumbai a tiempo para el veredicto era demasiado arriesgado.

–Y ¿cómo lo vamos a hacer? ¿Tú te vas a Surat y yo me quedo aquí? –«Atrapada y sin coche», pensó con desconsuelo.

–No digas tonterías, *yaar.* Puedes venir conmigo.

–No, gracias.

Mohan puso los ojos en blanco.

–Venga ya, Smita; sabes muy bien que no voy a dejar que te quedes aquí tres días sola... Olvídalo, no hace falta que vaya a Surat. Dime qué quieres hacer.

–No quiero que cambies de planes por mi culpa.

–Smita, de verdad, no importa. –Mohan se levantó, haciendo caso omiso de su expresión de sorpresa–. Voy al baño. ¿Puedes hacer un par de cosas mientras tanto?

–¿El qué?

–Pedirle un helado de chocolate al camarero cuando venga y decidir de una puñetera vez qué quieres que hagamos.

Cuando regresó, Smita preguntó:

–¿A cuánto queda Surat del juzgado?

–Una hora u hora y media como máximo, dependiendo del tráfico.

–Pues no hay más que hablar: nos vamos a Surat. Te acompaño. Es lo más lógico.

Capítulo 22

Cerca del río al que Abdul me había pedido que fuera, había un gran árbol con ramas que se extendían sobre el agua. Él se sentó en una y yo, en otra. No había nadie cerca. Al principio, yo no dejaba de mirar por encima de mi hombro por miedo a que alguien apareciera, pero Abdul se mostró tan respetuoso que empecé a relajarme.

Me hizo una pregunta tras otra: ¿Cuántos éramos en casa? ¿A qué se dedicaban Arvind y Govind? ¿Cuántos años tenía Radha? ¿Qué me gustaba hacer en mi tiempo libre? Luego me habló de él y me contó que su padre había muerto en un accidente de camión cuando él tenía cinco años y que había aprendido el oficio de sastre para mantener a su madre y su hermano pequeño. Por la manera en que hablaba de ellos y la ternura que se reflejaba en sus ojos, supe que era un hombre noble.

Al cabo de unos minutos, se dio una palmada en la frente.

–Con tantas emociones, casi se me olvida –dijo, antes de bajar de un salto de la rama y sacarse una barrita de chocolate Cadbury del bolsillo–. Es para ti. Lo siento; está medio derretida.

Después de dármela, volvió a sentarse en la rama y a mí me entró de nuevo la timidez. Me planteé llevármela a casa y dársela a Radha, pero parecía tan impaciente para que me la comiera que le quité el envoltorio plateado.

–¿Quieres un poco? –dije al tiempo que se la ofrecía.

–Las damas primero –contestó–. Cogeré un trozo después.

Era la primera vez en mi vida que un hombre me pedía que comiera yo primero. Mi madre servía a mi padre antes que a los demás y Radha y yo siempre servíamos antes a nuestros hermanos. A lo mejor, en las familias musulmanas las cosas se hacían al revés. Le di un mordisco.

–Ahora tú –dije.

Él sonrió y me pidió que le cortara un trozo. Agradecí su cortesía. Abdul era un buen hombre, pero yo no estaba preparada para que la ira de Dios cayera sobre mí por dejar que un musulmán comiera directamente de mi chocolate.

Sentados en las ramas bajas, balanceamos las piernas como si volviéramos a ser niños. Yo pensé que seguramente no había sido tan feliz en toda mi vida. Abdul me estaba hablando de su hermano pequeño cuando me oí decir:

–¿Por qué me has pedido que venga aquí?

–Porque me muero de ganas de hablar contigo. Me paso el día mirándote y he visto cómo te haces cargo del trabajo de la señora que se sienta a tu lado cuando se atrasa con su cuota y cómo le das comida de más a tu hermana. Sé que tienes un gran corazón.

Me dio tanta vergüenza pensar que me había estado observando que se me encendieron las mejillas. De pronto me asaltó el miedo. Debía irme enseguida, antes de que alguien nos encontrara. Antes de que me hiciera otro comentario indecente.

–Meena –dijo Abdul–. Mis intenciones son puras. Por favor, no me malinterpretes.

–Te acabas de tomar demasiadas confianzas, pero...

–¿Demasiadas confianzas? Si amarte es una ofensa, yo ofendo a mi madre cada día. Ofendo a mi Dios.

–Ae, bhagwan. *Deja de blasfemar.*

–Meena –dijo él–, ¿no lo entiendes? Te quiero tanto como a mi propia madre. Tanto como a Alá.

–En ese caso, tienes que buscarte a una mujer que venere a Alá, como tú.

Me dedicó una mirada tan triste que me rompió el corazón.

–Ojalá. Ojalá la encontrara, pero es demasiado tarde. Desde el instante en que te vi por primera vez, mi corazón te pertenece.

–¡¿Cómo es posible?! –pregunté en un tono de voz elevado y enfadado–. ¿Cómo es posible que un musulmán ame a una hindú?

Abdul se cubrió la cara con las manos, como si fuera incapaz de mirarme. Eran del mismo color que las de Govind. ¿Acaso eran musulmanas las manos de Abdul? ¿Eran musulmanas sus uñas? ¿Su piel? ¿Por qué motivo él era musulmán y yo hindú? ¿Solo por la familia en la que habíamos nacido?

Sentí deseos de compartir mis pensamientos, pero no encontré palabras para expresarlos. Maldije no haber ido a la escuela; yo no era capaz de usar palabras bonitas como él. Al final, Abdul alzó la vista y se quedó mirando el río.

–Por encima de todo, soy indostano –murmuró–. En primer lugar, venero a mi *desh* y, en segundo, mi religión. No estoy buscando una mujer hindú, musulmana o cristiana. Solo quiero que sea indostana, como yo.

–Ni siquiera me conoces –repuse–. *Bas*, me ves unos minutos al día en el trabajo y crees que me conoces.

–Conozco tu corazón, Meena. –Sus ojos brillaron como los cantos rodados del río–. Sé que está lleno de bondad. Y mis intenciones son honradas: quiero pedirles tu mano a tus hermanos.

Lo habitual entre los miembros de nuestra casta es que la novia y el novio se conozcan el día de la boda. Un casamentero o un familiar elige a los miembros de la pareja y, a continuación, se hace una consulta astrológica, se inves-

tiga a la familia y se establece la dote. Lo más importante es que los novios sean de la misma casta. Solo después de todos estos trámites empieza a planearse la boda.

Abdul hablaba como si no conociera ninguna de estas tradiciones. ¿Tendría su religión otras normas?

–Mi hermano mayor jamás permitirá que nos casemos –dije–. No solo no eres de nuestra casta, es que además eres musulmán. No conoces a Govind. Se lo tomará como una ofensa y, cuando se enfada, es como un búfalo de agua salvaje.

Su respuesta me demostró que era o bien un santo o bien un loco:

–¿Qué más le da a él con quién te cases? No es asunto suyo. Yo quiero casarme contigo, no con él, así que eres tú quien debe aceptarme o rechazarme.

–Pagal! *–grité y bajé de un salto de la rama–. ¡Has perdido la cabeza! Soy una joven de una familia decente y mi hermano es como un padre para mí. ¿Cómo me voy a casar sin su permiso?*

Abdul me dedicó otra vez una mirada llena de dolor. Su pena me hirió tanto que quise herirlo yo a mi vez.

–Todo el mundo sabe que vosotros los musulmanes no sois hijos de Dios, pero mi religión me enseña a respetar a mis mayores –dije y eché a andar.

Él bajó de la rama y comenzó a seguirme.

–¡No des ni un paso más! –le grité–. ¿Eres consciente de lo que te pasará si le cuento a alguien cómo me has ofendido?

Él se paró.

–No era mi intención –dijo–. Escúchame, por favor…

Pero, en lugar de escucharlo, yo eché a correr por el camino hasta alcanzar de nuevo la carretera y recorrí el resto a toda prisa hasta llegar a casa.

No me permití recordar las manos de Abdul hasta que me

fui a dormir. Traté una vez de más de resolver el rompecabezas: ¿qué era exactamente lo que lo convertía en un hombre musulmán? Me imaginé a mí misma analizando varias filas de manos. ¿Cómo podría saber cuáles eran musulmanas?

Y, aunque supiera distinguirlas, ¿escogería las hindúes?

Capítulo 23

Por la mañana, Smita fue la primera en llegar al comedor y, mientras esperaba, rechazó los repetidos intentos del camarero por ofrecerle algo de desayuno. Pensó en llamar a Mohan por teléfono, pero, en ese momento, lo vio entrar apresuradamente con las llaves del coche en la mano.

–¿Qué tal? –le preguntó Smita–. ¿Has salido esta mañana?

–Sí. –Mohan tenía la cara cubierta de sudor–. He ido al mercado a comprar unas cosas.

Después de desayunar, Smita fue a buscar su maleta y se reunió con él en el aparcamiento. Mohan abrió el maletero del coche, donde había tres grandes sacos de tela llenos de azúcar, *dal* y arroz, respectivamente.

–¿Has comprado comida para Surat? –preguntó ella–. Vamos a estar solo un par de días.

–No. Es para Meena y su suegra.

–Mohan –empezó ella–, sabes que no puedo. El otro día, cuando le diste dinero a la mujer, me hice la tonta, pero como periodista no puedo pagar a mis fuentes. Por mucha lástima que me den, no es ético por mi parte hacerles regalos.

–Pues no lo hagas, *yaar* –dijo él en voz baja–. Al final y al cabo, no eres tú quien va a darles nada, ¿no? Y yo no soy un periodista, solo un ciudadano… preocupado.

Se sostuvieron la mirada hasta que Smita la apartó.

–Vale –accedió y se dirigió a la puerta del acompañante.

–¿De verdad te vas a rendir tan fácilmente?

–Sí –dijo ella mientras se subía al coche–. Sé muy bien cuándo he perdido una discusión.

–¿Me ayudas a meter los sacos? –le pidió Mohan cuando llegaron a casa de Meena.

–No... No sería profesional. No puedo dejar que crean que los regalos son míos.

Mohan le dio un sorbo a su lata de Coca-Cola, que a aquellas alturas ya estaba caliente.

–¿Sabes cuánto se ofenderán si notan tu descontento?

–¿Y tú ves cómo todo esto complica las cosas? Por eso mismo no me parecía una buena idea que les compraras comida.

Mientras Mohan llevaba los sacos a la casa que Meena compartía con su suegra, Smita se dirigió al claro que se abría entre las dos viviendas y se quedó mirando la choza calcinada. Parecía un montículo negro de aspecto desolado, que se recortaba como un insulto contra el inocente cielo azul. Dada la intensidad del fuego, era sorprendente que quedara algo en pie de la antigua estructura.

Meena salió del habitáculo y se quedó plantada en la entrada, con la mano izquierda en la cadera y la derecha a modo de visera para protegerse del sol, mirando en dirección a Smita. Detrás de la choza, una leve brisa agitaba la hierba alta y silvestre, que contrastaba con la quietud de la figura de Meena. Al cabo de un momento, una sonrisa de sorpresa se dibujó en su rostro en señal de reconocimiento. A pesar de la distancia que las separaba, Smita percibió cómo el pasado y el presente, la normalidad y la deformidad, la belleza y la monstruosidad colisionaban en la terrible geometría irregular del rostro de Meena.

–Hola –la saludó–. Espero no molestarte.

Meena le sujetó la mano entre las suyas.

–*Didi* –dijo–. Me alegro mucho de verte. ¿Cómo es que has vuelto tan pronto?

Sus manos llenas de cicatrices eran ásperas al tacto.

–Quería hablar un poco más contigo –dijo Smita–. Y Mohan ha traído algo para ti y Ammi. Y también para ti y para Abru. –Miró a su alrededor–. ¿Dónde está tu pequeña?

Meena señaló la otra choza.

–Con su abuela.

–Ah.

Smita no sabía si entrar en casa de la mujer o esperar a que Mohan saliera. Mientras se lo pensaba, Abru apareció brincando junto a él, cogiéndole el dedo índice con la mano derecha y succionándose el pulgar de la izquierda. Mohan caminaba a pasos cortos para seguir el ritmo de la niña.

Meena tomó aire con fuerza.

–*Ae, bhagwan* –murmuró–. Abru se cree que es su padre. Es el primer hombre que entra en nuestra casa desde que nació.

Mohan se puso en cuclillas para susurrarle algo a Abru y la niña lo miró con sus grandes ojos negros. Al cabo de un momento, él se levantó e hizo ademán de alejarse, pero ella alargó la mano hacia él y dejó escapar un gritito.

–Mírala –dijo Meena en tono incrédulo–. Como si… –Se interrumpió y se quedó callada.

Mohan había cogido a Abru en brazos y se dirigía hacia ellas, al tiempo que jugaba y frotaba la nariz contra la barriga de la niña, que se reía a carcajadas.

A Smita se le hizo un nudo en la garganta. Abru se había transformado: no quedaba en ella ni rastro de la niña triste y melancólica que unos días antes se había aferrado a su madre. Había estado tan ocupada con su entrevista que apenas le había hecho caso, pero era evidente que la pequeña estaba llena de vida. Smita se arrepintió de haberse quejado de la generosidad de Mohan. ¿Tanto le habría costado hacer la vista gorda mientras él les daba un poco de comida? El código ético del periodismo estadounidense no tenía sentido en el contexto de la vida de personas como Meena. ¿Cómo era posible que no se le hubiera ocurrido a ella aliviar su sufrimiento de la manera más sencilla, con comida que le durara más allá de su visita o jugando con una niña que solo quería que le prestaran atención? Admiró a Mohan por lo rápido y lo bien que había sabido leer la situación.

El joven se plantó ante ellas con Abru en brazos.

–¿Quieres cogerla? –le preguntó.

A Smita no le quedó otro remedio que coger a Abru, que pesaba tan poco como un pájaro. Le pareció que debía ser ligera incluso para los estándares indios. ¿Era posible que la malnutrición fuera el motivo por el que todavía no hablaba? Recordó cómo su madre le daba leche y huevos cada día a la mujer que limpiaba su piso en Mumbai para que pudiera alimentar a sus hijos con una dieta rica en proteínas, y cómo, siempre que iban a la playa de Chowpatty, su padre compraba helado para los niños que vivían en la calle, en lugar de darles dinero.

–¿Cuánto pesa? –preguntó.

Al ver cómo la vergüenza se extendía por el rostro de Meena, se arrepintió de inmediato.

–No estoy segura –murmuró la joven–. Anjali la llevó al médico hace varios meses y nos dio una lista de suplementos en polvo para que ganara peso. Pero… –Su voz se apagó, pero Smita no tuvo dificultad para terminar la frase.

No tenía dinero para comprar los suplementos, ni tampoco posibilidad de ganarlo.

–¿Volverás algún día a la fábrica? –inquirió Smita con toda la delicadeza que pudo–. Ya sabes, cuando Abru sea un poco más mayor.

–Ya no hay fábrica. Los dueños la cerraron tras la huelga del sindicato –explicó Meena en tono amargo–. Por lo visto, el edificio está vacío y han trasladado el negocio a otro *desh*, donde pagan sueldos más bajos a los trabajadores.

Smita asintió. Era una historia que se repetía por doquier: el capital buscando mano de obra más barata en países cada vez más pobres. Lo más probable era que se hubieran trasladado a Camboya o Vietnam, o tal vez a una región más empobrecida de la India.

–¿Te acuerdas de quién te lo contó? –quiso saber–. ¿Fue Anjali?

Por primera vez desde que la conocía, Meena se mostró cautelosa.

–Mi hermana me envió un mensaje. Cuando se enteró de mi querella, salió de casa de su marido para llamar por teléfono, encontró el número del despacho de Anjali y me dejó un mensaje.

–¿Todavía hablas con ella? –preguntó Smita con brusquedad.

–No, no, *didi*. Radha no dejó un número, así que no podría ni aunque quisiera. *Bas*, esa fue la única llamada.

Smita asintió y apartó la cabeza para evitar que Abru le tirara del pelo. La niña se arrojó en silencio hacia Mohan.

–Creo que quiere ir contigo –señaló Smita.

Mohan se acercó enseguida, la cogió en brazos y la pequeña le quitó las gafas y se puso a darles vueltas entre las manos.

Sonriente, Smita se volvió hacia Meena que, para su sorpresa, estaba llorando.

–Perdóname, *didi.* –Meena se secó las lágrimas–. No puedo evitarlo. Las lágrimas son traicioneras y aparecen en momentos tristes y alegres. Hoy son lágrimas de alegría porque tu marido ha hecho reír a mi hija. Que Dios os bendiga con muchos hijos.

–¿Qué más te decía tu hermana en su mensaje? –preguntó Smita.

–Quería sobre todo que yo supiera que lo sentía.

–¿El qué?

–Haberme convencido para trabajar en la fábrica en contra de mi voluntad. Yo solo acepté para protegerla.

–¿Y lo siente porque allí es donde conociste a Abdul?

–Sí. Al principio nos las apañamos para ocultárselo a Radha, pero, en cuanto se enteró, me suplicó que pusiera fin a la relación. –Meena miró hacia el horizonte–. Entones fui yo quien la desafió.

–¿Se lo...? ¿Fue ella quien se lo contó a tus hermanos?

Meena negó con la cabeza.

–Ella nunca me traicionaría. Mi querida Radha. –De pronto, se dio una bofetada en la mejilla–. No, fui tan idiota que se lo conté yo misma. Porque cuando el amor floreció entre Abdul y yo, no queríamos esconderlo, *didi.* Éramos tan ingenuos que nos sentíamos orgullosos de nuestro amor y Abdul me suplicó que les diera la noticia para que no se enteraran por terceros.

–¿Te importa que nos sentemos? –Smita señaló hacia el asiento de cuerdas que había frente a la cabaña de Ammi–. Así podré tomar notas.

Mientras tomaban asiento una junto a la otra, Mohan entró de nuevo en la casa.

–No sabes la de veces que me he preguntado si cometí un error al hablarle a Govind de Abdul –dijo Meena.

–¿Por qué lo hiciste? Odiaba a los musulmanes.

A la joven se le llenaron los ojos de lágrimas. Mantenía la vista fija en el horizonte.

–Porque el amor me había ablandado el corazón, *didi*. La bondad de Abdul me contagió. Era feliz y quería compartir mi felicidad con los demás. Por las noches, miraba el rostro cansado de Govind y se me rompía el corazón al ver lo desgraciado que era. Me acordaba de lo mucho que me quería cuando éramos pequeños. Era como si el amor que sentía por Abdul me permitiera ver el dolor de los demás, pero también me impidió ver la maldad del mundo. ¿Entiendes lo que digo?

–No estoy segura –respondió Smita.

–Radha me suplicó que no se lo contara, pero yo le dije: «Hermana, Abdul y yo queremos casarnos. ¿Cuánto tiempo puedo guardar el secreto? Es mejor que lo escuche de mi boca que de la de otro».

–Y ¿qué pasó?

–Govind fue a pedir consejo a Rupal y él convocó una reunión del Consejo. –Meena hablaba en tono monótono y con el rostro impávido–. Ya nos había castigado a Radha y a mí prohibiendo a nuestros vecinos que hablaran con nosotras. Imagínatelo, *didi*; amigos con los que nos habíamos criado, abuelas que nos conocían desde que nacimos, gente con la que habíamos compartido fiestas y duelos: nadie nos hablaba. Con un chasquido de dedos, Rupal nos convirtió en fantasmas.

–¿Todo el mundo siguió las indicaciones del Consejo? –quiso saber Smita–. ¿Nadie lo desafió?

Meena se quedó atónita.

–¡¿Cómo iban a hacer algo así?! Si alguien hubiera incumplido sus órdenes, lo habrían castigado. Ni siquiera los tenderos del mercado nos dirigían la palabra. *Bas*, teníamos que dejar el dinero en el mostrador y ellos cogían la cantidad que quisieran. No podíamos ni regatear. Ah, y no podíamos tocar las frutas ni las verduras. Debíamos conformarnos con lo que nos dieran.

Un recuerdo de bordes afilados que prácticamente había olvidado se abrió paso en la memoria de Smita. Su decimotercer cumpleaños. Smita y su madre volviendo del Taj con un pastel, Pushpa Patel acercándose en sentido opuesto, y cómo había cruzado la calle para no tener que hablar con ellas.

Se obligó a centrarse en Meena.

–¿Qué decidió el Consejo? Sobre Abdul y tú, quiero decir.

Meena se quedó mucho rato con la mirada fija en el suelo.

–Decidió ponerme a prueba –dijo al final–. Para comprobar si... Abdul me había desflorado. –Tragó saliva–. Rupal quería hacer... una prueba privada. Una inspección. Para... averiguarlo.

–Meena, si esto te cuesta demasiado...

–No. Tranquila, *didi*. Quiero que publiques esto en tu periódico para que el mundo sepa cómo es el Indostán. –Se obligó a mirar a Smita a los ojos–. Me negué. Le dije a Govind que, si permitía semejante indecencia en su propia casa, iría al río y me ahogaría.

–Y después de eso, ¿Rupal cambió de idea?

–Tuvieron que inventarse otra prueba para comprobar mi pureza: me obligaron a caminar sobre ascuas ardientes. Si me quemaba los pies, quería decir que no era... virgen.

A Smita se le secó la boca. Deseó tener a mano la botella de agua que había dejado en el coche de Mohan, pero bajo ningún concepto iba a interrumpir la entrevista para ir a por ella. Y a menos que quisiera pasarse los siguientes días tumbada en la cama con disentería, ni se planteaba pedirle a Meena un vaso del agua sucia y sin filtrar de su casa. Habría querido tener a Mohan cerca, pero el joven estaba dentro. Justo en ese momento, oyeron la risa de la anciana en respuesta a algo que había dicho él.

–Eso es absurdo –dijo–. ¿Cómo no ibas a quemarte?

–Rupal es un hombre mágico, *didi*, y lo ha hecho muchas veces sin problema. Pero ¿yo?

–Entonces, ¿te negaste?

Meena se echó a llorar.

–Me ataron. Me ataron con una cuerda, igual que atan los musulmanes a las cabras antes de matarlas para el Eíd, y me arrastraron hasta la plaza del pueblo por la misma carretera por la que acabáis de venir en coche. Mi propia familia, *didi*, sangre de mi sangre. Me obligaron a caminar por encima de esas brasas ardiendo y tan solo pude dar cuatro pasos antes de que los pies empezaran a chisporrotear y echar humo, igual que las brasas.

A Smita le entraron náuseas.

–Me desmayé y me sacaron a rastras del hoyo –continuó Meena en voz baja y tono monótono–. Rupal había demostrado lo que quería y les hizo creer que yo era una mujer mancillada.

–¿Y… tus pies?

A modo de respuesta, Meena levantó una pierna y apoyó el tobillo sobre la rodilla de la otra, antes de quitarse el zapato para que Smita lo pudiera ver. Aunque tenía la planta sucia, las cicatrices de las quemaduras sobresalían de la piel.

–Meena. No puedo… Dios mío, lo siento mucho.

–No es nada –repuso la joven–. Estas cicatrices no son nada. Gracias a ellas, disfruté de cuatro meses de felicidad con mi Abdul.

–¿Qué quieres decir?

–Son las que me dieron el valor para huir.

Antes de que Smita pudiera responder, Mohan y Ammi salieron de la casa, con Abru cogida de la mano de él.

–¿Qué pasa? –preguntó Smita, molesta por la interrupción.

–Va siendo hora de irnos –contestó Mohan en un tono que dejaba claro que la interrupción no había sido idea suya–. Nos queda un largo camino en coche.

Smita le dedicó una mirada de disculpa a Meena.

–Lo siento –dijo.

–Sí, sí, *beta*, idos –intervino Ammi, dirigiéndose a Mohan–. Esta no tiene nada mejor que hacer que pasarse el día tumbada sin hacer nada, no como nosotros, que tenemos que trabajar. *Ya* Alá, si alguien me hubiera dicho que a mi edad tendría que estar así, le habría pedido que me matara y redujera mis huesos a cenizas. ¿Adónde iremos a parar?

Smita se volvió hacia Mohan y le suplicó con la mirada que interviniera, pero él se limitó a devolverle la mirada.

–Seguro que a Meena le cuesta encontrar trabajo –le comentó Smita a la anciana–, teniendo en cuenta su… –No consiguió recordar el término hindú para «discapacidad»–. Su condición. Pero, Ammi, cuidar de una niña también es un trabajo a tiempo completo, ¿no?

Vio que Mohan movía la cabeza en un gesto de advertencia.

–Por el respeto que le tengo, no le diré nada, señora –replicó la vieja en un tono estridente y ofendido–. Estamos en deuda con usted y por eso no le contaré cómo es la serpiente a la que he dejado entrar en mi casa. –Se dio una palmada en la frente–. Debo tener muchas cuentas pendientes para ser la única desgraciada de toda la comunidad que tiene que cargar con una nuera hindú, cuya escoria de familia es la responsable de la muerte de mi hijo. Y mire que le supliqué a Abdul que no permitiera esta farsa en nuestro hogar, pero no…

Ammi se arrodilló mientras se daba golpes en el pecho con un dramatismo que a Smita le resultó sobreactuado. Por eso, se mostró reacia a consolarla. Mohan también se quedó plantado en su sitio, como si tratara de decidir qué decir o hacer. Meena, por su parte, permaneció sentada en el asiento de cuerdas mirándose los pies.

En ese momento, se escuchó un sonido débil que fue aumentando de volumen. Desconcertada, Smita miró a Mohan y luego bajó la vista: Abru, que seguía agarrada a la mano del joven, era la causante de aquel ruido. Smita tardó un momento en darse cuenta de que estaba imitando el lamento de Ammi. Sorprendida, trató de reprimir la risa, pero acabó estallando en una carcajada. La anciana interrumpió de manera brusca su vocerío y, en medio del repentino silencio, todos escucharon a Abru. Al darse cuenta de que se estaba burlando de ella, Ammi se acercó a la pequeña, que se dio la vuelta y se escondió tras las piernas de Mohan.

–*Oi*, Ammi –dijo este en el tono más conciliador posible–. Déjalo, *yaar.* La pobre niña solo quiere divertirse un poco.

Aunque lo dijo en tono liviano, Ammi bajó la mano de inmediato. «Esto es la India», pensó Smita, a pesar de que agradecía al joven su intervención; un país en el que un hombre con el estatus de Mohan podía suscitar una sumisión inmediata por parte de una mujer que le doblaba la edad. No quería ni imaginarse lo que le diría o haría Ammi a Abru en cuanto ellos se marcharan. En aquellas circunstancias, era imposible retomar la conversación con Meena.

–Nos veremos la semana que viene, ¿vale? –dijo con delicadeza–. Cuando se haga público el veredicto, vendré y hablaremos.

La expresión de Meena resultaba del todo indescifrable.

–Como quieras.

–Escucha –dijo Smita en voz baja–, todo esto habrá acabado antes de que te des cuenta. Cuando sentencien a tus hermanos, podrás... empezar de cero.

Meena la miró con una extraña sonrisa dibujada en el rostro.

–Y ¿de qué me servirá, *didi*? ¿Acaso me devolverá a Abdul? ¿Podré volver a usar mi mano izquierda? ¿Volveré a tener el mismo aspecto que antes?

–Pero presentaste una denuncia...

Meena negó con la cabeza.

–Ya te lo dije: si he seguido adelante con el caso, es por ella. –Señaló a Abru.

Smita notó la presencia de Mohan junto a ella.

–*Chalo, ji* –le dijo este a Meena–. Nosotros nos vamos ya, pero rezaremos por ti.

La joven se levantó del asiento, se cubrió la cabeza con el sari y, a continuación, la agachó y entrelazó las manos.

–Que Dios te bendiga, *seth*. Que os bendiga a los dos con diez hijos.

Mohan se rio.

–*Arre*, Meena *ji*, cuidado con lo que pides. Con diez hijos, necesitaré diez trabajos para alimentarlos.

Aunque Meena mantuvo la vista baja, Smita percibió su sonrisa.

–*As-salamu alaikum* –dijo Smita al pasar junto a la señora.

Ammi pareció sorprenderse.

–*Wa alaikum assalaam, beti* –contestó–. Cuídese.

–Me quito el sombrero –dijo Mohan cuando se subieron al coche–. ¿Dónde has aprendido el saludo musulmán? Me ha encantado la naturalidad con que lo has dicho, como si nada.

Smita se encogió de hombros.

–No te olvides de que viví catorce años en este país.

–Lo sé. Pero de eso hace mucho tiempo, *dost.*

–Cierto.

–Oye, ¿por qué decidió tu familia marcharse de la India siendo tú adolescente?

–Ya te lo dije. Mi padre consiguió trabajo en Estados Unidos.

–Es una edad complicada para mudarse, ¿no?

Ella se encogió de hombros.

–Me alegré mucho cuando lo hicimos.

–¿Por qué?

–¿Cómo que por qué? ¿Quién no querría mudarse a Estados Unidos?

–Yo. No tengo el más mínimo interés.

Smita lo miró con recelo.

–Vale.

Parecía que Mohan iba a hacer otro comentario, pero al final decidió cambiar de tema.

–¿Qué te ha contado Meena? –preguntó con curiosidad.

Ella le habló del foso lleno de brasas y describió las cicatrices protuberantes que le habían quedado a Meena en los pies.

Cuando terminó, no pudo evitar sentirse complacida al ver que a Mohan le temblaba la mano con la que sujetaba el volante.

Capítulo 24

Ammi está de buen humor. Me entristece ver que un saco de azúcar y una bolsa de arroz bastan para cambiarle el ánimo y recordar que, si Abdul estuviera vivo, Ammi no tendría que trabajar a su edad. Abdul y yo teníamos pensado enviar dinero a Birwad desde Mumbai cada mes, para que Kabir dejara de trabajar de mecánico y se hiciera granjero. Y al cabo de unos años, los dos se habrían venido a Mumbai con nosotros.

Miro hacia los campos que hay detrás de mi casa, descuidados y cubiertos de hierbas tan altas como un hombre. Kabir habría disfrutado cortándolas y cultivando la tierra. Ahora es un campo de sueños enterrados. A veces, juego al escondite con Abru entre la hierba y hablo con los fantasmas de los dos hermanos. Aparte de eso, la escasa distancia que separa mi casa de la de Ammi se ha convertido en mi país, mi jaula.

Pero hoy he hablado con Smita y un viento inquieto sopla en mi interior. Quiero que se me lleve como si fuera una semilla y que me plante en un suelo nuevo. ¿Qué ha dicho Smita? Que cuando se conozca el veredicto, podré empezar de cero. Pero, aunque fuera la clase de mujer capaz de abandonar a Ammi, ¿adónde iría? ¿Existe un lugar donde mi rostro quemado no haría llorar a los más pequeños? ¿Quién sería el insensato que contrataría a una mujer como yo? No, no puedo vivir en ninguna otra parte que en el lugar donde mi vida terminó.

–Cuánta comida –dice Ammi–. Que Dios bendiga a ese muchacho. Esta noche voy a invitar a Fouzia a cenar.

Al escucharla, se me rompe el corazón. Fouzia y Ammi es su amiga de la infancia. Durante los primeros cuatro meses de nuestro matrimonio, antes de que la desgracia se abatiera sobre nosotros, cuando la risa llenaba nuestro hogar y las miradas que Ammi les dedicaba a sus hijos eran como el aleteo de una mariposa, Fouzia venía todas las tardes a tomar el té con ella. Era como una segunda madre para Abdul y Kabir, pero ahora su verdadero hijo le ha prohibido que venga a vernos por miedo a que nuestra mala suerte se cierna sobre su hogar. El regalo de Mohan babu *ha hecho que, por un breve instante, Ammi se olvide de que todo Birwad nos ha dado de lado. Fouzia jamás se acercará a nuestra desventura.*

Entonces, la ira ensombrece su mirada al recordar lo sola que está, cautiva de una nuera y una nieta cuyo semblante, tan parecido al de su hijo, se le clava como una espina. Pero enseguida se recompone.

–Bueno, más comida para nosotras –dice–. Fouzia come como un elefante, siempre lo ha hecho.

Empieza a planear la cena mientras se frota la barriga como si ya hubiera comido. Abru la mira con cautela, dispuesta a salir corriendo si la riñe o a correr a sus brazos si la llama. Ammi le promete que le hará kheer *y eso me confirma que Mohan* babu *le ha dado dinero. Si no, no podría permitirse comprar leche para preparar el delicioso postre.*

A lo mejor, Ammi se lleva a Abru al mercado y así yo me quedo tranquila para hacer lo único que me da paz: soñar con mi Abdul. Ya solo veo su cara con nitidez en sueños. Sus rasgos han empezado a difuminarse, como la luna cuando se eleva por el cielo. Es una deslealtad de la que me avergüenzo. ¿Qué clase de esposa se olvida de su marido?

No he podido contarle a Smita cómo mis pies quemados me llevaron a Abdul.

Si Rupal no me hubiera obligado a caminar sobre las brasas, si mi propia sangre no me hubiera atado con una cuerda y me hubiera arrastrado hasta la plaza del pueblo, a lo mejor habría hecho caso a Govind cuando me advirtió de que no me casara con alguien de otra fe. Tal vez mi miedo a Dios habría sido más poderoso que mi amor a Abdul. Porque una mujer solo puede vivir en una de esas dos casas: el miedo o el amor. Es imposible vivir en ambas al mismo tiempo.

Cuando mis hermanos me ataron y me arrastraron como a una bestia salvaje, me dije que yo no era un animal. Mientras mis pies siseaban y desprendían humo, y justo antes de desmayarme, pensé: «Soy una mujer que ha caminado sobre ascuas abrasadoras y ha sobrevivido».

Durante las dos semanas siguientes, me quedé en casa con Radha y Arvind. Govind había dejado instrucciones a Arvind para que se asegurase de que yo no salía. Radha me aplicaba ungüento en los pies y me los envolvía con trapos fríos. Tenía la fiebre tan alta que me ardía todo el cuerpo. Una tarde, Rupal vino a ver cómo estaba, pero Radha lo echó de casa amenazándolo con una escoba. Cuando me lo contó, yo sonreí. De pequeña, la llamaba Pequeño Tifón.

Radha me ayudó a huir.

Cuando la fiebre abandonó por fin mi cuerpo y empecé a hablar de nuevo, le conté la verdad: si Govind me obligaba a casarme con otro, tomaría veneno para ratas y me mataría. La primera vez que le hablé de ello, se puso a gritar.

–¿Por qué, didi*? ¿Por qué quieres casarte con ese musulmán? Acabará teniendo cuatro esposas y doce hijos. ¿Por qué ibas a elegir esa vida?*

–¿Abdul con cuatro esposas? –Me reí–. Él no es de esos, Radha. Quiere que seamos una pareja moderna. Como… Como… Shahrukh Khan y Gauri.

Radha parpadeó. Shahrukh Khan era su actor favorito; estaba loca por él.

–Pero, didi *–dijo al cabo–, eso es distinto. Ellos viven en Mumbai y nosotras estamos atrapadas en esta aldea. Govind* dada *jamás permitirá este matrimonio.*

El miedo frente al amor.

Al final, el amor que Radha sentía por mí resultó ser más fuerte que su miedo. Hizo lo que le pedí: cogimos parte del dinero que Govind nos daba para los gastos de la casa y le compramos una botella de daru *a Arvind. Radha decidió que se la diéramos el día de su cumpleaños.*

–Espérate a la hora de la cena para abrirla –le dijo.

Como era de esperar, antes del mediodía ya se la había terminado. Cuando quedó fuera de combate, tumbado y con la boca abierta, Radha me ayudó a ponerme las zapatillas que me había hecho con capas de hojas y algodón en la suela. Aunque el algodón se quedaba pegado al ungüento de mis plantas agrietadas, no me quejé. Nos marchamos sigilosamente, como ladronas. Yo eché un último vistazo a la casa que había ayudado a construir con mi dinero, pero no había tiempo que perder.

A pesar de llevar aquellas zapatillas especiales, caminar sobre el suelo era igual que hacerlo sobre las brasas. Me puse a sudar de tal manera que estaba convencida de que me había vuelto a subir la fiebre. En lugar de cruzar el pueblo para acortar camino, fuimos por la carretera principal. Nos cruzamos con varias personas que se detenían y se nos quedaban mirando, mientras que otras escupían en el suelo y nos daban la espalda. Pero, debido a las órdenes de Rupal, nadie nos dirigió la palabra ni nos preguntó adónde íbamos. A lo mejor tenían la esperanza de que nos marcháramos para siempre del pueblo.

Un camión redujo la velocidad y un desconocido nos preguntó si queríamos que nos llevara, pero nosotras mantuvimos la vista fija al frente y seguimos andando, demasiado asustadas para contestar. Anduvimos. Y anduvimos. Cada paso que daba era un suplicio y cada piedra que pisaba me hacía gritar. Sentía el fuego de la tierra bajo mis pies, pero no me importaba. Enseguida acabé por sentir tan solo el latido de mi corazón, que me golpeaba el pecho como un tambor tabla: bum-bum, bum-bum; y, al cabo de un momento, eso fue lo único que era capaz de escuchar. En los árboles, lo pájaros se quedaron en silencio. Los coches dejaron de pasar y hasta la voz de Radha sonaba cada vez más lejana. Lo único que oía era el gorjeo de mi corazón, que cantaba el nombre de Abdul y me recordaba que cada paso que daba me acercaba más al momento en que podría entregárselo para que él lo cuidara.

Caminé durante mucho tiempo con los pies negros y calcinados. Se me durmieron hasta el punto de que me pregunté si tendría que avanzar a gatas, y en ese momento llegamos a Birwad. Radha se negó a entrar.

–Nuestros caminos se separan aquí, didi *–dijo entre lágrimas.*

Radha no estaba dispuesta a entrar en un pueblo musulmán, ni siquiera por mí. ¿Qué esperaba? Que, una vez casada, Radha viniera a vernos a mi marido y a mí. Que Abdul y yo regresáramos para pedirle perdón a Govind y que, con el tiempo, mi hermano se diera cuenta de que Abdul era un hombre íntegro y nos diera su bendición. Nos veía a todos sentados juntos, mi vieja familia y la nueva, en el hogar que yo había construido. Me imaginaba a Ab-

dul bromeando con mi hermana, que ahora era también su hermana. Lo que no esperaba ni en mis peores sueños era esto: que Radha, mi hermana pequeña, a la que había criado como si fuera mi hija, empezara a convertirse tan pronto en una piedra, en una desconocida bien educada. Amor y miedo. En ese momento estaban cogidos de la mano y convirtiéndose en uno solo.

–Hermana –le dije–, ¿de verdad no vas a venir conmigo?

Ella negó con la cabeza.

–No, didi. *–Las lágrimas brillaban en sus ojos–. Vivir en nuestro pueblo ya me resulta difícil, pero, si se enteran de que he entrado aquí… –se estremeció–, Govind me rebanará el pescuezo.*

Fue entonces, y solo entonces, cuando entendí el riesgo que había corrido Radha, hasta qué punto yo la había puesto en peligro. Entrelacé las manos como si estuviera en el templo y ella fuera una deidad.

–Ni en un millón de vidas podré pagar mi deuda –dije.

Ella tiró de mis manos hacia abajo y se fundió en un abrazo conmigo.

–Didi *–gimoteó–.* Didi*, cuídate mucho. Que Dios te acompañe.*

Y justo mientras yo pensaba en lo bien que me sentía, en que podríamos quedarnos así para siempre, ella se separó de mí y echó a correr por la carretera por la que habíamos venido. Yo la observé alejarse.

–¡Radha! –la llamé.

Quería ver su delicado rostro una última vez, pero ella no se dio la vuelta. La seguí con la mirada hasta que se convirtió en un puntito, más pequeño que los guijarros que había a mis pies. La seguí hasta que desapareció en mi pasado y se convirtió en un recuerdo sagrado.

Me volví para enfrentarme a lo que me esperaba, sin poder

dejar de sentir que tal vez estuviese cometiendo un terrible error, y pensé que si no tuviera los pies destrozados quizá podría volver a mi pueblo.

Oí un alboroto en la distancia y, al mirar, vi a Abdul corriendo hacia mí, gritando mi nombre, zigzagueando con los brazos abiertos de par en par, como las alas protectoras de un pájaro gigante. Tenía una gran sonrisa en el rostro que me daba la bienvenida a casa.

Capítulo 25

Smita contempló la alta verja de hierro de la casa de la familia de Mohan. No esperaba que el edificio fuera tan impresionante, ni se había imaginado las hermosas paredes de estuco, el tejado de tejas rojas o el exuberante jardín delantero con los arbustos en flor. Se parecía más a una casa de Beverly Hills que a la de un pueblecito de la India.

–*Namaste, seth* –dijo el vigilante mientras se acercaba apresuradamente al coche–. ¿A qué se debe este honor? –Se asomó al interior y estudió a Smita con sus ojos grises.

–*Ho*, Ramdas –contestó Mohan–. ¿Todo bien? ¿Cómo te encuentras?

El viejo se irguió con una sonrisa en el rostro.

–*Theek hu, seth* –dijo–. Gracias a Dios.

Mohan asintió.

–Y ¿cómo están tu mujer y tus hijos?

–Todos bien, por la gracia de Dios. –Ramdas se agachó y echó un nuevo vistazo al interior del coche–. Y ¿quién es esta joven *memsahib*?

–Ah, es… –Aunque Smita no podía verle la cara, supo que Mohan se había sonrojado–. Es mi amiga, Smita. Está trabajando cerca de aquí y la he invitado a quedarse en nuestra casa. Solo unos días; hasta el lunes o así.

Ramdas entrelazó las manos.

–*Namaste, memsahib* –dijo con suma dignidad–. Bienvenida.

Al entrar en la inmensa sala de estar, Smita se fijó en las hermosas obras de arte colgadas en las paredes, en los muebles caros y el suelo de mármol. «Así que aquel era el aspecto que tenía la casa de un comerciante de diamantes», pensó. Mientras contemplaba uno de los cuadros, oyó a Mohan y Ramdas charlando en la cocina antes de que el *chowkidar* apareciera junto a ella.

–¿Quiere tomar algo, *memsahib*? ¿Una Coca-Cola? ¿Té? ¿Agua con lima?

Smita no quería ofenderlo preguntándole si el agua que hervían era del grifo. Como si le hubiera leído el pensamiento, Ramdas sonrió.

–¿*Pani*, quizá? Tenemos agua filtrada –dijo.

Ella asintió.

–Gracias. Pero puedo hacerlo yo, no se preocupe.

–Usted descanse, *memsahib*. Yo se la traigo. –Ramdas miró a su alrededor–. ¿Le ha enseñado su habitación el joven sahib?

–Todavía no.

Ramdas agarró su maleta.

–Yo se la mostraré –dijo, como si fuera el dueño de la casa, y a Smita le quedó claro que llevaba mucho tiempo trabajando para la familia de Mohan–. Sígame.

Su habitación daba a un pequeño jardín y, sobre la cama, había una fotografía de un telar colgada en la pared. Ramdas se subió a un taburete para encender el aire acondicionado.

–Hace un poco de calor –explicó–. Cuando no están aquí, lo tengo todo apagado. No tiene sentido gastar dinero.

–¿Vive aquí solo? Cuando ellos no están, quiero decir.

–Sí, *memsahib*. La cocinera viaja con ellos, pero yo me

quedo para vigilar la casa. Esto está lleno de rufianes. No es buena idea dejar una casa vacía demasiado tiempo.

Smita percibió su actitud protectora.

–¿Y su familia? –preguntó–. ¿Ellos no...?

–Viven en el pueblo. Mi mujer y nuestros dos hijos. El *seth* mayor les construyó una casa hace muchos años. Allí están a gusto.

–¿Los ve muy a menudo?

–Cuando el *seth* mayor y su mujer están de viaje, voy y vengo a mi antojo. –De pronto, Ramdas se mostró avergonzado–. Justo ahora le estaba comentando a *seth* Mohan que pensaba irme al pueblo hoy o mañana, para la boda de mi sobrino. Al ser yo el mayor, mi presencia es necesaria. Pero si desea que me quede a servirle lo cancelaré.

Smita tardó un momento en darse cuenta de que Ramdas le estaba pidiendo permiso a ella.

–Ah –dijo–, eso tienen que decidirlo entre usted y Mohan. Pero estoy segura de que nos las apañaremos.

La expresión de alivio de Ramdas enseguida se transformó en una de preocupación.

–Pero ¿qué van a comer? –preguntó, como si acabara de presentársele un nuevo dilema.

–Seguro que encontraremos una solución. Mohan debe conocer restaurantes por aquí cerca.

Él agachó la cabeza.

–Si está segura... Pero, ahora, deje que vaya a buscarle el vaso de agua, *memsahib*.

La intención de Smita era echarse una siesta corta, pero, al despertarse, vio que las agujas del reloj marcaban las cinco de la tarde. Descalza, se levantó para ir a buscar a Mohan y lo encontró en el sofá de la sala, roncando y con una revista sobre el pecho que se elevaba y descendía cada vez que respiraba. Se quedó un momento mirándolo antes de darse la vuelta, pero entonces se golpeó la rodilla con un frutero de cristal que había en una mesita y el ruido despertó a Mohan, que se incorporó casi de inmediato y se pasó la mano por el pelo.

–Parece que los dos nos hemos quedado traspuestos –dijo ella.

–¿Los dos? –Él arqueó la ceja derecha–. Yo he llevado a Ramdas a la estación de tren y he ido a comprar algo de comida. Solo me he dormido diez minutos.

–Usted perdone, *yaar* –repuso ella, utilizando su palabra favorita.

–Ten cuidado o te convertirás en una *pucca* india. –Mohan reprimió un bostezo–. He pensado que esta noche podemos cenar en casa –dijo–. Si te apetece, podemos cocinar pasta.

«¿Pasta?», se sorprendió. Después de todo el picante que había comido desde que había llegado a la India, Smita habría hecho cualquier cosa por un plato de pasta.

Capítulo 26

El domingo que descubrí que estaba embarazada, Abdul se había ido a la fábrica para trabajar un turno extra. Esa mañana, poco después de que se marchara, vomité, igual que había hecho la noche anterior. Le eché la culpa a la cena, me acosté y no me desperté hasta que Ammi entró.

–Kya huya? *–preguntó–. ¿Las once de la mañana y aún duermes?*

Me obligué a levantarme.

–Lo siento, Ammi –dije–. Te prepararé el desayuno.

–Quita, quita. –Hizo un gesto con la mano para rechazar mi ofrecimiento–. Olvídate del desayuno. He comido pan chapati *con* ghee *en casa.*

Por mal que me encontrara, las palabras de Ammi me llenaron de orgullo. Gracias al sueldo que ganábamos Abdul y yo, podíamos darle una buena vida a su madre, que ahora podía permitirse esa comida.

–Lo siento, Ammi –repetí.

Mi suegra me miró con los ojos entornados.

–¿Qué te pasa? Tienes mal aspecto.

–Sabe Dios. Anoche vomité después de cenar, y esta mañana otra vez.

–¿Estás encinta?

En cuanto pronunció las palabras, supe que eso era lo que me pasaba. Recordé que el mes anterior no había tenido el periodo.

–No es eso –mentí–. Creo que comí algo en mal estado.

Ella asintió antes de decirme por qué había venido: quería pedirme un poco de azúcar y arroz para preparar kheer *para su amiga Fouzia.*

–Coge lo que quieras, Ammi –le dije–. Nuestra casa es tu casa.

–Pues claro –repuso ella–. Al fin y al cabo, es la casa de mi hijo, ¿no?

A mí me habría gustado que la madre de Abdul fuera como una madre para mí, que acabara queriéndome del mismo modo que Abdul nos quería a las dos. Mi madre había muerto cuando yo tenía seis años, dejándome con una sensación de hambre inmensa como el cielo. Pero mientras veía a Ammi abrir mis tarros de azúcar y arroz, sin ni siquiera volver a cerrar la tapa, supe que mi suegra nunca me consideraría su hija.

En cuanto se marchó, me invadió la alegría más intensa que había sentido jamás. Un niño. Nuestro propio niño. Maravillada, paseé la mirada por nuestra pequeña y humilde choza y luego me miré el cuerpo delgado y oscuro y me imaginé las manos de Abdul sobre él, sus labios sobre los míos. Juntos habíamos cosido a nuestro hijo, el fruto de nuestro amor. Era la historia más antigua del mundo y, al mismo tiempo, la más nueva. Compensaría a mi hijo por todo lo que yo había perdido en mi vida, por los momentos que no había podido disfrutar con mi madre. Era un milagro, una segunda oportunidad para enderezar lo que ocurría en este mundo cruel.

Me puse a llorar y reír a la vez.

*–*Ae, *Bhagwan, Bhagwan, Bhagwan, te doy las gracias por tu regalo –elevé mi oración y enseguida añadí, sintiéndome culpable–:* Ya *Alá el Magnánimo, gracias.*

Las náuseas volvieron, pero yo seguía riendo. Aquel era el primero de una larga lista de sacrificios que haría por mi hijo. ¿Qué más daba vomitar un poco? ¿Qué era el dolor del parto comparado con la gracia de una nueva vida? ¿Qué importaba la ira de mis hermanos o la opinión de mis viejos vecinos ante la voluntad de Dios? Porque esta era la voluntad de Dios. Si Él no lo hubiera querido, jamás habría sucedido, y menos aún tan pronto después de nuestra boda. Dios vivía en su palacio celestial y no en la Tierra, y por ello buscaba otras maneras de comunicarse con nosotros: a través de nuestros sueños, en las formas dibujadas por las nubes, anunciando una nueva vida. Aquel niño era el mensajero que Dios nos enviaba, la prueba de que Abdul tenía razón: éramos la nueva India. Aquel niño nos uniría para siempre: musulmán e hindú, hombre y mujer, marido y esposa. Para siempre.

Me levanté y me puse a caminar de un lado a otro. Después me senté. La minúscula choza se me caía encima; mi felicidad atravesaba sus paredes de paja. Mi Abdul había construido aquella casa para nosotros y, por ese motivo, yo la amaba. Pero ese día me parecía pequeña, demasiado pequeña para albergar mi felicidad, mi esperanza, mi amor desbordante. ¿Qué debía hacer? La primera persona a la que tenía que contárselo era Abdul, y por eso no había confirmado las sospechas de Ammi. Deseé tener a Radha a mi lado, pero mi hermana había desaparecido, como si Govind la hubiera metido en un saco de yute y la hubiera arrojado al río. Un mes después de mi huida, se había casado con un viejo lisiado. A Abdul se lo había contado un hombre en la fábrica, aunque no sabía el nombre del marido ni el pueblo en el que vivía Radha ahora. Mi hermana, mi primer amor, había desaparecido por completo de mi vida.

Como no podía pensar en ella, me obligué a pensar en aquella nueva alegría. Pero ¿cómo iba a ocupar las horas hasta que Abdul volviera a casa, cuando cada minuto era una punzada, cuando era consciente de cada latido de mi corazón? ¡Y cómo latía! Mi corazón era, ahora, el corazón de mi hijo. Pensar en ello me calmó. Mientras esperaba a Abdul, no estaba perdiendo el tiempo, sino que mi cuerpo, incluso cuando hacía algo tan anodino como encender el fuego para prepararme un té, estaba haciendo lo que debía: alimentar a mi hijo, desarrollar sus huesecitos. No estaba esperando, sino que estaba ayudando a crecer a mi hijo. Nuestro hijo.

Esa tarde, cuando Abdul volvió a casa, me di cuenta de que estaba hambriento y cansado. Miré su cara, tan seria y hermosa, y pensé: «Por favor, Dios, haz que mi hijo se parezca a su padre». En ese momento, estaba segura de que mi hijo sería varón.

Él notó que lo miraba y sonrió.

–¿Me has echado de menos? –preguntó.

–¿Yo? Para nada –contesté y le devolví la sonrisa.

Abdul me rodeó la cintura.

–¿Por qué me miras entonces como si fuera una caja de bombones?

Yo cambié de tema.

–Come, bombón –susurré.

Como siempre, Abdul aguardó a que yo diera el primer bocado. A pesar del tiempo que llevábamos juntos, aquel ritual seguía siendo algo nuevo para mí. Antes de casarnos, Abdul me había prometido que todo lo que hiciéramos lo haríamos en igualdad de condiciones. Dijo que él quería una esposa, no una criada, y solo me pidió una cosa: que cuidara de Ammi igual que hacía él.

–¿Ha comido Ammi? –quiso saber.

–Le he llevado la cena, como siempre.

Cada domingo, Abdul y yo comíamos solos en nuestra

casa. El resto de la semana, cocinábamos en la choza de Ammi y comíamos con Kabir y ella.

–Cuando acabemos, me pasaré a ver cómo está.

Yo le cogí la mano.

–Hoy no. Tengo algo que contarte.

–¿El qué?

–Come antes de que se enfríe la comida. Te lo contaré luego.

Él frunció el ceño.

–¿Son tus hermanos? ¿Te han estado incordiando?

–No, no. –Me dio pena ver la preocupación en su mirada–. No es eso. Son buenas noticias.

–¿Buenas noticias? Arre, *Meena, ¿nadie te ha enseñado que las malas noticias pueden esperar, pero las buenas hay compartirlas enseguida? Venga, cuéntame.*

Yo me puse un dedo en los labios.

–Shhhh… Te lo diré cuando termines de cenar.

Abdul adoptó una expresión extraña y se me quedó mirando mientras masticaba y después tragaba.

–Meena –dijo, y sonó como si se hubiera atragantado–, dímelo ahora. ¿Estás embarazada?

Yo dejé escapar un gritito y le golpeé con el puño.

–¡Me has fastidiado la sorpresa! –exclamé–. ¿Cómo lo has sabido?

Pero Abdul no podía hablar. Se quedó sentado con la mirada fija en mí y luego se echó a llorar. Me asusté.

–¿No te alegras? –le pregunté.

Él se levantó, se lavó las manos y, a continuación, se acercó a mí, cogió mi rostro con ambas manos y me besó en los labios, los ojos, la nariz, la frente.

–Esposa mía –susurró–, no digas tonterías. Hoy es el día más feliz de mi vida.

Se sentó a mi lado y me acunó como a una niña. «Todo

lo que me haga Abdul –pensé–, se lo hace a nuestro hijo. Si me da un beso, le está dando un beso a él. Si me acuna, lo está acunando a él». Me estremecí.

–¿Quieres que vayamos a darle la noticia a Ammi? –pregunté.

Abdul me miró al fondo de los ojos.

–Ahora no –dijo–. Ya lo haremos mañana. Esta noche, quiero estar a solas con mi mujer. Y con mi hija.

–¡¿Hija?! Ojalá sea un niño.

–Poco me importa si es niño o niña. En cualquier caso, lo amo porque mi mujer lo ha hecho para mí.

–Tú también ayudaste.

A Abdul se le iluminaron los ojos.

–Deja que ayude un poco más –dijo antes de quitarme el sari.

Capítulo 27

Smita alzó la vista del periódico y se preguntó adónde habían ido a parar los dos últimos días. Era una apacible mañana de domingo y Mohan y ella estaban sentados en la terraza, tomando té y leyendo las diversas secciones del periódico *The Times of India*.

Smita se preguntó qué estaría haciendo Meena en ese momento. ¿La estaría riñendo Ammi por cualquier nimiedad o habrían conseguido los alimentos que les había llevado Mohan reducir la tensión entre ellas? ¿A qué diantres se dedicaba Meena durante todo el día? ¿Habría siquiera una radio en aquella barraca sombría? Smita contempló el exuberante jardín –los árboles frutales, los arbustos en flor– y pensó en el erial en el que vivía Meena.

Mohan alzó la vista del periódico y estiró los brazos con gesto perezoso. Al ver que Smita lo miraba, sonrió y ella le devolvió la sonrisa.

«Qué bien se está aquí –pensó Smita–. Podría acostumbrarme a esto».

Se irguió en la silla, perpleja por aquella sensación de satisfacción. Aquel pensamiento era un claro reflejo de la amistad que habían forjado Mohan y ella a lo largo de una semana frenética y emocional. Se habían prometido que mantendrían el contacto, pero Smita sabía que resultaría imposible. Sí, intercambiarían correos electrónicos durante varias semanas, él recordaría alguna anécdota en tono irónico y a Smita le despertaría una fugaz sensación de nostalgia, y luego cerraría el portátil y retomaría su vida cotidiana en Nueva York. Si, tal como esperaba, el veredicto se hacía público al día siguiente, ambos volverían a Mumbai a mediados de semana, después de que ella llevara a cabo varias entrevistas más. Una vez en el Taj, terminaría de escribir su artículo mientras Mohan hacía compañía a Shannon en el centro de rehabilitación.

Smita había decidido no regresar a casa sin antes tratar de contactar con Chiku Patel. Habían sido muy buenos amigos y estaba convencida de que no la recibiría con la misma hostilidad que su madre. Tal vez él la ayudara a ver las cosas desde otra perspectiva. Sin duda defendería a su madre, pero aun así... Lo único que ella quería era una explicación plausible para lo sucedido aquel día de 1996. Por aquel entonces, Chiku tenía trece años, edad suficiente para recordarlo.

En ese momento, Smita cayó en la cuenta de que llevaba varios días sin hablar con su padre. Desde la muerte de su madre, se había esforzado por llamarlo con frecuencia desde cualquier país al que viajara. Lanzó una mirada al reloj: en Estados Unidos era de noche, el mejor momento para comunicarse con él.

–¿Quieres más té? –preguntó Mohan al tiempo que cogía la tetera.

Smita vaciló. Quería entrar en la casa y hablar por el móvil, pero allí se estaba muy bien.

–Vale –respondió Smita–, pero solo un poco. Tengo que llamar un momento a mi padre antes de que se vaya a dormir.

–Claro –dijo Mohan–. Puedes usar el teléfono de la sala.

–No hace falta, tengo mi móvil.

–Como quieras. –Él volvió a estirar los brazos–. ¿Qué te apetece hacer hoy?

La verdad era que Smita se conformaba con descansar y sumergirse en la tranquilidad que desprendía la casa.

–¿Tienes recados que hacer? –preguntó–. ¿Amigos a los que ver?

–*Nahi*, *yaar* –dijo él con una sonrisa adormilada–. Solo quería asegurarme de que tú…

–Yo estaría encantada de quedarme aquí sin hacer nada.

Él se rio.

–Somos como una pareja de viejos.

Smita tomó nota mental de que se había referido a ellos como una pareja, aunque sabía que no significaba nada.

–¿Qué pasa? –preguntó Mohan al cabo de un momento–. Te veo disgustada.

–Me has llamado vieja. ¿A qué chica no le molestaría?

Él se rio.

–Eres la última persona a la que eso le podría molestar.

Ella se levantó, contenta de que él la conociera tan bien.

–Bueno –dijo–, voy a llamar a mi padre. Hasta ahora.

–Hola, *papa*. Soy yo.

–*Arre*, *beta*, ¿cómo estás? Hace muchos días que no me llamas. Estaba muy preocupado.

A ella se le cayó el alma a los pies. Estaba claro que, a pesar de lo mucho que insistía en que llevaba mejor el duelo, su padre había empeorado. Smita había albergado la esperanza de que lo peor hubiera pasado.

–Lo siento mucho –dijo.

–Tranquila. Pero, dime, ¿te lo estás pasando bien? ¿Cómo van las vacaciones?

–De maravilla.

–Y ¿qué tal el tiempo en las Maldivas?

Pronto, no le quedaría más remedio que contarle la verdad. Cuanto menos mintiera, mejor irían las cosas.

Y, sin embargo, al oír su tono entusiasmado se descubrió diciendo:

–Esto es increíble, *papa*. Cielos azules, agua cristalina, arena blanca... Es un paraíso en la tierra. Y hoy hace un día espléndido. Me lo estoy pasando muy bien.

–*Accha?* –Smita percibió el alivio en la voz de su padre y eso la tranquilizó, pero al cabo de un momento añadió–: Escucha, *beta*, ni te acerques a los cafés a los que van los turistas occidentales, ¿eh? Esos son los locales que atacan los terroristas, ya lo sabes.

A Smita le vino la cabeza su visita al café Leopold. ¿Era posible que hubieran pasado ya diez días?

–Ay, *papa* –dijo, riéndose–, no te preocupes, las Maldivas son un lugar seguro; estoy bien. Además, casi no salimos del resort.

Su padre le contó las últimas novedades sobre Alex y luego le habló de la cena a la que lo habían invitado esa misma noche y, aunque intentó parecer animado, a Smita se le rompió el corazón al percibir la soledad en su voz. «Echa mucho de menos a mamá», pensó ella. Sabía lo difícil que era para él acudir a ese tipo de eventos sociales solo. Cuando volviera, iría enseguida a verlo.

–*Chalo* –dijo su padre al final–. Esta llamada te va a costar un ojo de la cara.

–No te preocupes por eso.

–Bueno, *beta*, la verdad es que estoy bastante cansado. La cena ha sido dura para mí, ¿sabes?

–Sé cuánto la echas de menos, *papa* –dijo ella–. Yo también.

Su padre suspiró.

–Qué se le va a hacer, Smita... Tu madre lo tuvo todo menos el regalo de una larga vida. Lo único que nos queda es hacer de tripas corazón.

Se hizo un breve silencio.

–En fin, buenas noches, tesoro –dijo él al cabo–. *Khuda hafiz.*

–*Khuda hafiz, papa.* Cuídate –contestó ella y colgó.

Smita se quedó un momento en la habitación, preguntándose si llamar a Rohit para pedirle que se asegurase de que su padre estaba bien. «Hoy no», pensó, y dio media vuelta para salir de cuarto. En el pasillo se encontró a Mohan con el periódico en la mano y, por la expresión de su cara, supo que había escuchado al menos parte de su conversación.

Cambió el peso de un pie a otro.

–¿Qué haces aquí? –le preguntó ella al final.

–He entrado a preparar más té.

–Ah.

Se hizo un silencio penoso e incómodo, y Smita notó que se ruborizaba.

–¿Cómo está tu padre? –dijo Mohan.

–Bien –contestó ella con recelo–. Me da la sensación de que has oído parte de mi conversación.

–Es verdad. He oído cómo le decías que estabas en las Maldivas y no en la India.

–Ya, bueno, es que no quiero que se preocupe.

–¿Por qué iba a preocuparle que estés en la India? –Y, antes de que a Smita se le ocurriera una respuesta, Mohan añadió pausadamente–: Además, has dicho khuda hafiz antes de colgar.

–¿Y?

–Pues... que es una expresión musulmana, ¿no?

La desconfianza de su voz irritó a Smita.

–No me hace gracia que andes espiando mis conversaciones con mi padre.

–¿Espiando? Estaba en el pasillo yendo a la cocina para…

–En ese caso, tendrías que haber seguido andando.

A Mohan se le encendió el rostro.

–¿Perdona? ¿Me vas a decir cómo comportarme en mi propia casa, lo que debo y no debo hacer?

–La verdad es que será mejor que me vaya –replicó ella en ese momento–. Llámame un taxi. No tengo por qué aguantar esto.

Mohan se la quedó mirando como si la viera por primera vez.

–Smita, ¿va todo bien? –preguntó desconcertado–. ¿Qué acaba de pasar? ¿Por qué piensa tu padre que estás en las Maldivas? ¿Por qué le mientes? Y ¿por qué me mientes a mí?

Incapaz de responder, negó con la cabeza al tiempo que su cuerpo se tensaba. ¿Podía confiar en Mohan? ¿La entendería él si lo hacía? Y entonces pensó: «¿Acaso no se ha portado siempre bien conmigo?».

Aun así, siguió sin decidirse mientras el corazón le latía acelerado. Se secó el sudor de las manos en los pantalones y trató de apaciguar sus pensamientos.

–¿Smita?

Y en ese momento, sintió alivio. Alivio ante la perspectiva de confesar el secreto que había permanecido oculto durante veinte años. Había cargado con el peso de una doble vida durante tanto tiempo como había podido y aquí, por fin, estaba lo que tanto había deseado y temido: el final del camino.

–Está bien –dijo–. Te lo contaré.

Se dirigió al sofá de la sala seguida por Mohan, que se sentó frente a ella. A Smita le dolió la desconfianza que se reflejaba en su rostro.

–¿Quién eres? –preguntó él–. ¿Por qué has mentido…?

Ella levantó una mano para interrumpirlo.

–Te lo contaré. –Respiró hondo antes de proseguir–: En realidad, me llamo Zeenat Rizvi y nací siendo musulmana.

LIBRO TERCERO

Capítulo 28

Smita Agarwal nació a los doce años.
Antes era Zeenat Rizvi.

La familia de Zeenat vivía en un piso grande y espacioso en Colaba. Sus padres se habían conocido en 1977, cuando Asif fue a visitar a un amigo de la universidad en Hyderabad. Zenobia era la prima hermana del amigo, una chica sociable que enseguida conquistó el corazón melancólico de Asif. Tras regresar a Mumbai, que entonces se llamaba Bombay, él le escribió apasionadas cartas de amor durante años, hasta que Zenobia, que sabía que sus padres habían decidido casarla con un familiar lejano, huyó a Mumbai y se fugó con él. Su matrimonio supuso un pequeño escándalo. Finalmente, se decidió que la pareja viviría con los padres de Asif hasta que él terminara el doctorado.

Si al padre de Asif le pareció extraño que su hijo quisiera estudiar historia y religión hindúes, nunca lo manifestó. A lo mejor albergaba la esperanza de que su único vástago recuperara la cordura y se incorporara a la empresa familiar de construcción. A lo mejor, en el Bombay de los años setenta todavía era posible que un padre no se preocupara demasiado por aquel mestizaje cultural. En cualquier caso, la buena suerte continuó favoreciendo a Asif. Zenobia resultó ser cariñosa y buena y, un año después de la boda, se había convertido en un miembro fundamental del clan Rizvi. Su suegro y su suegra la adoraban. Asif era el hombre más feliz del mundo cuando escuchaba a su mujer y su madre charlando y cocinando en la cocina mientras él escribía su tesis.

Cuando se sacó el doctorado, su padre le regaló un piso en Colaba, uno de los barrios más cosmopolitas de la ciudad. Zenobia y él, que estaban encantados de vivir con sus padres, protestaron ante semejante despilfarro, pero el hombre insistió.

–Al fin y al cabo, es tu dinero, *¿na,* hijo? –argumentó–. ¿A quién se lo voy a dejar, al hijo de la asistenta? Al menos así tendré la satisfacción de verte disfrutar de tu parte de la herencia mientras aún estoy vivo.

El primer hijo de los Rizvi, Sameer, nació después de que se mudaran al piso de Colaba. Tras su nacimiento, Zenobia continuó yendo a casa de sus suegros cada día a media mañana, después de bañar y vestir al bebé. «Un niño necesita a sus abuelos», decía con una nota de nostalgia en la voz que solo Asif percibía. Aunque los padres de Zenobia habían acabado por aceptar el matrimonio e incluso habían ido a visitarlos en una ocasión, la humillación que su hija les había hecho sufrir al escaparse no se había disipado.

Poco después de doctorarse, la universidad de Bombay contrató a Asif como profesor. Algunos de sus antiguos profesores manifestaron su inquietud ante el hecho de que un musulmán diera clases sobre hinduismo, pero Asif había sido un estudiante tan brillante que nadie puso verdaderas pegas a la contratación. Además, el joven no era de los que llevaban barba y rezaban cinco veces al día, sino un hombre moderno, laico y buen bebedor. Hablaba en términos despectivos de Pakistán, al que consideraba un Estado fallido, y creía que Cachemira pertenecía a la India. Era fácil olvidar sus raíces.

Cuando Zeenat nació, dos años después de Sameer, su padre se había labrado ya una buena reputación como académico. La niña creció en una familia feliz y unida, destacó en la escuela por sus dotes para la escritura –algo de lo que Asif estaba extremadamente orgulloso–, tenía muchos amigos, disfrutó de la protección de su hermano ante los abusones del colegio y vivió entre los algodones del amor de sus padres. Entre semana, al volver de la escuela, su madre le preparaba la merienda y, cuando terminaba de hacer los deberes, salía a jugar con los niños del barrio hasta que la llamaban para cenar. En verano, viajaban a Goa, Ooty o Dharamsala.

Zeenat tenía ocho años cuando, durante la estación de los monzones, la rama de un árbol cayó sobre su abuela y la mató. Su abuelo se quedó tan desolado que vendió la empresa y empezó a leer el Corán a diario y a ir a la *masjid* cada tarde. Asif y Zenobia intentaron convencerlo de que se fuera a vivir con ellos, con la esperanza de que los nietos recompusieran su corazón roto, pero él rechazó la invitación, con educación al principio y luego con una vehemencia cada vez mayor.

–Este es mi sitio –insistía–; esta casa en la que vivía con mi amada.

Falleció un año después. En el certificado de defunción, el médico escribió: «Causas naturales», pero Asif sabía que, en realidad, su padre había muerto porque le habían partido el corazón.

Cuando, al cabo de seis meses, se publicó el segundo libro de Asif, este seguía echando muchísimo de menos a sus padres. En los últimos años había centrado sus estudios en Shivaji, el rey guerrero maratha del siglo XVII que había luchado con gran valor contra los mogoles. En su libro, *El mito de Shivaji*, Asif sostenía que el culto contemporáneo de los hindúes a la figura del rey era simultáneo al auge del sentimiento antislámico en la India. Se publicó en 1994, un año después de los disturbios de Bombay, una serie de matanzas entre hindúes y musulmanes que tuvieron lugar después de que los hindúes destruyeran la histórica mezquita de Babri Masjid. La fecha de la publicación resultó ser de lo más oportuna. La estrella de Asif Rizvi estaba en ascenso y una revista india de izquierdas publicó un fragmento del libro. Pocos meses después, una pequeña universidad de Ohio lo invitó a participar en una conferencia sobre el auge mundial del fundamentalismo religioso.

Sin embargo, más allá de varios de sus colegas, nadie en su círculo prestó mucha atención a lo que había escrito el profesor sahib. Los vecinos hindúes de clase media alta mantuvieron su amistad con los Rizvi, la única familia musulmana del edificio. Los hombres veían con aprobación cómo Asif bebía whiskies con ellos como el que más. Zenobia jugaba a *bridge* con las mujeres del edificio cada domingo y presidía las reuniones que organizaba para hablar de planes de ahorros. Su mejor amiga, Pushpa Patel, que vivía dos pisos más abajo, hacía de vicepresidenta.

En 1996 hubo nuevos disturbios en Bombay y, esta vez, las llamas alcanzaron su acaudalado barrio. Asif y Zenobia contemplaron con incredulidad cómo turbas armadas con latas de queroseno vandalizaban coches y tiendas de propietarios musulmanes. Aun así, no dijeron nada y trataron de pasar desapercibidos, depositando su confianza tanto en sus amigos hindúes como en la impenetrabilidad que les confería su riqueza.

–*Arre* –decía Asif–. Conozco a todas y cada una de las personas que viven en esta calle. Nadie nos hará daño.

Pero una noche, al volver del teatro, la familia se encontró una copia de una columna que Asif había escrito un año atrás para el *The Indian Express* colgada en la puerta de su casa, con una gran equis roja dibujada encima. En ella, Asif se burlaba de las inverosímiles reivindicaciones de los seguidores de Shivaji más devotos y fundamentalistas. «Islamita malnacido –habían escrito en una nota–, la próxima vez no tendrás tanta suerte. Vamos a por ti».

Asif palideció.

–Coge a los niños y entra en casa –le susurró a su mujer–. Prepara una maleta. Enseguida vuelvo.

–¿Adónde vas? –preguntó Zenobia, pero él ya había cogido el ascensor para bajar de nuevo.

Regresó media hora después, conmocionado y aturdido. Se aseguró de que los niños estaban en su habitación y después hizo señas a su mujer para que se sentara a su lado en la cama.

–He ido a ver a Dilip –le dijo–, el presidente de la comunidad de vecinos. Le he explicado lo de la amenaza y le he propuesto que contratemos de inmediato más seguridad para el edificio.

–¿Y?

Asif se quedó un momento callado.

–Ha llamado a los demás propietarios para que vinieran –dijo al final–. Y han venido. Han dicho que no quieren problemas con esos matones y me han echado la culpa por traer conflictos a la comunidad. Han dicho que… Que lo mejor es que nos vayamos.

–¿Que nos vayamos? ¿Adónde?

Asif asintió con aire ausente mientras miraba al suelo. Le brillaban los ojos.

–Eso mismo he preguntado yo. Dicen que deberíamos mudarnos hasta que se calmen las cosas. –Al final, se le saltaron las lágrimas–. Ni uno solo se ha ofrecido a ayudarnos, Zenobia. Ni uno.

–Asif, tienen que pensar en sus familias. Son tiempos difíciles.

La ira que él sentía por fin encontró un blanco sobre el que descargarse.

–Ni se te ocurra; ni se te ocurra ponerte de su parte. Son todos unos desgraciados. ¿Cuántas veces han venido a nuestras fiestas? Han comido nuestra comida y han bebido mi alcohol, pero ¿así nos lo pagan cuando más los necesitamos?

Hablaron hasta bien entrada la noche. Se plantearon ir a vivir con una prima lejana, pero, cuando la llamaron, la pobre mujer les respondió que en su barrio estaban apalizando a los musulmanes en las calles. Llamaron a otras casas, pero en ellas el teléfono sonaba y sonaba sin que nadie contestara. Dedujeron que todos habían huido.

Al final, llegadas las once de la noche, Zenobia dijo:

–Tía Beatrice.

Beatrice Gonzales era una mujer angloíndia que vivía en el edificio de enfrente. Había sido la bibliotecaria de la escuela de los niños, aunque, cuando Sameer comenzó a estudiar allí ella era ya una anciana y, de hecho, se había jubilado el año que Zeenat empezó tercero. Un par de veces a la semana, Zenobia le preparaba comida y se la llevaba, pues la señora cada vez estaba más débil.

A pesar de lo tarde que era, Zenobia la llamó. Beatrice contestó con voz adormilada, pero, en cuanto entendió los motivos de la llamada, se despertó del todo.

–Ven –dijo de inmediato–. Coge a los niños y ven ahora mismo. Y Asif también, por descontado.

–Mete ropa en la maleta para unos días –le dijo Asif a su esposa–, hasta que se calmen las cosas. –Se tiró de la perilla–. No quiero que ninguno de nuestros vecinos sepa adónde vamos. Llamaré a Jafar *bhai* y le diré que venga con el taxi en media hora. Deberíamos decirles a nuestros vecinos que nos vamos de la ciudad.

–¿Quieres que un taxi atraviese la calle?

–¿Qué sentido tiene, si no? Le diremos a Jafar que vaya hasta la calle principal y luego podemos rodear el edificio de tía Beatrice y entrar por detrás. ¿Lo entiendes? –Se interrumpió, asaltado por otro pensamiento–. Llama a tu amiga Pushpa y dile que vamos a llevarle todas tus joyas para que las guarde.

–¿De verdad te parece una buena idea? Puedo ir al banco mañana y meterlas en la caja de seguridad.

–Zenobia, creo que será mejor que no salgamos de casa de la señora Gonzales durante unos días. Pushpa tiene una caja fuerte, ¿te acuerdas? Me lo contaste cuando Gaurav se la compró. Puede guardar tus cosas dentro.

Cuando le llevaron la pesada bolsa de tela, llena de collares de oro y brazaletes de diamantes, Pushpa la cogió con gesto serio.

–¡Cuídate mucho! –exclamó al tiempo que abrazaba a Zenobia–. Llámame, te diré cuándo podéis volver a casa sin peligro.

–¿Adónde vamos, Asif sahib? –preguntó Jafar cuando se subieron al taxi–. ¿A la estación de Churchgate o a la de Victoria?

–Arranca –le indicó Asif y le tendió un billete de cien rupias–. Esto por los problemas, *bhai.* Solo tienes que llevarnos a la próxima calle y luego dar la vuelta hasta la entrada trasera de los apartamentos Royal. Tenemos que fingir que nos marchamos, ¿comprendes?

Jafar, que también era musulmán, lo entendió de inmediato.

–Una idea excelente, *seth*.

Los ayudó a entrar apresuradamente en el edificio y subió las maletas hasta el segundo piso, donde vivía Beatrice. La anciana abrió la puerta en cuanto llamaron y, después de que su mujer y sus hijos entraran en el apartamento, Asif se volvió hacia Jafar.

–Sabes que no puedes...

–*Sahib*, usted me dio el dinero para la entrada de mi primer taxi y mi familia come gracias a su generosidad. Siempre estaré en deuda con usted. No hace falta que...

Asif le dedicó una sonrisa forzada que no se reflejó en sus ojos.

–En esta ciudad nuestra, es raro encontrar a un hombre que recuerde sus deudas –dijo.

La tristeza ensombreció el rostro de Jafar.

–Son tiempos difíciles para los nuestros, sahib –dijo–, pero pasarán.

–*Inshallah*.

–*Inshallah*. Cuídese, sahib. Y recuerde: si necesita algo, estoy a su servicio.

–Cuídate mucho, Jafar *bhai*. Tú y tu familia.

Los cuatro primeros días en el piso de Beatrice transcurrieron sin contratiempos. Zenobia cocinaba todas sus comidas y Beatrice afirmó que había empezado a ganar peso. Asif leía el periódico y miraba sin cesar las noticias en el televisor. Sameer escuchaba música con su walkman y leía sus libros de Tintín mientras Zeenat se sumergía en las novelas de Nancy Drew y la revista *Mad*. A pesar de las prisas, Zenobia había sido capaz de coger todo lo que los niños necesitaban. Por las noches, Asif y

Sameer jugaban una partida tras otra de Scrabble en el viejo tablero de Beatrice.

Al quinto día, llegaron los problemas.

–Smita –dijo Mohan–, no tienes por qué hacerlo. No hace falta que me cuentes nada; sé que no es fácil...

Pero, ahora que había empezado, Smita no quería parar. En parte se debía al alivio que le producía el hecho de no tener que seguir ocultando la verdad y, en parte, a su deseo de venganza. Mohan la había mirado con desconfianza y quería enfrentarlo cara a cara con sus propios privilegios.

–Tranquilo, quiero hacerlo. –Hizo una pausa antes de proseguir–: Pero quiero que sepas que solo le he contado esta historia a una persona: mi mejor amiga en Nueva York. A nadie más. Tú eres la segunda.

Él agachó la cabeza.

–Gracias. Pero no hace falta...

–Quiero hacerlo –repitió ella.

Al quinto día, llegaron los problemas.

Era domingo.

A pesar de las vehementes protestas de Zenobia, Asif insistió en asistir al almuerzo en que le iban a hacer entrega de un galardón literario.

–Asif, ¿te has vuelto loco? –exclamó Zenobia–. ¿Sabes lo peligroso que es?

–*Ffff t.* Las cosas se han calmado. Solo será ir y volver, nada más; tardaremos tres horas como mucho.

–Y ¿qué pasa con nuestros vecinos, que creen que nos hemos ido de la ciudad? No sé para qué me obligaste a mentirles si ahora vamos a hacer esto.

–Lo tengo todo pensado. –Asif le dedicó una mirada

suplicante a su mujer–. Me encantaría que vinieras conmigo, cariño. De hecho, no pienso ir sin ti.

Recurrieron de nuevo a Jafar para que los sacara de su escondite y los llevara a Flora Fountain con su taxi. Zenobia se lamentó de no tener nada que ponerse, pero había sido lo bastante previsora como para meter un sari de seda dorada en la maleta y Beatrice le prestó una cadena y un colgante de oro.

–Estás muy guapa, mamá –dijo Zeenat.

Zenobia abrazó a su hija.

–Pórtate bien. *Papa* y yo volveremos en un santiamén, *accha?* Pórtate bien y no molestes a tía Beatrice.

Zeenat puso los ojos en blanco.

–Traedme un rollito de pollo del Paradise cuando volváis.

–Ojalá pudiéramos, cariño –contestó Zenobia, afligida–. Pero solo vamos a que *papa* dé su discurso y recoja su premio. Luego volveremos directos aquí.

–Vale.

–En cuanto acabe esta pesadilla, iremos a comer allí, ¿de acuerdo, tesoro?

–Tranquila, mamá. Ve.

Los niños comieron con Beatrice y luego la anciana se acostó un rato. A diferencia de su propio piso, en aquel no había aire acondicionado y, aunque iban vestidos con camisetas y pantalones cortos, Sameer y Zeenat se morían de calor sentados en la sala de estar.

–Me aburro –dijo Sameer, estirando los brazos por encima de la cabeza.

Zeenat alzó la vista de su libro.

–Tengo una idea. ¿Por qué no llamamos a Chiku? –propuso–. A lo mejor puede venir un rato.

Sameer vaciló.

–*Papa* dijo que nadie puede saber que estamos aquí.

–¿Y qué? Chiku no se lo dirá a nadie.

Zeenat se dio cuenta de que a su hermano lo tentaba la idea.

–Sabes que podemos confiar en él –insistió.

Y sin darle tiempo a reaccionar, descolgó el teléfono de Beatrice y marcó el número de su amigo.

–Hola, tía Pushpa –dijo cuando la señora Patel contestó–. Soy Zeenat. ¿Está Chiku?

–Hola, *beta*. ¿Va todo bien? ¿Cómo está tu madre? Dile que se ponga, anda.

–*Papa* y ella han salido. –Zeenat se enrolló el cable del teléfono alrededor del dedo–. ¿Puede venir Chiku a jugar?

–¿A jugar? Pero, cielo, ¿no os habéis marchado de la ciudad?

–Estamos en la acera de enfrente, tía –Zeenat se rio–, en casa de la señorita Beatrice. Chiku tardará solo un par de minutos en llegar. *Papa* no quería que los vecinos se enteraran.

Se hizo un largo silencio. Cuando la señora Patel habló de nuevo, había esquirlas de hielo en su voz.

–Ya veo. Bueno, pues Chiku no puede ir porque ha salido. Con sus amigos.

–¿Va a venir? –preguntó Sameer cuando Zeenat hubo colgado, pero enseguida se dio cuenta de que su hermana se había quedado sin palabras–. ¿Qué pasa?

Zeenat ladeó la cabeza.

–No lo sé. Tía Pushpa parecía enfadada, pero no sé por qué.

–Te lo he dicho. No tendrías que haber llamado.

–Lo siento. No se lo cuentes a *papa*, ¿vale?

–Oye, no te preocupes por tía Pushpa. Seguro que estaba discutiendo otra vez con su criada. –Sameer le dedicó una sonrisa–. Vamos, olvídate de Chiku. ¿Quieres jugar al Scrabble?

Estaban en medio de la partida y Sameer estaba a punto de ganar, cuando llamaron al timbre.

–¡Bien! ¡Han llegado! –exclamó Zeenat.

–¿Ya?

Sameer fue a abrir la puerta, pero no eran sus padres. Ante él se encontraban cinco hombres, todos armados con una larga vara de hierro. El niño se quedó petrificado durante un instante y enseguida intentó cerrar la puerta, pero los hombres lo apartaron de un empujón y entraron, pasearon la mirada por la estancia y entornaron los ojos al ver a Zeenat. Uno de los hombres se acercó a ella, que tiró de la camiseta hacia abajo para cubrir los pantalones cortos y sus piernas en un vano gesto de recato. Él se rio ante la inutilidad de sus esfuerzos.

–Zorra musulmana –dijo y pasó el dedo índice por los pechos de Zeenat, que apenas se habían desarrollado.

–¡Eh! –gritó Sameer, con los ojos desorbitados por la ira–. Ni se te ocurra. Te prohíbo que…

Otro hombre lo empujó con tanta fuerza que Sameer dio varios pasos tambaleantes antes de erguirse de nuevo.

–¿Nos prohíbes algo? ¿Tú, basura musulmana?

Sameer intercambió una mirada con Zeenat.

–Ha habido un error –dijo él–. Os habéis equivocado. Nosotros no somos musulmanes, somos… católicos. Esta es la casa de nuestra tía.

El primer hombre se rio.

–No me digas. ¿Y quién es tu tía, *chutiya*?

–Beatrice. Solo hemos venido a verla…

El hombre le cruzó la cara con tanta fuerza que el niño cayó sobre el sofá y se puso a gimotear. Zeenat gritó. Sin dar tiempo a Sameer a recuperar el aliento, otro hombre lo arrancó del sofá de un tirón.

–Anda –dijo–, ve a buscar a la vieja.

Le dio un empujón y, después de mirar con impotencia a su hermana, Sameer entró en la habitación de Beatrice.

–*Ae, chokri.* Dime, ¿tú también eres cristiana?

Zeenat abrió la boca para hablar, pero no logró articular sonido alguno. El hombre estampó la mano sobre el tablero de Scrabble y las fichas salieron volando.

–Te he hecho una pregunta.

–Sí –dijo ella–. Todos lo somos.

–¿Tu mamá y tu papá también?

–Sí.

–¿Dónde están?

–Han salido.

–Han salido, ¿eh? Han ido a algún sitio a comer ternera, ¿eh? –El hombre escupió al suelo–. Alimañas musulmanas.

–Mis padres no son alimañas –replicó Zeenat, enfadada–. Son…

El hombre la agarró por la nuca y la levantó de su asiento hasta que sus caras quedaron a escasos centímetros. Su aliento era cálido y apestaba.

–Chulos y putas: eso es lo que sois todos vosotros, contaminando nuestro país con vuestra presencia.

–Bien dicho, jefe –terció otro.

Se oyó un estrépito en la habitación de al lado y todos se quedaron quietos. Cuando tía Beatrice entró en la sala, Zeenat sintió que un rayo de esperanza iluminaba su corazón.

–¿Qué significa todo esto? –tronó la mujer.

Pero al contemplar la figura de la anciana, con su vestido de flores y sus chanclas *bata,* se le cayó el alma a los pies. Tía Beatrice era una mujer mayor y frágil, y poco podía hacer por ellos.

–¿Quiénes sois? –insistió esta–. Y ¿cómo os atrevéis? Llamaré a la Policía ahora mismo si no…

Los hombres intercambiaron una mirada y se echaron a reír a carcajadas.

–Vuelva a su habitación, tía –dijo el hombre al que llamaban jefe cuando por fin pudo hablar–. La cosa no va con usted; nuestro problema es con estos carniceros.

–¡Pero si son niños! –exclamó ella–. ¿Qué religión incita a hacer daño a los niños?

El jefe se volvió hacia Sameer.

–*Chal, chutiya* –dijo–. Ven con nosotros.

Zeenat y Beatrice hablaron al unísono:

–¿Adónde creéis que vais?

–Ni se te ocurra tocar a mi hermano.

El jefe le hizo señas a uno de los hombres.

–Tú quédate con la vieja loca –le indicó y luego empujó a Sameer para que avanzara–. Te he dicho que te muevas, hijo de puta. Venga, andando.

Se llevaron a Sameer y, tras lanzar una última mirada a Beatrice, Zeenat corrió tras ellos, esquivando por el camino al hombre que vigilaba a Beatrice y que intentó detenerla.

En la calle se había reunido una turba. Si no hubieran estado tan aterrorizados, los niños habrían reconocido a muchos de los hombres a los que veían a menudo por el barrio. El jefe arrojó a Sameer al centro de la muchedumbre, que entonaba cánticos pidiendo sangre.

–¡Muerte a los cerdos! ¡Muerte a los cerdos! –coreó alguien.

Zeenat notó que los hombres que la rodeaban se ponían tensos y se apresuró a acercarse a Sameer, que estaba plantado en el centro. Al verla, a su hermano se le abrieron los ojos como platos por el miedo.

–¿Estás loca? ¡Lárgate de aquí! –exclamó–. Rápido, ¡vete!

Pero no había adónde ir. Junto a ellos, el jefe levantó la mano y la multitud enmudeció.

–Este hijo de perra dice que es cristiano –anunció entre risas y la turba estalló en carcajadas. Entonces se puso serio y los que lo rodeaban lo imitaron–. ¿Veis cómo se burlan de nosotros? –continuó–. Si hasta educan a sus hijos para que nos tomen el pelo y nos mientan. ¿Sabéis por qué? Porque creen que los hindúes somos unos imbéciles analfabetos.

Una oleada sacudió a la muchedumbre y Zeenat vio cómo a los hombres se les endurecía la mirada y adoptaban una expresión ultrajada. Miró hacia la calle, con la esperanza de que un vecino los viera y llamara a la Policía.

–¡Mirad a estos dos vástagos del diablo! –gritó el jefe–. Fijaos en la ropa occidental y las zapatillas de marca que llevan mientras nuestros hijos pasan hambre. Así es cómo nos han humillado desde la época de los mogoles, esos gobernantes que no hicieron otra cosa que despreciarnos. Pero ¿sabéis quién luchó contra los mogoles? –El jefe escrutó a la multitud–. ¿Lo sabéis? –Los hombres permanecieron en silencio–. ¡Shivaji! –La turba vitoreó al escuchar el nombre, pero enmudeció cuando el jefe levantó la mano–. Shivaji, nuestro rey hindú. Y el padre de estos dos se dedica a escribir libros llenos de falsedades y artículos de periódico en los que mancilla a nuestro líder.

La agitación de la multitud era palpable. Sameer dio un par de pasos hacia su hermana y colocó su cuerpo a modo de escudo para protegerla.

–Hoy vamos a darle a ese profesor una lección que nunca

olvidará –continuó el jefe–. Que sus próximos libros los escriba con la sangre de sus hijos.

Zeenat se quedó paralizada.

–¡Dejad que mi hermana se vaya! –gritó Sameer al percibir su terror–. ¡Dejad que se vaya! Podéis hacer lo que queráis...

–*Chup.* –El jefe le cruzó la cara de un bofetón.

Sameer se llevó la mano a la mejilla.

–Por favor –dijo en tono lastimero–. Por favor. Ya te lo he dicho: somos cristianos.

–*Arre, chutiya*, si eres cristiano, demuéstralo. Bájate los pantalones.

Los hombres, envalentonados, se echaron a reír; algunos aplaudieron y los cánticos empezaron:

–Bájate-los-pantalones, bájate-los-pantalones, quítale-los-pantalones, quítale-los-pantalones.

Zeenat los miró, desconcertada. No tenía ni idea de a qué se referían. Estaba claro que Sameer trataba de convencerlos de que no eran musulmanes, pero ¿por qué querían que se desnudara?

Con una sonrisa burlona, el jefe se acercó a Sameer por la espalda y le rodeó el cuello con el brazo en una llave.

–¡Socorro! –gritó Zeenat y miró hacia el cielo rezando para que un *farishta*, un ángel, bajara y los salvara.

Al divisar a varios de sus vecinos asomados a sus balcones, intentando ver lo que ocurría abajo, por un instante Zeenat pensó que sus oraciones habían sido escuchadas. Enfocó la mirada hacia el balcón del tercer piso, que tan bien conocía. ¿Cuántas veces le había gritado a Chiku que bajara a jugar en la calle? Y ahí estaba él, al lado de su madre. ¿Es que no entendían lo que estaba pasando? Aunque tal vez ya habían llamado a la Policía.

–¡Chiku! –gritó Zeenat–. ¡Ayúdanos!

En ese momento, un par de manos la agarraron, no sin que antes le diera tiempo a ver a la señora Patel obligando a su hijo a entrar dentro de casa. Pero no había tiempo para pensar porque... alguien que estaba a su espalda la estaba manoseando e introducía la mano por la parte delantera de sus pantalones cortos, y Zeenat sintió tal vergüenza y humillación que creyó que estaba a punto de desmayarse. Entonces, la mano encontró su objetivo y un intenso dolor recorrió su cuerpo. Con la cara bañada por el sudor, trató de darse la vuelta, pero el hombre que hurgaba dentro de sus pantalones la sujetó para que no se moviera.

Ella dejó escapar un grito en el que se mezclaban dolor y terror y, al volver la cabeza, vio a Sameer en el suelo con los pantalones y los calzoncillos bajados hasta los tobillos. Un pequeño grupo de hombres lo rodeaba y se mofaba de él.

–Cristiano, ¿eh? –dijo el jefe–. Entonces, ¿por qué coño estás circuncidado, *chutiya*?

Una refriega estalló allí donde la multitud terminaba; las cabezas se volvieron y de pronto apareció el padre de Zeenat, pálido, sudoroso y jadeante. Una sombra de locura se adueñó de sus ojos al ver la situación en la que se encontraban sus hijos.

–¡¿Qué está pasando aquí?! –gritó–. El agravio lo tenéis conmigo, no con ellos. –Se dirigió a Sameer–: Levántate. Levántate, hijo. De pie –le dijo, como si hubiera sido idea suya tumbarse en medio de la calle con los pantalones bajados.

Y, milagrosamente, la multitud retrocedió y dejó que el niño se levantara. Pero Zeenat no se dejó engañar: sabía que el peligro no había pasado. Le preocupaba que los hombres le hicieran daño a su padre y, desesperada, volvió a mirar hacia su edificio, pero los vecinos que seguían en los balcones se habían quedado inmóviles.

Su padre se volvió hacia el jefe.

–¿Tú no eres el mecánico del taller Contractor? Tu jefe, Pervez Contractor, es muy amigo mío.

Por primera vez, el hombre pareció no tenerlas todas consigo, aunque no dio su brazo a torcer.

–¿Y qué? Para mí, mi religión es más importante que cualquier trabajo.

Zeenat se dio cuenta de que su padre se esforzaba por controlar su miedo.

–¿Y en tu religión os incitan a maltratar a los niños? –preguntó.

De inmediato, el jefe se puso furioso y levantó una mano amenazante.

–*Saala*, si insultas mi religión te cortaré la lengua.

–He dedicado mi vida al estudio del hinduismo –dijo Asif, alzando la voz para que la multitud lo escuchara–. Sé más sobre tu religión de lo que tú sabrás en cinco vidas. Dime, ¿puedes recitar las palabras inmortales del Ramayana? ¿O del Mahabharata? Porque yo sí.

Un murmullo se propagó por el gentío y Zeenat notó un cambio en la energía. Su corazón se llenó de amor y admiración hacia su padre. Asif también debió darse cuenta de que había conseguido manejar la situación porque cogió a sus hijos y se los acercó, colocando una mano protectora sobre cada uno.

–Y, ahora, acabemos de una vez con esta locura y vayámonos todos a casa –dijo en tono despectivo.

Fue un error. Si la turba se iba a dispersar, lo haría en sus propios términos, no en los que estableciera un profesor musulmán, por muy culto que fuera. De hecho, su erudición era en sí misma una manera de meter el dedo en la llaga, aunque durante un instante aquello los hubiera intimidado. El jefe le dio un tortazo en la boca.

–Nadie se va de aquí hasta que yo lo diga –dijo–. ¿Lo has entendido, hijo de puta?

Asif asintió.

–Tu hijo dice que es cristiano –continuó el jefe.

Asif permaneció en silencio.

–A lo mejor deberíais convertiros, carniceros bárbaros. Así los misioneros católicos se concentrarían en vosotros en lugar de tratar de convertir a los hindúes.

–Yo creo en todas las religiones –señaló Asif–. Todos los caminos llevan a Dios.

–*Chup re* –replicó el jefe, golpeándolo en la espalda–. Hablas demasiado, profesor. –Se quedó un momento callado y todos lo miraron a la espera de lo que haría a continuación–. Shivaji era un gran guerrero –dijo de improviso–. Dilo. Vamos, dilo.

–Shivaji era un gran guerrero –repitió Asif sin entusiasmo. Y luego, como si fuera incapaz de reprimirse, añadió–: Pero yo nunca he afirmado que no lo fuera. Has malinterpretado lo que…

–*Papa!* –gritó Sameer–. Por favor, cállate. Por favor.

El jefe echó la cabeza hacia atrás y se rio.

–*Wah* –dijo–. El hijo es más listo que el padre. –Clavó su dedo índice en la cara de Asif–. Eso es. Cierra el pico.

Asif no dijo nada más y el jefe se puso a andar arriba y abajo, perdido en sus pensamientos.

–¿Dónde está tu mujer? –preguntó de repente.

Asif sintió una opresión en el pecho.

–He dicho que dónde está tu mujer.

Asif tragó saliva.

–Está arriba, con la anciana. Te ruego…

El jefe se mordió la lengua, pensativo.

–Hemos traído queroseno –dijo en tono despreocupado, casi amable–. Os podríamos prender fuego a los cuatro. Pero antes… ¿ves estas varas? Antes despellejaremos a tus hijos. Delante de ti. Después iremos a por tu mujer y a ti te mantendremos con vida. Y luego…

Asif dejó escapar un aullido y cayó de rodillas. El sonido fue tan inesperado que incluso el hombre retrocedió. Zeenat se quedó mirando a su padre, paralizada. Por el rabillo del ojo, vio cómo Sameer adoptaba una expresión de desprecio antes de apartar la mirada.

–Bhai –dijo Asif–, te lo ruego. Llévate todo lo que tenemos, pero, por favor, no toques a mi mujer y a mis hijos. Hemos vivido en paz con vosotros durante muchos años; puedes preguntar a nuestros vecinos, todos te lo confirmarán.

–¿Que pregunte a tus vecinos? –El jefe se rio–. *Saala*, ¿quién crees que nos ha dicho dónde estabais escondidos como ratas? A ellos también les mentiste, ¿eh? Pero tu hija se ha ido de la lengua.

Sus palabras fueron como una bofetada para Asif.

–Te lo ruego –insistió–, no le hagas nada a mi familia.

El jefe se dirigió a la muchedumbre.

–¿Lo veis? Estos cabrones solo se comportan como soldados si no nos enfrentamos a ellos, pero, cuando devolvemos los golpes, queda demostrado que son unos cobardes. –Se volvió hacia uno de sus esbirros–. ¿Qué deberíamos hacer con este montón de basura?

El hombre se encogió de hombros.

–¿Matarlos?

Al jefe no pareció satisfacerle la respuesta. Se tiró del pelo de la barbilla y miró hacia el cielo, como si lo hubiera alcanzado un rayo de inspiración.

–¡Conviértete! –proclamó–. Conviértete al hinduismo y os perdonaré la vida. Renuncia a Alá delante de todos; delante de tus hijos.

Asif nunca había sido un hombre especialmente religioso, pero, al escuchar lo que le pedía, se le desencajó el rostro y miró al hombre que se cernía sobre él.

–Por favor… –dijo.

Pero en ese momento vio un destello y, al volverse, se encontró a un hombre sosteniendo un cuchillo contra el cuello de su hijo. Un movimiento en falso por parte del aterrorizado niño bastaba para que la situación acabara en tragedia.

–¡Haré lo que quieras! –gritó Asif–. Hágase tu voluntad.

Y mientras retiraban la hoja del cuello de Sameer, se desplomó sobre el suelo llorando desconsoladamente.

–Júralo –dijo el jefe–. Jura por tu padre que tu familia y tú os convertiréis. Si queréis salir de aquí con vida, no tienes otra opción.

–Lo juro en nombre de Alá. Lo juro por mi padre.

En el rostro del jefe se dibujó una enorme sonrisa.

–Bien hecho –dijo–. Has tomado la decisión correcta. –Se volvió hacia la multitud–. *Arre*, uno de vosotros, inútiles, ayudad a este pobre hombre a levantarse, na –dijo jocosamente y, cuando Asif se puso en pie con las piernas temblorosas, lo rodeó con sus brazos–. *Hindu-hindu bhai-bhai* –dijo–. Ven conmigo. Hoy es día de celebración y, mañana, volveré con el sacerdote. –Chasqueó los dedos–. *Ae*, Prakash. Rápido, ve a buscar a la señora y tráela aquí. Dile que su novio hindú la espera.

–No vendrá –dijo Asif con desconsuelo–. Déjame ir a mí.

–De acuerdo –contestó el jefe en tono magnánimo–. Pero los niños se quedan aquí. Ah, y una cosa más: no pierdas el tiempo llamando a la Policía. No va a venir.

Y así se selló su destino.

Zenobia bajó con Asif a la calle, donde la informaron del juramento de su marido. Ni un solo vecino se asomó a ver cómo llevaban a los Rizvi a su piso. Esa noche, el jefe designó a dos hombres para que se quedaran con ellos y los vigilaran, y también se aseguró de que les confiscaran el teléfono de casa durante lo que debía ser, se suponía, un día. Evidentemente, jamás volvieron a verlo. El jefe, que se llamaba Sushil, volvió al día siguiente con un sacerdote hindú e invitó a varios vecinos a asistir al ritual de la conversión.

–Yo mismo os daré vuestros nuevos nombres hindúes –dijo justo antes de que empezara la ceremonia.

Así pues, proclamó que, a partir de aquel momento, Asif Rizvi se llamaría Rakesh Agarwal y Zenobia adoptaría el nombre de la hermana de Sushil, Madhu. A continuación, añadió con actitud benevolente que les permitía escoger los nombres de sus hijos. Solo les dio unos minutos para hacerlo.

El sacerdote prendió un fuego en una pequeña urna ubicada en el centro de la sala de estar, cuyas paredes estaban cubiertas de libros, y procedió a salmodiar los himnos en sánscrito. Zenobia se pasó la ceremonia entera llorando mientras Asif miraba al frente con resolución. Una vez terminaron, Sushil le dio a Asif una palmada en la espalda y le estrechó la mano con efusión.

–Me has conseguido un sitio en el cielo, señor –dijo, como si la conversión hubiera sido idea de Asif.

Después de que se marcharan los vecinos, quienes se habían mostrado impasibles, Sushil sacó una caja de dulces.

–Venga –dijo, guiñándole el ojo a Asif–. Vamos a repartir los dulces por todo el edificio. Ahora este lugar está purificado y es cien por cien hindú.

Asif vio que Zenobia echaba la cabeza hacia atrás en un gesto brusco de repulsión y le lanzó una mirada de advertencia.

–Vamos –le dijo a su mujer.

Salieron los tres juntos y dejaron a los niños en el piso con el anciano sacerdote, que estaba sentado en el suelo con las piernas cruzadas y mascaba su tabaco con la misma calma que una vaca rumiando. Zeenat miró a Sameer, que apenas había abierto la boca desde los sucesos del día anterior.

–¿Cómo estás? –le preguntó.

–Bien.

–Pero ¿no te…?

–Te he dicho que estoy bien. Déjame en paz.

Zeenat asintió y a su rostro de doce años asomó una expresión comprensiva. Aquel momento, en el que se dio cuenta de que la única manera que tenía su hermano de superar la humillación y la vergüenza era mediante la ira, quedaría grabado para siempre en su memoria como el comienzo de su vida adulta. El terror y el sentimiento de culpa que la embargaban le impedían reflexionar sobre su propio trauma.

Cuando sus padres volvieron al apartamento, con la caja de dulces vacía y la mirada ausente, parecían haber envejecido diez años.

–Todos nos miraban como si fuéramos desconocidos –comentó su madre después de que Sushil se marchara–. Pushpa ha dicho… –No pudo acabar y se echó a llorar–. Pushpa ha dicho que era culpa nuestra, por ponerlos en peligro.

–No vuelvas a pronunciar el nombre de esa mujer delante de mí –la instó Asif con amargura–. Esa mujer, a la que considerabas tu mejor amiga, es la que les reveló dónde nos escondíamos.

–¿Pushpa? –exclamó Zenobia–. No puede ser; ¡si ni siquiera lo sabía! ¿Nos vio alguien?

Asif miró a Zeenat en silencio y ella le devolvió la mirada mientras la nariz se le ponía roja.

–Estábamos aburridos –explicó Sameer en tono hostil–. No es culpa de Zeenat. Sois vosotros los que no deberíais haber salido.

Zenobia se dejó caer en el sofá al tiempo que se daba una palmada en la frente.

–*Ya* Alá. Jamás habría imaginado que mis hijos pudiesen ser tan estúpidos.

–Mi vida –dijo Asif–, no les culpes a ellos. Sameer tiene razón: fui yo quien se dejó llevar por la vanidad y decidió que tenía que ir a recoger ese estúpido premio. Jamás deberíamos haberlos dejado solos en casa.

Zenobia se puso en pie.

–Tienes razón: es culpa tuya. –Justo antes de abandonar la habitación, se volvió a mirarlos a los tres y, durante un instante, su expresión se suavizó. Pero la amargura la reemplazó enseguida–. No vuelvas a llamarme Zenobia –le dijo a su marido–. Ya puestos, empieza a usar el nombre que me ha dado ese animal: Madhu.

Asif era, por naturaleza, un hombre feliz y optimista. Se pasó varias semanas asegurando a su familia que, poco a poco, las cosas volverían a la normalidad. Zenobia se burlaba de su confianza y los niños habían vivido en sus carnes los límites de la capacidad de su padre para protegerlos.

Sameer, en concreto, estaba furioso con él: por la profesión que había elegido, por su temeridad a la hora de decidir en qué quería especializarse, por dejarlos solos en casa y, sobre todo, por la sumisión con la que había caído de rodillas y había suplicado clemencia. La vergüenza por que sus amigos y vecinos se hubieran asomado al balcón y lo hubieran visto con los pantalones bajados y sus partes íntimas a la vista de todos lo paralizó durante semanas, así como el hecho de que también hubieran visto a su padre prostrado ante un vulgar patán, la clase de hombre que en circunstancias normales no se atrevería a mirar a la cara a alguien como Asif. De todos ellos, Sameer fue el que abrazó su nueva identidad con más entusiasmo. La metamorfosis para adaptar su nombre y su pasado musulmanes supuso para él una especie de alivio, como si su cuerpo humillado fuera un canto rodado que quisiera perderse entre el rugido de las aguas de su nueva identidad.

Pero el fin de los disturbios no trajo consigo un cambio de paradigma. Sushil no los dejaba en paz y actuaba como si fuera su dueño, un científico que hubiera descubierto un nuevo planeta y lo hubiera bautizado. Insistió en acompañarlos cuando fueron a registrar sus nombres de manera oficial. Los llevó en coche al templo por primera vez y se aseguró de que tuvieran asientos en primera fila para la ceremonia de la *pooja*. Adoptó la costumbre de presentarse en su hogar siempre que le placía y se dirigía a su madre como *bhabhi*, «cuñada». A Zenobia se le empezó a caer el pelo y, por la noche, rechinaba los dientes al dormir. Las invitaciones a los torneos de *bridge* y las reuniones dejaron de llegar. Una tarde, llamó a la puerta de Pushpa y dio rienda suelta a su ira por su traición.

–Pusiste a mis hijos en peligro, Pushpa, y ¿para qué? ¡Tú y yo éramos como hermanas!

–Me mentiste. Me dijiste que os ibais de la ciudad.

–No es así; solo te dije que nos marchábamos una temporada. Y, aunque estuvieras enfadada conmigo, ¿por qué te desquitaste con mis hijos?

–No me eches la culpa a mí. La culpa la tiene el estúpido de tu marido, por presuntuoso.

Zenobia estaba a punto de dar media vuelta cuando recordó algo.

–En cualquier caso –dijo–, he venido a buscar mis joyas.

Pushpa le dedicó una mirada gélida.

–Tendrás que esperar a que mi marido vuelva a casa; la llave de la caja fuerte la tiene él. Te mandaré a mi criada con la bolsa. Ahora, si me disculpas…

Zenobia se quedó plantada frente al piso de la mujer, parpadeando con incredulidad ante el hecho de que Pushpa le hubiera cerrado la puerta en las narices. Oyó abrirse las puertas del ascensor y tres de sus antiguas compañeras de *bridge* bajaron de él, acompañadas de otra a la que no reconoció.

–Hola, Zenobia –la saludó una de ellas con frialdad.

Ella contempló su pelo impecable y su ropa de lino almidonada y de pronto tomó conciencia de los rosetones de sudor en sus propias axilas y de las manchas de su vestido.

–Ya no me llamo Zenobia, ¿recuerdas? –le espetó–. Ahora soy Madhu. Nos obligaron a convertirnos en contra de nuestra voluntad y todos vosotros os limitasteis a mirar.

–Ay, no seas tan dramática –dijo otra, y la tercera le hizo una seña para que se callara.

Zenobia las miró con ojos enloquecidos.

–¿Dramática? A mi hija la agredieron sexualmente en plena calle. A mi hijo…

–Sí, es lamentable –dijo Priya, una mujer delgada de piel clara que tenía dos hijos–. Pero no sé en qué estabas pensando. Pushpa dice que os suplicó que os marcharais de la ciudad durante unas semanas y tú no quisiste hacerle caso. Y, sinceramente, una cosa es que tu marido quiera exponer a su propia familia con sus estúpidos artículos en el periódico, pero el caso es que nos puso en peligro a todos. Los siguientes a los que habrían acosado esos *goondas* habrían sido nuestros hijos, por relacionarse con gente como vosotros. Y, aun así, tienes la osadía de echarnos la culpa a nosotras.

Esa noche, al volver a casa, Asif se encontró a Zenobia metida en la cama. No había preparado la cena y los niños no habían comido. Cuando la despertó, ella solo le dijo una cosa:

–Sácame de aquí. Sácame de este edificio maldito lo antes posible.

La criada de Pushpa llamó al timbre a las nueve de la noche. Asif volvió a la habitación sujetando un saquito de tela y con expresión de perplejidad.

–Quizá me equivoque –dijo–, pero me da la sensación de que no te han devuelto todas las joyas. Pesa muy poco.

Su mujer le dedicó una mirada apagada.

–¿Qué más da? Y, además, ¿cómo vamos a demostrarlo? Hemos tenido más suerte que la mayoría; al menos nos ha devuelto algo.

Asif asintió y, en ese preciso instante, decidió mudarse con su familia en cuanto encontrara a alguien que quisiera comprar su apartamento.

Se pasó los seis meses siguientes buscando un comprador. El primero, un rico comerciante musulmán que quería mudarse a un lugar «cosmopolita», fue rechazado por la junta de propietarios del edificio.

–Quítatelo de la cabeza, *yaar* –le dijo Dilip, el presidente de la comunidad de vecinos–. Este es ahora un edificio solo para hindúes. Que ese hombre se vaya a vivir con los suyos.

La junta rechazó a otros tres potenciales compradores antes de que Dilip dejara claras sus intenciones. Resultó que su hermano tenía pensado trasladarse de nuevo a Mumbai y, por supuesto, quería vivir cerca de su familia. Dilip le pidió a Asif que bajara el precio de la casa y se la vendiera a él, afirmando que así todos ganarían.

–¿Y qué gano yo? –preguntó Asif.

Dilip sonrió.

–*Arre*, *yaar*, supongo que quieres vender el piso, ¿no? ¿Cómo lo vas a hacer si yo no apruebo la venta? ¿Lo entiendes? Todos ganamos.

Asif se fue a casa, llamó a su agente inmobiliario y le dijo que había cambiado de opinión, que todavía no quería vender porque había tomado una decisión: no tenía sentido mudarse a otro barrio. Lo que quería era no seguir viviendo en aquel condenado país.

Sushil les había dado una nueva identidad. Asif se había visto obligado a renunciar al nombre que su padre le había otorgado y a adoptar otro que había escogido un matón analfabeto. Eran personas nuevas. ¿Cómo llamaban a los cristianos en Estados Unidos? «Renacidos». Habían renacido.

Empezarían de cero en un país nuevo, entre personas nuevas. Asif movería cielo y tierra para conseguir un empleo en una universidad estadounidense.

Capítulo 29

Sentada en la sala de Mohan, Smita lloraba en silencio mientras él permanecía clavado en su asiento.

–Lo siento –dijo ella tras lo que pareció una eternidad–. Entenderás que no podía…

–No hace falta que digas nada –la interrumpió él con la voz ronca.

Luego cruzó la estancia, se sentó a su lado y sostuvo su mano entre las suyas. Todo lo que aquel gesto transmitía: simpatía, solidaridad y cariño desató otra oleada de llanto desconsolado de Smita.

–Una llamada de teléfono impulsiva –dijo–. Una llamada a Chiku hizo que la vida de todos cambiara de manera radical. Fue culpa mía, ¿te das cuenta? Todo lo que pasó fue culpa mía.

–No, no, no, Smita –dijo él–. Ni se te ocurra pensar eso. Eras solo una niña.

Ella apenas le prestó atención.

–Nosotros siempre nos habíamos considerado indios, nada más –dijo–. No éramos una familia religiosa y Mumbai era el único hogar que conocíamos…

–Claro, te entiendo.

–Pero ese incidente cambió algo más que nuestras vidas, Mohan. También cambió la visión que teníamos de nosotros mismos. De repente nos hicieron sentir como extranjeros en nuestro propio hogar. En ciertos aspectos, nos sentimos más bienvenidos en Ohio que en mi viejo vecindario después de que Sushil entrara en nuestra vida.

Mohan le pasó el brazo por los hombros en un gesto reconfortante.

–Lo siento. Lo siento mucho.

Smita abrió la boca para seguir hablando, pero, en ese momento, le sonó el móvil. Era Anjali. Un domingo por la mañana. Se apartó de Mohan y se tomó un momento para recuperar la compostura antes de contestar, sabedora de que él la estaba mirando.

–Hola, Anjali –la saludó, secándose las lágrimas–. ¿Cómo estás?

–Bien. Tengo noticias. Tenemos fecha confirmada: será el miércoles, ¿vale?

Unos días atrás, Smita se habría sentido abatida por el retraso, pero ahora ya no le importaba.

–Por supuesto, no sabremos la hora exacta hasta esa misma mañana –continuó Anjali–. Desde Mumbai se tardan cinco horas en coche, así que igual deberías quedarte en el motel la noche antes.

–En realidad, estoy en Surat. Así que no tardaré tanto…

–¿Surat? ¿Qué haces en Surat?

–He… He venido a ver a un amigo.

–Está bien. Bueno, entonces estás más cerca. No sé con cuántas horas de antelación lo sabremos.

–Eso era lo que me preocupaba.

–De acuerdo. Dale *salaams* a Shannon cuando hables con ella.

–De tu parte. –Smita vaciló–. Anjali…

–Dime.

–¿Qué…? ¿Qué pasará después del veredicto?

–¿A qué te refieres? Con suerte, los encerrarán durante años.

–Sí, ya lo sé. Me refiero a qué pasará con Meena.

Se hizo un largo silencio y a Smita se le cayó el alma a los pies.

–No lo sé –contestó al final la abogada–. Supongo que seguirá viviendo con su suegra. –Smita se quedó callada y Anjali suspiró–. Oye... Sé que esperabas otra respuesta, pero no soy de las que se andan con rodeos, ¿vale? Por desgracia, no estamos en Estados Unidos, sino en la India.

–Pero tú... ¿mantendrás el contacto con ella?

Esta vez el silencio estaba cargado de tensión.

–Será mejor que hablemos el miércoles en persona, ¿de acuerdo? –dijo al cabo Anjali, como si tuviera la cabeza en otra parte–. Hoy tengo que hacer un montón de papeleo.

De inmediato, Smita tuvo la sensación de que la había reprendido.

–Sí, claro.

–No quiero ser grosera, pero...

–Tranquila, lo entiendo. De verdad.

Smita colgó y se miró las uñas mordidas. ¿Cuándo había empezado a mordérselas? La India era una maldita bola de demolición que estaba afectando a su sistema nervioso y a su psique.

–He escuchado lo que decía –comentó Mohan–. Parece una tía muy fría.

Su intento por empatizar con ella provocó una sonrisa en Smita.

–Creo que no lo es. ¿Te imaginas lo duro que debe ser dedicarse a lo suyo un día tras otro?

–No. Aunque la verdad es que tampoco me imagino haciendo tu trabajo.

–A mí me encanta. Contar las historias de la gente es un privilegio.

Sentado en el sofá, Mohan se volvió para mirarla a ella.

–Pero ¿y tú? ¿A quién le puedes contar tu historia? ¿Quién te cuida a ti?

Su madre había expresado a menudo esa misma preocupación. Cuando iba a verla a su austero apartamento de Nueva York, se quedaba mirando las fotografías en blanco y negro colgadas de las paredes grises, los escasos muebles de la sala, y una expresión de desasosiego se apoderaba de su rostro.

«¿Por qué no vamos a comprar muebles de verdad, *beta*? –decía–. Tal vez un sofá bonito y de un color vivo, ¿te parece? Los que tienes ahora son tan fríos y sobrios…».

Smita había tardado varios años en entender que, en realidad, su madre no criticaba sus gustos decorativos, sino que estaba angustiada por la soledad de su vida nómada. El apartamento minimalista era una mera metáfora de su existencia minimalista, desprovista de cualquier tipo de obligación o relación duradera.

–Sé cuidar de mí misma –dijo en un tono que pretendía parecer indiferente, aunque no lo consiguió.

–Conmigo no tienes que hacerte la dura, Smita –repuso Mohan–. Lo que viviste fue espeluznante. Ese hombre te destrozó la vida, *yaar*.

Smita negó con la cabeza.

–No, Mohan, no lo hizo. No le dejé. Porque, si le hubiera dejado, él habría ganado.

–Tienes razón –dijo él–. Tienes toda la razón.

Se quedaron un rato callados.

–¿Sabes? –continuó él–, hasta que os conocí a Meena y a ti, estaba convencido de que la India era el mejor país del mundo. Bueno, sabía que había problemas, claro, pero después de escuchar tu historia, yo… Yo solo… Me siento como si llevara toda la vida dormido. Que nadie acudiera en vuestra ayuda me resulta… inconcebible.

–Recuerdo a una mujer que vivía en nuestro barrio –dijo Smita–. Su hija iba a la escuela conmigo, aunque no éramos amigas. Un año después de que pasara todo, mi madre y yo nos la encontramos por la calle y nos pidió perdón por lo que había pasado. A pesar de ser tan solo una conocida con la que apenas teníamos contacto, se le llenaron los ojos de lágrimas. «Lo que os hicieron no estuvo bien –dijo–. Me avergüenzo mucho. Tendríamos que haber dicho algo». No sabes lo que significó para nosotras que lo reconociera, Mohan. Mi madre recordó aquel gesto de bondad durante años.

–Bueno, yo también me avergüenzo. Me avergüenzo de mi país.

Smita sabía que, con sus palabras, Mohan trataba de expresar solidaridad, de consolarla. Pero se sintió fatal.

–No tienes que odiar a la India por mí, Mohan –dijo–. De verdad. Yo no la odio; ya no.

–¿Cómo puedes decir eso después de lo que me has contado?

Un aluvión de imágenes inundó a Smita. Los cuernos de los bueyes que araban el campo, adornados con caléndulas. La curiosa democracia de niños, perros, gallinas y cabras que coexistían en los pueblos por los que habían pasado. La hilera de mujeres caminando por el borde de la carretera con vasijas de barro sobre la cabeza para llevar agua a sus aldeas. Las señoras mayores del parque de delante del hospital Breach Candy, corriendo con sus saris y sus zapatillas de deportes. El camarero del Taj que le había dado una única rosa blanca. El amor apasionado y protector de Nandini por Shannon. La mano de Meena, semejante a una raíz, acariciando la espalda de Abru. El orgullo de Ramdas por una casa que no le pertenecía. Todas y cada una de aquellas cosas llenas de ternura también eran la India.

Igual que el hombre que estaba sentado a su lado, con lágrimas en los ojos, dividido por sus ganas de consolarla y su deseo de que lo perdonara. ¿Cómo hacerle entender que su naturalidad, sus muestras espontáneas de bondad y generosidad –como permitir que el portero del Taj llevara la maleta de Smita al coche, cargar con grandes sacos de arroz y *dal* hasta la choza de Ammi, su talante alegre con Abru y Meena o las bromas de sus compañeros de trabajo que tanto divertían a Smita–, todo, todo ello también se había convertido en la India? ¿Que el hecho de haber contado en voz alta el secreto que la había embrutecido durante dos décadas y el evidente enfado y la incuestionable indignación con la que había reaccionado Mohan al descubrirlo habían liberado una parte de ella que llevaba demasiado tiempo calcificada?

–No lo sé –contestó al cabo–. No sabría decírtelo. Pero es así.

–Y ¿te alegras de habérmelo contado? ¿Aunque te haya tenido que sacar la verdad con...?

–Sí.

Al cabo de un rato, Smita se levantó del sofá y, de camino a la cocina, se dio la vuelta.

–¿Te puedo pedir un favor?

–Lo haré.

–¿Qué es lo que harás?

–Seguiré ayudando a Meena y a su hija. De hecho, les enviaré un cheque cada mes e iré a verlas siempre que venga a Surat. Te lo prometo. Aunque se me hace raro pensar en ir allí sin ti, *yaar.*

Ella se puso triste.

–Lo sé. Pero seguiremos siendo amigos.

Él asintió, pero ella sabía que era demasiado educado para decir la verdad: que era más probable que él mantuviera su promesa que ella.

Capítulo 30

Anjali envió a su asistente con el coche para que me acompañara al juzgado. Yo quería llevarme a Abru, pero Anjali me lo había prohibido terminantemente porque podían hacernos esperar horas hasta que llegara el turno de nuestro caso. La asistente me sugirió que dejara a Abru con Ammi, que protestó por tener que llevarse a su nieta al trabajo. A su señora no le gustaban los niños.

No he visto a mis hermanos desde la última vez que estuvimos en el juzgado.

Tengo mucho miedo.

Rezo para que Smita y Mohan babu *estén allí.*

Espero que Dios esté allí.

No estoy segura de si debo rezar al Dios hindú o al musulmán.

Si Abdul viviera, diría que hay un solo Dios y que debo rezar al justiciero.

Pero si voy al juzgado es porque Abdul está muerto.

A lo mejor, cuando la gente muere, se convierte en una moto en el ojo de Dios.

A lo mejor, a quien debo rezar es a Abdul.

A lo mejor, él puede hacer en muerte lo que no pudo hacer en vida: salvarme de los demonios a los que debo enfrentarme en el juzgado.

Capítulo 31

–Mohan, frena un poco, por favor. Nos vamos a matar.

Él la miró, irritado.

–Acabas de decir que no podemos llegar tarde.

–Lo sé, pero también… ¡Jesús!

Se encogió mientras otro coche pasaba por su lado rozándolos y tocando la bocina. Él arqueó una ceja.

–¿Jesús?

–Es una expresión.

–Lo sé. –Mohan le quitó una pelusilla de la mejilla–. Hablando de Jesús, ¿alguna vez volviste a ver a Beatrice?

–Claro. Aunque la pobre mujer estaba tan consumida por la culpa que durante meses apenas fue capaz de mirarnos.

–Ya, siempre pasa lo mismo: son los inocentes los que se sienten culpables, mientras que los verdaderos cabrones, como esos dos hermanos a los que estamos a punto de ver, se pasean por ahí como si el mundo fuera suyo.

Smita lo miró de reojo mientras se debatía entre hacerle o no la pregunta que llevaba un rato consumiéndola.

–¿Y tú…? ¿Tú…?

–¿Qué?

–Nada.

–Venga ya, Smita. Dímelo.

–Solo me preguntaba si… ¿Cambia algo para ti? Me refiero a saber que nací musulmana.

Mohan tardó unos segundos en responder.

–Supongo que sí. A decir verdad, hace que me avergüence de ser hindú y que desee haberte conocido en aquella época, para poder protegerte.

Había gente que sí que había mostrado solidaridad con la familia Rizvi. La pobre Beatrice Gonzales se había deshecho en disculpas por no haber sido capaz de proteger a Sameer y Zeenat. Cuando Asif le había explicado su decisión de convertirse, su jefe del departamento había mostrado su disconformidad a gritos. La criada de un vecino había murmurado una disculpa al cruzarse con Zenobia. Pero nadie se había mostrado dispuesto a renunciar a su religión por lo ocurrido, nadie había manifestado el deseo de escalar su continuo espacio tiempo. Y en lo que Mohan había dicho no había ni un ápice de lástima, tan solo compasión, una compasión tan pura que escocía como el alcohol.

–Gracias, Mohan.

–¿Tu padre no decidió mudarse de inmediato? –preguntó él al cabo de un momento–. ¿Vivisteis dos años más en ese barrio?

Así fue.

Asif, hijo único de un hijo único, tenía un puñado de familiares lejanos en Bombay, pero, en cuanto estos se enteraron de su conversión, rompieron todos los lazos con ellos. Y, por supuesto, aunque hubieran querido, la posibilidad de mudarse a un barrio musulmán era impensable. En cualquier caso, Asif, que era un hombre cosmopolita y agnóstico, no tenía deseo alguno de mudarse a un entorno homogéneo después de haber vivido en la zona más bohemia de la ciudad. ¿Adónde podía ir? Obligado a renunciar a una religión y abrazar otra, ¿a quién podían recurrir? ¿Quiénes eran los suyos? Por primera vez en su vida, Asif Rizvi, también conocido como Rakesh Agarwal, un humanista laico, sufrió una crisis de identidad.

En el pasado, había visitado Estados Unidos en calidad de profesor invitado en diversas universidades del Medio Oeste. Como ocurría en todo el mundo, sus colegas estadounidenses se habían quejado de la falta de respeto por las humanidades y de la apabullante carga de trabajo. Asif había asentido con gesto comprensivo, aunque por dentro pensaba: «No sabéis la suerte que tenéis aquí». En sus clases, los alumnos se habían mostrado atentos y educados y, además, había tenido ocasión de pasear por los hermosos campus de ladrillo rojo y de visitar las espaciosas casas llenas de libros de sus compañeros. Por encima de todo, le había entusiasmado el concepto de libertad académica, que implicaba que el profesor era el responsable del temario de sus clases, sin inferencias de la administración de la universidad y mucho menos de los ignorantes burócratas del Gobierno.

Ahora, enfrentado a la hostilidad de su mujer, a un hijo taciturno y a una hija traumatizada que se negaba a salir de casa salvo para ir a la escuela, Asif escribió cartas a todos sus contactos estadounidenses en las que les explicaba su situación. Varios le contestaron enseguida y, tras mostrarle su simpatía por las dificultades que atravesaba, le informaron de ofertas de trabajo en otras universidades y le prometieron que estarían atentos por si surgía algo. La fraternidad de profesores universitarios se convirtió en el salvavidas de Asif durante aquella época sombría y le sirvió para recordar quién era y la importancia de su profesión.

Al cabo de pocos años, un nuevo milenio vería la luz y, a pesar de sus propias miserias, Asif tenía esperanzas de que el nuevo siglo alumbrara una era en la que el mundo dejara finalmente atrás las castas, los credos y las fronteras entre naciones. Solo había que mirar lo que había pasado en Europa con la creación de la Unión Europea y la dilución de las fronteras estatales. Sin duda, aquel era el futuro. Cuanto más opresivas se volvían las condiciones de vida en su país, más anhelaba Asif la vida del intelecto. Sus verdaderos compatriotas no eran canallas ignorantes como Sushil, incapaz de no saber qué era lo que no sabían, sino personas como Sam Pearl, profesor de Religión en la pequeña universidad de humanidades de Ohio que Asif había visitado varios años atrás y con el que había escrito un artículo a cuatro manos. Tras enterarse del aprieto en el que se encontraba Asif, Sam fue a hablar con el decano de su universidad y, después de un año de búsqueda, a Asif le ofrecieron un puesto de profesor visitante. Su contrato empezaba en otoño de 1998.

La oferta fue como un salvavidas para sacar a su familia de la India y Asif la aceptó de inmediato. Luego se puso en contacto con su agente inmobiliario y le pidió que le encontrara un nuevo comprador. «Bajaré el precio», le aseguró Asif. A continuación, invitó a Sushil a cenar, no a un sitio elegante como el Taj o el Oberoi, que habrían despertado la envidia y el resentimiento del joven, sino al Khyber, un buen restaurante muy por encima de cualquiera que se pudiera permitir Sushil con su sueldo de mecánico. Asif pidió una cerveza para cada uno y abundantes platos de comida. En cuanto el camarero se marchó con la orden, Asif sacó un sobre grande y lo deslizó sobre la mesa.

–¿Qué es esto? –preguntó Sushil.

–Son veinte mil rupias. –Asif oyó el jadeo del joven–. Y es solo un pago parcial.

–¿Por qué?

–Por tu ayuda. Para convencer a uno de mis vecinos.

Sushil aguardó en silencio.

–Voy a confiar en ti porque creo que eres un hombre de honor. –Asif se obligó a mirarlo directamente a los ojos y, aunque al joven le tembló un párpado, aguardó–. Me marcho de la India; me llevo a mi familia lejos de aquí. –Asif levantó la mano para impedir que Sushil lo interrumpiera–. Espera. Mi mujer tiene un hermano en Estados Unidos –mintió–. Nos vamos a mudar allí.

–Pero...

–Pero necesito tu ayuda. ¿Conoces a Dilip Pandit? ¿Sí? Pues bien, es el presidente de la asociación de vecinos de nuestro edificio y me impide vender mi piso a un buen precio. –Asif se inclinó hacia delante–. Quiero que vayas a verlo y lo convenzas. Sé lo persuasivo que puedes ser. –Le dedicó una sonrisa exenta de resentimiento–. Después de la venta, habrá otras veinticinco mil rupias esperándote. Y un regalo de agradecimiento.

Sushil se lo quedó mirando tanto rato que de pronto Asif temió haber cometido un grave error. Podía imaginarse lo furiosa que se pondría Zenobia cuando se enterara.

–Doscientas mil –dijo al final el joven–. Eso es lo que te costará.

–*Arre*, Sushil, sé razonable.

–¿Razonable? Está bien, doscientas cincuenta mil.

Asif supo que había perdido. Reprimió el asco que le producía el hombre que tenía sentado enfrente y se obligó a sonreír.

–*Baba*, tú sí que sabes negociar. –Le tendió la mano–. De acuerdo, tú ganas.

Pero Sushil no le estrechó la mano.

–Hay algo más.

Asif cerró un instante los ojos antes de volver a abrirlos.
–Dime.
–Tienes que prometerme que no te convertirás de nuevo al islam cuando te marches de la India. Que serás hindú el resto de tu vida.
Aquello despertó la curiosidad intelectual de Asif.
–¿Por qué te importa tanto? –quiso saber.
Sushil pareció ofenderse.
–Porque es mi *dharma*. Mi fe.
–Entiendo –dijo Asif y asintió, aunque la verdad era que no entendía nada. Sin embargo, no le quedó más remedio que decir–: *Accha*. Trato hecho.
–No quiero cerrar un trato, quiero que me des tu palabra.
Qué criatura más extraña y complicada era el ser humano. Allí tenía a un hombre que acababa de sacarle más dinero del que pensaba ofrecer para sobornarlo y que, aun así, se mostraba genuinamente sincero en su deseo de ganar cuatro nuevos conversos a su religión. La desconfianza asomó al rostro de Sushil.
–¿Lo prometes o no?
–Lo prometo.
Pero el joven meneó la cabeza.
–Júralo por la vida de tus hijos. Júralo.
Asif cerró el puño por debajo de la mesa, aunque mantuvo el rostro impasible.
–Lo juro.

Más adelante, después de vender su piso y la mayor parte de sus posesiones, después de marcharse de Mumbai en plena noche y llegar de día a Estados Unidos, después de haberse instalado con su familia y haber empezado a trabajar, Asif se planteó convertirse de nuevo al islam. Y descubrió que no podía. En primer lugar, su nuevo nombre constaba tanto en su pasaporte como en su visado y sus documentos de inmigración. En segundo, entre adaptarse a los nuevos métodos de enseñanza, matricular a sus hijos en la escuela y acostumbrarse a hacer las tareas del hogar de las que antes se ocupaban sus criados, apenas daba abasto. Y, a decir verdad, teniendo en cuenta su especialización, era preferible publicar con un nombre hindú.

Sin embargo, el motivo más importante para no cambiar por segunda vez su nombre era la promesa que había hecho aquel día en el restaurante. La mejor manera de honrar la religión de sus antepasados era mantener su palabra, incluso aunque el hombre al que se la había dado se la hubiera sacado con amenazas.

–*Wah.* –Mohan suspiró–. Tu padre es un hombre extraordinario. Imagínate cumplir con la promesa que le hiciste a un matón.

Smita recordó cuánto se habían enfadado su hermano y ella con su padre por desarraigar a la familia y llevársela a Estados Unidos. Y cómo, a medida que se adaptaban a su nueva vida, ese enfado se había desintegrado hasta transformarse en gratitud.

–Lo es –se limitó a decir–. El hombre más extraordinario que conozco. Mejorando lo presente.

Mohan se quedó atónito.

–Vaya, *yaar* –dijo–. Menudo elogio.

–Lo digo en serio. –Al pronunciar aquellas palabras, le entristeció pensar que Mohan y su padre nunca se conocerían–. ¿Vendrás alguna vez a Estados Unidos? –preguntó–. ¿A verme?

–Por supuesto –contestó él de inmediato–. *Inshallah.*

–Si Dios quiere –tradujo ella–. Mi padre se pasa la vida diciendo *inshallah*.

Se quedaron callados. Varios kilómetros más adelante, Mohan cogió un CD de Kishore Kumar, lo puso y empezó a cantar por lo bajo.

–*Zindagi ek safar hai suhana / Yahan kal kya ho kisne jaana?*

–Qué canción más bonita –dijo Smita.

–¿No la conoces?

–Creo que no.

–Es de una película en hindi muy famosa. La letra dice: «La vida es un bello viaje / ¿Quién sabe qué ocurrirá mañana?».

Reprodujeron la canción en bucle mientras se dirigían al juzgado, sabedores de que se acercaban al final de su viaje juntos.

Capítulo 32

El exterior gótico del edificio del juzgado había llevado a Smita a anticipar un interior igual de hermoso, pero la multitud que abarrotaba el largo pasillo que llevaba a las salas no le permitió pararse a mirarlo mientras se abrían paso con dificultad hasta la sala 6B.

–Esto parece una estación de tren en hora punta –comentó–. No sé cómo nos las vamos a apañar para encontrar a Anjali.

Al pasar por delante de una habitación que hacía las veces de depósito, Smita ahogó un grito. Pilas de documentos amarillentos atados con cordeles se amontonaban hasta el techo, y el suelo estaba cubierto de pedazos de papel.

–¿No tienen informatizados los archivos? –preguntó.

Pero, en lugar de contestar, Mohan le agarró la mano y tiró de ella, colocando el cuerpo de manera que ningún hombre pudiera rozarla con las manos. Al llegar a la enorme y lúgubre sala, de la que la gente entraba y salía apresuradamente, todos los asientos parecían estar ocupados. ¿Habían llegado tarde? Anjali había dicho que era posible que, dada la gravedad de las acusaciones, el veredicto se anunciara antes de lo esperado. Smita miró hacia el frente y se sintió aliviada al ver que el juez todavía no había llegado. Pero ¿cómo iba a encontrar a Anjali en medio de aquel tumulto?

Estaba a punto de marcar su número cuando oyó que

la llamaban por su nombre y se dio la vuelta. Meena se acercó a ella a paso ligero y se arrojó a sus brazos.

–Ay, *didi* –dijo–, no sabes cómo me alegro de que estés aquí. Estoy muy nerviosa.

Smita le devolvió el abrazo y, al apartarse, le dio un vuelco el corazón. Meena apenas se tenía en pie. Tenía el rostro bañado en sudor y los ojos abiertos de par en par por el terror.

–Tranquila –susurró Smita.

Buscó a Mohan con la mirada para que la ayudara, pero, irritada, descubrió que no estaba a su lado.

–¿Dónde estabas? –siseó cuando él regresó apresuradamente.

Mohan señaló con la cabeza a la mujer que lo acompañaba.

–Te presento a Anjali –dijo.

Anjali Banerjee tenía cuarenta y pocos años, el pelo corto y rizado y el ceño fruncido en una expresión preocupada, que Smita supuso que tenía grabada a perpetuidad. La mujer le dedicó una breve sonrisa y le estrechó la mano con un apretón tan firme y brusco como las conversaciones telefónicas que habían mantenido.

–Perdón, perdón, perdón –se disculpó–. Estaba comprobando la lista de casos para hoy. Han atrasado media hora la comparecencia del juez. –En ese momento vio a Meena, que estaba encogida al lado de Smita–. Hola, Meena, ¿cómo estás?

Sin esperar respuesta, Anjali procedió a alejarse y los demás intercambiaron miradas de desconcierto antes de seguirla. Mohan fue el primero en alcanzarla y ambos abrieron el camino mientras Meena entrelazaba los dedos con los dos Smita y ambas se apresuraban tras ellos. A Smita no le importó; a aquellas alturas, ya había renunciado a mantener una distancia profesional y no implicarse en el destino de la joven.

Casi habían llegado a la puerta cuando el apretón de la mano de Meena perdió fuerza. Smita se tensó al ver que Govind se dirigía hacia ellas con actitud relajada. A Arvind no se lo veía por ninguna parte.

–Zorra –le espetó Govind a su hermana sin más preámbulo–. Fulana. Te vamos a enseñar lo que es bueno.

Meena dejó escapar un ruido lastimero.

–Tenemos al juez en el bolsillo –dijo alguien a su espalda y Smita se sobresaltó. Era Rupal–. Acuérdate de lo que te digo: vamos a ganar.

–Anjali. ¡Mohan! –los llamó Smita, pero su voz se perdió entre el bullicio que reinaba en el pasillo–. ¡Mohan! –volvió a gritar y él se dio la vuelta, desconcertado.

Enseguida comprendió lo que estaba pasando y se acercó rápidamente a ellas, con Anjali pisándole los talones.

–Ni se os ocurra hablar con mi clienta –rugió Anjali en cuanto llegaron a su lado–. Se lo haré saber al juez y os va…

Con gran desazón, Smita vio que Rupal dejaba escapar una risita.

–Vamos –le dijo el hombre a Govind–. No tenemos nada más que hablar con esta gente de ciudad. Dios ya ha fallado a favor nuestro.

Anjali abrió una puerta del pasillo y los hizo pasar a una habitación semiprivada, donde se apiñaron los cuatro. En ese momento, la abogada pareció percatarse por primera vez del miedo que sentía Meena.

–¿Qué te ha dicho ese desgraciado?

Pero Meena había perdido su capacidad de hablar y miró a Anjali en silencio mientras se le saltaban las lágrimas.

–La ha insultado –explicó Smita–. Y el otro le ha dicho algo así como «Tenemos al juez en el bolsillo».

Sonrió, esperando que Anjali se riera y le dijera que aquello era absurdo. Pero la abogada frunció el ceño.

–Es una mala noticia.

–¿A qué te refieres?

–Es evidente. Eso quiere decir que han sobornado al juez.

Lo dijo como si nada, en un tono tan indiferente que a Smita empezó a hervirle la sangre.

–¿Es evidente?

–Disculpa –intervino Mohan–. Yo no soy abogado, pero… tengo una pregunta. Si tan obvio es que han sobornado al juez, ¿qué te impide a ti hacer lo mismo?

Se hizo un silencio prolongado y doloroso.

–No pienso hacer eso –dijo en voz baja–. Nosotros no operamos así. –Le lanzó una rápida mirada a Meena–. Ya se lo explicamos antes de aceptar su caso; en nuestra organización, intentamos cambiar el sistema. Si… Si jugamos sucio como la otra parte, nada cambiará en nuestra sociedad; estaríamos perpetuando el sistema.

Smita sintió un vacío en el pecho y deseó que Meena no estuviera allí, para poder hablar con franqueza.

–Y, entonces, ¿qué es ella? –preguntó–. ¿Una víctima propiciatoria?

Anjali se sonrojó.

–Nunca le ocultamos los posibles riesgos –contestó–. Se lo explicamos todo. –Sacudió la cabeza con impaciencia–. Chicos, desde un principio, este caso presentaba muchas dificultades. Todos los testigos se volvieron hostiles. ¿Por qué creéis que estos matones andan sueltos? ¿Sabéis lo difícil que es que te dejen libre bajo fianza en un caso de asesinato?

–¿Qué sentido tiene entonces denunciarlos?

–Para que el público conozca la corrupción que reina en la Policía y el sistema judicial.

A Smita empezó a latirle una vena en la sien.

–O sea, que tú no eres abogada, sino activista política –dijo.

La ira se adueñó de la mirada de Anjali.

–Antes de juzgar, te convendría venir a trabajar con nosotros unos meses.

–*Didi*, Anjali, ¿qué está pasando? –exclamó Meena–. No entiendo nada.

Los tres se volvieron hacia ella con el semblante serio.

–Ven, Meena *bhen* –dijo Mohan–. Me sentaré contigo hasta que el juez anuncie tu caso. Y no te preocupes por tus hermanos, no me separaré de ti, *na?*

–¿Te quedarías más tranquila si te dijera que no sabía que habían sobornado al juez hasta que me lo has dicho? –dijo Anjali cuando Smita y ella se quedaron a solas–. La verdad es que no pensé que tuvieran suficiente dinero.

Smita negó con la cabeza.

–No debería haber dicho lo que te he dicho. Ni siquiera alcanzo a imaginar a lo que debes enfrentarte en tu trabajo.

A Anjali se le llenaron los ojos de lágrimas.

–Es muy duro –dijo–. A veces lo aborrezco tanto que me dan ganas de dejarlo, mudarme a Estados Unidos y dedicarme al derecho mercantil. Pero entonces me cruzo con un caso como el de Meena y lo acepto, con la esperanza de que alguien como ella pueda ganar. –Se miró el reloj–. Tenemos que volver. A ver si ese pájaro llamado justicia sale de la lista de especies en peligro en extinción y se presenta en el juzgado.

Todo sonaba muy distante y amortiguado, como si Smita estuviera en el centro de un túnel y las voces le llegaran desde una gran distancia. Un rugido, que había empezado en el instante en que había escuchado la palabra «inocentes», tronaba en sus oídos y ahogaba el resto de las voces humanas.

El juez, que llevaba gafas, seguía hablando con el rostro impersonal e impasible, pero sus palabras eran inconexas y estaban fuera de lugar. A lo lejos, Smita escuchó chillidos y luego gritos de júbilo, pero no tenía fuerzas para volver la cabeza. Todavía intentaba encontrarle sentido a aquella palabra, «inocentes», y se esforzaba por separar las letras y reorganizarlas para que formaran la palabra «justicia».

Justicia.

Qué concepto más noble.

Y qué insólito.

Cuando por fin el juez dejó de hablar, Smita abandonó la oscuridad del túnel y emergió a la luz deslumbrante de la realidad. Ahí estaba Meena, descompuesta. Ahí estaba Anjali, con una mezcla de ira, indignación y decepción reflejada en el rostro. Ahí estaba Mohan, boquiabierto, como si también él tratara de devolver el mundo a su eje.

El griterío venía de detrás de ella, donde los hermanos de Meena y varios hombres más que los habían acompañado entonaban un cántico. Anjali lo reconoció al instante y maldijo por lo bajo. Entonces, Smita lo escuchó: *Jai Hind, Jai Hind.* «Larga vida a la India». En boca de aquellos animales, un vítor patriótico se había transformado súbitamente en un insulto.

–¡Señoría! –exclamó Anjali–. Esto es intolerable. Los acusados deben…

–¿Qué acusados? –gritó Rupal–. Son hombres libres, a los que estas zorras acusaron falsamente.

–¡Orden! ¡Orden! –tronó el juez, antes de volverse hacia el agente plantado a su derecha–. Saque a esta gente de aquí. Muy bien, pasamos al siguiente caso. Número 21630.

Y, sin más, todo terminó. Abandonaron del juzgado, Meena apoyada con tanta fuerza en Smita que esta estuvo a punto de perder el equilibrio.

Al salir a la luz del día, una caverna se abrió en el corazón de Smita. Se volvió hacia Anjali y le bastó ver su expresión devastada para arrepentirse del arrebato que había tenido un rato antes. Se dio cuenta de hasta qué punto había resultado difícil denunciar a los hermanos.

–¿Y ahora qué? –susurró.

–¿Ahora? Nada. Hemos perdido –contestó Anjali con cara larga–. En realidad, este juez es uno de los mejores, bastante menos deshonesto que el resto. Creía que teníamos opciones de ganar, aunque fueran escasas.

–¿Es un juez honesto?

–No he dicho eso. –Anjali se mordió una uña–. A lo mejor tienes razón; tal vez no debería haber aceptado el caso. Pensaba que el foco de la publicidad en un periódico internacional serviría de algo, pero me equivocaba.

Abrió la boca para decir algo más, pero el estruendo de unos tambores ahogó sus palabras. Al darse la vuelta, vieron bailar y celebrar a un grupo de hombres que cualquier observador hubiera confundido con los miembros de una procesión nupcial. Contemplaron con incredulidad a los hombres izar en hombros a Govind y Arvind, como si fueran héroes o deportistas que hubieran ganado un campeonato, mientras Rupal repartía caramelos a la gente que pasaba. Smita se dio cuenta de que no habían anticipado un resultado que no fuera la victoria. ¿Por qué si no habían acudido preparados con tambores y caramelos?

–Esos cabrones no tienen vergüenza –masculló Anjali, lanzando una mirada de preocupación a Meena.

La joven estaba doblada en dos, como si intentara volverse lo más pequeña e invisible posible. Pero Govind la vio desde su posición elevada.

–*Ae*, zorra –gritó–. ¿De verdad te pensabas que podías ganar contra tus propios hermanos?

Anjali echó a andar hacia el grupo, pero su asistente se interpuso en su camino.

–Señora, no –le dijo–. Solo intentan provocarnos.

–Vamos, Meena –dijo la abogada, cogiendo a la joven del brazo–. No tienes que seguir escuchando esta basura.

–No pasa nada –repuso Meena, en un tono apagado y triste que a Smita le puso los pelos de punta–. Ahora ya nadie puede hacer nada.

–Tonterías –dijo Anjali, pero la incertidumbre de su voz no sirvió para tranquilizar a nadie.

–¿Cómo va a volver a casa? –preguntó Mohan con su pragmatismo habitual.

–Nosotras la acompañaremos –contestó la abogada–. Pero antes tenemos que llevarla a nuestro despacho para terminar el papeleo.

–¿Y tú? –le dijo Mohan a Smita–. ¿Qué quieres hacer?

Ella pensó con rapidez. Mientras Meena continuara en ese estado catatónico, era impensable entrevistarla y, además, tenía que escribir un artículo breve sobre el veredicto. El artículo más largo se publicaría después, cuando hubiera realizado la entrevista.

–¿Podemos pasarnos esta noche por tu casa? –le preguntó a Meena–. Me gustaría hablar un rato contigo. Y ver a Abru y a Ammi, claro.

–Ammi –repitió Meena, y Smita percibió el miedo en su voz.

Se preguntó si había algo que Mohan o ella pudieran hacer para convencer a Ammi de que tratara con delicadeza a su nuera durante los próximos días.

–*Didi* –dijo la joven–, ¿no puedes venir conmigo a casa ahora?

–Pero no vas a ir directa a casa, Meena –contestó ella y se volvió hacia Anjali–. ¿Cuánto rato estaréis en el despacho?

–Entre lo que tardemos en llegar allí, más el papeleo, más el viaje hasta su casa... yo diría que unas cinco o seis horas. Si quieres venir al despacho con nosotras, tú misma.

A Smita empezó a dolerle la cabeza. Le sería más fácil enviar su artículo desde casa de Mohan. Se moría de ganas de tomarse un ibuprofeno, trabajar varias horas sin interrupción y darse una ducha antes de reencontrarse con Meena.

–¿Qué te parece si nos pasamos esta tarde? –le propuso–. ¿Sobre las seis?

–*Theek hai* –dijo Meena y se dio la vuelta sin energía–. Como quieras.

Capítulo 33

En cuanto se alejaron del juzgado en el coche de Mohan, Smita se derrumbó.

–No lo entiendo. No lo entiendo. No lo entiendo –exclamó.

–No hay nada que entender –repuso él con la voz teñida por la ira–. Es muy simple: han intentado sobornar al juez y él lo ha aceptado.

–Pero ¿cómo es posible que Anjali no lo hubiera previsto? ¿Por qué no…?

–Ella no tiene la culpa; lo más seguro es que lleve cincuenta casos al mismo tiempo. De vez en cuando gana alguno y la mayor parte del tiempo los pierde. Es lo mismo que pasa cuando apuestas: la banca siempre gana.

Pero esa era precisamente la cuestión. Se suponía que el sistema judicial no estaba amañado como un casino, con todo en contra de los demandantes.

Smita se enfadó consigo misma. «Pero ¿a ti qué te pasa? Te comportas como si nunca hubieras cubierto un veredicto injusto. Joder, ¿cuántas veces se han ido los polis de rositas en Estados Unidos después de matar a tiros a un hombre negro desarmado?», se dijo.

–He estado pensando –empezó Mohan–. Igual le puedo pedir a mi padre que contrate a Meena para que le haga algunos trabajillos ocasionales a cambio de alojamiento. Y enviaríamos a Abru a la escuela.

–¿Crees que accederá? –preguntó Smita, esperanzada.

–Ya tienen una cocinera que vive con ellos a tiempo completo y Ramdas se ocupa de la limpieza. Será un poco raro porque la cocinera es muy celosa de su posición, pero seguro que podemos encontrar una solución.

–Ay, Mohan, eso sería perfecto.

–No será tan fácil. Antes hay que convencer a Meena de que acceda a mudarse.

–¿Qué quieres decir? ¿Por qué no iba a hacerlo? Has visto con tus propios ojos lo aislada que está.

–Ammi; te olvidas de Ammi. ¿Crees que Meena la va a abandonar así, sin más?

–¿Abandonarla? Mohan, Ammi la odia. Sabes muy bien que la culpa de lo ocurrido.

–Exacto. Y Meena se culpa a sí misma. De hecho, está de acuerdo con Ammi en que ella es el motivo de que Abdul esté muerto, así que es posible que se sienta obligada a quedarse. Y, en cualquier caso, mis padres no volverán hasta dentro de unos meses.

La esperanza se extinguió con la misma rapidez con la que había aflorado. Habría sido maravilloso poder llevarle aquel salvavidas a la joven esa tarde, y Smita sabía que los padres de Mohan la habrían tratado bien. Sin embargo, tenía la desoladora sensación de que la evaluación que había hecho él del carácter de la joven, así como de la lealtad a su suegra, era acertada.

Recordó lo furiosa que se había puesto su propia madre al enterarse de que Asif había sobornado a Sushil para que los ayudara a vender el piso. Zenobia lo había acusado de colaborar con su verdugo, el hombre que había aterrorizado a sus hijos. «¿Dónde está tu *izzat*, Asif? ¿O debería llamarte Rakesh? –lo provocó–. Primero vendes nuestra religión ¿y ahora tu honor?».

Smita y Rohit se habían puesto de parte de su madre,

pero, con la perspectiva del tiempo, Smita había acabado sintiendo una inmensa gratitud hacia su padre por haber hecho todo lo necesario para poner a salvo a su familia. Por muy desesperado que estuviera, se había negado a dejarse llevar por la corriente y la recompensa que había recibido por su obstinación había sido enorme: al término de su contrato como profesor visitante, la universidad le había ofrecido un puesto indefinido. Con el tiempo, su madre había empezado a colaborar como voluntaria en la biblioteca y había construido una nueva vida, y Rohit tenía su propio negocio y un matrimonio feliz. Smita sintió una repentina necesidad de llamar a su padre y darle las gracias por todos los sacrificios que había hecho. De hecho, lo haría en persona cuando fuera a verlo a Columbus y lo llevara a su restaurante favorito para contarle la historia de su imprevisto viaje a la India. El amor de su padre era tan inquebrantable e incondicional que sin duda le perdonaría que le hubiera mentido.

–Hablaré con ella –dijo al cabo.

–¿Con quién? –preguntó Mohan.

–Con Meena. Esta tarde. Si hace falta, le contaré mi historia e intentaré que entienda la importancia de escapar de ese lugar maldito. Si no por su bien, por el de su hija.

Mohan se quedó callado.

–¿Qué? –preguntó ella–. ¿Crees que no debería hacerlo?

–No sé, no estoy seguro. –Hizo una pausa antes de continuar–: Es que… me parece que ya le hemos hecho bastante daño. No solo nosotros, sino también gente como nosotros. Anjali le salvó la vida cuando estaba en el hospital y, aunque es un acto encomiable, luego decidió utilizar a Meena para su propia causa, para entablar una batalla que sabía que no podía ganar.

–Lo sé. Pero lo que yo…

–¿Cómo lo sabes? –la interrumpió Mohan–. ¿Cómo sabes que pedirle que se marche de Birwad es lo correcto?

–¿Cómo puedes preguntarme eso después de todo lo que te he contado sobre mi familia y lo que nos pasó? –Smita no intentó disimular su incredulidad.

–Y ¿cómo sabes tú que ella también tendrá un final feliz? –repuso Mohan–. E incluso en tu caso, Smita, ¿cómo puedes estar segura de que, con el tiempo, no hubieras sido feliz aquí? Que quede claro que lo último que quiero es ofender a tu familia, pero he visto cómo miras el paisaje cuando vamos en coche.

–¿Cómo lo miro? –quiso saber ella.

–Con hambre. Como si te hubieran robado algo que era tuyo y quisieras que te lo devolvieran.

–Anda, Mohan, venga ya. Creo que estás proyectando lo que a ti te gustaría.

Él frunció el ceño.

–¿Qué es lo que me gustaría?

Smita no podía decirle lo que pensaba: que, a pesar de todo, Mohan deseaba que ella amara la India tanto como él. Aun así, no iba desencaminado. Si ella estaba irritada, era porque él había metido el dedo en la llaga. No cabía duda de que sus sentimientos respecto a la India se habían vuelto más complejos y, de alguna manera, Mohan había acabado implicado en su debate interno. La franqueza con la que le había hablado la hacía sentir vulnerable y sus palabras le habían arrancado la armadura que tanto necesitaba para sobrevivir al resto de su viaje a la India.

Y entonces pensó: «¿Por qué necesito una armadura? ¿De qué me estoy protegiendo exactamente?». Durante años se había aferrado a un sueño, a una escena en la que sus antiguos vecinos rectificaban y se mostraban arrepentidos: tía Pushpa se daba cuenta de lo deplorable de su actitud, la viuda de Dilip confesaba que su marido siempre había lamentado cómo había tratado a su padre y Chiku le contaba lo mucho que se avergonzaba de la perfidia de su madre. Pero, con una repentina claridad, Smita se dio cuenta de que aquellas imágenes eran personajes de cómic, fantasías de venganza de una niña de doce años que habían quedado congeladas en el tiempo. No era de extrañar que la realidad no se hubiera rendido a sus deseos.

Al mirar a Mohan, se fijó en que estaba muy tenso. El día ya había sido bastante desolador y lo último que quería era enzarzarse en una discusión sin sentido con él.

–Es muy posible que tengas razón –confesó Smita–. Tengo la sensación de que ya no sé nada.

–Yo tampoco.

Los dos suspiraron y la tensión que reinaba en el coche se disipó.

LIBRO CUARTO

Capítulo 34

Todavía no me he sacado del cuerpo el frío que me invadió cuando el juez sahib *anunció el fallo. Las feas palabras de Ammi, teñidas de desprecio, no lo han ahuyentado. Las cálidas manos de Abru, que cogieron las mías en cuanto llegué a casa, no lo han derretido. Estoy tendida con mi hija en nuestra choza, esperando a Abdul, pero esta noche ha decidido no presentarse. Me pregunto si, como Ammi, está enfadado conmigo. La idea me atraviesa el corazón como un puñal. ¿Le decepcioné cuando acudí al juzgado a contarle mi historia al juez meses atrás?*

La última vez que hablé con Smita, me preguntó qué esperaba del futuro después de que mis hermanos fueran a la cárcel. En aquel momento, lo único que yo podía ver era una carretera larga y vacía ante mí. Me imaginaba haciendo lo mismo un día tras otro: cocinar, limpiar, preocuparme por cuándo empezaría a hablar mi Abru y por cómo le iba a pagar la escuela. Me veía a mí misma concentrada únicamente en respirar, en sobrevivir por mi hija.

Pero ahora sé que los chacales que mataron a Abul pueden volver en cualquier momento. Sin la amenaza del juicio, pueden venir a por mí, a por Ammi e incluso a por mi pequeña. Y yo no podría hacer el único trabajo por el que estoy en este mundo: proteger a mi hija.

Hoy, al salir del despacho de Anjali, le he cogido la mano y le he dado las gracias por todo lo que ha hecho. A ella se le ha puesto la nariz roja.

–Dale un beso a Abru de mi parte –ha dicho.

–Tienes que venir a dárselo tú.

–Lo haré. La próxima vez que vaya por allí, me pasaré a veros.

Por la manera en que lo ha dicho, evitando mi mirada, he sabido que jamás volveré a verla.

–Has sido un farishta *en mi vida –le he dicho–. Nunca te olvidaré.*

Ella se ha echado a llorar.

–Ojalá hubiéramos ganado. He hecho todo lo posible, pero te he fallado, Meena. Lo siento mucho.

Ammi me llama. Sé que quiere que empiece a preparar la cena, como si hoy fuera un día cualquiera y no el día en que se ha apagado mi último rayo de esperanza. Sé que, por buena que esté la comida, se quejará: demasiado salada o demasiado sosa; el arroz demasiado duro o demasiado blando. Será su manera de castigarme por haber perdido el juicio porque, aunque se negó a hablar con la Policía, ella quería que ganásemos, para vengar la muerte sin sentido de su hijo.

Cojo a mi hija en brazos y me dirijo a casa de mi suegra.

Abru, que es la primera en oírlo, levanta la vista de su plato. Yo veo la curiosidad en su rostro y, en ese momento, lo oigo también. Suena como un trueno que se acerca desde la distancia. Mientras escuchamos, se va aproximando y ahora lo reconozco: es el sonido de tambores.

–Kya hai? *–dice Ammi, ahuecando la mano detrás de la oreja–. ¿Un séquito nupcial a estas horas?*

Pero yo sé lo que es.

No es una celebración nupcial.

No tiene nada que ver.
Es un cortejo fúnebre.

Cojo la manita sucia de Abru y tiro de ella.

–Levántate. Vamos, levántate. –Vuelvo a escuchar. Los tambores se acercan; están cruzando el pueblo. Cojo la cara de Abru y la vuelvo hacia mí–. Escúchame –le digo–. Eso es el coco que viene. Corre al campo que hay detrás de nuestra casa, escóndete entre la hierba y no salgas hasta que Ammi o yo te llamemos.

Ella me devuelve la mirada mientras se chupa el pulgar, confundida, y yo le doy un manotazo en la mano.

–Vete. ¡Corre!

–Hai *Alá,* hai *Alá –dice Ammi, que por fin ha entendido lo que ocurre.*

–¡Ammi! –exclamo, volviéndome hacia ella–. Ve con Abru y escondeos en el campo, te lo ruego.

Ammi coge a Abru y echa a correr. A mitad de camino, se da la vuelta.

–Tú también vienes, ¿no?

Niego con la cabeza.

–Vete. ¡Ya!

Si cuando llegan se encuentran la casa vacía, prenderán fuego al campo para encontrarnos. Me doy la vuelta y miro hacia la carretera, y es entonces cuando veo el extremo de las antorchas que llevan los hombres que vienen hacia mí.

Me vuelvo rápidamente a mirar a Ammi, que avanza despacio debido al peso de Abru. Le harán falta unos minutos más para encontrar un buen escondite entre la hierba. «Ayúdame a salvar a nuestra hija, Abdul», rezo y luego me agacho y cojo todas las piedras que me caben en la mano.

Cuando me incorporo, el miedo ha desaparecido. Mientras las antorchas se acercan, un único pensamiento me martillea la cabeza: «Tengo que salvar la vida de mi hija».

Con las piedras en la mano, recibo a los hombres que han venido a matarme.

Capítulo 35

Por mucho que lo intentara, Smita era incapaz de reprimir su inquietud. Se planteó pedirle a Mohan que redujera la velocidad al tomar las curvas de la carretera que los llevaba a Birwad, pero ya llegaban tarde. Después de enviar su artículo, se había quedado dormida y se había despertado al cabo de dos horas con el corazón desbocado, convencida de que Meena estaba en peligro. Mohan no había logrado persuadirla de que no era así.

–Smita, cálmate, *yaar* –dijo él, a pesar de que ella no había abierto la boca–. No tienes de qué preocuparte.

–Le he prometido a Meena que estaríamos allí a las seis y tengo un mal presentimiento.

–Si te preocupa su bienestar, podemos tratar de convencerlas de que se vayan del pueblo. Yo haré todo lo que pueda para ayudarlas a instalarse en Surat.

Smita se removió en el asiento.

–Dios quiera que Anjali haya pensado en algo para asegurarse de que Meena está a salvo.

–Exacto –dijo Mohan–. ¿Lo ves? ¿No crees que Anjali conoce mejor que tú la situación? ¿Crees que pondría en peligro a Meena después de salvarle la vida?

Smita asintió. Quería creerlo, pero no podía ignorar el nudo que tenía en el estómago. Los faros del coche iluminaban la carretera, bordeada de campos sumidos en la oscuridad.

Al cabo de quince minutos, entraron en Birwad. Lo primero que les llamó la atención fue el silencio sobrecogedor y la ausencia de actividad. Era como si el pueblo entero hubiera decidido irse a dormir a las siete. Lo único que se oía era el aullido lejano de unos perros. A Smita se le pusieron los pelos de punta.

–Algo va mal –dijo, bajando la ventanilla–. Esto está muerto.

En cuanto pronunció la palabra «muerto», lo supo. Y, en ese preciso instante, escuchó el sonido que se acercaba a ellos como un trueno desde el otro extremo de la carretera.

–¡Mohan! –exclamó–. El ruido viene de casa de Meena. Está pasando algo.

El coche se detuvo con un chirrido.

–Tenemos que llamar a la Policía –dijo Mohan–. Si estás en lo cierto, no podemos acercarnos.

Hizo ademán de coger el teléfono.

–¿Me tomas el pelo? –gritó Smita–. Tenemos que ir con ella. Acelera, Mohan; acelera.

–Estás ofuscada. Si se ha presentado una turba, ¿qué vamos a…?

–¡Maldita sea, Mohan! No se atreverán a tocarnos; saben que soy estadounidense. ¡Acelera!

Él masculló por lo bajo, pero acató la orden y atravesó el pueblo en dirección a casa de Meena. A medida que se acercaban, el rugido aumentó de volumen, como si estuvieran a punto de adentrarse en una tormenta. Entonces vieron el origen: una turba de hombres rabiosos y embravecidos, armados con antorchas cuya luz iluminaba la noche, había formado un círculo en el claro que se abría entre las dos cabañas, y Smita vio horrorizada que muchos de ellos estaban arrojando piedras hacia el centro. Mohan frenó en seco en el perímetro del gentío y Smita bajó del coche y se abrió paso a través de los hombres mientras el calor de las antorchas se volvía más intenso a medida que se acercaba al siniestro y palpitante centro del círculo. Mohan la siguió. A pesar del inconfundible olor a sudor masculino, a peligro, Smita avanzó con osadía, sin importarle su seguridad.

Al llegar al hueco central, se detuvo. Durante un instante, a la luz titilante de las antorchas que sostenían los hombres, le pareció ver un gran animal cubierto de sangre al que habían matado por diversión. Y, sin embargo, de inmediato supo que era Meena. «Meena». Una sucesión de imágenes desfiló por su mente: Govind acercándose a ellas como si nada, justo antes del veredicto e insultando a su hermana; el agresivo sonido de los tambores al salir del juzgado, como una celebración cada uno de cuyos redobles era una amenaza; Meena pidiéndole que la acompañara enseguida a su casa en lugar de esperar a la tarde. Sin duda, la joven había tenido una especie de premonición y Smita se había negado. ¿Para qué? ¿Para poder entregar el artículo sobre la historia? ¿Sobre su puta historia?

Alzó la cabeza hacia el cielo oscuro y chilló; un chillido largo, interminable, que se desdobló como un pañuelo negro. Distinguió vagamente a un hombre que se había quedado inmóvil cuando estaba a punto de dar una patada y reconoció a Govind, que la miraba sin entender nada. A la escasa luz del anochecer, tenía un aspecto monstruoso, pero, en lugar de asustarla, la visión enfureció a Smita, que se abalanzó sobre él y lo golpeó salvajemente con ambas manos, alcanzándolo en la cara y en el pecho. Al notar algo áspero bajo sus uñas, se dio cuenta de que las tenía clavadas en su rostro, y Govind, que se había quedado petrificado ante su repentino ataque, le agarró la muñeca y se la retorció para que soltara su rostro. En ese momento se escuchó un grito y Mohan se colocó entre ambos.

–*Khabardaar* –advirtió al hombre–. Si le pones la mano encima, te juro que desataré la ira de Dios sobre ti, hijo de puta.

A su espalda, la multitud se agitó y varios hombres avanzaron unos centímetros. Smita se pegó a Mohan.

–¡Que no se os olvide, *chutiyas*! –gritó él, girando sobre sus talones para que todos lo oyeran–. ¿Veis a esta mujer? Es estadounidense. Si le tocáis el pelo, ni siquiera vuestra Policía y vuestros jueces corruptos podrán protegeros. Que no os quepa duda: enviarán al Ejército estadounidense para daros a caza a todos, uno por uno.

–¡Nuestra disputa no es con ella, *seth*! –exclamó alguien–. Solo hemos venido a ocuparnos de la zorra.

Señaló hacia el suelo, donde yacía Meena.

–Apartaos de ella. Ya la habéis matado; ¡dejad en paz su cadáver! –gritó Smita.

Y, cuando se dio cuenta de que no pensaban dar ni un paso atrás, se acercó al cuerpo mutilado de Meena, se dejó caer junto a ella y cubrió su cuerpo inerte con el brazo para evitar que siguieran atacándola con golpes y patadas. El nauseabundo olor a sangre fresca y carne desgarrada se le metió por la nariz.

–*Didi*.

La voz era tan tenue que Smita no supo si la estaba imaginando. Pero entonces oyó la respiración entrecortada de Meena.

–Estás viva –susurró, consciente de que Govind y Mohan estaban frente a frente a menos de un metro de distancia.

Meena movió la boca, pero no logró emitir sonido alguno. Smita se inclinó sobre ella.

–Abru –jadeó la joven–. Con Ammi. Escondidas.

–¡Vete, sahib, por favor! –gritó Govind–. No queremos problemas contigo, pero, por favor, no te metas en nuestros asuntos.

Smita era consciente del extraordinario peligro al que se estaba exponiendo Mohan. Su única protección era su condición de forastero acaudalado, pero no le iba a servir durante mucho tiempo; la turba tenía sed de sangre y no tardarían en saciarla con Smita y con él. Sin embargo, en aquel momento no podía pensar en ello.

Se agachó aún más sobre el rostro de Meena, que cerró su ojo bueno y volvió a abrirlo, aunque quedaba poca vida en él.

–*Didi* –susurró.

Smita acercó su oído a la boca de la joven para oírla mejor entre los gritos de la multitud. Meena apenas podía mover la lengua para hablar y resultaba difícil entender sus palabras.

–En el campo… Escondidas. –Movió los dedos de la mano derecha sobre la tierra y Smita se dio cuenta de que quería que se la cogiera, y eso hizo–. Llévatela. A América. PrométELO. Mi Abru.

–Te lo prometo –susurró Smita, en el preciso instante en que un par de manos la agarraban y tiraban de ella para apartarla.

De inmediato, alguien le dio una patada a Meena en la mandíbula con tanta fuerza que la cabeza se le echó hacia atrás al tiempo que la sangre le salía disparada por la nariz. Smita gritó y trató de librarse de las manos del hombre que la arrastraba, pero el cuerpo inmóvil de Meena y el ojo que se le había quedado en blanco le indicaron que aquel había sido el golpe mortal. La habían matado. Estaba muerta.

–¡Putos malnacidos! –gritó Mohan.

Smita vio que lo habían agarrado y, finalmente, ahora que ya no podía hacer nada para proteger a Meena, sintió miedo.

–¡Mohan! –exclamó.

Él volvió la cabeza y la miró con expresión inescrutable.

Al darse cuenta de que la arrastraban hacia la choza de Ammi, se revolvió con más fuerza, convencida de que la intención de aquellos hombres era prenderle fuego con Mohan y ella dentro. Sin embargo, un hombre salió de la vivienda.

–Señora –dijo–, será mejor que no se resista. No queremos hacerle daño.

Smita reconoció la voz: era Rupal.

Las manos que la sujetaban se aflojaron y ella se apartó para enfrentarse al hombre.

–¿Y usted se considera un hombre de Dios? –gritó–. Ha dejado que asesinen a una mujer a sangre fría.

Rupal se llevó el dedo a los labios, indicándole que permaneciera en silencio, y le hizo señas a su captor para que la metiera en la choza. La estancia estaba iluminada por un único farolillo y, al mirar a su alrededor, Smita ahogó un grito. O bien Ammi se había resistido con todas sus fuerzas, o bien habían registrado el chamizo. Al ver que las provisiones que Mohan les compró habían desaparecido, Smita supo que los hombres se habían llevado todos los objetos de valor.

Rupal siguió la dirección de su mirada.

–Nos hemos llevado algunas cosas –dijo en tono amable–, dado que la vieja se ha fugado con la desgraciada de su nieta.

Smita se encogió al escuchar el insulto.

–La niña es inocente –replicó–. Y, por supuesto, su madre también lo era.

Rupal la miró con dureza, aunque parpadeó ligeramente cuando hicieron entrar a Mohan de un empujón.

–Esa niña es la prueba viviente de nuestra deshonra, señora. A decir verdad, es más importante para nosotros encontrarla que haber matado a esa puta. Y lo haremos. Al fin y al cabo, una abuela y una nieta no pueden llegar muy lejos.

El miedo inundó el corazón de Smita. Si encontraban a Abru, harían daño a aquella niña tímida y herida, de semblante dulce y ademanes de pajarillo. Aquellos monstruos harían daño incluso a una criatura. Le vinieron a la cabeza las últimas palabras de Meena. Abru estaba escondida en alguna parte, no muy lejos de la choza. ¿Cuánto tardarían aquellos miserables en darle caza?

Se obligó a reír, con la esperanza de que Rupal no notara que era una risa forzada.

–Buena suerte –dijo, sin apartar la mirada de Rupal, pero elevando la voz para que Mohan la oyera–. A ver si las encontráis. Anjali sabía que tus matones y tú tramabais algo y ha insistido en que Ammi y la niña se quedaran con ella en la ciudad. No volverás a verlas.

Oyó cómo Rupal tomaba aire con brusquedad y vio la expresión de decepción en su semblante. Pero si algo caracterizaba a aquel hombre era su astucia.

–Y, entonces, ¿por qué ha vuelto la zorra? –preguntó.

Smita se quedó en blanco.

–Se lo hemos advertido –rompió Mohan el silencio–. Le hemos suplicado que se quedara con su abogada y hasta le hemos dicho que viniera a Mumbai con nosotros.

Pero Meena estaba fuera de sí y ha insistido en volver a la tierra donde murió su marido.

Rupal los miró a los dos alternativamente.

–No os mováis de aquí –dijo y salió a grandes zancadas de la choza.

Smita se volvió de inmediato hacia Mohan.

–Llama a la Policía –siseó–. Ahora mismo.

–Es peligroso –musitó él–. Están todos plantados en la puerta. Me oirán.

Ella se mordió el labio inferior. Solo podía pensar en los hombres buscando a Abru entre la hierba alta. ¿Cuánto tiempo llevaban escondidas Ammi y ella? ¿Cuánto tiempo más aguantarían?

–Llama –dijo.

Él asintió y, tras sacar con cuidado el teléfono del bolsillo, marcó el número de la comisaría y amortiguó lo mejor que pudo el sonido del timbre, que sonó y sonó.

–¿Dónde están? –preguntó desesperado–. ¿Por qué no lo cogen?

Y, de repente, Smita lo supo.

–Cuelga –dijo–. Cuelga.

–¿Qué coño pasa? –dijo él al tiempo que obedecía.

–Los han sobornado; no van a contestar. ¿No crees que a estas alturas alguien del pueblo los habría avisado? Tendrían que estar aquí ya.

Mohan maldijo entre dientes y Smita se acercó a él.

–La niña está viva. Ammi y ella están escondidas en el campo de detrás de casa de Meena.

–¿Cómo lo...?

–Meena me lo ha dicho justo antes de morir. Tenemos que evitar que las busquen allí; no sé cómo, pero tenemos que hacerlo.

Mohan le dedicó una larga mirada y, a la luz del farol,

Smita vio su rostro desdibujado por el agotamiento y el estrés. Él se dirigió a la puerta de la choza.

–¡Rupal! –gritó–. Govind, venid enseguida.

–¿Qué pasa? –Un hombre al que no habían visto antes entró en la chabola–. Están ocupados.

–¿Ocupados? –rugió Mohan–. *Arre, sala*, van a estar ocupados en la cárcel los próximos cincuenta años si no se presentan aquí en un minuto. Diles que la Policía está en camino.

El hombre se rio y escupió en el suelo.

–La Policía sabe que…

–No hablo de la Policía de vuestra charca de renacuajos. Los que vienen son los tiburones de verdad. Estarán aquí en menos de media hora, *chutiya*.

El hombre dio media vuelta y se marchó.

–¿Qué haces? –siseó Smita–. Vas a conseguir que nos maten.

–Confía en mí –dijo él.

Ella estaba a punto de reprenderlo cuando Govind entró en la choza. La parte delantera de su túnica estaba salpicada de sangre y Smita se la quedó mirando al tiempo que reprimía las arcadas.

–Tenéis suerte de seguir vivos –dijo Govind con insolencia–. Mis hombres podrían…

–Tus hombres no pueden hacer nada –replicó Mohan en tono altanero–. Os habéis quedado sin tiempo. Acabo de llamar a casa del gran inspector sahib; es amigo de mi padre, pero no le ha hecho mucha gracia que lo molestara a estas horas. ¿Y sabes qué ha dicho, capullo? Que va a venir en persona a ver al desgraciado que ha matado a su propia hermana. Llegará en cualquier momento y yo me voy a quedar aquí sentado a contemplar el *tamasha*.

–No deberías haberlo hecho, *seth* –dijo Govind–. La has cagado.

Mohan abrió la boca para contestar, cuando una luz deslumbrante procedente del exterior iluminó la habitación. Durante un instante demencial, Smita pensó que alguien había lanzado una bomba, pero enseguida se dio cuenta de lo que pasaba e hizo ademán de salir disparada de la choza de Ammi. Govind se interpuso en su camino.

–Déjalo, *memsahib* –dijo con voz apagada–. Este es el funeral que se merece.

Contemplaron las llamas que se elevaban hacia el cielo desde la choza de Meena y, al cabo de un momento, Smita se dobló en dos, se dirigió a la parte derecha de la chabola y devolvió. El viento trajo hacia ellos un olor pestilente que la hizo vomitar aún más. Al incorporarse, se volvió hacia Govind.

–Que cada vez que duermas te salgan lombrices de los ojos –dijo–. Que jamás disfrutes de un momento de paz por haber matado a tu hermana.

–¿Qué hermana? –Govind señaló hacia las llamas–. ¿Ves eso? Esa idiota estaba tan afectada por el veredicto del juez que se ha prendido fuego a ella misma. –Se volvió hacia Mohan–. Ven, *seth* –añadió y señaló a un grupito de hombres que estaban agachados trabajando–. ¿Ves lo que hacen? Están limpiando y barriéndolo todo. Cuando acaben, no quedará ni una sola gota de sangre en el suelo. *Bas*, hemos aparecido como el viento y desapareceremos en silencio como fantasmas.

–Habéis atravesado el pueblo con antorchas y tambores –repuso Mohan–. ¿Crees que no os ha visto nadie?

Govind escupió.

–¿Crees que esos musulmanes eunucos abrirán la boca? ¿Por qué iban a meterse? Si es verdad que la vieja y la niña se han ido, no tenemos por qué volver nunca a Birwad. Como ves, la saga de Meena ha... terminado. Hemos devuelto el honor a nuestros antepasados.

Smita miró por todas partes.

–¿Dónde está tu hermano? –preguntó.

–¿Ese borracho inútil? No ha querido venir. –Govind miró a Mohan–. *Chalo, seth.* Es hora de marcharse.

–Esperaremos a que llegue el gran inspector –dijo él con tranquilidad–. Eres tú quien debería desaparecer.

–¿Por qué nos causas problemas, *seth*? Nuestras costumbres y tradiciones existen por un motivo. ¿Por qué las deshonras?

El rostro de Mohan se ensombreció.

–Voy a hacer un trato contigo –dijo–. Voy a esperar aquí al inspector y, cuando llegue, le diré que me he equivocado. Que la chica se ha prendido fuego. Pero tú tienes que largarte, tú y tus amigos.

–¿Qué te hace pensar que él te creerá?

Mohan echó la cabeza ligeramente hacia atrás, un ademán autoritario que Smita jamás le había visto hacer.

–No se trata de que me crea. Es amigo de mi padre y nos movemos en los mismos círculos. Hará lo que yo le diga.

Govind torció la boca en un gesto de amargura.

–Así funcionan los ricos y poderosos.

–Exacto. Sobornar a la Policía o sobornar al juez; ¿qué diferencia hay?

Govind los miró, indeciso.

–¿Por qué debería fiarme de ti?

–¿Por qué? Porque no te queda otra. Porque un hombre como yo puede aplastar a cien como tú; tú mismo lo has dicho. Y porque, ahora que esa pobre chica ha muerto, tu triste vida ha dejado de interesarme.

Govind se estremeció, pero, aun así, se mantuvo firme.

Smita lo observó con el corazón en un puño. Los segundos pasaron. Vio que la furia se iba acumulando dentro de Mohan y no habría sabido decir hasta qué punto lo fingía.

–Me iré –dijo Govind al final–, pero con una condición. –Lanzó una mirada a Smita–. Tu señora me insultó delante de mi comunidad y debe disculparse.

–*Saala*, ¿por qué no te largas antes de que llegue la Policía? –dijo Mohan–. Tu honor no valdrá ni cinco *paisa* en la cárcel.

–No lo entiendes, *seth*. Jamás podré mirar a mis vecinos con la cabeza alta si tu mujer no me pide perdón públicamente. Prefiero morir en la cárcel que tolerar semejante insulto.

–¿Pedir perdón? ¿A un matón como tú? Por encima de mi cadáver.

Horrorizada, Smita miró primero a uno y luego al otro mientras pensaba en Abru: «¿Y si la niña sale del campo? ¿Y si Ammi no está con ella? ¿Cuánto tiempo les queda?».

Dio un paso adelante y miró a Govind a los ojos.

–Lo siento –dijo–. Te pido perdón.

–Smita, no –dijo Mohan, pero ella le hizo un gesto con la mano para que se callara.

Govind le dedicó una mirada satisfecha a Mohan y luego su expresión se endureció.

–Aquí no. Fuera, delante de todos los hombres.

A su lado, Mohan emitió un sonido gutural, pero Smita lo ignoró, salió de la choza con Govind y se dirigió al grupo de hombres.

–*Arre*, ¡escuchad todos! –los llamó Govind–. *Memsahib*, que viene de Estados Unidos, tiene algo que deciros.

Los hombres se acercaron y miraron con curiosidad a Smita, que notaba el calor del cuerpo de Mohan a su espalda. Cerró los ojos un momento y se imaginó lo que debía haber sentido su padre al acceder a convertirse y en cómo la responsabilidad hacia su familia le había impedido pensar en nada más. Eso era lo que significaba que alguien te importara hasta el punto de estar dispuesto a sacrificarlo todo, incluso el orgullo y el amor propio. Que Govind y los de su calaña se aferraran a su equivocado concepto de honor. Smita era digna hija de su padre y él le había enseñado cómo había que hacer las cosas.

–Lo siento –dijo, alzando la voz para que todos la oyeran–. Te pido disculpas por atacarte. Me equivoqué y te ruego que me perdones.

Tuvo la sensación de que Govind no se dejaba engañar por aquella farsa, pero no importaba. Ella lo había resarcido de su humillación y él sonrió con magnanimidad.

–Estás perdonada –dijo.

La turba empezó a abuchear y ulular, burlándose de sus palabras, pero Govind los hizo callar:

–*Chalo*, ¡daos prisa! La Policía llegará en cualquier momento. Recogedlo todo, ¡nos vamos!

Mientras ambos miraban cómo los hombres hacían desaparecer los últimos vestigios de las pruebas, Smita se dio cuenta de que Mohan estaba enfadado.

–Lo siento –susurró–. No he tenido más remedio.

Él no contestó y ella supo que no lo había apaciguado. Lo entendía, pero, a diferencia de él, Smita sabía qué significaba tener opciones limitadas. Pasaron los minutos y, mientras varios hombres empezaban a apagar las antorchas, Rupal se acercó a ellos con paso tranquilo.

–Largo de aquí, cabrón –dijo Mohan–, o serás el primero al que cuelgue la Policía cuando llegue.

–Solo venía a decir que…

–*Chup*. Cierra el pico. –Mohan tomó aire–. Y que sepas que mis hombres no te van a quitar el ojo de encima. Si vuelves a hostigar a una mujer del pueblo, si vuelves a obligar a una mujer a caminar sobre brasas o montas otro de tus numeritos, hasta el último funcionario del Gobierno del Estado se dedicará a buscarte y sacarte de tu madriguera. ¿Me has entendido?

Rupal le dedicó una mirada hosca.

–Has malinterpretado…

–Te lo he dicho: si no cierras el pico, me aseguraré de que te cuelguen. –Smita vio que Mohan tenía la cara cubierta de sudor–. Y, ahora, largo. ¡Todos!

Los hombres apagaron la última antorcha y se alejaron hacia Vithalgaon, por una carretera distinta para no pasar por Birwad. Una vez que se hubieron marchado, un silencio repentino llenó la choza de Ammi. Mohan cogió el farolillo y ambos se acercaron al chamizo de Meena y observaron cómo ardía.

–Me ha pedido que volviera con ella, pero yo he sido tan idiota que no he querido –dijo Smita–. Jamás me lo perdonaré. Podría haberla salvado.

–Lo dudo –dijo Mohan con voz sorda–. Y, aunque hoy lo hubieras conseguido, ¿qué habría pasado mañana? ¿O la semana que viene? No, ni siquiera Dios habría podido salvar a esa pobre chica.

–Está ahí. Dios mío, Meena está ahí dentro. No me puedo creer que la hayan matado.

–Smita, no tengo ni idea de cuánto tiempo va a funcionar esta artimaña. Esos hombres podrían volver en cualquier momento y ni siquiera sé cómo vamos a encontrar a esa niña en medio de la oscuridad. Tenemos que movernos.

–Meena ha dicho que se han escondido en el campo de detrás de la cabaña.

–¿Estás segura de que te ha reconocido? ¿O de que ha hablado? No es por nada, pero estaba...

–Sí.

Se metieron en el coche y le dieron la vuelta para que los faros alumbraran el campo oscuro y cubierto de hierba alta. Luego salieron del vehículo y se acercaron con cautela hasta el linde. Reacia a confesar que tenía miedo de los roedores y las serpientes, Smita miró a Mohan. Después reunió el valor para dar un paso adelante, como si metiera los dedos de los pies en agua helada.

–Ammi –susurró–, Abru, ¿dónde estáis?

No hubo respuesta.

–¡Ammi! –llamó un poco más alto–. Soy Smita, del periódico. ¿Estáis a salvo?

Mohan se sumergió entre la hierba.

–¡Abru! –gritó en tono apremiante.

El llanto se acumuló en la garganta de Smita. ¿Dónde estaba la niña? ¿Era posible que hubiera oído mal las confusas palabras de Meena? Se volvió para decirle algo a Mohan y se quedó petrificada. Estaba cantando. ¡Cantando!

–*Ae dil hai mushakil jeena yahan / Zara hat ke, zara bach ke / Ye hai Bombay meri jaan* –canturreaba en voz baja.

–¿Qué narices estás haciendo?

–Shhh. El otro día le canté esta canción a Abru y le encantó. Así sabrá que soy yo. –Y se puso a cantar de nuevo.

Se oyó un crujido y un animalillo se abalanzó sobre Mohan. Smita soltó un gritito y enseguida se cubrió la boca con la mano. Después rio, sorprendida. Era la pequeña Abru, que se abrazaba a las piernas de Mohan. La habían encontrado.

–*Oi*, pequeña –dijo él, al tiempo que se agachaba para coger a la niña en brazos–. ¿Dónde está Ammi?

La niña señaló a un punto indeterminado a su espalda.

–¡Ammi! –la llamó Mohan, un poco más alto–. ¿Dónde estás? Tenemos que irnos de aquí.

Oyeron un gruñido y luego Ammi se levantó del suelo y se acercó a ellos tambaleándose.

–*Ya* Alá –dijo al llegar junto a ellos–. ¿Sois vosotros de verdad? ¿Se han marchado esos perros rabiosos? –Miró hacia la choza en llamas–. La han quemado –dijo sin dirigirse a nadie en concreto–. Otra vez. –Cogió las manos de Smita entre las suyas–. La he oído; la he oído gritar. La han torturado como a un animal en el matadero. –Miró a su nieta–. Le he tapado la boca, pero entonces me he acordado de que no habla y me la he tapado yo. Aunque lo que debería haberme tapado son los oídos para no escuchar lo que he escuchado.

Las náuseas asaltaron de nuevo a Smita.

–Sube al coche –le indicó a Ammi–. Tenemos que irnos de aquí.

Una vez dentro del vehículo, cogió a Abru de brazos de Mohan y se la sentó en el regazo. Pasara lo que pasara a partir de entonces, incluso si aquellos carbones los estaban esperando carretera abajo, no iba a dejar que tocaran a la niña. Había fallado a Meena, pero no pensaba fallarle a su hija.

Mohan cerró el seguro de las puertas mientras se ponía en marcha. Avanzaron por la carretera rural con las luces de posición, un kilómetro tras otro. Cuando dejaron atrás el cruce en el que Govind y los suyos podrían haber estado esperándolos, Smita suspiró. Habían escapado. Apenas podía creer que hubieran logrado salir vivos de allí con Ammi y Abru.

En cuanto supo que estaban a salvo, empezó a temblar de manera incontrolable a medida que asimilaba los horrores de aquella tarde. Aunque intentó controlarse, la carita de Abru le dejó claro que la niña podía percibir su angustia, así que se obligó a sonreírle con la esperanza de reconfortarla.

–¿Crees que deberíamos ir a presentar denuncia en la comisaría de Policía? –preguntó–. ¿Ahora que es posible que todavía haya pruebas?

–No pienso arriesgarme –contestó Mohan–. No me extrañaría que la Policía entregara la niña a los hermanos.

–¿Adónde me lleváis, *seth*? –preguntó Ammi con su voz nasal desde el asiento trasero.

–¿Adónde quieres que te llevemos? Me imagino que en el pueblo nadie querrá acogerte.

Ammi resopló.

–¿Esos cobardes? No. ¿Quién se va a jugar el cuello para ayudar a una vieja? –Se dio un súbito y enérgico golpe en la frente–. ¿Por qué tuvo que casarse mi Abdul con esa pelandrusca? Me ha arruinado la vida. Mírame, huyendo de mi propia casa y mi comunidad.

–Por favor, tenga un poco de decencia –dijo Smita con aspereza–. Acaban de matar a su nuera. –Lanzó una mirada rápida a la niña, preguntándose si entendía algo de lo que decían.

Asombrada, Ammi se quedó un momento en silencio, pero enseguida empezó a gimotear.

–¡Ojalá esos animales me hubieran matado a mí también! –exclamó–. ¿Qué voy a hacer ahora con la niña? Es una carga que me va a obligar a mendigar por las calles para conseguir dinero. Y eso sin contar que Meena ya me había dejado la despensa vacía.

Dejándose llevar por un impulso, Smita le dio un beso en la coronilla a Abru, que siguió mirándola en silencio.

–No hace falta que se preocupe por la niña –se oyó decir–. Nosotros nos haremos cargo de ella.

Eso puso fin a los lamentos. «Es como si ella fuera la niña», pensó Smita, reconociendo por fin su antipatía hacia la mujer. Aunque en algo tenía razón: ¿adónde iría ahora?

–Esta noche vendrás con nosotros a casa de mi familia en Surat, Ammi –dijo Mohan–. Y mañana, ya decidiremos qué hacer.

–Alá te ha enviado para ayudarme, *beta* –dijo Ammi–. Que Él te bendiga a ti y a tus hijos. –La mujer estalló en un sollozo de gratitud–. Mañana por la mañana, ¿crees que podrás llevarme a casa de mi jefa? Si ya no tengo que preocuparme por la niña, es posible que me cojan interna.

–Ya veremos –contestó Mohan y Smita le agradeció que no animara ni incitara a Ammi.

El cuerpo de Meena todavía humeaba entre las brasas de la choza de paja y le parecía una indecencia ponerse a hacer planes sobre el futuro tan pronto. Mientras yacía moribunda, Meena había encontrado fuerzas para salvar la vida de su hija y de su suegra, pero no iba a servir de nada señalárselo a Ammi. Smita bajó un poco la ventanilla mientras se esforzaba por mantener a raya sus náuseas. El viento cálido e inocuo de la noche se coló en el coche, que se llenó del aroma dulce y empalagoso del *harsingar*, el galán de noche. Smita no pudo evitar enfurecerse con aquella fragancia, por la manera en que enmascaraba las siniestras hostilidades que profanaban aquella tierra.

Ammi dijo algo sobre Abru y Smita se obligó a escuchar. Era evidente que la mujer no tenía interés alguno en quedarse con la niña, lo cual era un alivio. Si lograban encontrarle alojamiento en alguna parte, Smita podría cumplir la promesa que le había hecho a Meena. «Meena». Vio de nuevo el cuerpo contorsionado y torturado de la joven. ¿Podría borrar algún día de su memoria aquella imagen? Meneó la cabeza y, concentrándose en la niña que tenía en el regazo, la abrazó con más fuerza. La opción de llevarse a Abru con ella a Estados Unidos, como le había pedido Meena, era impensable, pero, en cuanto volvieran a Mumbai, haría todo lo posible por encontrarle un hogar. Mohan la ayudaría y, sin duda, Anjali también. A lo mejor Shannon tenía contactos a los que podían recurrir. Entre todos, encontrarían una solución.

Abru se había dormido. Olía a hierba y a tierra, una fragancia margosa y penetrante. Pero el pequeño gesto de abrazarla había despertado a la niña, que observó a Smita con los ojos muy abiertos y una expresión de desconcierto.

Ambas se miraron con solemnidad durante varios segundos y, entonces, la niña, que nunca había dicho ni una palabra, que según su madre incluso lloraba en silencio, se puso a gimotear a pleno pulmón y, al fin, habló. Smita tardó un instante en descifrar la palabra que repetía una y otra vez:

–Mamáááááámamáááááámamáááááámamáááááá.

Abru llamaba a su madre, pero tenía la mirada clavada en Smita.

Capítulo 36

Cuando por fin llegaron a casa de Mohan en Surat, se había hecho tarde, pero aun así Smita llamó a Anjali de inmediato para informarla de la muerte de Meena. La abogada se quedó consternada. Su habitual parsimonia se quebró como una fina lámina de hielo.

–¿Cómo no lo he presentido? –se lamentó–. ¿Cómo no lo he presentido? –repitió una y otra vez–. Tendría que haberla protegido de alguna manera. Dios mío, Dios mío, Dios mío; no me lo puedo creer. ¿Cómo he podido dejar que pasara?

«Hay culpa suficiente para repartir entre todos», pensó Smita tras colgar.

A continuación, llamó a Cliff en Nueva York.

–¿Está muerta? –dijo él–. ¿Y lo has presenciado todo? Madre mía, es una historia tremenda, Smita.

En otra época, habría compartido su entusiasmo, pero en ese momento su reacción le pareció macabra, propia de un voyerista. Una mujer había muerto y una niña se había quedado huérfana.

–¿Cuándo puedes entregar el artículo? –preguntó Cliff.

–No lo sé. Esta noche seguro que no. No lo convirtamos en una noticia destacada de última hora, porque no lo es.

–¿Que no lo es? –dijo incrédulo–. ¿Me tomas el pelo?

Frustrada, ella apretó los dientes.

–Me gustaría esperar hasta que resolvamos qué vamos a hacer con la niña –dijo.

–¿Esperar? Ni hablar. Quiero publicarla en cuanto la entregues.

–¿Y si los hermanos se enteran de que la tenemos nosotros? ¿Y si la reclaman alegando derechos de familia?

–¿Cómo van a hacer eso? –Smita percibió la perplejidad en la voz de su jefe–. ¿No dices que son prácticamente analfabetos? Lo más seguro es que ni siquiera sepan dónde ubicar Estados Unidos en el mapa. Y ¿quién coño les va a dar la custodia?

Smita se quedó callada y se preguntó si el horror por la atrocidad que había presenciado estaba nublando su criterio profesional. Cliff parecía muy seguro.

–Creo que voy a plantearlo como una pieza larga –dijo al final–. Necesito varios días para acabar de perfilarla y entrevistar a gente que pueda citar. Meena no es famosa. Su muerte no es una noticia destacada y nadie más la está cubriendo. Preferiría explicar su historia dentro de un contexto más amplio.

Se imaginó a Cliff mordisqueando su boli mientras daba forma mentalmente a la pieza.

–¿Lo vas a escribir en primera persona? –preguntó.

–Ha sido un día muy largo, Cliff. Yo... Están pasando muchas cosas. No lo sabré hasta que no me ponga a escribir. Vas a tener que confiar en mi criterio.

Cliff dejó escapar un suspiro.

–Está bien, niña. Mañana hablamos.

Smita hizo una mueca. «¿Niña?», pensó indignada. Cliff tenía solo dos años más que ella.

–Oye, Smita –añadió él–: Buen trabajo.

«Sí –pensó Smita mientras colgaba–. Buen trabajo que tu fuente esté muerta, así la historia tiene más morbo». Sacudió la cabeza; sabía que estaba siendo injusta con Cliff y cínica con una profesión que amaba. Meena había muerto y nada podía cambiarlo. El hecho de no haber llegado a tiempo para salvarla la perseguiría durante el resto de su vida.

Se dirigió a la sala intentando no hacer ruido para no molestar a Ammi y Abru, que dormían juntas en un jergón sobre el suelo de la cocina. Cuando Mohan les había propuesto aquel lecho durante el viaje en coche a su casa, Smita no la había visto con buenos ojos, pero él le había recordado que Ammi había dormido toda su vida sobre el suelo de tierra y que una cama mullida le resultaría intolerable. La casa estaba oscura y silenciosa y Smita se sintió como un fantasma mientras buscaba a Mohan. Seguía llevando la misma ropa, que olía a humo y gasolina. Al pensar en la muerte incendiaria de Meena, se estremeció; sin embargo, no quería volver a su habitación a cambiarse. El vacío entumecido que sentía en el pecho parecía querer engullirla.

Mohan no estaba en la sala de estar. A Smita no creía que se hubiera ido a la cama, dejándola sola con el horror de lo que habían vivido. Le dolía la garganta. «Vodka –pensó–. Necesito un chupito de vodka». Era lo que bebía siempre que estaba de viaje; después de un largo día, los corresponsales extranjeros se reunían en el bar del hotel a beber chupitos y, si viajaba sola para ocuparse de un asunto concreto, en cuanto volvía a la habitación arrasaba con el minibar. En aquel momento, necesitaba un buen trago para olvidar lo que habían visto sus ojos: el cuerpo maltrecho y ensangrentado de Meena, la mano que buscaba la de Smita, el pie que había destrozado la mandíbula de la joven, la choza que había estallado en llamas, la cara de Abru mientras llamaba a gritos a su madre con las primeras palabras que había pronunciado la niña, en un chillido ávido e interminable de pena y dolor.

«¿De qué le ha servido a Meena que Anjali se implicara en su causa?», se preguntó Smita. En realidad, el juicio había precipitado la muerte de la joven. Los motivos que aducía Anjali para justificar que hubiera aceptado su caso se parecían mucho a lo que Smita opinaba a menudo respecto a su profesión: que se había hecho periodista para dar voz a las mujeres que no la tenían, como Meena. Sin embargo, su conversación con Cliff le había recordado que la línea que separaba el periodismo del voyerismo era muy fina. «Pornografía de la pobreza». ¿Era eso lo que, a fin de cuentas, hacía ella en sus viajes a los lugares más remotos del planeta? ¿Vender pornografía de la pobreza a sus lectores blancos de clase media, para que se sintieran mejor con su vida y su país «civilizado» mientras chasqueaban la lengua en señal de desaprobación al leer historias sobre mujeres oprimidas como Meena? La propia Smita había repetido los tópicos sobre la capacidad que tenían tanto la literatura como el periodismo narrativo para apelar a la humanidad de los lectores y había defendido que ambos campos contribuían al desarrollo de la empatía. Pero ¿con qué propósito? El mundo seguía siendo el mismo lugar tiste y salvaje de siempre. ¿Era solo la vanidad la que le llevaba a creer que su trabajo servía para cambiar las cosas?

Un jadeo escapó entre sus labios, y luego otro. Por el rabillo del ojo vio un movimiento en la oscuridad y se dio cuenta de que Mohan estaba en su dormitorio y que la había oído.

Estaba sentado en el borde de la cama, con los codos apoyados en las rodillas y la cabeza entre las manos. Smita lo miró y supo que estaba destrozado, y que ella era la responsable. Ahora que se encontraban a salvo en casa, él también estaba reviviendo mentalmente lo ocurrido aquella tarde. Mohan alzó la vista y, a la luz que arrojaban las lámparas de la terraza, Smita vio su rostro sucio, exhausto, surcado por las lágrimas. No quedaba ni rastro del hombre irreverente y alegre que se había ofrecido despreocupadamente a renunciar a sus vacaciones para llevarla al infierno. «Nunca volveremos a ser los mismos», pensó Smita. Mohan alargó la mano derecha hacia ella y Smita cruzó la habitación, se sentó a su lado y lo rodeó con el brazo. Era el reflejo exacto de lo que había hecho él para consolarla unos días atrás. Se quedaron así sentados mucho rato, en medio del silencio y la oscuridad. En un momento dado, Smita se notó la piel de la cara salada, aunque no sabía si era por sus lágrimas o por las de Mohan. Uno de los dos debía haber girado el cuerpo para sortear el espacio que los separaba, uno de los dos debía haber iniciado el beso que el otro había recibido agradecido, pero Smita no sabía quién había tomado la iniciativa. Si algo igualaba y unía a los seres humanos era el dolor. La oscuridad los había despojado de palabras, inhibiciones y dudas y se aferraron y se sumergieron el uno al otro.

Entonces se interrumpieron y Mohan se apartó. ¿Era arrepentimiento lo que Smita veía en su cara? Él se pasó la mano por el pelo y ella notó cómo reculaba.

–Mohan –dijo.

Una única palabra que era como una copa que contenía todo su terror, su soledad, su culpa, su confusión.

Él le acarició la cara, que estaba a centímetros de la suya, buscó su mirada y adivinó todo lo que se escondía tras ella, antes de pasarle el dedo índice por los labios.

–*Jaan* –susurró.

Y entonces agachó la cabeza e hizo desaparecer el mundo hasta que Smita perdió la noción de dónde empezaba él y dónde terminaba ella, de dónde empezaba y terminaba todo: Meena y Abdul, Mohan y ella, la India y Estados Unidos, el pasado y el futuro, la vida y la muerte. Ya no podía decir si era ella quien consolaba o a la que consolaban, la que curaba o a la que curaban. Y su último pensamiento consciente fue que no importaba: lo único que importaba era que, aquella noche, ninguno de los dos estaría solo.

El día siguiente amaneció caluroso y tranquilo, con un cielo azul sin nubes.

Dentro de la casa, mientras preparaba el desayuno de Abru y Ammi, Smita experimentaba en sí misma las anomalías de las condiciones meteorológicas: se le encendía el cuerpo cada vez que Mohan posaba los ojos en ella y se estremecía cada vez que él salía de la habitación y lo perdía de vista. Luz y sombra. Calor y frío.

Lo que le habría gustado era quedarse todo el día en la cama con Mohan y negarse a afrontar las intromisiones que el nuevo día traería consigo. Quería que él hiciera desaparecer la certeza de que Meena estaba muerta, quería que la besara en los ojos para impedirle ver los horrores que yacían tras sus párpados, quería que cubriera su boca con sus labios para ahogar sus gritos.

Pero Mohan se había levantado a las seis de la mañana con otro nombre en la boca: el de Abru.

Anjali llamó a las ocho. Smita percibió el agotamiento en su voz y supo que no había dormido y, aunque quería mostrarle su apoyo y su simpatía, fue incapaz de consolarla. Tal vez dentro de unos días pudiera hacerlo, pero, en aquel momento, no podía evitar pensar que Anjali la había cagado. Y si Mohan y ella no hubieran llegado a tiempo, Ammi y Abru también habrían sido asesinadas. La idea de que alguien le hiciera daño a la niña le produjo un escozor en la piel, como si un puñado de cenizas ensangrentadas hubieran caído sobre ella.

A petición de Anjali, Smita y Mohan fueron esa misma mañana a la comisaría más cercana a Birwad mientras Ammi se quedaba en casa con Abru. El inspector que tomó nota de su denuncia se pasó el rato hurgándose entre los dientes con la mirada clavada en el pecho de Smita. Mostró tan poco interés que esta tuvo que hacer acopio de toda su fuerza de voluntad para no preguntarle cuánto le había pagado Rupal para hacer la vista gorda. El único momento en el que pareció despertar de su apatía fue cuando Smita comentó que estaba escribiendo un artículo para un periódico estadounidense: entonces la miró a los ojos y la acusó de manchar la reputación de la India en el extranjero.

El desinterés del inspector alimentó la ira de Smita, que se moría de ganas de comenzar a redactar la pieza. ¿Podría convencer a un periódico indio para que cubriera la historia? De camino a la comisaría había hablado con Shannon y, sabiendo que todavía se estaba recuperando de la intervención, había pasado un mal trago al contarle lo ocurrido con Meena. Shannon le había prometido que haría un seguimiento de la historia cuando volviera al trabajo.

–¿Quieres que vayamos a Birwad? –preguntó Mohan cuando salieron de la comisaría–. Para organizar un funeral como Dios manda para Meena.

Smita se lo pensó un momento.

–Quiero estar con Abru –dijo al cabo–. Y tengo que empezar a escribir mi artículo. –Vaciló antes de añadir–: Sé que suena fatal y no quiero parecer insensible, pero la verdad es que, dadas las circunstancias, creo que Meena querría que nos centráramos en su hija y no en sus restos.

Mohan asintió al tiempo que ponía la marcha atrás.

–No me pareces insensible. Además, ¿no me contaste que Meena dijo que los cuatro meses que compartió con su marido fueron los más felices de su vida?

–Sí, ¿por?

–Porque lo mejor que podemos hacer es dejar que descanse donde más feliz fue.

Todavía no habían hablado de lo que ocurrido entre ellos la noche anterior. Aunque no se arrepentía de nada, Smita sabía que las circunstancias que habían desembocado en su intimidad no les habían permitido distinguir el amor de la necesidad, el placer del dolor, el deseo del consuelo. «¿Nos habría servido anoche el calor de cualquier cuerpo?», se preguntó, pero ni siquiera tuvo que pensar la respuesta: nadie aparte de Mohan podría haberla consolado, y ella no habría deseado que lo hiciera nadie más que él.

Habían hecho el amor con una solemnidad teñida de desesperación, pero también con una extraordinaria sensualidad. Smita había dormido profundamente durante varias horas y, al despertarse sobresaltada, con la voz de Meena en su oído, había encontrado a Mohan a su lado, rodeándola con el brazo y sosteniéndola para que no se rompiera. No había querido separarse ni un instante de él durante toda la mañana y ahora le estaba costando un gran esfuerzo no acariciarle la mejilla o colocar su mano en el regazo mientras él conducía. Mohan le había cedido el control de la situación para que ella decidiera si la noche que habían pasado juntos era una aberración, algo de lo que no hablarían jamás, o si bien trascendería. Una muestra más de su integridad, lo que hacía que aún lo deseara más. Sin embargo, era precisamente el cariño que sentía por él lo que la llevó a decidir que no podía arriesgarse a hacerle daño. Lo ayudaría a encontrar un hogar para Ammi y Abru, entregaría su artículo y luego se iría. Debía marcharse de la India antes de que alguno de los dos se encariñara demasiado.

Tal vez hubieran hecho el amor debido a las circunstancias, pero de algo estaba segura: si seguían adelante, uno de los dos sufriría, y sería Mohan. Smita estaba dispuesta a arriesgarse a que le rompieran el corazón. La intimidad que habían compartido la noche anterior había despertado en ella una sed tan grande y compleja como la propia India. Era una sed que hacía que quisiera acoger a Mohan en lo más hondo de su ser y, al mismo tiempo, empujarlo muy lejos de ella. Si era tan buena en su trabajo era gracias a aquella habilidad suya para marcharse sin mirar atrás, para no comprometerse con nada ni con nadie. Alejarse de Mohan, sin embargo, no sería tan fácil. Lo mejor que podía hacer era dejarlo en paz.

–¿Todo bien? –preguntó él voz baja y con la vista fija en la carretera, y Smita supo que había percibido su inquietud.

–No –contestó, fingiendo haber malinterpretado la pregunta–. Meena sigue muerta.

Esa noche salieron a comprar una botella de Grey Goose y, después de que Ammi y Abru se fueran a dormir, se la bebieron en sendas copas en el cuarto de Mohan.

–Tengo la sensación de llevar todo el día sonámbula –dijo Smita, un poco achispada.

Mohan asintió.

–Sí.

–E ir a la comisaría no ha servido de nada.

–Lo sé.

–¿Puedo dormir contigo esta noche?

Se tensó, lista para arrepentirse de sus palabras, para enfadarse consigo misma por haber renunciado tan a la ligera a la decisión que ya había tomado, pero Mohan la acercó a él.

–Llevo todo el día pensado en ello.

Smita se pasó el día siguiente trabajando en su artículo mientras Mohan realizaba llamadas telefónicas. Primero llamó a una amiga que era abogada en Surat para averiguar qué documentación necesitaba para que Ammi renunciara a sus derechos sobre Abru, y la mujer prometió enviar de inmediato los papeles por mensajero. A continuación, llamó a la jefa de Ammi para ver si estaba interesada en contratarla como interna y la mujer dijo que debía consultarlo con su marido. Mientras esperaba la respuesta, Mohan llamó a varios familiares para preguntar si alguno de ellos buscaba una criada de edad avanzada.

En último término, Mohan decidió que lo mejor era que Ammi continuara con su bai actual. Resultó que la casa de su jefa estaba tan lejos de Vithalgaon que la pobre Ammi tenía que coger dos autobuses de ida y dos de vuelta cada día, lo cual significaba que no corría ningún peligro. La vieja quedó encantada con la solución y, una vez tomada, parecía no ver el momento de empezar su nueva vida. Esa tarde, Smita y Mohan fueron al mercado a comprarle una maleta pequeña, seis saris y artículos de aseo personal, y por la noche, Ammi firmó los papeles de la custodia y le dio un abrazo apresurado a su nieta, como si solo fueran a separarse durante unas horas y no para el resto de su vida.

Abru se paseaba con su andar vacilante por el jardín trasero, tirando con regocijo de las hojas y las flores. Smita la contemplaba desde la terraza, mientras se tomaba el té del desayuno y esperaba a que Mohan regresara. Este se había levantado pronto para llevar a Ammi a su nueva casa y, antes de marcharse, había dejado a Abru en la cama con Smita, que no se había levantado para despedirse de Ammi porque ya lo había hecho la noche anterior.

De improviso, Abru miró hacia el cielo y a Smita se le pusieron los pelos de punta. ¿Había sentido la niña la presencia de su madre? Era difícil saber hasta qué punto entendía y recordaba lo ocurrido, pero, al ver que arrancaba de nuevo los pétalos de una flor blanca, Smita se relajó. Pasados unos minutos, la niña se acercó y Smita se dio cuenta de que estaba cansada. Desde su ataque de llanto en el coche dos noches atrás, Abru había vuelto a sumirse en un silencio indefinido, aunque a Smita le fascinaba su capacidad para comunicarse sin palabras. Cogió a la niña en brazos.

–¿Quieres comer algo? –le preguntó, y ella negó con la cabeza–. Vale –dijo y se la llevó de nuevo a la cama.

Se tumbaron las dos de lado y se quedaron mirándose a los ojos mientras una sensación de cariño se adueñaba del corazón de Smita. Le acarició el pelo y, al cabo de unos minutos, la pequeña parpadeó hasta sumirse en el sueño. Smita también se durmió, pero, al oír el coche de Mohan, se levantó de la cama y se dirigió apresuradamente a la puerta. Mohan entró en la casa con expresión de agotamiento.

–¿Cómo ha ido? –preguntó ella.

Él levantó el índice para indicarle que le diera un momento y fue a la cocina a por un vaso de agua con hielo, que se llevó a la sala antes de sentarse junto a Smita.

–Hace un calor de mil demonios –dijo, al tiempo que miraba a su alrededor–. ¿Dónde está Abru?

–Echando una cabezadita –contestó Smita y frunció el ceño–. ¿Es normal que duerma tanto?

–Creo que sí. Es casi un bebé.

–Y, además, con una malnutrición preocupante.

–Ahora que está con nosotros, eso va a cambiar. No te preocupes, se pondrá bien.

–¿No te parece raro que Ammi se despidiera de ella anoche con un abrazo rápido? Es como si no sintiera nada por su propia nieta.

Mohan se quedó un momento callado.

–Mientras íbamos en el coche, hemos hablado un poco –dijo al cabo–. Me ha pedido que adopte a Abru.

–Tiene mucha cara –respondió Smita.

–Me lo estoy planteando.

–¿Qué? –exclamó Smita sorprendida.

Él se encogió de hombros.

–¿Por qué no? No pienso dejarla en un hogar de menores. ¿Eres consciente de cómo son los orfanatos en la India? ¿Las cosas que les pasan a los pequeños?

–Pero ¿cómo lo vas a hacer? Tienes que trabajar y…

–La mayoría de la gente que tiene hijos también trabaja, Smita.

Ella notó el tono de reprimenda en su voz y eso la irritó.

–Sabes muy bien que Meena me pidió a mí que me hiciera cargo de ella. A mí, no a ti.

–Bueno, ella creía que estábamos casados. Pero está bien, si quieres a Abru, quédatela. Contigo estará a salvo.

Las palabras de Mohan eran razonables y hablaba con voz plácida, pero Smita percibió un toque de impaciencia. Se miró las manos al tiempo que se le ponía la nariz roja.

–¿Estás enfadado conmigo? –preguntó.

–No, claro que no. ¿Por qué iba a estarlo? –Mohan se frotó la mejilla y Smita se fijó en que esa mañana no se había afeitado–. Lo que me pasa es que estoy agotado, *yaar* –explicó–. Todo está yendo muy deprisa y, por si fuera poco, ahora tenemos que pensar en Abru.

–Entonces, ¿por qué me has dicho que me la quede yo?

Un destello de furia brilló en los ojos de Mohan.

–Porque estoy intentando hacer lo mejor para ella, Smita, y tú haces que esto parezca una maldita disputa legal por su custodia.

–Lo siento. Es que me ha sorprendido, nada más. No sé, si ni siquiera tienes un piso propio; ¿cómo te vas a hacer cargo de una niña?

–¿Qué tiene que ver una cosa con la otra? Tía Zarine puede cuidar de ella mientras yo estoy en el trabajo. Querer es poder.

«Con qué facilidad me ha excluido de su vida con Abru», pensó ella.

–Smita, ¿qué ocurre? –preguntó él exasperado–. ¿Por qué lloras?

–No lo sé. Estoy triste y confundida. Meena me pidió con su último aliento que cuidara de ella y tengo la sensación de que le estoy fallando.

Se miraron el uno al otro con impotencia.

–Los papeles –dijo Smita al cabo de un momento–; los que firmó Ammi. ¿A quién nombró como tutor legal?

–A nadie. Dejó el espacio en blanco. –Mohan suspiró–. Pero, Smita, todo este proceso va a ser una locura. En primer lugar, tenemos que asegurarnos de que nadie más va a reclamar la custodia de Abru. Tendremos que localizar a la hermana de Meena y confirmar que…

–Lo más probable es que no esté en condiciones de quedarse con ella –lo interrumpió Smita.

–Ya. Pero puede que en el juzgado insistan en que la encontremos. Y en cuanto a los hermanos… –Mohan se quedó un momento callado antes de continuar–: Mira, si de verdad te la quieres llevar a Estados Unidos, te ayudaré; nada me gustaría más. Pero no pienso dejarla en un orfanato.

–Pero ese es el tema, Mohan: no puedo hacerlo. Me paso la mayor parte del año viajando. Con mi estilo de vida, no puedo ser madre soltera.

Una sonrisa sombría se dibujó en el rostro de él.

–¿He dicho algo gracioso? –preguntó Smita.

–No. Pero me gustaría saber cuándo fue que tu vida se convirtió en un «estilo de vida». Parece que hables de un desfile de moda o algo así.

–Ya, bueno; bienvenido a Brooklyn –repuso Smita con vaguedad–. Ahora en serio: ni siquiera podré quedarme en la India todo el tiempo que requerirán todos los trámites burocráticos.

–Podrías dejarla conmigo; yo me ocuparé del papeleo. Eso es lo que hacen todos los estadounidenses ricos, ¿no?

–¿Harías eso? ¿No le cogerías demasiado cariño?

–Ya le he cogido cariño –replicó Mohan apesadumbrado–. Pero, por ti, lo haría. Si tanto necesitas una hija.

Smita se molestó. Aquello le recordaba demasiado a las discusiones en las que él insistía en que la India era también la patria de Smita. La maternidad era tan solo otra caja en la que Mohan la había metido.

–No necesito una hija y lo que yo quiera o deje de querer es irrelevante. Lo que pasa es que me siento responsable de esta niña en particular.

–Querer ser madre solo por ese motivo…

–Santo Dios, Mohan. ¿Quién ha hablado de ser madre? Solo he dicho que…

–¿En calidad de qué vas a adoptar a Abru, si no? ¿De hermana?

–Vale, *touché.* Pero ¿qué serías tú si te la quedaras? ¿Su padre?

Mohan ladeó la cabeza con expresión desconcertada.

–Pues claro.

–Ah. Y… ¿no te da miedo?

Él abrió los ojos de manera casi imperceptible, como si por fin hubiera entendido a qué se refería ella y de qué iba todo aquello.

–¿Cómo no me va a dar miedo? Todas las cosas importantes de la vida dan miedo. El día que empecé el doctorado estaba asustadísimo, y el día que empecé a trabajar en Tata, también. Joder, tuve miedo incluso el día que te conocí.

–¿Miedo de mí? –Smita se rio–. ¿Por qué?

–Porque me bastaron unos minutos para darme cuenta de que quería pasar más tiempo contigo. Y no sabía cómo ni por qué.

En los ojos de Mohan había reflejada tanta vulnerabilidad que Smita se quedó sin aliento e, incapaz de soportar el latido desbocado de su corazón, apartó la mirada.

–Bueno –dijo–, seguro que si hubieras podido ver el futuro habrías salido corriendo.

–Pues la verdad es que no –repuso él–. No me malinterpretes, todo esto ha sido difícil y habría dado un riñón por salvar a la pobre Meena, pero no me arrepiento de nada.

–Gracias –dijo ella y hundió la cara en su pecho.

Se quedaron así sentados mientras Mohan susurraba algo en el oído de Smita.

–¿Qué acabas de decir? –preguntó ella, alzando la cabeza.

–¿Por qué no te quedas?

–¿Quedarme dónde?

Él parpadeó con impaciencia.

–Lo sabes muy bien: en Mumbai, conmigo.

–Mohan –dijo ella con pesar–. Sabes que es imposible.

Él la abrazó con más fuerza.

–¿Lo es? –preguntó–. ¿Más imposible que mudarte con tu familia a Estados Unidos, como hizo tu padre?

–No seas injusto. No es lo mismo.

–¿Cuál es la diferencia?

–La diferencia es que nosotros lo hicimos porque estábamos desesperados y no teníamos otra opción.

–Ya veo. ¿Tiene más sentido mudarse a otro país por desesperación que por amor?

Ella se lo quedó mirando, boquiabierta. «¿Amor? ¿De verdad acaba de utilizar esa palabra?», pensó.

–Mohan, apenas nos conocemos –empezó y entonces se interrumpió. ¿Qué era aquello, una especie de prueba? ¿Una broma?–. Vamos a ver... ¿es solo una idea hipotética...?

–No. Te lo estoy pidiendo.

–¿Me estás pidiendo que renuncie a todo lo que tengo en Estados Unidos, a toda mi vida allí, para estar contigo?

Él sonrió.

–Dicho así suena espantoso, *yaar*.

Smita se dio cuenta de que acostarse con él había sido un error. Aquella era precisamente la clase de complicación y desconsuelo que había querido evitar.

–Mohan, cariño... Sabes muy bien que esto es absurdo.

–¿Lo es? –Él se puso a juguetear con su pelo con aire distraído–. Muy bien, tengo una idea. Pide una excedencia y, si no eres feliz aquí, si echas tanto de menos Estados Unidos que no puedes soportarlo, yo me iré allí contigo.

«¿Mudarse a Estados Unidos?». Mohan lo estaba planteando como si se tratara de comprarse una corbata nueva. Smita desconocía aquella faceta suya. ¿Era consciente de lo que complicado que sería? Smita pensó en sus amigas de Nueva York. ¿Qué dirían? ¿Les horrorizaría su petulancia?

–Creía que adorabas tu trabajo –dijo.

–Y así es.

–En ese caso, ¿por qué ibas a renunciar a él?

–Porque te adoro más a ti.

–Venga ya, Mohan. No tienes ni idea de lo arpía que soy.

Dejó escapar una risa forzada, tratando con todas sus fuerzas de destensar el ambiente. Sin embargo, y muy a su pesar, Smita estaba muy emocionada. «Porque te adoro más a ti». ¿Habría sido capaz alguno de sus exnovios de renunciar a su carrera por ella? No, claro que no. Tan solo un mes atrás, Smita habría despreciado a cualquier hombre que dijera algo así y lo habría considerado desesperado y patético. Ahora, sin embargo, ese gesto la conmovía. No sabía cómo, pero la India la había envuelto en su hechizo y la había dejado vulnerable ante aquella clase de sentimentalismos. Cuando volviera a Nueva York, no sería la misma persona que cuando se marchó.

Estudió el rostro de Mohan, que de pronto era para ella el vivo reflejo del amor.

–Si decidiera quedarme, ¿dónde viviría? –preguntó–. No me puedo permitir quedarme en el Taj.

–Puedes quedarte en mi habitación.

–¿En casa de tía Zarine? ¿Y a ella no le importaría?

–No lo creo. Y, si le importa, siempre puedo comprar un piso pequeño.

–¿Para solo seis meses? –preguntó Smita con incredulidad–. ¿Hasta que decidamos qué hacemos con Abru?

–No hace falta que discutamos ahora los detalles, *yaar.*

Allí estaba Smita, sentada en un chalé de lujo, al lado de un hombre que le presentaba todo un abanico de posibilidades. De pronto pensó en la vida de Meena, en la miseria y la falta de opciones a las que se había enfrentado la joven. ¿Qué había hecho Smita para merecer su buena suerte?

–No lo hagas –le dijo Mohan–. Solo conseguirás ponerte triste.

–¿Ahora me lees el pensamiento?

–Sí. Pero solo porque eres demasiado transparente y tu precioso rostro refleja lo que sientes.

Smita meneó la cabeza, perpleja.

–Se nos ha ido la cabeza. Eres consciente de que parecemos un par de locos, ¿verdad? Apenas nos conocemos.

–¿Cuánto tardaron tu padre y tu madre en casarse después de conocerse?

–No puedes compararlo. Se escribieron cartas durante mucho tiempo.

–Vale, pues te escribiré cartas. Una cada día.

–Muy gracioso. Ellos tampoco tuvieron que preocuparse de conseguir visados, pasaportes y todas esas historias.

–¿Y qué? Tuvieron que superar otras dificultades, *na?*

Smita cerró los ojos. Aquella insistencia la irritaba.

–Deja ya el tema, Mohan, por favor. Te tengo mucho cariño, pero todo esto me incomoda.

Él se sintió mal de inmediato.

–Lo siento. Ten en cuenta que a esto es a lo que me dedico: a resolver problemas. Y, de una manera u otra, siempre encuentro una solución, así que para mí la vida es como otro rompecabezas que tengo que resolver.

Ella le dio un beso en la mejilla.

–Está bien –dijo–. Vamos a disfrutar del tiempo que tengamos.

Él sonrió y luego ladeó la cabeza, aguzando el oído.

–Abru –dijo.

Smita oyó un prolongado chillido procedente del otro extremo de la casa.

Ambos echaron a correr a la habitación, donde encontraron a Abru sobre el suelo de baldosas, al lado de la cama, cogiéndose la cabeza con las manitas.

–¡Mierda! –exclamó Smita al tiempo que se agachaba junto a la pequeña, que no paraba de gimotear–. ¿Qué ha pasado, tesoro? ¿Cómo te has caído? –Mientras la niña lloraba desconsolada, Smita le apartó con delicadeza la mano de la cabeza y palpó el pequeño chichón que le estaba saliendo en un lado–. Tráeme hielo –le gritó a Mohan, que ya corría hacia la cocina.

Smita acunó a la niña entre sus brazos mientras sostenía el trapo con los cubitos sobre su cabeza. Al cabo de un rato, el agua helada empezó a caerle en hilillos por la cara y Abru sacó la lengua y empezó a pasársela por los labios.

–Parece que le gusta –dijo Mohan riéndose.

–¿La puedes coger tú? –susurró Smita–. Se me está quedando el brazo dormido.

Él cogió a Abru y la dejó sobre la cama, pero eso provocó una nueva retahíla de gritos.

–Vaya, vaya –rezongó Mohan–, tus cuerdas vocales están en plena forma. Tranquila, pequeña; estamos aquí.

Abru se metió el pulgar en la boca, lo miró con sus grandes ojos negros y a continuación le tiró de la manga para que se estirara a su lado.

–Vale, vale; me estiraré a tu lado –la arrulló él.

Smita contempló a Mohan mientras él se tendía en la cama. «Todos lo adorarían», pensó con melancolía. Su padre disfrutaría hablando con él de cuestiones relacionadas con la tecnología y a Rohit le encantaría su sentido del humor. En cuanto a su madre, se lo habría llevado a pasear cada mañana y habría presumido de él delante de todas sus amigas.

Smita esperó a que Abru se durmiera para tumbarse en el lado izquierdo de la cama, dejando a la niña entre ambos. Al cabo de unos minutos, extendió el brazo por encima de la pequeña y, después de que Mohan le cogiera la mano, los tres se quedaron dormidos.

Capítulo 37

Llevaban ya casi una semana en Mumbai, y Mohan y Smita dedicaban la mayor parte del día a cuidar de Abru. Pero las noches les pertenecían solo a ellos.

Ahora que ya se había publicado su artículo, Smita tenía todo el tiempo del mundo para estar con Mohan y Abru. Mohan había hablado con su jefe para contarle la situación y había conseguido que le ampliaran las vacaciones. Cada noche se llevaba a Abru a su piso para dejarla con tía Zarine y luego volvía al Taj.

Smita se lo quedó mirando mientras dormía. «Ojalá nos hubiéramos conocido viviendo en la misma ciudad –pensó–. Así podríamos haber salido como una pareja normal». De improviso, oyó el jadeo moribundo de Meena en su oído. Debió de hacer un movimiento involuntario con el cuerpo, porque Mohan abrió los ojos y miró a un lado y otro de la habitación tratando de orientarse. Y en el segundo previo a que su mirada se posara en ella, Smita tuvo una revelación: «He aquí un hombre con su propio y sagrado mundo interior, con un alma inviolable». Sintió un deseo apremiante de estudiar a Mohan, como si fuera un idioma extranjero que le abriría nuevos horizontes.

–¿Qué pasa? –preguntó él–. ¿Por qué me miras así?

Ella le acarició la mejilla.

–Nada. Duerme.

Pero ambos estaban ya despiertos. Al cabo de un momento, Smita se incorporó, se apoyó en el cabecero de la cama y cogió su portátil. Habían pasado tres días desde la publicación de su artículo, pero la gente seguía dejando comentarios. Se colocó el ordenador sobre el regazo, aunque era un poco reacia a compartir los comentarios con Mohan. La mayoría reflejaba la indignación y compasión de los lectores; sin embargo, había también el habitual puñado de diatribas en las que se calificaba a la India de país misógino de mala muerte, como si en Occidente jamás se hubieran producido historias como la de Meena. Un mes atrás, aquella clase de comentarios habría enfurecido a Mohan, pero él también había cambiado. Cliff le había contado a Smita que el teléfono echaba humo con llamadas de lectores que querían saber si había una recaudación de fondos abierta para Abru y, aunque Mohan se había negado de inmediato a aceptar la ayuda, el desvelo de los lectores estadounidenses lo había conmovido.

–¿Alguna novedad? –preguntó él cuando Smita cerró el ordenador.

–Se me ha olvidado contarte que Anjali ha llamado antes. Su grupo ha exigido a la Policía que investigue el asesinato de Meena y dice que mi relato en primera persona ha sido de gran ayuda.

Mohan asintió:

–Lo más seguro es que tenga que volver para prestar declaración.

–¿Yo también tendré que ir?

–*Jaan*, las cosas en la India van muy despacio –contestó él con una sonrisa circunspecta–. Cuando llegue el momento, ya no estarás aquí.

–No soporto la idea de marcharme y dejarte a ti con todo esto. Como si encargarte de los trámites para quedarte con Abru no hubiese sido suficiente, ahora también tienes que testificar contra Govind.

Mohan se encogió de hombros.

–Me las apañaré.

–¿De verdad quieres que vaya a comer mañana a casa de tía Zarine? –preguntó Smita al cabo de un momento.

–Smita, ¿por qué tenemos que darle vueltas a todo? Ella quiere conocerte y tú dijiste que sí. Creía que ya lo habíamos decidido.

–Mohan, no te enfades conmigo, por favor. Lo detesto.

–No estoy enfadado. Perdona… Es que todo ha pasado tan rápido, y no puedo dejar de pensar en esa pobre chica.

–Yo tampoco –susurró ella–. No me la quito de la cabeza. Me despierto y pienso en ella, en cómo me cogió la mano antes de…

–Basta, Smita. Oblígate a pensar en otra cosa. Eso es lo que intento hacer yo.

Se quedaron los dos callados, cómplices y testigos. Smita cambió de postura entre sus brazos y alzó la vista para memorizar su rostro.

–*Ae*, no me mires así –dijo él–. Estoy aquí, y todavía nos quedan varios días juntos. Y después… tampoco es que te vayas a la luna, *yaar.* Iré a verte a Estados Unidos.

Capítulo 38

A la mañana siguiente, fueron a ver a Shannon a la unidad de rehabilitación. Nandini todavía no había llegado.

–Hoy vendrá más tarde –explicó Shannon–. Es el cumpleaños de su hermano pequeño y creo que tienen una fiesta en casa o algo así.

–¿Quieres que me quede? –preguntó Smita–. Hoy tenía que ir a comer a casa de Mohan para conocer a su casera, pero puedo cancelarlo.

–Ah, sí. –Shannon sonrió–. La famosa tía Zarine.

–¿La conoces?

Shannon negó con la cabeza.

–No, pero he oído hablar mucho de ella. Mohan la tiene en un pedestal. –En ese momento, él entró en la habitación y ella se interrumpió–. Mohan, cielo –dijo–, ¿puedes hacerme un favor?

–Claro.

–¿Puedes ir al puesto que hay delante del hospital y comprarme un coco fresco? Nandini me trae uno cada día; dice que el agua de coco ayuda a recuperarse después de una operación.

–Es verdad –dijo Mohan–. Vuelvo en un momento.

En cuanto salió de la habitación, Shannon usó el andador para acercarse a Smita y se sentó en el borde de la cama.

–¿Cómo estás? –le preguntó–. No me puedo creer todo lo que has presenciado.

Smita suspiró.

–Sigo en *shock*. Parece imposible que Meena esté muerta. No dejo de ver su cuerpo y de oír como jadeaba al intentar tomar aire.

–Normal... Esta profesión que hemos elegido es, a veces, terrible.

–Así es. Pero no me veo trabajando en otra cosa.

–Yo tampoco. Oye, espero que no te ofenda, pero ¿qué está pasando entre Mohan y tú?

–Nada, de verdad. Bueno, le... le tengo mucho cariño, pero no es nada serio.

–Pues él sí que se lo toma bastante en serio, Smits –repuso Shannon–. Se va a quedar hecho polvo.

–¿Te lo ha dicho él?

–No, para nada. Desde que volvisteis de Surat, ninguno de los dos ha soltado prenda, cosa que me parece imperdonable, pero me he fijado en cómo te mira. ¿Vas a dejar a Abru con él?

Smita, a la que no le pasó por el alto el tono desaprobatorio con el que lo había dicho, frunció el ceño.

–Cuando me llamaste a las Maldivas, creí que querías que viniera para ayudarte. Porque te habías caído.

–Lo siento, Smits, no era consciente. Pero ¿qué...?

–Espera un momento; déjame acabar. –Respiró hondo–. Me había jurado no volver a pisar jamás la India por algo que me pasó aquí cuando era niña, y, aun así, vine. Vine porque tú me lo pediste, Shannon. Y entonces fue como si todo empezara a desmoronarse. No tenía planeado acostarme con Mohan, ¿vale?

–Smita, por favor. No era mi intención...

Pero ella ignoró su disculpa.

–¿Qué tengo que hacer? –dijo–. ¿Cambiar toda mi vida por un tío al que acabo de conocer? De hecho, Mohan me pidió que me quedara medio año aquí, como si fuera tan fácil. ¿Y mi trabajo? Sabes muy bien lo mucho que nos hemos esforzado las dos para llegar a donde estamos.

–Está bien; cálmate. –Shannon dio unas palmaditas en el borde la cama–. Ven a sentarte conmigo.

–No me hace falta.

–Smits, no seas tonta. Ven, anda. Lo siento –dijo Shannon, tirando de su amiga–. No tendría que haber dicho nada, pero... bueno, hace tiempo que te conozco, mucho más que a Mohan, sin duda. Y me parece que encajáis muy bien. Nunca te he visto como cuando estás con él.

–¿De qué hablas?

–No sé cómo describirlo. Se te ve..., no sé, feliz, sí, pero es más que eso. Se te ve... radiante.

–Estás diciendo tonterías –replicó Smita, riendo–. Lo que te pasa es que no estás acostumbrada a verme con un tío de piel oscura.

Shannon esbozó una sonrisa mecánica.

–Sabes muy bien que yo no soy así. –Hizo una pausa antes de añadir–: Te voy a echar de menos, joder.

–Y yo a ti. Pero nos veremos pronto en Nueva York, ¿no?

–Tardaré un tiempo en ir. Cliff me ofreció un billete de avión para volver a casa y que alguien me sustituyera durante unos meses, pero me negué. Estoy bien aquí. Además, Nan lo llevaría muy mal si me marchara.

–Y que lo digas. Creo que está enamorada de ti.

–¿Os estáis burlando de Nandini? –preguntó Mohan, acercándose con una sonrisa a la mesita de noche. Llevaba un coco grande, partido con un machetazo y con la parte superior colgando como de una bisagra. Colocó un vaso encima y le dio la vuelta para que el agua de coco lo llenara–. Aquí tienes, querida –le dijo a Shannon.

–Gracias, Mohan. Eres el mejor.

–Bueno, contadme, ¿qué estáis maquinando? –preguntó él.

Su tono de broma le recordó a Smita el que usaba con ella cuando se conocieron, antes de que Meena muriese… y antes de que tuvieran que hacerse cargo de Abru. Y también antes de que cometieran el error de acostarse juntos.

–Nada –contestó–. Estábamos dándole al pico.

–«Al pico» –repitió Mohan–. La verdad es que los estadounidenses sois insuperables con las expresiones raras.

A Shannon se le escapó un bostezo.

–Anda, es hora de que os vayáis. Estoy cansada; me voy a echar una siesta.

Mohan miró el reloj.

–Estás de broma, ¿no, *yaar*? –dijo–. Si no son ni las doce. ¿Cómo es posible que vuelvas a tener sueño?

Smita abrazó a Shannon.

–Hasta mañana, ¿vale?

–Perfecto.

–¿Vamos? –dijo Smita, volviéndose hacia Mohan.

–Un momento.

Se agachó para ahuecar la almohada de Shannon, que le lanzó una mirada divertida a Smita.

–La mujer que se case con él tendrá mucha suerte.

–Muy graciosa –dijo Mohan–. Ahora sí, nos vamos. Tengo que llevarme a esta chica a casa de tía Zarine.

–Pasad, pasad –dijo Zarine Sethna–. Por favor, bienvenidos, bienvenidos.

–Gracias –dijo Smita, con un ataque repentino de timidez, antes de entrar en una habitación decorada con vasijas chinas y muebles antiguos. Le dedicó una sonrisa a la casera de Mohan–. Gracias por invitarme a comer.

–Es un placer para mí. –respondió Zarine, una mujer alta de piel clara y con el pelo canoso y rizado, y se colocó bien las gafas sin montura–. Mohan nos ha hablado mucho de ti.

–Gracias. –Smita miró alrededor–. ¿Dónde está Abru?

–Haciendo la siesta –contestó Zarine con una sonrisa–. ¿Estás preocupada por ella? ¿Quieres ir a verla?

Smita asintió.

–Llévala al dormitorio –le indicó Zarine a Mohan–. Luego comeremos.

–Es usted muy amable. Le agradezco que se haya tomado la molestia...

–*Arre, wah* –la interrumpió la mujer–. No es ninguna molestia. Mohan es como un hijo para mí.

Smita y Mohan se dirigieron a la habitación de Zarine.

–Ya ha cogido algo de peso –susurró ella–. Aunque igual me lo estoy imaginando.

–Ayer se comió tres helados, ¿te acuerdas? La estás malcriando. –Fingió fruncir el ceño–. En cuanto te vayas, *bas*, la voy a poner a régimen.

Smita se rio, aunque la idea de que Mohan tuviera a Abru solo para él le encogió el corazón.

–¿Tía Zarine está de acuerdo con que se quede? ¿Cuidará de ella mientras tú trabajes? –Vaciló antes de añadir–: Si le pagas para ocuparse de ella, puedo contribuir enviando dinero cada mes.

–Tía Zarine y Jamshed nos matarían a los dos. Eso sería un insulto para ellos.

–¿Quién es Jamshed?

–Su marido. Te hablé de él, ¿recuerdas? Los dos están enamorados de la niña.

–Pero tú serás su tutor legal, ¿verdad? No dejarás que ellos...

Él le cogió la muñeca con delicadeza.

–Smita, deja de preocuparte. Ya te dije… –En ese momento, Zarine entró en la habitación y él la soltó.

–Por favor, venid a la mesa –dijo la mujer–. ¿Qué queréis beber? ¿Algo frío o caliente?

–Un refresco, por favor –contestó Smita.

Mohan puso las manos sobre los hombros de la mujer.

–Vamos, tía Zarine –dijo–. Llevas toda la mañana cocinando; Smita y yo nos ocuparemos de todo. A tu edad, tienes que procurar no cansarte.

Zarine sonrió.

–¿Has visto cómo me toma el pelo? –le dijo a Smita, que se había dado cuenta de que, al hablar con Zarine, el acento de Mohan era más marcado, más indio.

El afecto que sentía por ella también saltaba a la vista. ¿Se comportaría de la misma manera con su madre? Al pensar que nunca lo sabría, se entristeció.

Smita bebía su refresco de frambuesa sentada a la mesa mientras Zarine y Mohan llevaban los platos.

–¡Esto es mucha comida! –jadeó.

–Come, come, *deekra* –dijo la mujer, sirviendo *sali boto* en el plato de Smita.

–Uf, tía Zarine–se quejó ella–. Ya vale.

–Smita –intervino Mohan con la boca llena–, come, *yaar*. En Estados Unidos no encontrarás comida como esta.

Ella asintió e hizo lo que le decía. Se sumieron los tres en un silencio de serenidad, interrumpido por algún que otro murmullo apreciativo de Smita.

–Recuerdo esta bebida de mi infancia –dijo mientras le daba otro sorbo al refresco de frambuesa–. Mi padre tenía muchos amigos parsis y, siempre que los íbamos a ver, nos daban Duke's de frambuesa.

Zarine chasqueó los dedos.

–Ve a buscarle a tu amiga otra botella de la nevera –le dijo a Mohan, que se puso en pie de inmediato con una amplia sonrisa en el rostro.

La mujer lo siguió con la mirada hasta que salió del comedor.

–Dime, ¿cuánto tiempo hace que conoces a mi Mohan?

–Ah…, pues… la verdad es que no mucho –balbuceó Smita–. Quiero decir...

Zarine negó con la cabeza, quitándole importancia.

–No importa, no importa –dijo–. Cuando dos personas se quieren, el tiempo no importa.

Smita mantuvo la vista clavada en el plato y se sobresaltó cuando la mujer la cogió de la barbilla.

–Eres una mujer hermosa –murmuró–. No me extraña que mi Mohan esté *lattoo-fattoo* por ti.

–¿*Laddoo-faddoo?*

Zarine se rio.

–*Laddoo* no, *lattoo.* Significa «loco». Loco por ti.

Smita le devolvió la sonrisa y de pronto dio un respingo: Zarine le había pellizcado el antebrazo.

–Ni se te ocurra hacerle daño a este pobre chico –dijo la mujer, con los ojos brillantes–. Lo conozco hace muchos años y es la primera vez que trae a una chica a casa.

–Tía –repuso Smita–. Sabe… Sabe que vivo en Estados Unidos, ¿verdad? –Esperó a que Zarine asintiera–. Entonces sabrá también que tengo un vuelo para volver a casa en tres días.

A Zarine se le desencajó el rostro.

–¿Tres días? Y… ¿qué pasa con Mohan? ¿Y con la niña?

–Yo… quería dejar a Abru en un hogar de menores, pero Mohan se negó. Dijo que…

–*Chokri* –Zarine se levantó–, ten un poco de sentido común. ¿Sabes lo que les pasa a las niñas en los orfanatos? No me extraña que Mohan se negara. Creía que eras más inteligente.

«Me va a echar la culpa por hacerle daño a Mohan», pensó Smita consternada y miró hacia la cocina, donde se oía a Mohan echar cubitos de hielo en un vaso. La comida le pesaba en el estómago. Se preguntó si aquella comida era una emboscada y si Mohan había contribuido a maquinarla, pero, al ver su expresión de desconcierto cuando volvió a la mesa, sus sospechas se aplacaron.

–*Su che?* –le preguntó a Zarine en guyaratí–. ¿Qué ha pasado?

–Nada, nada –contestó ella al tiempo que se sentaba de nuevo y añadió con esfuerzo–: Come un poco más, *deekra.*

Smita negó con la cabeza.

–No, gracias.

Se hizo un silencio tenso.

–Voy a preparar un té al estilo parsi –dijo Zarine–. ¿Querréis un poco? Y de postre hay natillas de *lagan un.*

–*Arre*, tía Zarine, deja descansar a esta pobre chica –exclamó Mohan–. Mejor esperamos diez o quince minutos antes de ponernos a comer de nuevo, ¿te parece?

La expresión de Zarine se suavizó.

–Ya sabes lo que dicen de nosotros los parsis –dijo–. Mientras desayunamos ya estamos pensando qué comeremos al mediodía.

Todos se rieron y la tensión del ambiente se disipó.

–Voy a poner las natillas en el horno –dijo Zarine–. ¿Por qué no le enseñas tu habitación a Smita? Os llamaré cuando estén listas.

Los dos entraron en el dormitorio de Mohan con actitud tímida. Smita paseó la mirada por las paredes desnudas, la cama de matrimonio hecha con esmero y la única silla con unos tejanos doblados encima. Era tan impersonal y austera como su propio piso en Brooklyn. Por alguna razón, a pesar de su carácter amigable y del hecho de que vivía con más gente, su existencia era tan común como la de ella. La idea la emocionó y él se dio cuenta de inmediato.

–¿Qué pasa?

–Nada, que me alegro de ver tu habitación, de saber dónde vives.

Él adoptó esa expresión resentida que ella había empezado a temer y que asomaba a su rostro cada vez que le recordaban la inminente partida de Smita, así que esta se preparó para recibir una respuesta mordaz. Pero no dijo nada.

Smita se acercó a su cómoda y cogió una foto.

–¿Son tus padres? –preguntó.

–Sí.

–Te pareces mucho a él.

–Eso dice todo el mundo.

Smita dejó la fotografía y quitó una pelusilla del marco con gesto distraído. Él se dio cuenta.

–Aquí hay mucho polvo –dijo–. Lo quitas y, al cabo de media hora, *bas*, vuelve a estar sucio.

–Y, aun así, es tu amada ciudad –lo pinchó ella.

Pero él no le correspondió con una sonrisa.

–Lo es. Claro que lo es. –Se la quedó mirando un momento–. Vamos, tenemos que hacerle compañía a tía Zarine.

–¿La ayudo en algo? –preguntó Smita una vez en la cocina.

–¿Por qué no preparas el té? –le indicó Zarine.

Smita titubeó.

–¿Tiene...? ¿Usted usa bolsitas de té?

–¡¿Bolsitas de té?! No digas tonterías. Aquí usamos hojas de té de verdad. Y de menta. Y de hierbaluisa. –Se volvió hacia Mohan–. Llévate a esta chica americana a la sala de estar. Yo os llevaré una buena taza de té calentito.

Al dirigirse al salón, Smita y Mohan pasaron por delante del viejo armario de teca. La mitad estaba cubierta con un espejo de cuerpo entero y Smita le echó un vistazo, pero, en lugar de su reflejo, lo que vio fue una pareja más mayor atareada en una cocina preparando el almuerzo para la escuela. Smita la reconoció de inmediato: eran Mohan y ella con diez años más. La distorsión temporal la dejó aturdida y dio un traspié.

–¿Qué pasa, Smita? –preguntó Mohan, sujetándola para que no perdiera el equilibrio.

Ella se volvió hacia él, desorientada y confusa.

–¿Dónde está el baño? –dijo–. Estoy un poco mareada.

Smita se sujetó al lavamanos mientras se miraba en el espejo. «Tranquilízate –se dijo a sí misma–. Estás sometida a una gran presión y has tenido una especie de...». ¿Qué había sido exactamente? ¿Una alucinación? ¿Una premonición? ¿Un *déjà vu*?

Y entonces lo vio con claridad: era su ilusión, un instante de felicidad momentáneo, un ojalá. Una imagen fantasmal creada por un intenso deseo. Solo tenía que esperar un momento y todo pasaría. De hecho, ya había pasado. Sabía por experiencia que, por mucho que quisiera a una persona o un lugar, tenía que esperar a que la fiebre remitiera, y siempre lo hacía.

Durante sus primeros años en Estados Unidos, se había

negado a comer los platos indios de su madre y se había forzado a amar los macarrones con queso, las hamburguesas y la *pizza*. Era su manera de olvidar la India. Smita estaba decidida a aguardar a que se le pasara el amor por Mohan y dejar que este se apagara hasta transformarse en afecto.

Se mojó la cara con agua fría, se secó y salió del baño. Mohan estaba sentado en el borde de su cama, pero enseguida se levantó.

–¿Te encuentras bien? –preguntó–. ¿Quieres echarte un rato?

–Estoy bien. –Se obligó a sonreír–. Mucho mejor.

Volvieron al comedor.

–Ven, *beta* –dijo Zarine, dando una palmadita a la silla que tenía al lado–. Una buena taza de té espanta todos los males.

–¿Es hora de despertar a Abru? –preguntó Smita mientras se sentaba.

La idea de marcharse del piso de Zarine sin ver a la niña despierta le resultaba deprimente.

–Claro –dijo Mohan–. Voy a buscarla.

–Lo siento mucho, de verdad –dijo Zarine en cuanto él salió de la habitación–. Se me han olvidado los buenos modales. Le quiero mucho y no soportaría que le hicieran daño.

–Tranquila, tía. Me alegro muchísimo de que tenga a alguien como usted que lo cuide.

Zarine se mostró asombrada.

–*Accha?* –murmuró–. ¿Tanto lo quieres?

Smita se sonrojó.

–Sí.

–Entiendo. –Zarine miró a Smita por encima de las gafas–. Pues, entonces, llévatelo contigo. ¿A quién tiene el pobre en Mumbai aparte de a mi marido y a mí? Lo único que hace es trabajar, trabajar y trabajar. Para eso, que se vaya a Estados Unidos.

–Tía, no lo entiende. No es tan sencillo.

–Ya veo... –Zarine parpadeó, furiosa–. Dime una cosa: ¿es más sencillo romperle el corazón al muchacho? ¿Dejarlo solo con la carga de la niña?

Las palabras de Zarine le provocaban una sensación de vértigo, que se sumaba a la naturaleza desconcertante de ese día. Además, aquello no era asunto de la mujer. En el pasillo se oyó un ruido y, a continuación, Abru entró corriendo en la habitación con las manos alzadas. Sin darle tiempo a Smita a levantarse, la niña se arrojó sobre ella e intentó trepar a su regazo. A Smita se le escapó una risa sobresaltada mientras cogía a Abru en brazos y la abrazaba. ¿Había algo más halagador que ser objeto del cariño de un niño?

–¿Quieres natillas? –le preguntó a la niña, que se la quedó mirando.

–*Wah* –dijo Zarine–. Mírala; cree que eres su madre.

Se hizo un silencio tan profundo que dolía.

–Ya vale, tía Zarine –dijo Mohan–. Basta, por favor.

–Lo siento –dijo ella.

Smita se puso a darle cucharaditas del postre a Abru.

–Estas natillas están buenísimas –dijo.

El postre le recordaba al *kulfi* de cardamomo que solía preparar su madre. ¿Qué diría ella si la viera en aquel momento? ¿Se sentiría orgullosa de que se hubiera enfrentado a sus miedos y hubiera ido a la India? Smita tenía la sensación de que sí.

–Gracias –dijo Zarine–. Es la receta de mi madre. Su hermano cocinaba para bodas.

–¡Vaya! Me acuerdo de que, de pequeña, fui a una boda

parsi –comentó Smita–. La comida era espectacular, estaba riquísima.

–¿Cómo se llamaba la pareja?

Smita se rio.

–No tengo ni idea, tía. Era una niña.

–Sí, claro, es verdad. –Zarine tuvo el detalle de mostrarse avergonzada–. ¿Cuándo te marchaste de la India?

–En 1998 Yo tenía catorce años.

–Entiendo. Nosotros tuvimos la posibilidad de irnos, justo después de casarnos. –Miró a Mohan–. A tu tío Jamshed le hicieron una oferta de trabajo, pero no la aceptamos.

–No lo sabía –dijo él.

–Fue hace tropecientos años, ya casi ni me acuerdo.

Zarine se agachó para limpiarle la boca a Abru con su servilleta.

–¿No se arrepintió? –preguntó Smita.

–¿Arrepentirme? No. Estaba tan ocupada cuidando de mis padres y mi hijo que no tenía tiempo para arrepentimientos. –Zarine sonrió–. Además, el hogar está dónde uno tiene a los suyos. Mientras mi Jamshed esté a mi lado, hasta el infierno me parecería el paraíso.

–Jaasd –dijo Abru de improviso.

–¡Dios mío! –exclamó Zarine–. Ha hablado. Acaba de decir el nombre de mi Jamshed.

Cuando terminaron de comer, Mohan cogió a Abru del regazo de Smita.

–¿Quieres ir a dar un paseo? –propuso–. Te puedo enseñar la colonia Dadar Parsi y los Cinco Jardines antes de volver.

–Me encantaría. –Smita se volvió hacia Zarine–. Me alegro mucho de haberla conocido, y gracias por su hospitalidad.

Zarine sonrió.

–Qué formal es –le dijo a Mohan, como si Smita no estuviera allí, y rodeó a la joven con los brazos–. Que tengas buen viaje y que Dios te bendiga.

–Que Dios la bendiga –respondió Smita.

Capítulo 39

De camino al aeropuerto, Mohan puso un CD de Hemant Kumar, el cantante de voz aterciopelada. Mientras Smita lo escuchaba, él se puso a cantar una canción especialmente evocadora.

–*Tum pukar lo / Tumhara intezaar hai.*

–Es preciosa –dijo Smita.

–Me encanta esta canción.

–No me extraña. ¿Qué dice la letra? ¿Qué es *pukar lo*?

–Quiere decir: «Llámame, te estoy esperando».

Smita le cogió la mano y se la puso en el regazo mientras se esforzaba por no llorar. Quería tranquilizarlo y repetirle lo que le había dicho el día anterior: que intentaría ir a verlo cada vez que fuera a Asia a trabajar. Pero el momento de hacer promesas ya había pasado.

Al cabo de unos segundos, bajó un poco la ventanilla y la India cabalgó por el aire nocturno y se coló en el coche. Y, entonces, Smita se dio cuenta de que aquel tercer pasajero, la India, había estado presente desde el momento en el que había conocido a Mohan.

El agente de policía estaba plantado bajo un gran letrero en el que se leía: SOLO PASAJEROS CON BILLETE. Pero Mohan se coló en la terminal del aeropuerto llevando la maleta con ruedines de Smita.

–Todavía no me puedo creer que no factures equipaje –dijo–. ¿Acaso no sabes que viajar al extranjero con bolsas grandes como mesas forma parte de nuestra herencia cultural?

–Son años de práctica viajando ligera de equipaje –repuso Smita y miró nerviosa a su alrededor–. Los de seguridad te van a pillar, si no ahora, cuando salgas.

Mohan dejó escapar una risita.

–No te preocupes por mí.

Se alejaron de las puertas de entrada y ella miró el pelo despeinado de Mohan y la camisa que se le pegaba al cuerpo por la humedad.

–Gracias por todo –le dijo–. No sé qué habría hecho sin ti.

Él se la quedó mirando en silencio mientras la nuez del cuello le subía y le bajaba.

–Bueno –dijo al cabo–. Supongo que hasta aquí hemos llegado.

Se miraron a los ojos mientras los viajeros pasaban apresuradamente junto a ellos. La última vez que se había marchado de Mumbai, veinte años atrás –cuando Sushil había acompañado a su familia al aeropuerto–, Smita soñaba con el momento de irse. Ahora, en cambio, tenía los pies pegados al suelo, como si su cuerpo fuera una vasija de barro llena hasta el borde de pena. Un movimiento en falso y todos los sentimientos se derramarían.

Mohan se miró el reloj.

–Será mejor que te vayas –dijo–. Suele haber mucha cola para pasar el control de seguridad y la aduana.

Ella le cogió la mano entre las suyas.

–¿Me escribirás? ¿Me tendrás al día de cómo van las cosas con la documentación de Abru?

–Sí.

–Y… ¿me prometes que no te pondrás triste por mí?

–Estaré bien –contestó él y sonrió de manera cínica–. En

cuanto vuelva a trabajar, no tendré tiempo ni de echarte de menos.

–Bien –dijo Smita, fingiendo creerle–. Bien. –Le dio un beso en la mejilla–. Adiós, mi Mohan. Te voy a echar de menos.

Él se tocó la piel allí donde ella le había besado.

–Adiós. Cuídate y llámame cuando estés en la puerta de embarque. Me quedaré esperando aquí o fuera, por si se retrasa el vuelo.

–Mohan, es muy tarde y vas a tardar una eternidad en volver a casa. Deberías irte ya, por favor.

Él frunció el ceño.

–No digas tonterías, *yaar.* Esperaré hasta que despegue el avión.

–Pero no tiene sentido…

–Smita –dijo él, colocando el índice sobre sus labios–. Es una tradición india. Anda, ve.

–Adiós. Te quiero.

–Adiós.

Smita llamó a Mohan en cuanto se hubo acomodado en la zona de espera para embarcar. El teléfono sonó y sonó, pero Mohan no contestó. ¿Acaso había cambiado de opinión y se había ido? Colgó y decidió probarlo de nuevo después de ir al baño. Todavía faltaba mucho tiempo para que saliera su vuelo. Pero, justo cuando estaba a punto de meter el móvil en el bolso, este sonó.

–Perdona, *yaar* –dijo Mohan–. Me han echado. Estoy fuera, y parece que medio Mumbai está también aquí. Hay tanto ruido que no he oído el puñetero teléfono.

No soportaba imaginarse a Mohan apretujado entre la densa multitud que había tras las vallas.

–Faltan dos horas para que salga mi vuelo. ¿Qué sentido tiene que te quedes ahí esperando? Todo ha ido como la seda.

–Smita, en mi familia, siempre esperamos hasta que el avión despega. ¿Qué pasa si se retrasa el vuelo?

Ella puso los ojos en blanco.

–Está bien. Ya veo que no te voy a convencer.

Hablaron diez minutos más, hasta que Smita dijo:

–Oye, tengo que ir al baño. Te llamaré desde el avión antes de despegar, ¿vale?

–Vale. Te quiero –murmuró Mohan.

–Y yo a ti.

Al volver del baño, Smita encontró un asiento delante de una familia de cuatro. Le dedicó una sonrisa a la madre, agobiada vigilando a sus dos hijos pequeños, un niño y una niña, mientras su marido paseaba por la sala, estirando los brazos y bostezando lánguidamente. La mujer le devolvió la sonrisa con timidez.

–Es la primera vez que voy a Estados Unidos –dijo en un inglés con un acento muy marcado.

–Qué niños más guapos –dijo Smita–. ¿Cuántos años tienen?

–Él tiene cinco y ella, dos.

Smita asintió y cerró los ojos mientras empezaba a asimilar todo lo sucedido aquel día. Al terminar la comida, Mohan y ella habían llevado a Abru a los Jardines Colgantes, donde la niña se había quedado fascinada con las payasadas de un oso que bailaba a un lado de la carretera, y luego habían vuelto al piso de Zarine para dejar a la pequeña. La mujer no había disimulado su decepción y desaprobación y apenas le había dirigido la palabra a Smita. Cuando Mohan y ella se marchaban al aeropuerto, Zarine solo le había dicho, con frialdad, «Buen viaje».

Decidió tomarse un café. Se dirigió a la mujer que tenía enfrente al tiempo que señalaba su maleta.

–¿Me la puede vigilar? –le pidió–. Voy a comprar algo de beber.

Mientras hablaba, se dio cuenta de que jamás le habría pedido algo así a un desconocido en el Estados Unidos posterior al 11S. Tenía el presentimiento de que los indios todavía no se habían sumado a la cultura de la desconfianza y el miedo que había impregnado todos los aspectos de la vida civil en Estados Unidos.

La mujer asintió.

–Claro.

Al volver, se encontró que la hija había volcado su maleta y se había sentado encima.

–Perdone –dijo la mujer–. Estos niños…

Smita sonrió.

–No pasa absolutamente nada.

«Si supieras dónde ha estado esta maleta –pensó–, sabrías que ha sufrido maltratos mucho peores».

Smita se sentó y le dio un sorbo a su Nescafé. Después de comer se había tomado uno, sentada delante de Mohan y sin intercambiar palabras. Había notado cómo él se despegaba de ella y trasladaba su cariño a Abru y, aunque le había dolido, no había podido por menos que envidiar la capacidad y la facilidad de Mohan para amar. Mohan, Abdul y Meena pertenecían a una tribu distinta, una en la que hombres y mujeres estaban dispuestos a arriesgarlo todo por amor. Tal vez Smita se hubiera unido también a sus filas si Sushil no la hubiera marcado con solo doce años. Se le apareció su rostro amenazante y posesivo mientras la increpaba y tuvo que cerrar los ojos para hacer desaparecer la imagen.

Algo caliente y mojado le cayó en el muslo y soltó un

grito de dolor mientras veía cómo la mancha de café se extendía por sus pantalones, antes de alzar la cabeza y ver cómo la niña se reía y echaba a correr. Despegó la tela de lino de su piel al tiempo que la madre se levantaba y cogía a su hija, que se puso a chillar como una posesa. Todo el mundo volvió la cabeza para mirarla, alarmado por aquel sonido que trasladó de inmediato a Smita a la espantosa noche en la que habían huido de Birwad y Abru se había alterado tanto. Se obligó a centrarse en el presente. La niña que tenía delante estaba en pleno berrinche y el padre, que se encontraba en el extremo más alejado de la sala, se acercaba con cara de enfado.

Asustada por su expresión, Smita se levantó y le bloqueó el paso.

–Por favor –le dijo–. No ha sido nada, solo un poco de café. Un accidente sin más.

El hombre le dedicó una mirada de perplejidad antes de volverse hacia su mujer para que se explicara y ella, todavía con la niña gritando entre sus brazos, le habló en tono apremiante y un idioma que Smita no entendió.

–Disculpe, *ji* –le dijo el hombre a Smita.

–Tranquilo. No pasa absolutamente nada –contestó ella y le dedicó una amplia sonrisa para confirmar sus palabras.

Decidió que no era buena idea ir al baño para limpiarse la mancha de café, cosa que no haría más que acrecentar el bochorno de los padres. El hombre asintió, se sentó frente a ella y se dirigió a su hija, que todavía trataba de escabullirse de su madre.

–Meena –dijo–, basta ya de tonterías.

Smita se quedó sin aliento.

–¿Se llama Meena? –preguntó.

–*Hah, ji.*

«Es un nombre muy común –se dijo Smita–. Es como

conocer a alguien en Ohio que se llame Mary. Seguro que la mitad de las mujeres que hay en el aeropuerto se llama así». Pero entonces bajó la vista hacia la mancha de café de sus pantalones. Se había quemado; una niña llamada Meena le había echado café caliente sobre los pantalones y la había quemado.

Se levantó de repente, pero enseguida procedió a sentarse poco a poco. «Esto es absurdo –pensó–. Te comportas como uno de esos idiotas supersticiosos de los que *papa* se burla; los que ven la imagen de Cristo en un bocadillo de queso fundido. ¿Te parece que lo que te ha hecho este café derramado de nada es una quemadura? ¿Después de todo lo que has visto? Vergüenza debería darte deshonrar así el sufrimiento de Meena. Vamos, cálmate. Saca el papeleo de la maleta y distráete un rato. Lo único que tienes que hacer hasta que subas el avión es estar sentada. Porque (y lo sabes porque lo has vivido un centenar de veces) el ambiente frío y desinfectado del avión está diseñado para que olvides la ciudad abrasadora, húmeda y apestosa de la que huyes; para anestesiarte y que no recuerdes tu hogar».

¿Hogar? No se podía creer que acabara de pensar en Mumbai como su hogar. Mumbai, la ciudad que había odiado y temido durante la mayor parte de su vida, una ciudad llena de hombres malvados como Sushil. «Pero ¿acaso no ha expectorado la misma ciudad a alguien como Mohan?», debatió consigo misma. Incluso había alumbrado y dado forma a alguien tan bueno y honrado como su padre. ¿Cómo era posible que hubiera dejado que un hombre como Sushil le impidiera ver esa verdad?

De improviso, oyó las risas: eran Rohit y ella, Chiku y Anand, el niño que vivía en el edificio de al lado; y su hermana pequeña; ¿cómo se llamaba? Tinka, eso era.

Y también otros niños del barrio, cristianos, parsis e hindúes, reunidos todos en los terrenos de los apartamentos Harbor Breeze, con la cabeza echada hacia atrás para mirar los cohetes y cometas que explotaban en el cielo nocturno. Como siempre, su padre se había gastado cientos de rupias para que los niños del vecindario disfrutaran de fuegos artificiales durante el Diwali. Aquello también era la India: la despreocupación, el laicismo, la relajada fusión de distintas tradiciones y fes sin que nadie pestañeara.

Los recuerdos la asaltaron con rapidez, como si fueran monedas cayendo de una máquina tragaperras: las inundaciones en Mumbai durante los monzones y los desconocidos que se ayudaban mutuamente: hombres que cedían su paraguas a las mujeres, gente que volvía del trabajo y rescataba a los que se habían quedado atrapados en autobuses y trenes, amas de casa que servían té caliente y *chapatis* a las familias sin hogar apiñadas en la calle, adolescentes vadeando calles con agua a la altura de la cintura para hacer recados a sus vecinos mayores. Ya de niña, Smita se emocionaba con la camaradería que invadía la metrópolis en esos momentos.

Pensó que Mohan sería una de aquellas personas y sintió un súbito deseo de estar con él, de descubrirlo no durante el intenso, explosivo y poco tiempo que habían compartido, sino en un entorno normal. ¿Cuáles eran sus películas favoritas? ¿Era mañoso? ¿Qué le gustaba comer? ¿Qué talla de zapatos usaba? Mohan, el héroe corriente de su vida cotidiana. Mohan, que esperaba fuera del aeropuerto y esperaría hasta que la estela de su avión se hubiera disipado. Smita lo tenía claro: era imposible amar a Mohan y no amar al mismo tiempo la India, del mismo modo que era imposible amar la India y no amar a Mohan. Porque él encarnaba lo mejor de aquel lugar. Era casi como si, al presentarle a Mohan, la India intentara compensarla por lo que en su día le había quitado.

«Basta ya de sensiblerías –se regañó Smita–. No eres una de esas mujeres que renuncian a su trabajo para estar con un hombre. La versión peligrosa de la India, la India feudal, tradicional y patriarcal, se te ha metido en la cabeza y estás confundida. Has trabajado mucho para llegar adonde estás y no merece la pena arriesgarlo todo por alguien a quien apenas conoces».

Pero la vida tenía que ser algo más que aquel tirar hacia adelante sin cesar, algo más que la realización personal, la ambición y el éxito. ¿Qué tenía de malo vincular la propia felicidad a la de otra persona? ¿Por qué iba a erradicar cincuenta años de capitalismo lo que los filósofos orientales habían enseñado durante miles de años: que la esencia de la vida se hallaba en la relación con los demás, la interdependencia e incluso el sacrificio? Smita se acordó de cómo intentaba animar a su madre durante las sesiones de radioterapia, contándole anécdotas de sus viajes y aventuras. Su madre, sin duda, estaba contenta de sus logros, pero, de vez en cuando, una expresión de tristeza y vergüenza se adueñaba de su rostro, como si, a pesar de todas aquellas experiencias, fuera capaz de ver lo sola que se sentía Smita en el fondo.

Tal vez hubiera alternativas. Su relato en primera persona sobre la muerte de Meena había generado un gran revuelo y le había valido una muy buena disposición en la redacción. Shannon seguía de baja; mientras se recuperaba, podía pedirle a Cliff que la dejara establecer su base en la India durante unos meses. Eso le daría la posibilidad de conocer mejor a Mohan y pasar tiempo con la pequeña Abru, porque lo cierto era que Meena le había pedido a ella que se hiciera cargo de la niña. Y Mohan lo sabía. Smita había preferido creerse la bonita mentira que él le había contado en la que Meena pretendía que él participara en la crianza.

¿Sería aquella una manera de regalarle una segunda oportunidad para caminar con la cabeza alta por las calles de Mumbai a esa niña de doce años que, después de la agresión, se había escondido durante tres meses en su piso de Colaba? ¿Una oportunidad para darse cuenta de que la vergüenza que había sentido no le correspondía a ella? ¿De recordar todo lo que había amado de la India, sin que lo ocurrido después lo manchara?

Mohan y ella podían enseñarle a Abru, una niña nacida del improbable amor entre Meena y Abdul, todo lo que tenían de bueno y valeroso. Los cuatro juntos podían criar a aquella niña. Smita intentaría dejar de lado sus inseguridades, sus recelos hacia la vieja India y creería en cambio en el valiente e idealista sueño de Abdul de una nueva India.

Sí, sería una buena manera de honrar la memoria de aquel hombre excepcional y de vengar la cara quemada de Meena, su único ojo bueno, la masa sangrienta de su cuerpo.

A Smita se le aceleró el corazón al darse cuenta de una cosa: si Abdul y Meena hubieran podido prever las oportunidades que Mohan y ella podían ofrecerle a la niña, habrían sacrificado su propia vida por la de su hija. Habrían aceptado cada momento de dolor y sufrimiento en aras de ese final feliz.

Se imaginó a sí misma desandando el camino y saliendo del aeropuerto hasta donde estaba Mohan. Se permitió vislumbrar la alegría que se extendería por su rostro mientras corría hacia él. Pero entonces pensó en todas las complicaciones, la burocracia y los obstáculos a los que tendrían que enfrentarse y se le cayó el alma a los pies: era posible que Cliff rechazara su propuesta de quedarse en la India, que Mohan resultara ser una decepción, que su padre no apoyara su traslado temporal a la India. Los seres humanos no eran aves migratorias, capaces de volar de un país a otro. El *Homo sapiens* tenía pies, no alas. Y, por encima de todo, estaba el hecho irrefutable de que apenas conocía a Mohan, más allá de la olla a presión en la que habían vivido durante el último mes.

«Mamá –pensó con un gemido–, ayúdame; por favor, dime qué debo hacer».

Miró hacia arriba, al techo, casi como si esperara ver a su madre descender flotando hacia ella como un ángel, y se fijó en un letrero de madera colgado en la pared, sobre las puertas automáticas de la sala, que decía ESTÁS AQUÍ.

Smita parpadeó. «Estás aquí». Aquí, en Mumbai, separada únicamente por el largo del aeropuerto del hombre al que amaba. Y a media ciudad de distancia de Abru, una niña a la que había acabado queriendo como si fuera suya.

Abru. Si la abandonaba, ¿acaso no estaría demostrando que Sushil tenía razón? El hombre había considerado que la familia de Smita era infrahumana debido a su fe y, ahora, allí estaba ella, comportándose como si no fuera humana. ¿Qué ser vivo abandonaría a una niña huérfana, como había hecho ella? Recordó el desprecio que había visto en la mirada de tía Zarine y se dio cuenta de que no se debía tan solo a que le hubiera roto el corazón a Mohan, sino a que alguien capaz de abandonar a una niña sin echar la vista atrás era, de hecho, despreciable.

Pensó en Mohan, plantado en su solitario puesto fuera del aeropuerto hasta que su avión despegara, esperando junto con miles de personas que habían elegido, como él, la opción difícil e incómoda. ¿Por qué? Porque eso era lo que uno hacía por las personas a las que quería. Cuando sus padres iban con el coche al aeropuerto de Columbus a buscar a sus invitados, a pesar de que estos podían coger un taxi, a Smita le parecía curioso. Sin embargo, Mohan estaba hecho de la misma pasta que sus padres. Lo recordó cargando con los sacos de arroz, azúcar y *dal* hasta el chamizo de Ammi; había elegido en todo momento la opción más difícil y lo había hecho con naturalidad, como si fuera la única. Tal vez el amor, en última instancia, fuera eso: hacer lo difícil. No las rosas, ni las tarjetas de San Valentín y los paseos por la playa, sino el mero hecho de estar presente, un día tras otro, en la cotidianeidad. El extraordinario romanticismo de la vida ordinaria.

Pero ¿qué pasaría si, al final, la relación entre Mohan y ella no funcionaba? ¿Si su mayor miedo, que él acabara decepcionándola, se hacía realidad? Los hombres con los que había salido hasta entonces eran inteligentes, talentosos, exitosos y ambiciosos, pero, al cabo de un tiempo, también ellos se habían vuelto de lo más normal. Cuando se quitaban las botas o los zapatos al terminar el día, les olían los pies y, al despertarse, tenían mal aliento. Contaban los mismos puñeteros chistes y las mismas anécdotas una y otra vez, se les quedaba un trozo de espinaca entre los dientes y tenían problemas no resueltos con sus padres. Y su lamentable tendencia a centrarse en detalles pequeños e irritantes, en los árboles y no en el bosque, hacía que al final ella perdiera el interés.

Smita no había olvidado algo que había dicho Bryan en una ocasión, cuando no pasaban por su mejor momento. Estaban en el apartamento de él en Brooklyn y ella se había quejado de que tuviera el sofá lleno de pelos de gato. Bryan le había cogido la cara entre sus manos y había dicho: «¿Sabes cuál es tu problema, Smita? Que te fijas en el pelo. Prueba a fijarte en el gato».

Tal vez el amor fuera eso: abrazar lo cotidiano. Y tal vez la sabiduría residiera en reconocer la grandeza en la vida doméstica. De ser así, le quedaba mucho por aprender.

Smita volvió a marcar el número de Mohan. «Di algo –pensó–. Mohan, di algo que me ayude a decidirme». Él contestó al quinto timbre; estaba sin aliento, como si acabara de correr.

–¿Estás embarcando? –preguntó.

–¿Qué? No, no, solo... solo quería volver a escuchar tu voz.

–Ah, vale. –Él se quedó un momento callado antes de continuar–: Espera un momento. Aquí hay tanta gente y tanto ruido que casi no me oigo a mí mismo. –Smita esperó, aunque era evidente que él estaba distraído por los empujones de la gente. Tras un intercambio desganado, Mohan le dijo–: Lo siento, no oigo nada de nada. ¿Me puedes llamar en cinco minutos?

Ella colgó. La conversación había sido inconexa y no le había ayudado en absoluto a tomar una decisión. Y entonces pensó: «Primero mamá y ahora Mohan». ¿Cuándo había empezado a depender de los demás para decidir qué hacer? Ya puestos, podía echarlo a cara o cruz. «Mohan se merece a alguien mejor que a una persona tan insegura de su amor», pensó.

Recordó algo que había dicho Rohit al dejar su trabajo para abrir su propio negocio: «Mira, ya sé que es arriesgado, pero en algún momento hay que dar el paso. Puedo caer de pie o de bruces, pero en cualquiera de los dos casos la caída habrá sido decisión mía. ¿Me entiendes?».

Sus palabras la habían inspirado para tirarse en paracaídas al verano siguiente, a pesar de su miedo a las alturas, y había caído de pie.

Se puso a andar arriba y abajo por la sala, tratando de controlar su nerviosismo. Luego regresó a su asiento y se sentó mientras los demás pasajeros la miraban con curiosidad. Al cabo de un momento, volvió a levantarse y la mujer que tenía delante le sonrió.

–¿Tiene que ir al baño? –preguntó–. Puedo vigilarle la maleta.

–No es necesario –dijo Smita–. Me… me voy a ir.

La mujer la miró con desconcierto.

–¿Dice que se va, señora? Estamos a punto de embarcar..

–Lo sé, pero no me voy a subir. –Smita se dio la vuelta y, en el último momento, volvió la cabeza–. Dele un beso a Meena de mi parte.

Delante del mostrador donde se encontraba la azafata de embarque se había formado una larga cola. Como no había facturado equipaje, Smita podía limitarse a marcharse, pero, en un país en vilo después de varios ataques terroristas, sabía la consternación y los retrasos que ocasionaría su ausencia injustificada, así que se abrió camino hasta el principio de la cola, ignorando los gritos de protesta que dejaba a su paso.

La azafata de embarque la fulminó con la mirada.

–Por favor, señora, vuelva a su sitio y espere su turno –dijo.

–Me marcho –contestó Smita y de inmediato se sintió más liviana–. Me llamo Smita Agarwal y no he facturado equipaje, así que no debería haber problema.

–¿Por qué se marcha? El vuelo no se ha retrasado.

–No voy a embarcar. Voy a… Voy a volver.

La mujer parpadeó, atónita.

–¿Adónde?
–A casa. Vuelvo a casa.

Smita trató de marcar de nuevo el número de Mohan mientras recorría apresuradamente la terminal, pero, por alguna razón inexplicable, comunicaba. Frustrada, se mordió el labio inferior. Le había prometido que lo llamaría desde el avión; ¿qué demonios hacía hablando con otra persona? Entonces se dio cuenta de que el embarque de su avión no empezaba hasta al cabo de media hora. Si no se equivocaba, Mohan estaría hablando con Zarine para preguntarle cómo estaba Abru. Cuando Smita se había despedido de ella con un beso, la niña había intuido que algo ocurría y se había puesto a gimotear, desconsolada. Zarine había fulminado a Smita con la mirada, había cogido a Abru en brazos y se la había llevado al balcón para tranquilizarla. Dominada por la culpa, Smita apenas había sido capaz de establecer contacto visual con Mohan mientras caminaban hacia el coche.

Llamó de nuevo. Esta vez la línea estaba libre, pero, cuando él contestó, había tantas interferencias que tuvo que colgar. La siguiente vez que marcó su número, le saltó el buzón de voz.

Casi había llegado a la puerta de salida; un minuto más y estaría fuera. Se planteó si debía seguir llamando a Mohan desde el refugio con aire acondicionado de la terminal o salir a la noche húmeda y bochornosa. Pero, mientras se hacía la pregunta, supo que ya conocía la respuesta: estaba demasiado emocionada. Salió del aeropuerto y se vio asaltada de inmediato por el conocido estruendo de bocinas de coche, el olor acre de los vapores de combustible y el parloteo de la gente que esperaba a sus seres queridos. Sintió pánico y se preguntó cómo iba a encontrar a Mohan. Un hombre se separó de la multitud y se acercó a ella.

–¿Quiere un taxi, señora? Le pido un taxi. ¿Adónde va? Le ofrezco buena tarifa.

Ella trató de zafarse, sabedora de que el mínimo contacto visual no haría sino darle alas. Pero el hombre era insistente y la siguió mientras ella caminaba por la acera, escrutando el gentío. Desesperada, marcó de nuevo el número de Mohan, y esta vez él contestó.

–¡Mohan! –gritó–. ¿Dónde estás?

–Sigo aquí, como te he dicho…

–Lo sé, pero ¿dónde? Estoy aquí fuera, buscándote.

Se hizo un repentino silencio.

–¿Estás aquí? ¿No te has… ido?

Ella sonrió al percibir el asombro en su voz.

–*Jaan* –confirmó–. Estoy aquí. ¿Dónde estás tú?

–Yo… Yo… Dime dónde estás y te encontraré –dijo Mohan–. ¿Por qué puerta has salido?

Ella se lo explicó.

–Vale –dijo él–. Quédate donde estás; tardo dos minutos. Ya estoy yendo hacia allí. No te muevas.

–Vale, pero…

–Smita, quédate ahí. Te veré en un minuto; tú solo espera.

Ella lo buscó con la mirada entre el gentío, pero lo único que vio fue un muro de rostros desconocidos, todos apretujados en dirección a la valla y buscando a sus familiares. Miró de izquierda a derecha y luego de nuevo hacia la izquierda… y allí estaba Mohan, casi delante de sus narices, muy quieto. Los separaban unos cinco metros, además de las vallas metálicas, pero al ver su rostro sintió que había vuelto a casa.

–¡Smita! –la llamó él, levantando la mano derecha a modo de saludo, con una expresión que ella nunca le había visto.

Echó a correr.

Arrastrando la maleta, echó a correr.

Y no dejó de correr hasta llegar al lugar donde su futuro esperaba a que ella lo alcanzara.

Capítulo 40

Abru.
Significa «honor».

Le puse ese nombre como un homenaje a su padre, un hombre que hizo florecer esa palabra con todas sus palabras y todos sus actos.

Le puse ese nombre para borrar la manera en la que mis hermanos habían mancillado esta bella palabra y la habían transformado en algo feo con su sed de sangre.

Le puse ese nombre para decirle al mundo que, aunque quemes vivo a un hombre, no puedes hacer desaparecer la nobleza de su corazón.

Le puse ese nombre para asegurarme de que mi hija mantuviera encendida la llama de Abdul dentro de sí. No le podía ofrecer más que la leche de mi pecho, pero, aun así, le ofrecí este nombre. Para que recordara a quién pertenecía y cuáles eran sus orígenes. Para fortalecerla y ligarla a su historia.

Por todos estos motivos, le puse ese nombre a mi hija.

Mi hija, cuyo rostro se reflejaba en mis párpados cerrados mientras las patadas y las varas destruían lo que quedaba de mi cuerpo.

Mi hija, a la que salvé la vida con mi último aliento.

Mi hija, cuyo rostro fue el último que me vino a la cabeza antes del final.

Mi hija, que seguirá siendo la prueba viviente de que Abdul y yo nos conocimos y nos amamos.

Mi hija, que es posible que viva para ver el Indostán en el que Abdul creía y con el que yo soñaba.

Mi hija, cuyo nombre fue mi último aliento.

Mi hija.

Mi aliento.

Abru.

Agradecimientos

Esta novela está inspirada en los artículos sobre la India escritos por Ellen Barry para *The New York Times.* Los personajes y acontecimientos son ficticios, pero he tomado prestadas de sus artículos varias ideas sobre el trato a las mujeres en la India rural.

Le estoy sumamente agradecida a Peter S. Goodman, corresponsal de economía internacional de *The New York Times*, por la oportuna y generosa ayuda que me prestó respondiendo a mis preguntas sobre la vida de los corresponsales extranjeros. Gracias a la abogada Ramesh Vaidyanathan, de Mumbai, por explicarme el funcionamiento del sistema judicial indio. Sin su ayuda, me habría sido imposible escribir este libro.

Gracias a mi sororidad de escritoras por su apoyo, amistad e inspiración. Gracias, Caroline Leavitt, Hillary Jordan, Lisa Ko, Tayari Jones, Katherine Boo, Laura Moriarty, Mary Grimm, Tricia Springstubb, Regina Brett, Barbara Shapiro, Deanna Fei, Meg Waite Clayton y Celeste Ng, por ser fuerzas descomunales de la naturaleza.

A mis hermanos literarios, Jim Sheeler, Ben Fountain, Wiley Cash, Dave Lucas, David Giffels, Philip Metres, Michael Salinger, Salman Rushdie y Luis Alberto Urrea: gracias por vuestra amistad e inspiración.

Mil gracias a mis compañeras de pluma, Sarah Willis, Loung Ung, Sara Holbrook, Karen Sandstrom y Paula

McLain, por los margaritas, las risas y el amor inquebrantable. Kris Ohlson, te seguimos echando de menos.

Mis compañeros de la universidad Case Western Reserve me inspiran a diario para mejorar. Un agradecimiento especial a Athena Vrettos, Chris Flint, Kim Emmons, Georgia Cowart y Cyrus Taylor.

Kathy Pories, esta novela mejoró enormemente gracias a tus sabias correcciones y perspicaces sugerencias. Y gracias, Dan Greenberg, por contribuir a que esta novela llegara a Kathy.

Gracias también a mis amigos Judy Griffin, Anne Reid, Barb Hipsman, Bob Springer, Bob Howard, Hutokshi y Perveen Rustomfram, Feroza Freeland, Sharon y Rumy Talati, Dav y Sayuri Pilkey, Kershasp Pundole, Rhonda Kautz, Diana Bilimoria, Kim Conidi, Paula Woods, Regina Webb, Ilona Urban, Marcia Myers, Jenny Wilson, Merilee Nelson, Diane Moran, Kathy Feltey, Marsha Keith, Suzanne Holt, Mary Hagan, Denise Reynolds, Cathy Mockus, Sandra West, Tatyana Rehn, Claudio Milstein, Amy Keating, Wendy Langenderfer, Terri Notte, Brenda Buchanan, Subodh y Meena Chandra, Kathe Goshe, Kate Mathews, Jackie Cerruti Cassara, Gina DiGiovine Goodwin y tantos otros. Mi vida sería mucho más pobre si no caminarais sobre la tierra al mismo tiempo que yo.

Jim Sheeler, puede que ya no estés, pero siempre vivirás en el corazón de todos los que te quisimos. Gracias, Annick Sauvageot y James Sheeler, por compartir a Jimmy con nosotros.

Por último, gracias a mi familia, Homai y Noshir Umrigar, y Gulshan y Rointon Andhyarujina.

Eust Kavouras, H/S eternamente.

Reivindicar el honor

de Thirty Umrigar

En 1993, mi padre, por entonces un hombre de mediana edad, contempló con impotencia desde nuestro balcón cómo ardía el edificio de pisos de enfrente. Una turba de hindúes enfadados le había prendido fuego al enterarse de que una familia musulmana vivía en los bajos.

Por entonces, yo vivía en Estados Unidos, a salvo del paroxismo de locura y violencia que asolaba en aquella época la vieja ciudad de Bombay, la más tolerante y cosmopolita de la India. Sin embargo, todavía recuerdo el desconcierto de mi padre cuando, durante nuestra posterior conversación telefónica semanal, me contó el incidente. Yo me preocupé de inmediato por el bienestar de mi familia, pero él le quitó importancia a mi inquietud: nosotros éramos parsis, una pequeña minoría religiosa próspera y culta, y lo bueno de ser tan pocos era que nadie nos consideraba una amenaza.

Lo que averigüé mucho después fue que la familia musulmana que vivía enfrente le había llevado todas sus joyas a mi padre para que se las guardara, antes de huir del barrio durante varias semanas. Por desgracia, hay numerosas historias de familias que, al regresar a casa tras el fin de los disturbios, descubrieron que aquellos a los que habían confiado sus posesiones los habían estafado. Mi padre, en cambio, había pedido a nuestros vecinos que metieran ellos mismos las joyas en el cajón. Después lo había cerrado con una llave y se la había entregado.

«Cuando volváis –les dijo–, venid y usad la llave para recuperar vuestras posesiones, por favor».

Fue un incidente que no pude sacarme de la cabeza a pesar de que solo lo escuché y lo leí en lugar de vivirlo en mis carnes y de que ya no residía en mi ciudad de nacimiento. No obstante, no lo consideré ni por asomo material literario; para mí era solo una historia personal que hizo que me preocupase por mi padre al mismo tiempo que el orgullo que sentía por él aumentaba.

Así, hace unos años me crucé con una serie de artículos escritos por Ellen Barry en *The New York Times* sobre las opresivas condiciones de vida de las mujeres en zonas de la India rural. La descripción de los castigos infligidos a aquellas que se apartaban de la tradición me puso los pelos de punta. Cosas que nosotros damos por supuestas, como que las mujeres trabajen fuera de casa, se consideraban transgresiones y merecían correctivos que parecían sacados de la Edad Media. Como es natural, los artículos de Barry también señalaban a los policías y políticos corruptos que permitían que semejante barbarie se perpetuase.

El mundo que Barry describía me era ajeno por completo. Yo era una chica de ciudad, criada en una familia tolerante y occidentalizada de clase media que daba por hecho que las mujeres tenían que ser independientes y recibir una educación. Y, sin embargo, había vivido en la India durante los primeros veintiún años de mi vida. ¿Cómo era posible que mi posición privilegiada me hubiera impedido ver semejante injusticia? Era consciente de la pobreza urbana, por supuesto, y había escrito sobre las personas sin hogar y las luchas de los trabajadores pobres, pero me quedé atónita ante los castigos medievales que describía Barry (¿obligar a las mujeres a caminar sobre brasas ardientes?), así como ante la mentalidad patriarcal. Aunque, al mismo tiempo, me impresionó la determinación que mostraban las mujeres del pueblo que se rebelaban contra las viejas costumbres.

Fue el respeto por esas mujeres, que siguieron luchando a pesar de las dificultades insalvables, que cuestionaron las tradiciones dominantes durante miles de años, lo que dio a luz a Meena, una de las dos protagonistas de esta novela. Se me apareció con una necesidad urgente de contar su historia, una historia que comparte con Smita, una joven periodista estadounidense de origen indio acechada por un secreto familiar y atormentada por su relación de amor y odio con la India. Smita es todo lo que Meena no es: una mujer que no conecta con sus emociones, a la que aterra la intimidad y que le tiene miedo al amor. En una novela típica sobre la «salvadora privilegiada», la moderna y sofisticada Smita ayudaría a la desamparada y analfabeta Meena a ver la luz y a sentirse segura. Pero ¿qué pasaría si, en *El canto de los corazones rebeldes*, la maestra fuera Meena?

En las sociedades tradicionales dominadas por los varones, se ha abusado del término «honor» y se lo ha despojado de su significado, convirtiéndolo en una mera tapadera para la dominación de las mujeres por parte de sus padres, hermanos e hijos. No es posible ignorar la política sexual de los mal llamados «crímenes por honor», en los que se viola, mata y sacrifica a las mujeres para preservar el orgullo y la reputación masculinos.

En esta novela, quería reivindicar el término y devolvérselo a quien le pertenece: personas como Meena, una mujer hindú, y su marido musulmán, Abdul, que permiten que su amor los ciegue ante la intolerancia y el fervor religioso que los rodean, que trascienden su propia educación para imaginar un mundo nuevo y mejor. Siempre que leo un artículo sobre un crimen de honor, tengo la impresión de que se cuenta desde el punto de vista de los asesinos, pero mi interés radica en las víctimas. Quería contar la historia de su vida cotidiana: cómo se conocieron, cómo se enamoraron, cómo vivían. Hay algo extraordinariamente tierno y hermoso en dos personas que no han disfrutado ni un solo día de libertad en su vida y que deciden amar a quien les dicta su corazón.

Al contar las historias de amor de Smita y Meena –una tabú, la otra, no; una limitada por las prohibiciones sociales, la otra por sus propias inhibiciones–, quería analizar los conceptos de «privilegio» y «desigualdad», y cómo el azar del destino es lo único que diferencia a Meena de Smita. Pero, en el fondo, en *El canto de los corazones rebeldes* hay otra historia de amor: la que describe la relación amor y odio de Smita con la India. La novela plantea la pregunta de si es posible amar un país cuando te avergüenzas de su política y sus costumbres. ¿Qué forma adopta ese amor? Somos millones los que, en la actualidad, nos enfrentamos a ese dilema en todo el mundo. Tengo la esperanza de que los lectores se reconozcan en las luchas internas y externas de los dos personajes femeninos del libro, así como en su búsqueda de un hogar.

Índice